Quelques mots sur la traductrice

Julia est la traductrice de *Taken to Voraxia* et la fondatrice de FIT Found In Translation.

Née en région parisienne, elle est amoureuse des livres et des belles histoires depuis son plus jeune âge. Elle décide d'en faire son métier et elle étudie la littérature française avant de devenir enseignante.

Passionnée par les voyages, Julia lit aussi bien en français qu'en anglais et se plaît à noircir des carnets dans lesquels elle conte ses évasions.

En 2019, elle quitte la France pour partir enseigner à l'étranger. C'est lors de son séjour sur le continent américain qu'elle se met à traduire quelques nouvelles et qu'elle décide d'entrer en contact avec des autrices talentueuses.

De retour en France, elle propose ses services à Elizabeth Stephens et se lance dans de nouvelles aventures !

Pour toute demande de traduction, veuillez contacter FIT Translation à l'adresse blackwomanreading2@gmail.com.

Table des matières

Glossaire

Bo'raku *(boh – rah – kooh)*
À l'origine, un Bo'raku était un empereur de la planète Drakesh appelée Cxrian. Le titre de Bo'Raku était transmis d'un dirigeant Cxrian à l'autre. Le Bo'Raku dont le nom d'esclave est Pogar introduisit la pratique de la Chasse sur la colonie lunaire humaine. Il mena également une invasion manquée sur Nobu, qui fut contrée par l'Okkari ou le Va'Raku de Nobu, dont le nom d'esclave est Kinan. Pogar a ensuite été exilé sur Kor. Son fils, Peixal, devint le nouveau Bo'Raku et continua la pratique de la Chasse jusqu'à ce qu'elle soit abolie par les Raku et Rakukanna de Voraxia.

Centare *(cent – are – ray)*
Centare signifie « non » en langage Meero, la langue des Niahhorrus et la langue communément utilisée pour le commerce dans les différents quadrants.

Eshmiri *(esh – mi – ree)*
Pirates de l'espace (plus grand peuple de pirates après les pirates de Kor) connus pour leurs corps trapus, leur langue semblable à des éclats de rire et leurs fosses de combat situées sur l'astéroïde Evernor.

Kor *(kohr)*
Ville de commerce et d'échanges gouvernée par les Niahhorus, considérés comme des pirates de l'espace. Leur chef n'est autre que Rhorkanterannu, un pirate redoutable. Cette ville est située dans la zone grise entre les quadrants 4 et 5.

Krisxox *(chris – zawcks)*
Chef des forces militaires de Voraxia.

Ontte *(aunt-tay)*
Ontte signifie « oui » en langage Meero, la langue des Niahhorrus et la langue communément utilisée pour le commerce dans les différents quadrants.

Oosa *(Ooh – sah)*
Espèce du Quadrant 8 gouvernée par Reoran. Les Oosas se caractérisent par leurs grandes silhouettes semblables à des blocs de gélatine bleue qui s'illuminent de l'intérieur lorsqu'ils parlent ou expriment des émotions. Ils sont extrêmement difficiles à tuer.

Raku *(rah – kooh)*
Premier dirigeant de la fédération voraxiane et des sept planètes qu'elle comprend. Il règne et vit sur Voraxia, la planète la plus importante de la fédération.

Rakukanna *(rah – kooh – kah – nah)*
Épouse du Raku, elle peut, comme lui, promulguer des lois.

Shrov *(shrohv)*
Juron en langage Meero.

Va'Raku *(va – rah – kooh)*
Gouverneur de la planète voraxiane Nobu.

Va'Rakukanna *(va – rah – kooh – kah – nah)*
Épouse de Va'Raku.

Voraxia *(voh – racks – ee – uh)*

Chef lieu de la fédération voraxiane, cette planète accueille la base de Raku. Elle est connue pour ses bois de werro et son sol forestier sableux.

Yamar *(Yeam -are)*

Le yamar est un précurseur du yeeyar. C'est une source d'énergie statique non biologique, et un outil de communication et de traduction des pilleurs Eshmiris.

Yeeyar *(yeeh – yare)*

Le Yeeyar est une source d'énergie révolutionnaire utilisée par les pirates Niahhorrus de Kor. C'est un organisme biologique qui peut être fusionné avec d'autres métaux statiques et du verre pour créer des vaisseaux spatiaux, des disques de paiement et des jetons de communication Niahhorrus.

À Euhania

La matriarche qui a fait pour ma famille
Ce que les liens du sang n'avaient pu faire.

Tu nous manques.

Une demi-rotation, ou deux cents solaires plus tôt...

/

Deena

– Allô ?

– Intéressant.

C'est la seule réponse que j'obtiens. Rien d'autre. La voix est aussi basse que froide. Cela n'a rien à voir avec la température glaciale qui règne ici, dans le donjon de Mathilda. Cette froideur est plutôt liée à l'intonation à la fois espiègle et détachée. Il ne s'attendait pas à ce que je prenne contact avec lui. Je sais qui il est, mais lui, il ne sait pas encore qui je suis. Il n'a aucune raison de le savoir. Je ne suis personne.

Mais il est curieux.

Je sais que je devrais retirer la petite perle que j'ai trouvée de mon oreille, mais je ne le fais pas. J'ai été isolée trop longtemps pour me soucier des risques que je pourrais prendre. Je meurs d'envie de parler à quelqu'un, n'importe qui.

– Euh… salut.

– Hmm, répond-il.

Ça ressemble à un soupir. J'ai entendu parler de lui. C'est un monstre ; mais sa voix a le goût du péché. *Non… « péché » n'est pas le bon mot. Sa voix a le goût d'un autre mot, un mot qui commence par un S et qui rime avec « pecs ».* Je souris à cette idée. J'ai beau savoir que c'est mal, je ne peux m'empêcher d'essayer de l'imaginer. *Je veux l'entendre dire autre chose.*

– Tu sais qui je suis, affirme-t-il.

Quoi ? Comment le sait-il ? Peut-il lire mes pensées à travers ce truc ? Merde ! Je ne connais pas cette technologie. C'est la première fois que j'ouvre le canal de communication. Maintenant, il sait ce que je pense et il sait que j'ai volé cet engin. Qu'est-ce qui va m'arriver s'il le dit à Mathilda ?

Je ris, ou plutôt, je grogne. Que pourrait-elle me faire qu'elle n'a pas déjà fait ? Me tuer ?

Oui, c'est en effet une option. Je m'éclaircis la gorge parce que ma voix est toute graveleuse et rauque.

– Euh… Mais… Comment tu le sais ?

– Je peux lire l'identifiant de l'appareil que tu possèdes. Je sais à qui il appartenait puisque je le lui ai donné, mais tu n'es pas elle et, puisque tu ne m'as pas demandé qui je suis, je dois supposer que tu sais déjà qui je suis et que tu l'as volé. Maintenant, pourquoi ne pas te présenter ? La conversation sera beaucoup plus intéressante…

Il semble maîtriser la situation. J'ai l'impression que rien au monde ne pourrait le déstabiliser. C'est comme s'il avait tout prévu. C'est comme s'il connaissait toutes les éventualités et que, quelle que soit l'issue, il avait les moyens d'en sortir vainqueur.

Je déglutis et regarde fixement le plafond. Je suis couchée à plat sur mon lit de camp, mais j'ai la bouche sèche, alors je me redresse et j'attrape la bouteille d'eau que Mathilda a glissée dans ma cellule la nuit dernière. Elle n'est pas passée depuis et ça fait un solaire complet.

Je suppose qu'elle s'est dit qu'une femme aussi dodue que moi pouvait se contenter d'un repas.

– Je… euh…

Je bégaie encore. Je ne sais pas quoi dire. Je n'étais pas sûre que cela fonctionnerait puisque je n'ai aucune idée de ce que je fais et que j'ai acquis cet appareil il y a seulement dix solaires. Peut-être que c'était il y a douze solaires… Ou plus ? Qui sait. Ici, dans cette cage, le temps n'a pas d'importance.

– Je ne pense pas que tu aies besoin de connaître mon nom.

– Très bien. Alors dis-moi ce que tu veux.

– Je, euh…

– Est-ce que le mot « *euh* » a une signification dans ta langue ? Tu l'emploies beaucoup mais il ne se traduit pas dans la mienne. Peut-être que tu ne t'attendais pas à recevoir une réponse et que tu es un peu perdue.

Merde. Il *peut vraiment* lire dans mes pensées. Je me touche l'oreille en buvant ce qui reste de ma bouteille d'eau. L'eau dégouline sur mon menton. Je l'essuie avec le dos de la main et croise un bras sur mon ventre.

Je devrais retirer l'écouteur et le réduire en miettes, mais je n'en fais rien. Je ne suis pas sûre d'être capable de le briser, et en le brisant, je réduirais à néant mon dernier espoir de quitter un jour cette cage vivante. C'est le dernier être avec qui je pourrais avoir une chance de parler, à part Mathilda, et elle, *je préférerais la dépecer plutôt que de lui parler*. Dans mes rêves en tout cas… dans la réalité, je suis trop terrifiée par elle pour faire quoi que ce soit.

– Oui, c'est bien ça, je finis par avouer.

Il ne répond pas tout de suite et je trouve ça plutôt drôle. Je glousse.

– Alors ? C'est toi qui es un peu perdu maintenant ?

– Oui, un peu.

Je ne réponds pas. Je ne sais pas quoi dire, mais je tente quand même une approche :

– Je…

– Que regardes-tu en ce moment ? m'interrompt-il.

La question est inattendue. Inattendue, mais intelligente.

Je peux voir, à travers les murs transparents de ma cellule, les rangées de nourriture que ma *grand-mère* a cachées ici. Je pense alors au jour où j'ai cassé le verrou de la porte menant à cet enfer, je pense au jour où j'ai tout découvert, au jour où elle m'a enfermée ici. Elle ne voulait pas que je dévoile ses secrets et elle savait que je n'aurais pas hésité à le faire. La colonie n'a pas vu de nourriture en abondance depuis des années. Les gens sont affamés à la surface et ma grand-mère a amassé des provisions pour elle seule. Le pire dans tout ça, c'est que c'est l'un des crimes les moins graves que cette créature sournoise ait commis. *Non, ce n'est pas une créature, le mot pour la désigner commence par un P et rime avec mélasse.*

Je pourrais lui dire que je regarde des rangées de légumes qui poussent sous des lampes solaires, mais il saurait tout de suite où je suis et je ne sais pas encore ce qu'il sait de ma situation. Peut-être que c'est lui qui a donné toutes ces provisions à Mathilda. Peut-être qu'il est de son côté. Peut-être qu'il lui a déjà dit que j'ai son appareil et que je lui parle alors que je ne devrais pas. Peut-être qu'ils sont de mèche. De mèche. C'est une drôle d'expression. Elle m'a toujours plu cependant. *Ça rime avec... en fait, je ne sais pas avec quoi ça rime... De quoi on parlait déjà ?*

– De l'eau.

Ma voix se brise alors que je parle. Je m'éclaircis la gorge.

– De l'eau, répète-t-il.

Sa voix est aussi rude et aussi douce que tout à l'heure. Je ne savais pas qu'une voix pouvait être à la fois froide et chaude.

– Intéressant, poursuit-il. De l'eau que tu bois ou de l'eau dans laquelle tu te baignes ?

– Se baigner dans de l'eau ! C'est possible ?

Encore une fois, il hésite.

– Oui, s'il y en a en grande quantité.

C'est incroyable. Je n'arrive même pas à l'imaginer.

– Vraiment ? Où ? Dans de grands réservoirs ?

– Dans beaucoup d'endroits différents. Il y a des grands points d'eau dans la nature, mais pas sur les petites lunes comme la tienne.

Je déglutis. Donc il sait où je suis, mais pas qui je suis. C'est logique.

– Tu… as-tu… euh…

– J'ai décidé que je n'aimais pas le mot « *euh* ». Utilises-en un autre.

Mes lèvres se plissent. Je souris. Wow. Je fronce alors les sourcils : c'est la première fois que je souris depuis une éternité.

– Je suis désolée si mes manières ne sont pas des plus agréables. Je manque de pratique, je n'ai pas vraiment l'occasion de m'exercer.

– Ah bon ? grogne-t-il.

Sa voix est rauque, très basse. *Mais elle a surtout cette saveur de… Ça commence par un S et ça rime avec Rex.*

J'attrape ma bouteille d'eau. Elle est vide. Il y bien de la buée à l'intérieur mais pas assez pour former quelques gouttes. Mince. Je ne sais pas quand j'en aurai une autre.

Je regarde les deux seaux dans le coin. Un pour l'urine, l'autre pour... tout le reste. Si Mathilda ne revient pas bientôt, je suppose que je vais devoir me pencher sur le seau numéro 1 pour apaiser ma soif. Youpi !

– Je ne parle pas à grand monde.

– Tu veux parler des humains, précise-t-il. Tu ne parles pas à beaucoup d'humains.

– Oui.

– Mais tu es humaine.

– Et toi non.

– Centare, répond-il. Je ne le suis pas.

– Centare, je répète. Quelle langue parles-tu ?

– C'est du meero. La langue des Niahhorrus.

Je déglutis. Mes pensées fusent trop vite pour que je les capture toutes. Je m'accroche à la dernière :

– Tu peux m'apprendre à parler meero ?

Il rit. *Il éclate de rire.* C'est étrange parce que comme il n'y a pas de traduction, j'entends juste sa voix. On dirait des notes qui se chevauchent, toutes emmêlées, mais faciles à écouter. C'est apaisant. Mes épaules se détendent le long de mon dos. Je ferme les yeux. Je me contente d'écouter son rire se répéter. C'est comme s'il parlait dans un tunnel et que j'étais la seule à l'autre bout. C'est agréable. Même s'il est pour moi un ennemi. Le monde entier est mon ennemi. Je ne connais pas une seule personne qui soit vraiment bonne. À part ma mère, peut-être. Elle était bonne, elle. Du moins, dans mes souvenirs. Mais peut-être que je me souviens mal. Je n'étais qu'une enfant quand elle m'a été enlevée. Mon père, même s'il avait la même peau foncée que la plupart des humains de la colonie, a succombé à la peste solaire juste après ma naissance. Je ne l'ai jamais connu.

– T'enseigner le meero ? C'est pas comme si j'avais une planète entière peuplée de pirates rebelles à gérer… donc bien sûr, je n'ai que ça à faire.

– Ok, super.

Je décide d'ignorer son sarcasme.

Pendant un moment, je suis confrontée au silence. Je m'attends même à ce qu'il revienne sur son offre manifestement fausse, mais jusqu'à présent, il s'est montré plein de surprises. Je ne sais pas à quoi je m'attendre. Il rit à nouveau. Ce rire est si beau que c'en est douloureux. Je suis encore à demi envoûtée quand il reprend la parole et je n'entends pas sa réponse.

– Quoi ?

– J'ai dit que tu allais devoir me donner quelque chose en échange.

Je mordille ma lèvre inférieure.

– Deena, je finis par dire.

– Deena, répète-t-il avec son étrange accent.

J'aime la façon dont il prononce mon nom. On dirait qu'il le savoure.

– Et toi… quel est ton nom ? Je bégaie.

– Deena, tu connais déjà mon nom. Je pense que tu en sais déjà pas mal sur moi.

– Je sais que tu essaies de voler des femmes humaines.

– J'essaie de sauver mon espèce.

– En volant des femmes humaines. Tu as essayé d'enlever Miari et Svera.

– Peut-être que c'est toi que j'aurais essayé d'enlever si je t'avais rencontrée en premier.

Ma poitrine se serre. Je l'imagine en train de me désirer. Je ne devrais pas encombrer mon esprit d'une telle pensée, mais je me laisse submerger par elle. Je serais prête à faire beaucoup pour un peu d'attention en ce moment. Cela ne fait que quelques solaires que je suis coincée dans cette cellule, mais j'ai l'impression que cela fait une éternité.

– Rhorkanneteru, je chuchote.

Il rit à nouveau, mais cette fois, un peu moins longtemps.

– Rhorkanterannu, corrige-t-il.

– Rhorkanterannu.

Je souffle.

– C'est trop long.

– Tous les Niahhorrus ont des noms longs. Du moins, tous les Niahhorrus de haut rang.

– C'est ce que je dis, c'est trop long. Est-ce que je peux te donner un surnom ? Juste la fin ? Ou seulement le début ?

– Comment ça ?

J'essaie d'attraper à nouveau ma bouteille d'eau, mais comme tout à l'heure, je baisse la main. Je croise mes bras sur ma poitrine et m'allonge sur mon lit, avant de fixer le plafond. J'imagine qu'il s'agit d'un ciel lunaire rempli d'étoiles.

– Rhork, ça te va ?

Il y a un long silence. Puis il répond :

– C'est intéressant.

C'est ainsi que je fis la connaissance de Rhork.

Deux cents solaires plus tard…

2

Deena

Mon corps tout entier tremble. Je tremble depuis que je suis montée à bord du transporteur de combat Niahhorru, depuis que j'ai aidé Krisxox à sauver Svera et depuis que j'ai réussi à m'échapper. Je suis en ce moment dans la capsule de sauvetage et je regarde fixement le clavier de contrôle intégré à l'accoudoir de l'une des quatre chaises de cet espace réduit.

J'ai fait plusieurs sauts dans l'espace, comme Krisxox me l'a conseillé. Il a eu raison. Sans son aide, les pirates m'auraient déjà attrapée. Mais maintenant, le clavier de contrôle clignote en bleu vif et me demande les coordonnées de ma destination. Apparemment, je suis à court d'énergie, ou de carburant, ou de ce qui alimente cette capsule. En tout cas, il me semble que ce sont les raisons pour lesquelles cette lumière bleue clignote.

Il me faut des coordonnées. J'ai bien des coordonnées en tête.

Je n'ai plus que ça en tête pour être honnête.

Je commence alors à rire. Je ris longtemps et si fort que je suis obligée de me rappeler de toutes les fois où

Mathilda, ma très chère grand-mère, m'a dit que j'étais folle, tarée ou cinglée. Je suis folle à lier, et en ce moment, je suis en train de toucher du doigt cette folie.

Je ne connais pas les coordonnées qui pourraient me ramener à la colonie humaine. Je ne connais *pas d'autres* coordonnées que celles que Rhork désire plus que tout.

Je me mords la lèvre inférieure tandis que mes doigts survolent les commandes. Tout à coup, les signaux d'avertissement deviennent plus forts et je m'agite sur ma chaise. Quelles sont mes options ? Je peux rester assise ici et mourir, ou je peux aller là-bas et essayer de trouver les humains. Je pourrais peut-être commencer une nouvelle vie.

Une nouvelle vie. Ce serait bien.

Après l'enfer que j'ai vécu, je l'ai bien mérité.

Je commence à entrer les seules coordonnées que je possède avec hésitation. Svera m'a dit de ne les utiliser que si je n'avais pas d'autres choix. Ma situation est en effet très critique, alors je les utilise. Je m'attache ensuite au fauteuil de contrôle et je m'accroche. Le vaisseau est secoué. Il change à nouveau de secteur et me ramène dans la zone grise entre les quadrants quatre et cinq, pas très loin de l'endroit où j'ai débarqué du vaisseau-mère Niahhorru.

Je me dirige vers le satellite que Rhork souhaite atteindre depuis le début. C'est *la raison* pour laquelle il a enlevé Svera, et pas moi. Cela n'a rien à voir avec le fait que je sois défectueuse. Il voulait juste les coordonnées...

Le sable poussiéreux de la colonie tourbillonne autour de mes chevilles et colle à la sueur de ma peau. Je transpire, tout mon corps est mouillé. Je suis en sueur depuis que Mathilda m'a traînée hors de ce sous-sol maudit et m'a amenée ici pour assister à son échange avec Rhork. Elle va lui donner Svera, la conseillère humaine de la colonie lunaire.

Svera possède les coordonnées que Rhork recherche.

Mathilda a besoin de faire disparaitre Svera parce qu'elle sait des choses qu'elle ne devrait pas savoir. Elle sait ce que Mathilda a fait aux femmes de la colonie. Elle sait qu'elle les a tuées et a vendu leurs bébés à une racaille exilée autrefois nommée Bo'Raku : Pogar. Elle a dit que c'était son vrai nom. Son fils, Peixal, a ensuite pris sa place de Bo'Raku et a poursuivi l'horrible pratique de la Chasse. Du moins, jusqu'à sa dernière entrevue avec Kiki...

Mais Rhork me connaît. Nous parlons depuis presque une demi-rotation, ça fait deux cents solaires ! Il m'a enseigné sa langue et je parle Meero presque couramment maintenant. Il m'a décrit des galaxies bien plus éloignées que celle-ci. Il m'a parlé de l'eau. Il m'a décrit les mers. Il m'écoutera. Il ne peut que m'écouter, n'est-ce pas ?

Il m'a fait rire.

Je l'ai fait rire.

Il m'aime bien.

– Rhork, s'il te plaît, je supplie.

Les gardes m'empêchent d'aller vers lui et le navire sombre qui se profile comme une menace derrière lui. C'est un vaisseau Niahhorru, un vrai. Je n'ai jamais rien vu d'aussi beau. Excepté Rhork lui-même...

– C'est moi qui te le demande. Je te le promets. Je vais faire le shekurr. Prends-moi à la place.

Le rituel ne m'attire pas vraiment. Faire l'amour avec une douzaine ou plus de pirates Niahhorrus en même temps... euh... non merci. C'est pour eux un honneur, mais pour la plupart des humaines, c'est de la torture. Toutefois, j'étais prête à le faire, je l'aurais fait si cela m'avait permis d'avoir Rhork pour moi seule un moment, rien qu'une fois.

Mes joues brûlent à cette idée. Puis elles rougissent pour une toute autre raison quand Mathilda s'avance vers moi et me donne une bonne claque sur la joue droite.

Ma tête tourne et j'ai le vertige pendant un moment. Je laisse mon poids retomber sur les gars qui me tiennent. Ce sont des humains qui travaillent pour Mathilda. Ce sont des lâches. Je les déteste. Quand je lève les yeux, Rhork pointe son arme sur Mathilda comme s'il avait l'intention d'appuyer sur la gâchette. Mon cœur bat plus fort. Est-il... pourrait-il être... contrarié parce qu'elle m'a frappée ? Mes entrailles s'agitent à cette idée. J'ai envie qu'elle me frappe à nouveau, juste pour voir sa réaction. Personne ne s'est jamais soucié de moi avant. Personne.

– Ceux qui blessent des femmes en ma présence ont tendance à mener des vies très courtes et à agoniser dans les pires souffrances, murmure-t-il.

Ses dents scintillent dans la lumière crue du soleil. Mathilda reconnaît son erreur et change de visage :

– Rhorkanterannu, votre Grâce...

Ooohhh. Grosse erreur. Les pirates sont fiers. Ils méprisent les rois.

Rhork le lui fait immédiatement savoir. Mathilda s'avance, paumes de mains tournées vers le haut, bras tendus. Elle s'excuse comme la vipère sournoise qu'elle est, puis elle fait une chose à laquelle j'aurais dû m'attendre, mais qui me surprend tout de même.

Elle déclare que je suis vierge et que je suis disponible, pour le bon prix.

Moi, sa petite-fille.

Je ne sais pas pourquoi cela me touche, mais c'est le cas. Puis je me rappelle que Mathilda, cette vipère, a tué sa propre fille – ma mère. Pourquoi m'épargnerait-elle ? Je résiste à l'envie de lui faire savoir ce que je pense d'elle. Au lieu de cela, *je la regarde fixement tandis que la chaleur ravage mes joues et que les larmes me montent aux yeux. Ce ne sont pas des larmes de tristesse, bien sûr. Ce sont des larmes de rage. Je décide alors que ça me ferait plaisir de voir cette femme mourir.*

Ça devrait me faire plaisir, en tout cas.

Elle fait partie de ma famille, et elle vient d'essayer de me vendre.

Puis ma haine pour ma grand-mère s'évapore comme de la fumée. Quelque chose de bien plus épouvantable se produit. En effet, après une longue pause, Rhork répond :

— Centare. Je ne veux pas d'elle.

Je m'étouffe. Tout ce que je pensais savoir s'écroule autour de moi. Tout. La haine de Mathilda, sa fausseté et sa malice me sont aussi familières que les lignes marron foncé qui s'entrecroisent sur ma paume. Mais jusqu'ici, Rhork ne m'avait montré que de la gentillesse. Ses mots provoquent ma chute.

Je commence à tomber.

Le coup que Rhork vient de porter n'a fait qu'effleurer la surface. Il n'en a pas encore fini avec moi. La lame dans mes tripes se tord et, si je n'avais pas été maintenue par les gardes, j'aurais levé les mains pour essayer d'endiguer le flot d'émotions provenant de cette nouvelle blessure, de ma poitrine déchiquetée et déchirée.

— Elle est défectueuse, ajoute Rhork.

Il parle de ma jambe. Elle est tordue parce que quand j'avais six ans, Mathilda l'a cassée pour que je n'aie pas à participer à la Chasse. J'aimais Mathilda à l'époque. Elle m'a fait du mal, mais je l'aimais. Tout comme Rhork. Seulement, lui, il ne m'a pas seulement cassé une jambe, il m'a brisée, entièrement.

J'ai été assez folle pour aimer des monstres sans cœur.

Mais c'est fini, on ne m'y reprendra plus.

— Personne n'en voudrait à la vente aux enchères d'esclaves, pas même si elle était offerte gratuitement. Relâche-la. Elle ne vaut même pas l'ebo qu'il faudrait pour la nourrir.

Mathilda rit et ordonne à ses hommes de main de me libérer. Je me dégage de leur étreinte et leur fais un doigt d'honneur. Quand je me tourne vers Rhork, c'est avec l'assurance qu'il est aussi mauvais qu'elle. Je m'enfuis dans le désert, cependant, quand vient le moment de choisir entre retourner à la colonie pour dire à tout le monde ce qui s'est passé ou faire quelque chose de plus téméraire : je choisis l'option deux.

J'escalade la pile de rochers et j'utilise le jeton dans mon oreille pour me faufiler sur le vaisseau de Rhork. Alors comme ça je suis défectueuse ? Je lui montrerai que c'est lui qui est défectueux quand je ruinerai tous ses plans et libérerai l'humaine qu'il a prise à ma place.

Il aurait dû me prendre.

Oui. C'est moi qu'il aurait dû prendre.

Je regarde ma jambe. Je porte un jean, on ne peut donc pas voir qu'elle est couverte de cicatrices, mais moi je sais à quoi elle ressemble. Il y a pire que les cicatrices qui s'enroulent autour de ma jambe comme des serpents, toutefois. L'os n'a pas bien guéri, et mon pied est anormalement incliné sur le côté. Ça me fait boiter quand je marche, mais ça ne m'a jamais arrêtée.

Je fronce les sourcils.

Je ne sais pas pourquoi ça me dérange tant qu'il m'ait appelée comme ça. Je soupire, puis je secoue la tête : je veux le chasser de mes pensées. Il est aussi mauvais que Mathilda et les horreurs... ce qu'il s'apprêtait à faire à Svera est ignoble... Il l'aurait prise dans son shekurr si je ne l'avais pas arrêté.

Mes muscles se raffermissent à cette idée et je me lève de mon siège pour faire le tour de la petite capsule de sauvetage. Je trouve des armes cachées dans un cagibi au milieu du plancher et les examine rapidement. Je repère une épée, je la sors et je l'entaille plusieurs fois sans raison particulière. Je n'ai jamais tenu d'épée auparavant.

Je la jette sur le côté et je fais semblant d'affronter un adversaire imaginaire avec une lance. Du moins, je pensais que c'était une lance jusqu'à ce qu'elle se mette à vibrer à une extrémité et qu'un éclair géant sorte de l'autre. Je crie et la laisse tomber dans le cagibi. L'éclair heurte le mur impénétrable de la nacelle sans la faire exploser et sans me projeter dans l'espace vers une mort certaine.

Wow. Je l'ai échappé belle.

Je ne suis pas assez stupide pour essayer les blasters, ou les balles violettes lumineuses qui se trouvent dans une vitrine. Lassée des armes, j'attrape les autres panneaux du sol. L'un d'eux finit par s'ouvrir.

– De la nourriture !

Je hurle de joie à la vue de tubes de liquide noir et des paquets transparents contenant une substance brune et pâteuse.

Comme la substance brune ressemble comme deux gouttes d'eau à des excréments, je prends d'abord les tubes.

– Beurk !

Je m'étouffe et j'ai du mal à reprendre mon souffle. J'ai l'impression d'avoir un poisson battu à mort avec un sac d'ordures puis liquéfié avec de l'acide dans la bouche. C'est aigre et sucré en même temps, ça un goût de vomi. *Non, pas de vomi, ça a le goût d'un mot qui commence par la lettre M et rime avec « perde ».*

L'horrible arrière-goût s'attarde à l'arrière de ma gorge et pénètre dans mon cerveau. Je jette immédiatement le liquide noir et opte plutôt pour un sac de caca.

– Hum.

La saveur fraîche de la menthe poivrée assaille mes papilles. C'est un peu comme du melon. Ça fera l'affaire.

Je mange trois autres sacs de caca et je regarde mon estomac quand j'ai fini. Je me sens repue et là, dans ce tee-shirt trop petit depuis cent solaires, ça se voit. Je fronce à nouveau les sourcils. Mon ventre est plein et mes seins le sont encore plus. Mes nichons sont tout simplement énormes, ils reposent lourdement sur ma poitrine et parfois, ils me font même mal au dos. On pourrait penser que mes fesses géantes auraient équilibré le poids, mais je suppose que ça ne marche pas comme ça.

Dommage.

Je n'ai pas toujours eu cette silhouette. J'ai commencé à prendre du poids après que Mathilda m'a mise dans le sous-sol. Tout ce que je pouvais faire pour m'occuper, c'était manger. Je n'avais pas réalisé que je prendrais du poids. Personne sur la colonie n'a jamais pris assez de poids pour être ronde, donc je n'ai même pas pensé que je grossirais à ce point.

En contournant le bord transparent de la capsule de sauvetage, j'ignore mon estomac et je me force à me concentrer sur l'immensité et la magnificence de l'espace. Les étoiles lointaines clignotent comme des phares chargés de guider les vaisseaux massifs. D'une certaine manière, je pense que les planètes sont un peu comme des vaisseaux transportant des millions de personnes dans l'immensité de l'univers. Je souris à cela, et je ne sais pas pourquoi, mais je me mets à rougir.

Je pose ma paume sur le bord de la nacelle et la matière noire qui s'en échappe périodiquement apparaît sous le bout de mes doigts, comme si elle essayait de communiquer avec moi.

– Qu'est-ce que tu essaies de me dire ?

La matière noire, qui ressemble à un tissu d'encre, s'éloigne et ne me répond pas. *Quel manque de respect !*

Je souris. Je suis habituée à ne pas obtenir de réponse. Alors, je hausse les épaules et je continue à compter les comètes et les étoiles filantes que j'observe.

– Huit… neuf… onze… trente-trois…

Les étoiles filantes sont difficiles à distinguer parce que les astéroïdes commencent à se regrouper. Elles se rapprochent de la capsule de sauvetage comme des mains tendues. À les voir, je me demande si ce sont vraiment des astéroïdes.

Il s'agit de gros blocs de roche noire et brune. Certains rochers sont aussi imposants que la capsule, d'autres sont plus petits. La plupart, toutefois, sont énormes et envahissants. Malgré leur taille, la capsule de sauvetage les contourne facilement. Comment arrive-t-elle à éviter les débris spatiaux et les déchets de l'univers ? Possède-t-elle des capteurs ? Voit-elle ? Est-ce que cette chose est vivante ? Peut-elle voir ? Peut-elle sentir ?

– Si tu peux me sentir, petit vaisseau, sache que je suis désolée d'avoir jeté tes armes.

Je lève les mains en regardant les murs transparents et l'espace au-delà. Prudemment, je remets toutes les armes dans leur cache en fredonnant une chanson que j'ai inventée.

– Tu aimes la musique ? je demande au module.

Moi, folle ? Ouais, peut-être. Depuis que j'ai trouvé comment désactiver mon communicateur, je sais que je suis de retour au point de départ. Je suis à nouveau seule. *Je suis seule dans le vide de l'espace. On considère que l'espace est vide ; mais l'est-il vraiment ? Peut-être qu'il est plein. Je pense à toute la vie qui y flotte. Moi, je ne suis qu'un petit point solitaire parmi ces trillions d'existences. Qu'est-ce qui est plus grand que des billions ? Des gazillions ? Qu'y a-t-il après ça ? Des gabajillions ?*

– Oh oui, tu ne parles pas humain.

Suis-je bête.

– Tu aimes la musique ?

Je me suis exprimée en Meero. Le module ne répond toujours pas.

– Tu ne sais peut-être pas ce qu'est la musique. Je peux arranger ça.

Je me mets à chanter une chanson que j'ai écrite en Meero : « *Droganeene nene erro, wa da rogar tre hodona.* » Je chante les paroles à tue-tête. C'est une chanson sur une plante. Seule et emprisonnée dans une cage par ma grand-mère, j'ai pris l'habitude d'inventer des chansons sur les choses qui se trouvaient devant moi.

– Si tu lèves tes feuilles vertes vers le soleil…

Dans le cas des plantes du sous-sol, elles lèvent plutôt leurs feuilles vers les lampes solaires installées au-dessus d'elles – mais qui se soucie de ces détails ?

– Alors tu deviendras grande et forte… Aaah !

La capsule de sauvetage s'est arrêtée brusquement.

Je fais une embardée vers l'avant, mes bras tournoient dans les airs. Je me dirige droit vers la paroi transparente sur ma gauche et, comme elle est transparente, je suis prise au dépourvu quand je la heurte. Heureusement, j'ai réussi à positionner mon bras de façon à couvrir ma tête.

Malheureusement, je cogne mon coude contre la surface claire et noire.

– Aïe !

Je me tords de douleur, secouée de frissons de haut en bas sur mon côté gauche.

– Tu n'es qu'un tas de ferraille stupide !

Je tape des pieds. J'espère ainsi dissiper la douleur. Soudain, une voix dure vient briser le silence, une voix qui me rappelle cette première fois...

– Petite idiote ! Tu m'espionnes, maintenant ?

Mathilda me frappe si fort que ma lèvre inférieure se fend. Je sens le sang couler au moment où je touche le sol. Le tapis est dur et rugueux sous mes paumes, mais il y a quelque chose de lisse parmi les fils, quelque chose de doux. Je le saisis avec ma main au moment où ma grand-mère enroule mes locks dans son poing et me soulève. Elle est plus forte qu'elle n'en a l'air. Elle me traîne sur le sol. J'ai beau donner des coups de pieds et crier, elle ne s'arrête pas. Elle me tire dans le hall, puis dans les escaliers de la cave.

Je suis déjà venue ici avant. J'ai cassé la serrure pour voir ce qui se cachait derrière. C'est pour ça que je suis dans cette merde.

Elle m'a si bien assommée que je ne réalise pas où je suis ni où je vais jusqu'à ce que je sois sur le sol et qu'une porte soit scellée devant moi. C'est du verre, ou quelque chose qui ressemble à du verre. Par contre, c'est bien plus dur que du verre. Je passe les quelques solaires suivants à essayer de briser cette porte et rien n'y fait. Je comprends qu'il est inutile d'essayer le neuvième solaire. Je me tourne alors vers le petit appareil trouvé sur le tapis. J'essaie de l'utiliser de toutes sortes de façons et je finis par le faire fonctionner par accident. Je dormais avec l'appareil sous mon oreiller quand j'ai entendu les premiers grésillements. J'ai attendu. J'ai écouté attentivement… et puis la chose s'est glissée dans mon canal auditif.

J'ai crié quand je l'ai senti se loger au fond de ma tête et j'ai même essayé de le secouer pour le faire sortir. Mais j'ai entendu un bruit au même moment. On aurait dit quelqu'un qui parlait, très loin de l'endroit où je me trouvais. On aurait dit qu'il s'agissait de la voix d'un homme. Un mâle, pour être plus précise. J'étais consciente que ce n'était pas un être humain. Je me suis dit qu'il serait merveilleux de pouvoir parler à quelqu'un et d'un seul coup, la connexion s'est affinée, est devenue claire. Tous les autres sons ont été noyés et je me suis retrouvée à écouter quelqu'un qui, je le savais, pouvait m'entendre.

– Allo ?

Pendant un moment, seul le silence accueille le premier mot que je prononce depuis des solaires. Puis une voix, une voix charmeuse, se fait entendre :

– Intéressant.

Cette même voix me fait maintenant sursauter.

– Deena, tu vas bien ?

– Shrov !

Je ne m'attendais pas à l'entendre. Je jure en Meero et j'ôte rapidement le communicateur de mon oreille. Je le fixe dans ma paume, complètement ébahie. Ébahie. J'ai toujours pensé que ce mot était stupide. C'est comme si quelqu'un avait voulu dire « *Eh ben il* est là ! » mais l'avait mal prononcé.

– Putain de merde !

Je jure à nouveau en humain en fixant la petite perle d'argent. C'est un jeton Niahhorru et il me permet de communiquer avec tout autre jeton Niahhorru. Les vaisseaux sont faits du même matériau, ce qui me permet de contrôler celui-ci sans utiliser le clavier intégré à l'accoudoir. Ou du moins, c'est ce qu'il était censé faire quand il était activé. Là, il devait être désactivé... j'étais sûre de l'avoir désactivé.

– Ce n'est pas possible !

Mon cri provoque des éclats de *rires* qui résonnent tout autour de moi. *Ça vient du vaisseau ! Il est bien vivant ! Pourtant, il n'a rien dit après mon chant : pas un remerciement, pas un compliment. Non seulement il est vivant et mais en plus il est mal élevé !*

Je regarde autour de moi le vide au-delà des murs. Les planètes, les étoiles et les astéroïdes flottent sans se soucier de moi. Ils ne s'occupent que de ce qui les regarde. Et moi, perdue, seule humaine à des lieues à la ronde, j'entends des rires qui ne peuvent pas être réels. *Peut-être que je suis vraiment folle.* Ce qui m'irrite le plus, cependant, ce n'est pas le fait d'être à moitié cinglée, c'est le fait que Mathilda avait raison.

La voix reprend :

– Tu ne pensais pas te débarrasser de moi si facilement, n'est-ce pas Deena ?

– Shrov ! Comment as-tu… ?

Je me relève lentement et secoue mon poing vers le plafond.

– J'ai désactivé mon jeton !

Il expire longuement. J'entends un bruit de cliquetis.

– Deena, ce n'est pas possible.

– Tu…tu m'as dit que c'était possible.

Je suis morte de honte. Je repense à toutes ces fois où je pensais être seule et où il écoutait.

– Tu m'as appris la commande pour le désactiver !

Je me souviens de ce moment...

Je fredonnais tranquillement quand la voix de Rhork a résonné.

– Peux-tu continuer à chanter comme ça pendant tout le solaire ?

Je commence par bredouiller, puis j'éclate de rire.

– Shrov ! J'ai oublié que tu écoutais. Comment est-ce qu'on peut éteindre ce truc ?

– Tu n'as pas répondu à ma question. Et c'est tengay, pas tenjay.

– Shrov !

Je répète le mot qu'il vient de prononcer, puis j'ajoute :

– Tu n'aimes pas ma chanson ?

Je commence immédiatement à chanter les paroles d'une autre chanson que j'ai inventée. Elle est beaucoup plus enjouée que la précédente. C'était une chanson d'amour impossible, une chanson triste.

Sa réponse me parvient rapidement :

– Je pense que tu sais que chanter très fort n'améliore pas la qualité du ton !

Je me mets à rire et couvre immédiatement ma bouche. Comme je le fais toujours.

– Je déteste quand tu fais ça, fait-il remarquer.

Sa voix basse est, j'imagine, un peu plus triste qu'elle ne l'était avant. Un peu plus mélancolique.

Je baisse le ton pour l'imiter, ou peut-être juste parce que je ne veux pas que Mathilda m'entende à travers les murs, le plafond, les tuyaux ou quoi que ce soit d'autre. Heureusement qu'elle me prend pour une folle. Elle m'a déjà surprise à parler à voix haute à Rhork à deux reprises. À chaque fois, elle a manifestement cru que je parlais toute seule.

– Quand je fais quoi ?

– Quand tu te sens bien et que tu t'empêches de rire.

Nous sommes tous les deux silencieux un moment. Pas de questions. Pas de réponses non plus. Puis il grogne, et aussi brutal que soit le son, il semble bien plus sirupeux à mon oreille qu'il ne devrait l'être. Non, ce son n'est pas sirupeux. Il est... un autre mot qui commence aussi par un S. Un mot qui rime avec « rituel ».

– Pourtant, tu n'arrêtes pas de chanter.

– Si tu veux que j'arrête de chanter, tu n'as qu'à éteindre le machin.

– Machin ? répète-t-il en humain.

L'entendre parler en humain me donne la chair de poule.

– Tu parles l'humain bizarrement.

– Et toi tu parles Meero bizarrement, mais je suis assez poli pour ne pas te le dire.

– Centare ! je réponds en retenant le rire qui ne demande qu'à s'échapper de ma poitrine. Tu me corriges tout le temps.

Il ne rit pas avec moi comme je pensais qu'il le ferait. Au lieu de cela, il soupire :

– Je déteste quand tu fais ça.

Je ne réponds pas. J'attends simplement. Je n'ai rien à dire. Qu'est-ce que je pourrais dire ? Que l'adorable connasse qui me sert de grand-mère pourrait venir ici si elle m'entendait ? Qu'elle pourrait reprendre son jeton ? Dois-je lui avouer que je ne sais pas ce que je ferais si je ne pouvais plus lui parler ? Que ça pourrait... que ça pourrait me briser ? Non. Je ne peux rien dire. Je n'ai donc rien à dire.

Je fredonne à nouveau sans m'en rendre compte. Du moins, jusqu'à ce que Rhork s'éclaircisse la gorge.

– Tu peux éteindre le communicateur en activant la commande de silence.

– Qu'est-ce que c'est ?

– Il suffit de dire le mot en Meero, suivi de la commande Tak.

– Tak ?

– Ontte.

– Qu'est-ce que ça veut dire ?

– *Ça veut dire immédiatement.*

– *Severennu tak.*

Une sorte de silence viscéral et effrayant émane de l'autre extrémité du communicateur. Le changement est si soudain que j'en ai le vertige.

– *Rhork ?*

J'attends un moment. Rien.

– *Rhork, je répète.*

Je suis assise. Je me lève et je fais les cent pas dans ma petite cellule. D'avant en arrière. La panique s'installe.

– *Rhork ! Rhork !*

Non. Non, non, non. Non. Il n'est plus là et c'est de ma faute. Je ne sais pas comment le faire revenir. Je ne sais pas comment faire. Je ne sais pas...

– *Severennu tak. Severennu tak.*

Je crie maintenant, mais cela ne change rien à la situation. C'est peut-être parce que je demande à l'appareil de se taire. Quel est le contraire de silencieux ? Fort ? Parler ? Je crie les deux mots en Meero. Puis je me souviens.

– *Teoranka tak.*

– *Déjà de retour, Deena ?*

Le souffle que j'expire secoue tout mon corps. Des larmes mouillent mes cils. J'appuie mon front contre la cloison de verre qui me sépare du monde. Qui me sépare de tout et de tout le monde. De tout, sauf de la seule chose que je peux garder, la seule chose que Mathilda ne m'a pas prise. Celle que j'ai cru un moment avoir perdue.

– Deena ?

Est-ce l'inquiétude qui modifie son ton ? Non, bien sûr que non. Je ne suis pas assez stupide pour croire qu'il s'inquiète pour moi. Je ne le connais que depuis quelques solaires. Une douzaine de solaires. Mais non, pas une douzaine... plutôt quatre-vingts ! Nom d'un chien. Peut-être une centaine en fait. Je suis vraiment enfermée depuis si longtemps ? Mon menton commence à trembler. Cela m'agace, j'ai l'impression de retomber en enfance quand ça se produit.

– Deena !

Il a parlé si fort que j'ai sursauté et que je me suis cogné la tête.

– Aïe. Ouais. Je veux dire… ontte.

Je frotte mon front avec le talon de ma main, ce qui rend la bosse qui point à l'horizon encore plus douloureuse.

– Tu n'as pas l'air… bien.

Je ris mais c'est un rire humide, plein de salive et de morve. Je renifle.

– Je vais bien. Tout va bien. Rien de grave.

Ce n'est pas comme si mon cœur était sur le point de sortir de ma poitrine sur la fusée de mes émotions, sans carburant et sans destination.

– Tu n'as pas l'air bien.

– Tu l'as déjà dit.

– Oui, mais tu viens de…

– Je pense juste que j'ai besoin d'être seule maintenant.

– Deena, grogne-t-il.

– Quelle était la commande pour le remettre… le remettre en marche ?

Ma voix s'étrangle sur le mot. Il l'a entendu. Je suis sûre qu'il l'a entendu.

– Deena…

– C'était teoranka ou heverenoya ?

Ces mots signifient respectivement « parler » et « fort » en meero.

Pas de réponse de sa part.

– Alors, Rhork… Lequel ?

Je me frotte le visage.

– Teoranka, dit-il enfin.

– Merci… merci beaucoup.

– Deena…

– Severennu tak.

C'est la fin de la communication. Une autre porte qui se ferme.

Je commence à fredonner pour moi-même, mais c'est seulement pour ne pas laisser le silence complet s'installer…

Le silence que je craignais alors, commence à peser entre nous maintenant. J'attends sa réponse, haletante. *Tout* dépend de sa réponse. Tout.

– J'ai menti.

Il. A. Menti.

Il m'a menti. Comment a-t-il pu me *mentir ? Mentir rime avec trahir, avec anéantir et avec souffrir. Souffrir.* Il… il m'a entendue pleurer alors. Pas une fois. Pas deux fois. Bien plus qu'une douzaine de fois. Un gabajillion de fois. Il… Il a tout entendu. *Tout.*

J'ouvre la bouche, mais je n'ose pas répondre. J'ai deux options. Seulement deux. Il sait que j'ai pleuré des gabajillions de fois et il sait aussi que j'ai fait… euh… d'autres choses, en pensant qu'il n'était pas là et que je pouvais garder le micro dans ma tête en place sans qu'il m'entende. Il n'avait qu'une chose à faire : il aurait pu me dire que je pouvais l'enlever et qu'il ne serait pas capable d'entendre… mais il *voulait* entendre. Il *voulait* me faire honte. Ça ne me laisse donc plus que deux options.

Je peux lui crier dessus et le traiter de dangereux psychopathe, mais en fait, je savais depuis le début à qui j'avais affaire, alors dans ce cas qui est responsable ? Moi, ou Rhorkanterannu, *le méchant de l'histoire ?* Tout le monde sait qu'il vaut mieux le fuir. Tout le monde. Mais moi je ne pouvais pas le fuir, car *je n'avais que lui.*

C'est toujours le cas.

Il me reste donc l'option deux. Je peux faire une mauvaise blague et prétendre que je m'en fiche. Je peux faire comme s'il n'était rien pour moi, comme si je n'étais rien moi-même, comme si nous n'étions tous les deux que deux enveloppes vides. *Vides, ça rime avec « bide » ou « acide ». C'est étrange car ces mots sont éloignés en termes de sens.*

– Alors, finalement, tu aimes m'écouter chanter ?

Je continue d'oublier – *Shrov, comment puis-je oublier ?* – que Rhork est le méchant de l'histoire. Au lieu de répondre à ma blague par l'une des siennes, il déclare très sérieusement :

– J'ai aimé t'écouter quand tu pensais que je n'écoutais pas. C'était comme écouter des secrets qui ne m'étaient pas destinés.

– C'est parce qu'ils ne t'étaient *pas* destinés !

Cette réponse aigre déclenche une vague de chaleur qui monte de ma poitrine à ma gorge.

– Ne t'inquiète pas, Deena. J'ai su respecter ton intimité quand il le fallait.

– Ah oui ? Quand ? Tu m'as laissé chier en paix au moins ?

Je ne sais pas comment dire « *chier* » en Meero, alors je le dis en humain en espérant que le traducteur s'occupera du reste.

Rhork émet une sorte de rire-soupir.

– Centare, je ne t'ai pas écoutée te *vider*.

– Ou faire pipi ?

– J'ai retiré mon communicateur chaque fois que j'entendais les signes révélateurs de la pisse, mais je ne peux pas dire que je n'en ai pas entendu une partie. Soyons complètement honnêtes Deena, tu ne cherches pas vraiment à savoir si je t'ai entendue pisser et chier, n'est-ce pas ? Tu veux savoir si je t'ai entendue... *chanter*.

Il prononce le mot avec une inflexion si sensuelle que je sais qu'il ne parle pas de musique. Je *sais* de quoi il parle.

– Ontte, Deena. Je t'ai entendue *chanter*. Parfois, je t'ai même entendue *chanter* pour moi.

Mes doigts s'enroulent autour de mon communicateur. Je n'en ai plus du tout besoin maintenant que je peux lui parler directement à travers le vaisseau. Je meurs d'envie de le balancer à travers le module avec rage, mais étant donné ma propension à me blesser pour un rien, je le fourre plutôt dans la poche de mon pantalon. Je porte un jean d'homme qui appartenait à mon père, il tient à peine sur mes hanches – il ne tiendrait pas, en fait, si je ne l'avais pas attaché avec un câble électrique.

– Tu n'es qu'un bâtard ! je crie.

Sa réponse est, comme toujours, calme. Ça me donne envie d'arracher chacune de mes locks à la racine.

– Centare, ce n'est pas possible. Je suis un pirate. Il n'y a pas de pirates bâtards, chaque petit qui naît est férocement aimé par toute la communauté.

– Espèce de... !

Je hurle. Mes épaules sont tendues. Mon visage est déformé par la rage. Je me sens tellement en colère que, pendant un moment, j'ai peur de me trouver mal. *Calme-toi, Deena. Reprends-toi ! Reprends rime avec sang. Comme celui qui me parcourt avec force et chaleur. Reprends rime avec banc. J'aimerais lui en balancer un dans son putain de visage si je pouvais le voir. Du calme, Deena. Calme-toi !*

– Sors de ma capsule de sauvetage !

J'ai parlé dix fois trop fort. J'ai l'air malade. *Non, pas malade, un mot qui commence par F et qui rime avec colle.*

– *Ta* capsule de sauvetage ?

Sa réponse s'échappe de tous les conduits sonores du vaisseau. Ce qui m'énerve au plus haut point, c'est que du coup, je ne sais pas où regarder.

Je crie vers le plafond.

– Oui ! *Ma* capsule de sauvetage !

Je me frappe la poitrine.

– Je suis en train de m'échapper avec, n'est-ce pas ? Donc c'est la mienne !

– Moi je dirais que cette capsule et son contenu m'appartiennent.

Je déteste sa voix douce et chantante. Je la déteste parce qu'elle m'affecte. J'ai entendu cette voix dans l'obscurité, tard dans la lune, quand j'étais toute seule. J'ai laissé les frissons qu'elle générait en moi m'anéantir et me détruire. Je l'ai laissée entrer dans ma peau, dans mes os. J'ai même *chanté* pour elle quand je pensais qu'il n'écoutait pas. *Mais il a tout entendu.* Tout. Ça me donne envie de vomir. *Ce qui rime avec jouir ou défaillir.* Je suis tellement furieuse que j'ai l'impression que je vais exploser !

Putain Deena, reste calme !

– Si tu le dis.

J'ouvre la bouche pour simuler un bâillement et je manque m'étouffer. La rage m'assaille à nouveau quand j'entends Rhork glousser.

– Tu pourras le récupérer quand tu m'attraperas !

Je secoue mes poings en l'air face à l'image de Rhork accrochée au plafond. Il semble se moquer de moi. Je ne l'ai vu qu'une seule fois de mes propres yeux. Il était aussi surprenant et excitant que je l'avais imaginé.

Si seulement je pouvais séparer l'extraterrestre à quatre bras et aux épines de son horrible personnalité. *Personnalité rime avec méchanceté, qui rime avec pfff...* oh ciel, il faut que j'arrête.

– Ne t'inquiète pas, c'est prévu.

Je rougis à nouveau sans raison.

– Tu parles beaucoup pour quelqu'un qui n'a aucune idée de l'endroit où je suis.

– Tu n'as qu'à me dire où tu es, comme ça je le saurai.

– Oh, c'est mignon, ça ! Bien tenté. On t'a déjà dit que tu étais mignon ?

– Centare, jamais.

– Eh bien, moi, je te trouve adorable. Toi, le grand méchant pirate, totalement perdu, parcourant l'espace à la recherche d'une petite humaine défectueuse. Oh la la ! C'est adorable, vraiment.

C'est le silence. Je crois l'entendre grommeler des mots à quelqu'un d'autre, mais ils sont tous indistincts jusqu'à ce qu'il dise, plus fort :

– Dis-moi où tu es et j'allégerai ta punition.

Ça me fait rire. Ce n'est pas très naturel de ma part, mais c'est un rire clair et bruyant. Je caresse mes cheveux de haut en bas, les pointes de mes longues mèches retombent entre mes omoplates alors que je me relève. Je titube en le faisant et je dois me rattraper sur l'une des chaises.

– Tu sais, tu n'es pas très doué à ce jeu-là. Tu ne sais pas qu'on attire plus de mouches avec du miel qu'avec du vinaigre ?

– C'est ce que Mathilda t'a appris ?

– Centare !

Je frissonne.

– Avec Mathilda, il n'y a jamais eu que du vinaigre. Mais tu ne peux pas faire comme elle parce que tu n'es pas là.

Il ne répond pas, pas tout de suite en tout cas. Cela me met en colère d'entendre sa voix mais attendre dans le silence m'enrage encore plus. *Il savait... Depuis le début, il savait à quel point j'avais besoin de lui. Lui, il avait l'univers entier à portée de main. Et moi, je n'avais que lui, et rien d'autre.*

– Alors t'as perdu ta langue, mon mignon ?

La nacelle fait des embardées avant qu'il puisse répondre et je tombe à genoux.

– Assieds-toi ou tu vas finir par te tuer par accident, rugit Rhork.

– Tu peux me voir ! je hurle.

Toujours pas de réponse. Je m'éclaircis la gorge et réessaie.

– TU PEUX ME VOIR ?

Non. Ce n'est pas mieux.

– Si je pouvais te voir, je te demanderais autre chose, tu ne crois pas ?

Je ne sais pas ce qu'il veut dire mais la chaleur de sa voix couplée à l'embardée soudaine de la nacelle me fait trébucher à nouveau.

– Deena ! Assieds-toi !

– Je n'ai pas d'ordres à recevoir de toi !

Tout en criant, je me traîne maladroitement avec ma jambe tordue jusqu'à la chaise où se trouve le clavier de commande.

Je m'agrippe aux accoudoirs pour me hisser sur le siège et je fais apparaître la carte des étoiles qui trace notre trajectoire. Pardon, *ma trajectoire. Rhork n'est pas là. Il n'est pas* avec moi. Peut-être qu'il ne l'a jamais été.

Peut-être que, pendant tout ce temps, il n'était que le fruit de mon imagination parce que je suis bel et bien folle. Je fronce les sourcils. Mon regard se pose alors sur les points clignotants et les lignes sinueuses. Je n'en crois pas mes yeux. *J'y suis presque. Je vais réussir à pénétrer ce champ d'astéroïdes, je serai la première à atteindre les autres humains cachés dans leur satellite depuis une centaine de rotations. Peut-être plus.*

– Attache ta ceinture.

– Centare.

Je suis en train de bouder quand j'entends Rhork expirer profondément au moment où j'attache ma ceinture. Je me retiens de lui demander à nouveau en criant s'il peut me voir.

– Ok, bafouille-t-il.

Il paraît *vraiment* épuisé. J'en sais quelque chose, j'ai eu presque une rotation entière pour étudier les nombreuses nuances et modulations de sa voix. Il me fait presque de la peine. Mais je me souviens de Svera, complètement nue sur une dalle, attendant que Rhork vienne et... la *viole. Je ne pensais pas qu'il était capable de faire une telle chose.* J'ai beau savoir que tous les êtres de cet univers sont vraiment terribles, je croyais quand même qu'il était différent.

Soyons honnêtes. Il était *tout* ce que j'avais. Il *fallait* qu'il soit le meilleur, le plus beau.

Du coup, il ne me fait pas de peine. Non. *Il est aussi exécrable que les autres et tout ce que j'ai pu voir de bon en lui n'est que le produit de mon imagination et de ma solitude.*

– Ok, quoi ?

– Ok. Je vais essayer le miel.

– Super. Qu'est-ce que tu proposes, Rhorky chéri ?

Il grogne. Il déteste les petits surnoms que je lui ai donnés au fil des solaires. Celui-là, c'est celui qu'il déteste le plus.

— Si tu me donnes tes coordonnées et que tu restes là à attendre que je vienne te chercher, je ne te ferai pas faire de shekurr avec mes frères pirates.

— Oh wow. Ça, c'est du miel ! Rien que d'imaginer ça... oh... ne pas avoir à enfoncer trente bites monstrueuses en moi d'un seul coup... C'est une offre charmante !

— Ne m'oblige pas à utiliser la manière forte, Deena.

Sa voix est plus basse, plus dure, et rien qu'à l'entendre, mes orteils se recroquevillent contre le sol froid. Je ne porte pas de chaussures. Bien sûr, ma petite grand-mère ne m'a pas donné de chaussures... Ce serait trop facile de courir sinon.

— Du coup, on en revient aux menaces ? Déjà ? Laisse-moi réfléchir... Qu'est-ce qui me plairait plus qu'un shekurr avec tes frères et toi ?

Je lève une main et commence à faire une liste.

— Je préférerais m'empaler sur un astéroïde, me jeter dans le vide sidéral, boire encore une centaine de ces immondes boissons en tube noir. Tu sais quoi ? Au lieu de prendre trente bites d'un coup, je préfère faire pousser une bite dans chacun de mes yeux.

Silence.

— C'est une image tout à fait dérangeante. Je souris et donne des coups de pied dans le fauteuil. Je m'amuse comme une petite folle.

— Ontte, tout comme l'image de moi avec toi et tous tes frères.

— Et pourquoi pas juste avec moi ?

Je cesse de sourire. Mes pieds restent immobiles, mes orteils touchent à peine le sol.

– Quoi ?

– Cette image te perturbe-t-elle aussi ?

Il inspire, et sa voix, sa maudite voix, déploie sa magie. Elle danse dans le noir, fait une sorte de strip-tease sulfureux dans ma tête. Je ne suis pas habituée à ce que les hommes me parlent comme ça.

Mais lui, c'est un monstre. Et moi, je suis défectueuse. Cela fait des rotations que je n'ai pas parlé à un garçon humain. Je suis juste défectueuse. Je le sais... je le sais. Mais en ce moment, c'est difficile de s'en souvenir.

– Bien sûr, je finis par bredouiller.

Ma voix se brise et je sais qu'il l'entend car il éclate doucement de rire.

– Ça n'a pas d'importance de toute façon, j'ajoute.

Mes doigts se crispent autour des accoudoirs de ma chaise. Je sens mon visage devenir tout chaud et je suis heureuse qu'il ne puisse pas me voir. *Pas seulement à cause de mon embarras ; je suis aussi heureuse qu'il ne puisse pas voir mon corps.*

– Tu ne m'attraperas pas, et même si tu y arrives, je ne me laisserai pas faire sans me battre.

Ou sans chercher à fuir. En ce moment, la fuite semble être la meilleure des options.

– Intéressant…

Je déteste quand il fait ça. Il me fait savoir qu'il en sait plus qu'il n'y paraît, mais sans dire le fond de sa pensée tout de suite.

– Tu as parlé d'astéroïdes, poursuit-il. Je sais que tu ne retournes pas à ta colonie humaine. Le champ d'astéroïdes le plus proche est trop loin pour que tu puisses suivre cette trajectoire. Étant donné la quantité de carburant dans ta capsule, tu n'as pu emprunter que trois routes. J'ai envoyé des téléporteurs à ces trois endroits. Tu imagines donc ma surprise quand ils sont revenus bredouilles tous les trois. Où peux-tu te trouver ? Je commence à croire, petite Deena, que Svera t'a donné quelque chose de très précieux avant qu'elle ne parte avec son compagnon.

Il parle, mais je ne peux pas l'entendre. Tout ce que je peux faire, c'est cligner des yeux. Quelques instants plus tard, je cligne à nouveau des yeux. Ma mâchoire s'ouvre et ma langue s'agite inutilement dans ma bouche. J'agrippe les bras de ma chaise et j'essaie de me relever, mais la ceinture de sécurité me tire en arrière.

– Par toutes les étoiles ! je hurle.

– Deena, dis-moi ce qui se passe, dit-il.

Je me contente de secouer la tête, incrédule. Ma petite capsule de sauvetage vient de contourner le bord incurvé d'un astéroïde de la taille d'une lune. Un satellite se trouve juste en face de moi.

Le satellite.

Obscurci par les astéroïdes derrière lui, il n'est éclairé que par la lumière d'étoiles très lointaines – et par la lumière de ma petite nacelle lumineuse. Les astéroïdes semblent être enfermés dans son orbite et tournent autour de lui très lentement. Je commence à suivre le chemin qu'ils empruntent dans ma petite balise lumineuse et je m'approche de plus en plus.

– Deena ! Est-ce que Svera t'a donné les coordonnées ?

– Quelles coordonnées ? je marmonne.

Je me détache de mon siège et me lève. C'est avec une certaine hésitation que je presse mes deux paumes contre la vitre. J'ai peur. Étrangement, mon souffle ne génère pas de buée.

Balesilha.

C'est le mot imprimé en énormes lettres majuscules sur le satellite. La surface magnifique du satellite est structurée en trois éléments : deux énormes sections à chaque extrémité qui ressemblent à des roues tournant lentement et, entre elles, une énorme sphère reliée à elles par d'énormes ponts. Les roues sont argentées et brillantes, comme si elles avaient été construites il y a peu. La boule, par contre, est inerte et inégale, couverte de noir et d'une sorte de couleur rouille qui ressemble étrangement à du sang séché.

En m'approchant, je vois que certaines parties de la sphère sont d'un vert mousseux. *Elle ressemble à ces légumes qui ont été laissés dehors trop longtemps.* Cette couleur m'interpelle parce que lorsque j'étais retenue captive, je luttais continuellement pour ma survie et ma dignité. Je protestais souvent en refusant d'ingérer tout ce que Mathilda me donnait. Je laissais la nourriture se gâter et, au bout de quelques solaires, de drôles de taches blanches et vertes apparaissaient sur la viande et les légumes. Ils sentaient si mauvais que cela me faisait vomir. Contempler la sphère me rappelle cette nourriture périmée et j'ai la nausée. *Pourriture.* Le mot me revient. *Elle a la couleur de la pourriture.* Et c'est là que ma capsule de sauvetage se dirige.

– Deena, parle-moi.

Sa voix basse résonne et je me mets au garde-à-vous. Je me prépare à l'arrimage de ma petite capsule. Je me prépare à rencontrer d'autres êtres humains ! Oh mon Dieu, comment seront-ils ? Que vont-ils penser de moi ? Je jette un coup d'œil à mes vêtements, à mes pieds nus et à mon tee-shirt sale. Je renifle mes aisselles et fais la grimace. Je ne peux malheureusement rien changer à ma puanteur pour le moment.

Je resserre quelques-unes de mes mèches avec mes doigts en sautant d'un pied sur l'autre avec empressement. Rhork continue à me parler mais je refuse de lui répondre. Il murmure aussi des ordres à quelqu'un. J'y suis presque... Je suis presque arrivée ! La sphère géante est immense maintenant. Je m'en approche et la capsule se verrouille sur un port avec un sifflement.

– Deena !

Comme je ne réponds pas, Rhork jure. Ça ne lui ressemble pas.

– Deena, n'y va pas, ne fais pas ça. C'est ma capsule de sauvetage. Tu es à *moi*.

Je ne sais pas ce qu'il entend par là, mais de là où je suis, en train de fixer le plafond et d'observer la matière noire qui constitue une partie du vaisseau se séparer pour révéler un portail couleur pourriture qui est scellé ; ce qu'il vient de dire n'a aucun sens.

La matière noire glisse lentement vers le bas pour former un seul poteau avec des sections plates qui sortent de chaque côté, elles sont assez larges pour y poser les pieds. Cool. Une échelle. Je m'y accroche et commence à grimper.

– Je suis ravie d'avoir fait ta connaissance, Rhork, mais là je m'en vais. Ne t'attends pas à avoir de mes nouvelles de sitôt. Ne t'attends pas à en avoir du tout en fait.

Je devrais jeter le petit jeton dans ma poche et le laisser derrière moi dans la capsule de sauvetage pour qu'il ne puisse pas me retrouver...

C'est ce que je devrais faire.

– Deena, dit-il.

Je *déteste* la façon dont il dit mon nom. Ce que je déteste le plus, c'est l'effet qu'a sa voix sur moi. Je ne devrais pas aimer sa voix, je ne veux pas l'apprécier, j'aimerais la détester.

– Je t'emmènerai voir la mer.

Les accords de velours de sa voix agissent comme de l'huile sur des barreaux. Je glisse, je trébuche et tombe sur le sol avant de me relever. Je ne peux que me masser les fesses en maugréant.

Rhork jure et poursuit :

– Je t'emmènerai voir la mer, Deena. J'ai déjà choisi l'endroit. C'est un petit coin pour toi et rien que pour toi. Je n'y ai jamais emmené personne.

– Menteur.

– Non, je ne …

– Stop !

Je me lève et m'accroche à nouveau à l'échelle.

– Deena...

– Je t'ai demandé d'*arrêter*.

Mon pied glisse du niveau sur lequel il est et mes bras tremblent. Maintenir le reste de mon corps sur l'échelle me demande beaucoup d'énergie. *Merde. Je ne suis vraiment pas en forme...* Je me demande si c'est ce à quoi Rhork faisait référence quand il a dit que j'étais défectueuse. Je ne crois pas qu'il parlait de ma jambe. Je jette un coup d'œil à ma jambe droite et je fronce les sourcils. C'est assez difficile de monter une échelle avec mon pied plié comme ça, mais ça ne m'arrête pas. Ça fait mal parfois, oui, mais ça ne me ralentit presque jamais.

– Je ne mens pas. Je vais t'emmener à cet endroit, Deena. Il est déjà à toi...

– Non.

Je réponds d'une voix assurée mais mon cœur se serre. Voir la mer... *Combien de fois sa voix mélodieuse m'a décrit la mer ? J'en ai perdu le compte...*

– Je préfère tenter ma chance avec les humains que de te faire confiance à nouveau.

– Deena, tu ne sais même pas si tu peux respirer l'air de ce satellite !

Je reste bloquée sur l'échelon supérieur. J'hésite.

– Si tu ouvres ce loquet, tu pourrais mourir.

– Hmm...

J'imite son habituel ton désinvolte.

– Eh bien, si ma survie t'intéresse, je te suggère de me dire comment déterminer si l'air est respirable.

Silence.

– Centare, répond-il.

– Le contraire m'aurait étonnée.

Je lève la main et touche le portail. Sa surface granuleuse s'écaille sur le bout de mes doigts et les colore de vert. *C'est la couleur de la pourriture.* Le portail n'est pas humide, mais il est si froid qu'il semble humide. Ça ne ressemble à rien que j'ai déjà touché. C'est comme si un tas de sable humide avait été lyophilisé puis fondu. Ça pique.

– Deena ! s'écrie-t-il, Tu n'as donc pas envie de vivre ?

– Ontte. Mais pour cela, je dois prendre des risques. Pour l'instant, j'ai le choix entre toi et les trente bites de tes frères ou les gentilles personnes de ce satellite qui vont m'accueillir à bras ouverts et avec de l'oxygène respirable. Le choix est vite fait...

– Tu bluffes. Tu n'es pas assez stupide pour entrer dans un vaisseau sans même vérifier le niveau d'oxygène.

– Bluffer rime avec « surfer », sur la mer, j'imagine ?

Tu ne t'attendais pas à celle-là hein ? Prends ça !

– Deena ! Ce n'est pas le moment de jouer à faire des rimes ! Shrov ! Va voir le panneau de contrôle !

J'hésite.

– Celui sur la chaise ?

– Il n'y en a qu'un seul.

Je redescends et vérifie l'accoudoir du fauteuil de contrôle. Une lumière violette clignote et, lorsque j'appuie dessus, un panneau s'ouvre entre les deux chaises en face de moi. Je m'y dirige et vois un crochet étrange.

– Prends le crochet jaune et passe-le autour de ton oreille.

Sa voix est monocorde. Sombre. *Triste.*

J'obtempère et, surprise, je vois le crochet bouger. Étant donné les possibilités contenues par le jeton, je suppose que je ne devrais pas être si surprise que ça de le voir gonfler et s'allonger soudainement. L'extrémité jaune s'accroche autour de mon oreille tandis que l'autre extrémité glisse sur ma joue, sur ma lèvre supérieure, puis s'accroche à mon autre oreille. Un léger bruit de respiration résonne plus fort qu'il ne devrait et je sursaute à nouveau en jetant un coup d'œil par-dessus mon épaule gauche. On dirait que Rhork est là, debout, au-dessus de moi.

– L'oxygène circulera librement, quelle que soit l'atmosphère du satellite, mais il ne circulera pas indéfiniment. Tu en as assez pour tenir douze solaires. Peut-être plus, si tu arrives à garder ton calme. Moins, si tu te mets à paniquer.

– Merci, Rhorky chéri.

Je le taquine en espérant susciter une quelconque réaction de sa part. Je n'aime pas cette voix sombre, ce ton affligé. Je ne l'ai jamais entendu parler ainsi auparavant. Ça ressemble à... je ne sais pas à quoi ça ressemble. C'est comme s'il venait d'assister à la mise à mort de son animal de compagnie.

– Prends une arme avec toi. Tu ne sais pas sur quoi tu vas tomber. Les humains de ce satellite sont peut-être aussi sympas que ceux de ta colonie.

Je fronce les sourcils en l'entendant. La colère fait tressaillir mon épaule.

– Les humains ne sont pas tous terribles !

Wow. Ça sonne faux même quand ça vient de moi.

J'ouvre la cachette des armes et j'en sors une dague à taille humaine. De la longueur de mon mollet, elle n'a pas l'air trop compliquée à utiliser – *ou trop dangereuse pour moi* – alors je la glisse dans le passant de ma ceinture, au fourreau. En fouillant un peu partout, je vole également un autre paquet de pâte brune – juste au cas où – et une boule lumineuse avec une poignée qui ressemble à une lanterne. Je les fourre aussi dans ma poche arrière. Puis je remonte l'échelle.

Il me faut un long moment pour comprendre le mécanisme d'ouverture du loquet de l'autre vaisseau. C'est tellement... ancien. Il n'y a pas de scanners ou de lecteurs de veines ou de matière noire bizarre. Juste une poignée à l'ancienne que je dois tordre, tordre encore, puis faire descendre avant de l'enfoncer.

L'effort fourni pour soulever le mécanisme, me fait un peu transpirer mais au bout de quelques minutes, la surface granuleuse cède et il se déverrouille. C'est vraiment ancien. Hissssss. Les portes s'ouvrent en leur centre et l'air froid, glacial, s'abat sur moi. Il traverse tous mes vêtements. L'obscurité m'engloutit ensuite et je me réjouis d'avoir pensé à emporter la lumière qui se trouve dans ma poche arrière. Je l'attache à mon poignet et l'allume.

Je suis accueillie par des murs d'apparence normale ainsi qu'un plafond blanc et un peu vert. Dans l'ensemble, tout paraît élégant et bien préservé. Je remarque qu'il devient un peu plus difficile de respirer – surtout lorsque j'inspire par la bouche – alors je me concentre sur la respiration nasale, rendue possible par l'appareil que Rhork m'a obligée à porter.

Pourquoi m'a-t-il aidée ?

– Merci Rhork. Ce truc à oxygène est très pratique.

Il ne répond pas.

-Rhork ?

J'entends des brassages et un soupir, qui apaise immédiatement ma panique.

– Au revoir, Deena. J'espère que ces humains te donneront tout ce que tu mérites.

Il y a un vide après qu'il ait parlé. Je me demande s'il est toujours là. J'ai trop peur de demander, parce que je ne veux pas qu'il parte. Je ne veux pas qu'il me quitte. Pas encore. Je ne veux pas ressentir ce que j'ai ressenti la fois où il m'a abandonnée alors que je voulais qu'il m'embarque avec lui. C'était ce que je voulais plus que tout.

C'est peut-être pour ça que je ne suis pas aussi furieuse que je devrais l'être qu'il ait écouté tout ce qui m'est arrivé au cours de cette demi-rotation.

Je suis terrifiée à l'idée d'être seule.

Parce que la solitude est ma seule véritable amie.

Même Rhork m'a menti.

– Rhork, je…

Je me mords la lèvre inférieure. Je ne veux pas prononcer les mots ridicules qui me viennent à l'esprit,

des mots comme : *tu vas me manquer*. Il me manque
vraiment pourtant. Il me trouve défectueuse et moi, je ne
pense qu'à lui. Déterminée, je ferme les yeux et me
tourne vers les murs couleur pourriture. Puis, sans plus
penser à Rhork, je grimpe dans l'obscurité.

3

Deena

– Hou hou ! Les humains ? N'ayez pas peur, c'est moi ! Je suis l'une des vôtres, je suis humaine aussi ! Vous pouvez sortir maintenant. Vous voulez entendre ma chanson sur les plantes ? C'est en meero, mais ça se traduit plus ou moins bien.

Je commence par crier dans le premier couloir, mais n'obtenant pas de réponse, trente couloirs interminables plus tard, je murmure.

Je pensais trouver quelqu'un plus tôt que ça et je commence à m'inquiéter de ne trouver personne du tout. Peut-être qu'ils n'ont pas survécu. Peut-être... peut-être que je ne trouverai ici que des cadavres. Ou peut-être qu'ils ont réussi à s'échapper. Oui, peut-être qu'ils se sont échappés et ont trouvé un monde avec de vastes mers et de belles lunes suspendues comme des lumières colorées dans le ciel. Peut-être ont-ils formé une communauté prospère quelque part en sécurité dans le cosmos, à un endroit où Rhork et les exilés : Bo'Raku, Pogar et Mathilda, ne peuvent pas les trouver. *Peut-être que le seul endroit où ces monstres ne peuvent les atteindre, c'est dans la mort.*

Je grimace et tente de me concentrer sur des images plus positives. Même si l'idée que je pourrais tomber sur une pile de cadavres au prochain tournant me fait transpirer, j'imagine de belles planètes pleines d'une eau bleue scintillant comme des bijoux. Je transpire beaucoup. Je transpire beaucoup trop. J'ai utilisé la pâte brune pour marquer mon chemin, mais je n'en ai presque plus. Que vais-je faire si je n'arrive pas à retrouver le module ? Cette pensée me hante jusqu'à ce que je me rappelle pourquoi je suis ici.

Je ne peux aller nulle part ailleurs.

Je n'ai pas d'autres coordonnées en tête et la capsule ne peut pas voler jusqu'à ce que je trouve un autre endroit agréable et sûr – elle est à court d'énergie. Quelle que soit la substance qui l'alimente, elle n'en a plus assez pour un autre voyage. *C'est peut-être un signe qu'il n'y a pas un endroit sûr pour un humain dans cette horrible galaxie...*

– Soulevez vos feuilles vertes et levez-vous vers le ciel. Accueillez le vent et les motifs qu'il souffle...

Je chante doucement pour moi-même, d'abord en humain, puis en Meero. Ma voix n'a pas d'écho. Il devrait y avoir un écho, mais ce n'est pas le cas.

Il n'y a pas de vent non plus. C'est comme si, tout, autour de moi, retenait son souffle. Mes pieds ne sont même pas ancrés au sol comme ils le devraient. Je me sens à moitié en apesanteur. Je suis toujours essoufflée, mais ma mauvaise jambe ne traîne pas autant.

Je m'arrête au milieu d'un couloir si sombre que je ne peux rien voir au-delà de la lueur de ma lanterne. Elle est bien utile. Elle doit bien éclairer vingt pas dans n'importe quelle direction. Maintenant immobile, je prends quelques respirations profondes.Cela devrait m'apaiser mais ce n'est pas le cas. Ce qui m'apaise, c'est de mettre la main dans ma poche droite et de tripoter le jeton qui s'y trouve. Il me rappelle que *je ne suis pas seule. Non, ce n'est pas le plus important. Le plus important, c'est que je ne mourrai pas ici.*

Je ne mourrai pas ici.

S'il n'y a pas d'humains vivants, alors je donnerai les coordonnées à Rhork. Il viendra me chercher et j'exécuterai le shekurr pour lui et ses frères. Ça craint, c'est sûr, mais moins que de mourir de déshydratation sur un vaisseau plein de cadavres. Cadavre rime avec...

– Bonjour ?

Ma voix n'est pas assurée. Il y a du mouvement devant. Non, pas du mouvement... il y a de la *lumière*.

Je ne sais pas comment éteindre la lanterne à mon poignet, alors je couvre son éclat avec mon autre main. Une subtile lueur bleue émane de l'extrémité distante du couloir. D'ici, elle semble aussi lointaine que la lumière des étoiles. À égale distance de moi et de cette lumière, il y a quelque chose qui ne peut être décrit que comme un point pâle au milieu du couloir. Cette chose est blottie devant la prochaine intersection.

– Sa... salut ?

Je tente à nouveau de saluer. La chose bouge brusquement, elle se déplace sur le sol dans ma direction. Je sursaute et mon rythme cardiaque commence à s'accélérer. Je retire ma main de mon poignet, pour permettre à la lumière d'éclairer l'espace afin que je puisse avoir une idée de ce qu'est cette merde, mais au moment où la lumière la touche, la chose hurle et disparaît. Ce n'était pas un cri humain. Ce n'était pas une personne.

Oh non. Oh non, non, non, non, non. PDM ! C'est mon expression humaine préférée. Putain. De. Merde.

La chose était blanche et contrastait avec les murs et le sol noirs. En outre, elle rampait. Qu'est-ce que ça pouvait bien être ? On aurait dit un tapis. Était-ce une sorte de... bactérie intelligente ? Rhork m'a parlé une fois de créatures appelées Oosas. Ce sont apparemment des êtres gélatineux qui aiment faire l'amour avec tout. Peut-être qu'ils sont arrivés sur ce satellite. Ça va aller, je peux affronter un bloc mou nymphomane.

J'expire, je souris faiblement, et je hausse les épaules. *C'est toujours mieux que d'avoir des bites dans les orbites.*

Je fais un pas en avant, dans la direction prise par la chose. Soudain, la lumière au bout du tunnel change. Je lève les yeux. Face à moi, une silhouette se détache de la lueur bleue. Elle est debout. Ça s'annonce bien mieux que tout à l'heure.

Je recouvre à nouveau ma lanterne et fais quelques pas plus rapides vers elle. En passant, je constate que l'intersection est vide. Pas d'Oosa ou de tapis en vue.

Je m'accroche au mur en avançant. Il est couvert de ce sable bizarre qui est partout. Sous mes pieds, sur les plafonds, dans les interstices de mes orteils. Ils se recroquevillent, pour ne pas toucher la substance. Ça ne me plaît pas. Ça ne me plaît pas du tout. Plus je marche vers la lumière, et moins j'aime ça ; ce qui n'est pas peu dire puisqu'au départ je détestais déjà ça.

Ça ne me plaît pas du tout. Du tout, du tout, du tout. Ça rime avec *doux*. C'est ce que j'aimerais entendre en ce moment : les doux murmures de Rhork. La voix calme de Rhork dans mon oreille, ses promesses de m'emmener voir la mer et de me montrer du sable qui n'a rien à voir avec celui de la colonie. Le sable qu'il m'a décrit est aussi doux que sa voix. Apparemment, il forme un espace appelé plage. Tout ce que je dois faire pour y aller, c'est accepter de me livrer au shekurr. Il faudrait juste que je prenne part au Shekurr... Euh... Ce n'est peut-être pas si mal finalement. C'est juste trente bites. Je n'ai même pas besoin de les faire pousser dans mes orbites ou ailleurs.

– Oh putain...

C'est tout ce que j'arrive à dire quand je suis enfin assez près de la lumière pour tout voir clairement. Rien d'autre ne se déplace devant la faible luminosité, donc je peux voir ce qui la cause. Ce qui est derrière elle. Ce qu'elle éclaire.

– Oh shrov ! Oh putain de shrov...

Si seulement Svera, l'humaine qui a plus de tapis de prières que de raison, pouvait voir ça, le bon sens qui lui reste partirait en fumée.

Je me précipite vers la forme, les coudes sur les côtés. Je cours aussi vite que je le peux et avec une telle maladresse, que j'ai rapidement mal aux poumons lorsque j'aspire de l'air par le tube situé sous mes narines. Je ne suis vraiment pas en forme...

Je ralentis avec une respiration sifflante. Un point de côté transperce mon flanc gauche. C'est comme si une main griffue était sortie de l'obscurité pour s'accrocher à mes côtes. Je respire superficiellement, mais cela ne semble pas avoir d'effet sur mon pouls, qui continue à battre la chamade. L'intersection en T me donne l'impression d'être exposée lorsque je m'y engage, mais cela ne m'arrête pas. Je sors du couloir et me retrouve dans la violence de la lumière bleue. Un couloir sombre et vide s'étend de chaque côté. Ces trois cages bleues bloquent mon chemin.

— Je…

Je veux dire aux êtres piégés dans la lumière que je vais les aider, mais ils ne peuvent pas m'entendre. Ils sont emprisonnés dans des cages et il faudrait au moins un pied de biche et un chalumeau pour les briser. Ou un énorme marteau.

Les caisses sont en acier, mais un épais panneau de verre à l'avant révèle leur contenu : des corps humains. Je secoue la tête, tends ma main vers l'un des panneaux de verre puis la retire rapidement, effrayée.

— Mais pourquoi vous êtes tous ici ?

Je regarde à gauche et à droite, mais je ne vois rien. Rien d'autre que des couloirs plongés dans le noir dès qu'il s'éloignent de ces caisses lumineuses. Ces dernières, puissantes, éclipsent de loin ma torche. Je me retourne vers les êtres humains.

Tous les trois semblent totalement figés alors qu'on dirait qu'il y a du liquide sous la vitre. Ils ne nagent pas dedans, ils semblent être gelés par ce liquide. Des vêtements gris leur collent à la peau. Même s'ils sont tous les trois chauves et sans cheveux, je peux voir que deux d'entre eux sont des hommes, l'autre est une femme. Des tubes sont raccordés à leur dos et leurs bouches sont distendues en un « O » de surprise.

C'est très bizarre. C'est comme s'ils criaient avec leurs yeux ouverts.

Je tapote le verre de mes doigts. Ça claque fort, mais ça ne fait pas d'écho.

— Comment je peux vous faire sortir de là ?

Comment est-ce que *je* vais pouvoir sortir d'ici ? C'est la question la plus pressante pour moi, mais la question précédente semble plus appropriée. C'est vrai que si je les sors de là, j'aurais moins de sacs de caca à déguster, mais je ne suis pas obligée de partager. Je n'ai qu'à mettre les barres brunes de côté. Je leur laisserai le jus noir. Ça, ils peuvent en avoir autant qu'ils en veulent !

J'ai la bouche trop sèche pour rire, alors je me contente de déglutir encore et encore tout en observant attentivement les longs tubes qui vont du sol au plafond. Je cherche une sorte de panneau de contrôle, en vain. Le verre se termine par du métal et le métal s'étend tout autour sur les côtés et autour des côtés... Oh, il y a... Qu'est-ce que c'est que ça ? Les réservoirs... ils vacillent un peu... C'est comme s'il y avait quelque chose derrière les réservoirs. Peut-être...

Mes doigts passent entre le bord d'un réservoir et le mur qui se trouve derrière – ou pas. Et si c'était un couloir et pas un mur en dur ? Hé hé... Je rime sans y penser, si c'est pas du talent, ça, qu'est-ce que c'est ?

Le bout d'un mes doigts se pose sur le point de rencontre entre le réservoir et le mur et soudain, le réservoir fait un bond en avant, comme s'il était tiré par l'avant par un fil invisible. Tiré ou *poussé*. Un éclair d'obscurité confirme ma théorie. Je fais un bond en arrière en fixant le réservoir comme s'il allait m'attaquer. Il vacille dangereusement... Oh mon Dieu ! Est-ce qu'il... est-ce qu'il va m'attaquer ? Non, non, non, non, non non non non ! Shrov !

Je couine avant de fuir dans le couloir au moment où le réservoir commence à se secouer... puis à tomber... et à s'écraser ! Bam, bam, bam. C'est le bruit du tank qui frappe le sol. Boum, boum, boum. C'est le bruit de mon pouls. Je suis à deux doigts de devenir complètement folle.

Tout à coup, l'objet s'affaisse sur le sol et la lumière bleue s'éteint. Tout ce que j'ai pour m'éclairer, c'est ma lampe de poignet, qui est minuscule en comparaison. De là où je suis, ses rayons atteignent à peine l'intersection couverte de verre, mais je peux encore distinguer tout ce que touche ce faible halo... je peux donc les voir quand elles arrivent. Les taches blanches. Les tapis. Ils viennent en rampant par poignées. Non. Par douzaines.

Ce ne sont pas des Oosas, les maniaques sexuels informes que Rhork m'a décrits. Ces choses ont un dos, des bras, des jambes, des têtes et des visages. Leurs visages ne sont pas humains cependant, pas tout à fait. Ils ressemblent à des visages humains qui auraient été partiellement effacés.

Là où il devrait y avoir des yeux, il n'y a qu'un puits, des orbites recouvertes de peau. Là où devraient se trouver les oreilles, il y a d'énormes trous recouverts de lambeaux. Là où devrait se trouver un nez, il n'y a que des fentes plates. Ils ont bien une bouche par contre, et de cette bouche, sortent des cris qui me font frissonner.

Non. Non, non, non, non. Non. Non. Non ! C'est quoi ces trucs ? Il faut que je me casse. PUTAIN DE MERDE !

Les tapis hurlants plongent hors du couloir et se mettent à descendre sur les réservoirs brisés avec leurs mains griffues. Ils les poussent ensemble. Les vingt créatures se mettent à travailler avec une coordination silencieuse effrayante. Ils commencent par retourner les réservoirs, puis ils déchirent les panneaux de verre. Les corps des humains contenus dans les réservoirs tremblent et frissonnent. Pour finir, ils sortent les corps hors des réservoirs pour les poser sur le sol couvert de verre et de gélatine bleue. Oh non, non, non, non ! Les corps… les humains, ceux qui étaient dans les réservoirs… Ils respirent !

Enfin… Ils ne respirent pas vraiment, pas encore, mais ils essaient. L'homme qu'ils tiennent en ce moment dans leurs mains est à bout de souffle, sa poitrine se convulse. Sa peau foncée est de la même couleur que la mienne et je mettrais ma main à couper qu'il est en train de me regarder. Le premier des hommes-tapis enfonce sa main dans son estomac, sort ses intestins par le nombril et commence à se régaler.

La terreur me remet immédiatement sur pieds. Je me retourne et commence à courir. Je pense à Svera. À ma place, elle se serait probablement jetée dans la mêlée. Elle aurait essayé de combattre ces monstres avec ses satanées perles du triple Dieu. Mais moi, je ne suis pas une sainte comme Svera.

Je veux vivre.

Je ne vais pas me battre contre trente tapis avec des lames de rasoir à la place de la bouche. Je ne vais pas me battre avec des créatures dont les cris me glacent le sang. Un autre cri, qui sonne comme un signal d'alarme, se fait entendre. Quelque chose s'en prend à moi. C'est l'un des tapis. Je crois qu'il n'y en a qu'*un*, je ne suis pas sûre. Les larmes prennent le dessus et tentent de me submerger. Je ne les laisse faire qu'un instant. Être submergée revient à abandonner. Je n'abandonnerai pas, je ne vais *pas* mourir ici. Pas comme ça. *Pas sans avoir vu la mer.*

Le Shekurr… Ouais. Le Shekurr a l'air plus sympa maintenant. C'est juste trente bites après tout. C'est pas la mer à boire, hé hé. Qu'est-ce qui m'a pris de refuser si vite ? Si Rhork le veut, je peux même me faire pousser des bites dans mes orbites !

Le bruit du martèlement derrière moi devient plus fort. Je ne sais pas où je suis. J'ai marqué mon chemin mais je suis complètement perdue. Je passe l'entrée d'un tunnel ouvert et un tapis se jette sur moi. Je crie comme une forcenée. Je hurle, c'est un hurlement à glacer le sang.

Je cherche à frapper la chose qui m'attaque. Le tapis hurle et s'éloigne de moi. Toutefois, il n'a pas l'air d'avoir peur. Non, bien sûr. Il n'est pas effrayé. Pourquoi aurait-il peur de moi alors que je suis seule et qu'il a des douzaines de potes assoiffés de sang ? Par contre, il hurle comme s'il était… *blessé*. Il lève ses bras pour contrer ce qui le menace, mais… qu'est-ce qui le menace au juste ? Je n'ai rien sur moi à part le pantalon d'homme que je porte, un tee-shirt trop petit et…

Oh…

La lumière à mon poignet. C'est tout ce que j'ai sur moi en ce moment. C'est donc ce qui lui fait peur. J'agite sauvagement mon poignet en sautillant comme un insecte.

– Prends ça ! je crie, en repérant un autre tapis juste derrière.

La créature me regarde d'un air craintif. Elle n'est qu'un squelette dont la peau blanche et translucide est trop fine pour son corps.

Il y a des bruits derrière moi. Je me retourne. Un autre de ces monstres est à un mètre de moi.

– Putain ! Ahhhhh !

Sans réfléchir, je me mets à bouger, à courir, à m'enfuir. Je prends mes jambes à mon cou, passant couloir après couloir. J'ai l'impression de voler. Il m'arrive de distinguer des mouvements, d'apercevoir les silhouettes de ces créatures dans l'ombre, mais pas toujours. Les tapis sont partout, enfouis profondément dans le paysage comme des acariens dans les draps de nos maisons en pisé sur la colonie. Je dormais couverte de l'un de ces draps avant que Mathilda ne me mette dans une cage souterraine high-tech. Ah, ma cage souterraine… Je n'aurais jamais cru qu'elle me manquerait, mais honnêtement, je préférerais y être en ce moment.

Je suis pratiquement aveugle. La torche à mon poignet n'éclaire le monde que quelques secondes avant que j'y entre. Je ne vois pas tout ce qu'il y a autour de moi. Je ne peux pas trouver de nourriture. Je ne vois pas d'autres tanks. Je ne sais pas où se trouve la capsule de sauvetage. Je ne pense pas que ces monstres soient des Oosas et à vrai dire, je m'en fiche. Tout ce que je peux faire, c'est courir. Mais je ne vais pas pouvoir courir indéfiniment. Il faut que je me repose, il faut que je reprenne mon souffle. Je ne peux pas… mes poumons… Oh non, ils vont m'attraper… *je dois continuer à courir*. Non, il faut que je me cache. Je dois me cacher.

Là !

Une grille dans un mur me fait de l'œil. Je me tourne vers elle et je sors ma dague de ma poche arrière. Je manque m'ouvrir le visage lorsque je la libère d'un coup sec de son fourreau. Je passe la dague autour des bords de la grille et parviens à la faire bouger. J'entends des choses bouger derrière moi – il y en a tellement ! – mais quand je jette un coup d'œil autour de moi, en agitant sauvagement ma torche, je ne vois rien. Rien du tout.

J'arrive à ouvrir la grille, mais je tremble tant que c'est un miracle si elle ne s'écrase pas sur le sol avec fracas. Je me mords la lèvre inférieure assez fort pour me faire saigner. Merde. Je saigne. Je lèche ma lèvre inférieure et je sens le goût du métal. Cela m'aide à me recentrer. Ça a ses bons et ses mauvais côtés. Sans le goût du cuivre et du sel dans ma bouche, j'aurais pu me convaincre que ce n'était qu'une hallucination par manque d'oxygène. J'aurais pu me persuader que j'étais tout simplement devenu folle.

Un autre gémissement puissant émane du couloir derrière moi. Prise au dépourvu, je lâche la grille. Elle atterrit bruyamment sur les carreaux pourris en dessous. Mes épaules sont secouées comme si je faisais une danse hors du commun, une danse qui n'implique *que* les épaules.

Je commence à rire.

À sangloter.

Je me mets même à transpirer malgré la fraîcheur ambiante. Je n'ai jamais eu aussi froid. Pas même lorsque Mathilda avait l'habitude de monter le système de refroidissement à fond, puis de m'enlever mes couvertures, juste pour me torturer.

J'agite mon poignet dans l'obscurité en face de moi. Il y a un conduit. C'est peut-être un conduit pour l'air. Pas de l'air respirable en tout cas : il n'y a pas assez d'oxygène dans cet endroit, voire pas du tout. En plus, ça a l'air dégoûtant là-dedans. C'est couvert d'une couche épaisse de la pourriture qui est partout dans les couloirs. Elle est si épaisse qu'elle a entièrement changé la forme du conduit. Ce qui était, je suppose, un rectangle ou un carré est agrémenté de bords tranchants et de bosses difformes.

– Putain, c'est quoi cette merde... je gémis avant de renifler.

C'est quoi cette putain de merde ? C'est pas possible ! Qu'est-ce que j'ai fait pour mériter ça ? Bon sang ! Putain, qu'est-ce que ça fait chier ! Ça fait chier ! Tu fais chier Svera ! Shrov ! Pourquoi m'a-t-elle envoyée ici ? À ce compte-là, je préférerais de loin être avec ma petite mamie.

À contrecœur, j'écrase mon corps dans le conduit et je remets la grille en place. J'utilise la dague pour essayer de la caler solidement et pour empêcher l'un des tapis de me suivre. Je me mets à rire silencieusement. Pleurer et rire ont le même goût dans le silence.

Le conduit est à peine plus large que mon corps et une claustrophobie immédiate m'assaille alors que je me déplace à la force des bras et des jambes. Je rampe jusqu'à ce que mes bras et mes jambes lâchent, jusqu'à ce que les pleurs et les rires deviennent si intenses que tout mon corps en tremble. J'ai la nausée, mais mon corps n'a rien d'autre à expulser que les paquets de pâte brune que je grignotais tout à l'heure. Comme je n'ai aucune envie de me retrouver couverte de vomi qui ressemble à de la merde, je me retiens.

Puis, je m'effondre.

Ma main tremble tellement qu'il me faut une douzaine d'essais pour atteindre ma poche. Où est-elle ? Où est-elle ? Je manque m'évanouir. Peut-être que je me suis vraiment évanouie dans la panique, mais seulement le temps d'une respiration. Je ne respire pas. Je fais entrer de l'air dans mes poumons par petites goulées, puis je me couvre la bouche avec ma main pour ne pas faire de bruit. Je tiens ma lampe sous mon menton et regarde le long de mon corps... vers le bas.

Quelque chose se tient près de moi.

Je perçois dans l'ombre une bouche qui crie et des mains qui se tendent. Un être pâle est accroupi juste hors de portée de la lumière de ma torche. Je ne vois que le bout de ses doigts qui vont et viennent. Il émet soudain un cri terrible et fonce en avant, comme s'il souffrait. Il s'agrippe à toutes les parties de mon corps, mais ses doigts glissent, et ne parviennent même pas à attraper mon pantalon. Ma dague en main, je me redresse ; ce faisant, je me cogne le front sur le haut du conduit.

C'est à ce moment qu'il arrive à s'accrocher à mes vêtements. Il parvient à les déchirer à force de tirer.

Je secoue la tête pour me remettre les idées en place et je concentre toute la force de mon corps dans mon bras gauche. La dague en avant, je frappe, je frappe et je frappe à nouveau.

Je fends l'air, je frappe la chose jusqu'à ce qu'elle se détende sur moi et que son sang remplisse ma bouche avec un goût métallique et salé qui ressemble beaucoup au sang que j'avais dans la bouche tout à l'heure. Oh non… Ce sang a le même goût que le mien. Le même goût et la même texture que *mon sang humain. Ce sang est humain…*

Je suis étourdie par le poids écrasant de la chose. Je ne sais pas si ce tapis-là est un mâle ou une femelle ou même s'il est encore vivant. Ses chances d'être en vie sont toutefois très réduites, vu la façon dont je l'ai poignardé.

Je ferme les yeux et me détourne de son corps. Il ne sent *rien du tout* et cela m'effraie étrangement plus que le goût de son sang. Il devrait avoir une odeur mais ce n'est pas le cas. Tout ce que je sens c'est son poids et la chaleur de son étrange corps humide étendu sur le mien. Sa tête repose sur mes seins, son torse presse mon ventre nu. Il a déchiré mon t.shirt sans efforts.

Je finis par trouver ma poche et j'attrape aisément le jeton. Je le sors, je l'enfonce dans mon oreille et je prie le triple Dieu que ma mère vénérait si dévotement et auquel je n'ai personnellement jamais cru. Je prie le triple Dieu que Rhork ne m'abandonne pas.

Je sais avec quoi rime Rhorkanterannu :

Tout ce que tu voudras, tout ce que tu veux, tout ce que tu as voulu,

Tu l'auras, si tu viens me sauver avant que ces choses me tuent.

4

Rhork

Rien. Je ne pense plus à rien.

Deena essaierait probablement de faire rimer un mot avec un autre si elle se trouvait à ma place. Je l'ai entendue faire rimer des mots sans importance ensemble quand elle pensait que je ne l'écoutais pas.

Je n'ai pas cessé de l'écouter. J'avais envie de lui crier que ses rimes n'avaient aucun sens, j'avais envie de lui dire que je viendrais la chercher dès que j'aurais trouvé comment la garder pour moi tout seul.

Et maintenant, je l'ai perdue.

Je me mets à rire avec amertume. Les pirates à bord de ce navire savent qu'ils ne doivent pas me poser de questions quand je ris de cette façon. Ils m'ignorent donc pour le moment, mais ils continuent de crier et de se chamailler entre eux en parcourant les cartes des étoiles à la recherche de la capsule de sauvetage. Elle pourrait être n'importe où.

Je l'ai perdue.

Cela fait deux fois maintenant que je laisse des femelles humaines m'échapper. La première fois, j'ai malheureusement sous-estimé le pouvoir des mâles Voraxians quand il s'agit de leur âme sœur Xiveri. Je n'ai pas pris en compte cette donnée, et mon équipage en a payé le prix. Nous avons perdu une douzaine de bons mâles ce jour-là et au moins une douzaine de mâles médiocres. Cette fois-ci, j'ai laissé une petite femelle humaine dont la voix rauque m'est aussi familière que ma propre conscience, s'enfuir dans ma capsule de sauvetage. Je ne l'ai pas attrapée avant qu'elle ne se propulse hors de ma portée.

Je m'attendais à ce que la capsule de sauvetage qui a transporté Svera et son compagnon atteigne l'hyper espace. Mais je ne m'attendais pas à ce que Deena sache comment faire. Le compagnon de Svera a dû lui apprendre la manœuvre pendant les brefs moments qu'ils ont partagés ensemble. Pour être honnête, je voulais que Svera et son compagnon s'enfuient.

Je n'aurais pas osé l'avouer à mon équipage, mais je savais ce qu'ils préparaient. Je pouvais les entendre dans leur module, j'ai été témoin de tout ce qui s'y est produit : les actes de violence et les moments de passion. J'ai su qu'ils avaient été capturés par les pilleurs Eshmiris et j'ai su qu'ils avaient été vendus à Evernor. Je savais que le mâle de Svera pourrait se battre et gagner le derby pour elle, car je sais maintenant qu'il ne faut pas sous-estimer un mâle Voraxian lié à son âme soeur.

Une femelle liée à *un* mâle.

Un mâle lié à *une* femelle.

Ils forment un couple. Leur union ne comprend que deux êtres.

C'est ainsi que s'accouplent les Voraxians. C'est aussi comme ça que les humains s'accouplent. C'est pour moi un mystère, un casse-tête, une énigme à laquelle j'ai réfléchi pendant une demi-rotation. J'y pense depuis que je l'ai entendue *chanter* pour moi quand elles se croyait totalement seule. J'y pense depuis que je l'ai entendue murmurer mon nom à bout de souffle. J'y pense depuis qu'elle m'a appelé « *Rhorky chéri* ». De tous les surnoms qu'elle m'a donnés, c'est celui que je préfère.

J'ai refusé de l'acheter à Miranda et je lui ai permis de monter à bord de mon vaisseau puis de s'échapper, parce que j'avais peur de vouloir la garder pour moi et de ne pas pouvoir le faire. Je ne voulais pas qu'elle participe au shekurr, je la voulais pour mon rituel privé, je la voulais pour moi seul. Et maintenant, aucun de mes frères ne l'aura et je ne l'aurai pas non plus.

C'est peut-être mieux ainsi.

Maintenant, elle sera libre de vivre sa propre vie avec ses semblables, à condition qu'elle les trouve sur ce satellite mystérieux et insaisissable. J'espère qu'ils l'accueilleront et la traiteront mieux que ses proches ne l'ont fait dans sa colonie. J'espère qu'ils prendront soin d'elle et ne chercheront pas à lui nuire comme cette Miranda, cette femelle manipulatrice sans honneur. Deena trouvera une nouvelle famille, une famille digne d'elle. Elle pourrait même trouver un mâle...

Centare. Je n'avais pas pensé à ça.

– Mettez le cap sur Kor.

Je ne me suis adressé à personne en particulier. Cependant, tous les pirates qui portent des jetons m'entendent, ils savent donc ce qu'ils ont à faire. Le vaisseau-mère m'entend aussi, mais la coordination de plusieurs jetons synchronisés est nécessaire pour le guider. Il est trop grand pour être piloté en mode automatique.

Herannathon se tourne vers moi. C'est mon plus proche conseiller, ou alors c'est le seul qui a le courage de m'approcher quand je suis dans cet état. Il donne un coup de pied dans ma botte.

– Personne ne te reproche la fuite de la femelle. Aucun de nous ne savait qu'elle était à bord.

Moi, *je le savais.*

Je hoche la tête mais ne dis rien.

– Tu penses que l'humaine Svera et son compagnon survivront à leur épreuve à Evernor ?

Il semble inquiet et je comprends sa douleur. Si elle meurt, ce sera de notre faute.

Je grimace et concentre rapidement mes pensées vers mon jeton, avant de parcourir une liste de données provenant d'une chaîne cryptée. Je suis le seul à pouvoir accéder à cette liste. Elle m'est réservée, *tout comme Deena aurait dû l'être.* Je finis par trouver ce que je cherche. J'utilise mon jeton yeeyar pour briser la vieille technologie Yamar qu'Ashmara porte toujours sur elle.

Le Yamar est un précurseur du yeeyar. Il possède encore de fortes défenses, ce qui le rend plus difficile à pirater que les pitoyables systèmes de survie biogénétiques portés par les Voraxians. Cependant, il n'est pas assez fort pour résister au courant du yeeyar.

Je n'ai aucune envie de parler avec la pirate Eshmiri, mais je m'apprête à le faire par nécessité. Selon moi, c'est une psychopathe mi-humaine dans le pire des cas ou une alliée réticente dans le meilleur des cas. Toutefois, elle a essayé de me voler tant de fois, que mes pirates et moi avons développé une étrange affection pour elle.

Je la connais depuis une rotation, c'est peu. C'est bien après la découverte des humains par les Voraxians et les Drakeshs. À l'époque, je pensais que cette race était une création pitoyable et misérable dont le seul but était de tourmenter les Drakeshs. Puis, j'ai rencontré Ashmara. C'est en mettant fin à la troisième tentative de vol de cette pilleuse Eshmiri que j'ai réussi à me connecter à son yamar pour la première fois.

C'est à ce moment-là que j'ai pu voir des images d'elle. J'ai vu qu'elle était à moitié humaine et j'ai compris quelque chose qui a influencé toutes les décisions que j'ai prises depuis. Les humains peuvent se reproduire avec d'autres espèces. Les humains peuvent créer des hybrides. Les humains ont le potentiel de sauver l'espèce des pirates Niahhorrus aujourd'hui sur le déclin. A l'époque, cette information me suffisait.

Maintenant, ce n'est plus suffisant.

Je pensais que pour la création d'hybrides Niahorrus, n'importe quelle femelle humaine ferait l'affaire. Je n'avais peut-être pas tort, mais aujourd'hui, j'en veux plus. Je veux des petits hybrides portés par *une* femelle humaine, une seule. Et je l'ai laissée glisser entre mes doigts. Aucun de mes vingt doigts n'a pu la retenir.

– Ashmara !

Je me mets à aboyer dès que j'entends les parasites familiers de son côté de la ligne. Ça, et le rire des pilleurs Eshmiris en fond sonore.

– Shrov ! jure-t-elle.

J'entends une forte détonation, et ensuite, les rires et les cris repartent de plus belle.

– Putain de pirate de mes deux ! Rhorkanterannu ! Tu ne peux pas entrer dans mon yamar comme ça ! Mon yamar est privé.

– Ton yamar est inutile. Si tu me laissais améliorer tes outils de communication, tu n'en aurais même plus besoin.

– Mais bien sûr, et qu'est-ce que tu veux en échange ? J'imagine qu'il faudrait que je m'allonge pour un petit shekurr avec tes gars, hein ? Pour ne rien te cacher, ça ne me dérangerait pas du tout en fait, mais je sais que vous n'avez pas envie de vous salir les mains avec une femelle de mon calibre.

Je grogne.

– Tu sais parler aux pirates, toi. Par contre, ce n'est pas pour ça que je t'appelle.

-Peu importe ce que c'est, je suis sûr que tu peux le gérer. Ne perturbe pas mon yamar si tu n'as pas quelque chose à me proposer qui vaille la peine d'être volé.

-Je n'ai le temps de déconner ! Il y a une femelle humaine dans les fosses d'Evernor. Une femme. Et ce n'est pas une guerrière. À bon entendeur…

Je romps la connexion sans attendre la réponse d'Ashmara. Puis je m'adosse à mon siège et lève mon regard vers Herannathon. Il est toujours en train de me fixer.

– Ashmara ?

Je hoche la tête.

– Tu crois qu'elle va aider Svera ?

– J'en suis sûr. Tu as ma parole.

Ashmara suit un code d'honneur qui lui est propre. Elle se bat pour les plus démunis. Elle passe son temps libre à libérer les esclaves et les prisonniers. Elle s'est fait un nom dans ce domaine et ses actions lui ont valu beaucoup d'attention. Peut-être même trop. Tout le monde sait qu'elle est poursuivie par un chasseur de primes de Sky. Peut-être même plus d'un. Bientôt, l'un d'eux va la rattraper. Je plains celui que les maîtres de Sky choisiront d'envoyer.

– Tu es sûr que tu veux faire demi-tour ? Nous pouvons continuer à la chercher.

Elle. Il n'y a qu'elle qui compte.

Je grogne, puis je reste silencieux quelques instants avant de répondre.

– Centare. Je ne suis sûr de rien.

Je lève les yeux vers lui et il m'observe en fronçant les sourcils. Sait-il qu'elle est ma corde de rappel et que cette corde a été tranchée ? Je pense que oui. Il n'y a qu'à elle que je l'ai caché.

Il hausse les épaules et souffle longuement.

– Comme tu voudras. Vous avez entendu le pirate ! crie-t-il à l'attention des trois douzaines de pirates qui travaillent sur les murs couverts de commandes. Retournons sur notre petit coin de paradis.

La plaisanterie lui vaut quelques gloussements, quelques rires paillards et quelques commentaires lubriques sur les plaisirs qui nous attendent à notre retour sur Kor.

Il y a des maisons de plaisir en abondance sur Kor. Pour toutes sortes de plaisirs.

Mais les femelles capables de porter des petits Niahhorrus, elles, sont rares.

Et je l'ai perdue.

Je peux sentir le vaisseau sous moi accumuler de la puissance alors qu'il se prépare à passer en distorsion, mais avant qu'il ne le fasse, une voix douce gémit dans mon oreille et pendant un moment, je me demande si je ne suis pas en train de dériver vers la folie. Car aussi improbable que ce soit, j'entends sa voix.

– Te…te…te…teoranka tak.

Un frisson parcourt ma colonne vertébrale. Je veux bondir sur mes pieds mais je me contorsionne maladroitement, comme un jeune dont les pointes de hiannru durcissent pour la première fois et qui n'en est pas encore pleinement conscient. Je reste coincé dans le fauteuil de commandement. Je finis par me libérer prestement sous le regard d'Herannathon qui m'observe avec un petit sourire en coin. Je lui fais signe de partir avec un grognement, puis je lève une main.

– Attends, lui dis-je.

Je me retourne et traverse le centre de commandement jusqu'à ce que j'atteigne le panneau d'affichage. Le yeeyar noir se condense sur ma paume avant de repartir. Il refuse de rester statique, c'est son seul défaut.

Dans le silence, je murmure son nom.

– Deena ?

Il n'y a pas de réponse.

– Deena, tu m'entends ?

Je n'arrive pas à déterminer ce que j'entends. S'agit-il de grincements, de parasites ou d'une forte respiration ?

– Deena ?

Un gémissement déchirant et sa voix se propagent soudain dans mon cerveau si fort que j'ai mal jusqu'à la plante des pieds.

– Je vais te baiser, halète-t-elle.

Elle est à bout de souffle et ça ne lui ressemble pas. Sa voix est profonde, rauque et tendue. Elle paraît désespérée.

– Je vais baiser tout le monde... chaque... pirate de Kor. Je te baiserai... je baiserai trente... bites... je baiserai tous les pirates de toute la galaxie s'il le faut.

Elle sanglote et ça me brise le cœur.

-... dans les orbites, couine-t-elle.

Sa voix est si aiguë que je peine à la comprendre. Il y a un martèlement, comme un poing sur du métal, puis elle sanglote plus fort.

– Viens juste me chercher. Rhorky chéri, s'il te plaît. S'il te plaît...

– Deena...

Ma voix se brise. Je me frotte le visage brutalement. Je commence à faire les cent pas. La température glaciale de la passerelle baisse encore plus. Je regarde mon équipage habituellement bruyant se calmer. Les mains baladeuses restent immobiles. Les yeux suivent chacun de mes mouvements. Les corps s'éloignent de moi, puis encadrent le périmètre de la pièce asymétrique.

Il n'y a pas de bords durs, seulement des angles fluides façonnés par la volonté du yeeyar. Je piétine chacun d'entre eux, je me déplace maladroitement, brutalement. J'attrape le dossier d'une chaise et le serre avec mes quatre bras. Je serre et le métal plie sous mes poings.

– Les coordonnées...

Je parviens à peine à m'exprimer. Deena hurle. Elle pleure, crie, beugle ; elle respire trop fort. Il faut qu'elle se calme, shrov ! J'ai besoin qu'elle m'explique en détail ce qui lui arrive et où elle est, mais je sais qu'elle n'en est pas capable, vu la façon dont elle panique.

– Je vais te baiser et... je vais baiser Herannathon... Gerannu... Erobu... je vais baiser... tout ton équipage... ! Je vais ...

– Deena ! je rugis.

D'ordinaire, je ne crie pas de cette façon, mais c'est difficile de contrôler ma voix quand tous mes organes se liquéfient et se déversent par ma bouche.

– Shrov ! Deena, donne-moi les coordonnées !

– Tu veux juste...les autres femelles humaines...celles qui ne sont pas...défectueuses...

– Deena !

Elle hurle et je repousse mes coudes droits en arrière. La chaise s'effondre devant moi.

– Promets-moi que tu viendras me chercher, Rhork ! supplie-t-elle.

– *Je te le jure ! Donne-moi les coordonnées* !

– Quad...quadran 0, système stellaire 3-4-8-8-8-8-0-9-0-2, position...position...

– Quelle est la position, Deena ?

Mes doigts tremblent alors qu'ils survolent le panneau de contrôle. Il est si grand qu'il prend tout un mur. Mon équipage se bouscule pour s'écarter assez vite de mon chemin.

– Position 62... vous verrez... un champ d'astéroïdes. Je suis au milieu... sur le satellite Balesilha... il est couvert de... pourriture...

Elle éclate à nouveau en sanglots et lorsqu'ils commencent à s'essouffler, une horrible envie de détruire quelque chose se pose sur ma poitrine comme un adversaire de taille qui n'attend qu'un mouvement de ma part. Je n'arrive pas à m'en défaire. Je m'enfonce dans l'un des fauteuils de commandement, pose un coude sur mon genou et me couvre les yeux d'une main.

Je peux sentir le mouvement du vaisseau qui accélère sous moi et les murmures de mon équipage lorsque le téléporteur saute pour nous ramener dans la zone grise. Nous sommes loin de Kor, mais j'irais même en dehors des huit quadrants connus s'il le fallait, rien ne m'empêchera pas d'aller la chercher maintenant. J'utilise ma main gauche pour me frotter la bouche. Elle est sèche. J'ai chaud et j'ai envie de l'étrangler.

– Je pense... Je pense que je manque... d'air.

Sa voix est plus calme qu'elle ne l'était, mais elle tremble à chaque mot. Mes tripes sont en feu. Je n'ai... je n'ai jamais ressenti ça.

– Tu ne manques pas d'air. Tu en as assez pour douze solaires dans l'oxygénateur.

– Alors pourquoi... pourquoi je ne peux pas respirer ?

Il y a un claquement qui ressemble au bruit du métal déformé qui prend ou perd sa forme. Où est-elle ? Où es-tu, Deena ? *Que s'est-il passé avec les humains du satellite ? Que t'ont-ils fait ?*

– C'est parce que tu paniques. Si tu te calmais, tu pourrais respirer.

– Tu es un connard.

Elle éclate en sanglots. Les bruits de reniflements, de halètements, de jurons et de prières à un dieu que je sais qu'elle ne vénère pas me parviennent. C'est le dieu de Mathilda. Ce sont ces prières qui me touchent par-dessus tout. Elles soulèvent mes plaques, qui se déplacent sur ma poitrine. Si elle prie le dieu de Mathilda, c'est qu'elle fait face à la mort.

Comment ai-je pu laisser cela arriver ? Je passe une main sur mon crâne, et je touche mes crêtes ; ces crêtes en relief que les humains ne possèdent pas. Leurs crânes sont ronds, lisses et sans aspérité. Du moins, je suppose qu'ils le sont sous tous ces cheveux. En plus, ils sont fragiles.

Je me lève brusquement et me retourne. Herannathon est là et me tend un tube de fil noir. Je le lui arrache des mains, non pas parce que je n'en veux pas, mais parce que je veux l'entendre se briser. Il semble s'y attendre et m'en tend un deuxième que je prends et dévore.

– Nous approchons du champ d'astéroïdes. Il nous faudra un peu de temps pour naviguer, étant donné notre taille, mais nous devrions être près d'elle dans un quart de solaire.

– Utilisez les canons. Nous l'atteindrons plus rapidement si nous faisons exploser les astéroïdes.

Je me tourne et m'approche à nouveau du panneau de visualisation. Je me concentre sur la prochaine respiration douloureuse qu'elle prend. Elle est moins profonde que la précédente, mais pas moins agitée. Il faut que je l'aide à se calmer. Je dois la distraire. L'idée me vient au moment où je me fais cette réflexion. Je commence alors à chanter les paroles d'une chanson que j'ai mémorisée il y a longtemps.

– Droganeene nene erro, wa da rogar tre hodona.

Pour être honnête, c'est une horrible chanson. Ça parle d'une plante. J'aurais pu imaginer que c'était une métaphore pour autre chose si je ne l'avais pas aussi entendue chanter des chansons sur les lampes, les tasses, les seaux et tous ses ustensiles de cuisine.

L'effet est immédiat.

Je suis assailli par l'*embarras*.

Ce n'est pas une émotion que je ressens souvent, mais quand c'est le cas, je la sens irradier chaque centimètre carré de mon corps. Mon équipage me regarde maintenant avec intérêt et la plupart rient ouvertement. Sans doute n'ont-ils jamais entendu un pirate chanter auparavant, et encore moins le capitaine de leur vaisseau. Ma poitrine se réchauffe et mes plaques se soulèvent pour libérer un peu de chaleur. C'est un signe révélateur. Plusieurs pirates se moquent de moi. Herannathon secoue la tête et sourit.

Je les ignore et me tourne vers le panneau de visualisation, au-delà duquel je peux voir la ceinture d'astéroïdes devant moi. Les premiers débris ont déjà commencé à se rapprocher de nous. Ils s'écrasent inutilement sur le vaisseau sans endommager le yeeyar ou les boucliers.

Je chante les aventures de sa plante qui cherche à atteindre la lumière, absorbe l'eau du bassin en dessous d'elle, se nourrit, se tord et danse pour son plus grand plaisir, jusqu'à ce que j'entende son murmure brisé :

– Droganeene nene... erro... wa da rogar... tre hodona.

Elle chante avec moi et la tension dans mes épaules se relâche un peu, juste assez pour que je puisse bouger moins douloureusement. Nous finissons la chanson ensemble. Nos timbres de voix se désaccordent sauvagement l'une avec l'autre, puis il y a un silence entre nous qui est encore plus prononcé que le manque d'accord de nos voix.

– Deena, tu peux respirer ?

– Centare, répond-elle après un moment.

Mes poings se serrent. Tous les quatre. J'ai envie de frapper la vitre, mais je ne le fais pas.

– Tu parles plus facilement. Pourquoi ne peux-tu pas respirer ?

Elle fait un étrange bruit de déglutition.

– Qu'est-ce qui se passe ?

– Hoquet, bégaie-t-elle en humain.

– Okay ? Je répète sans comprendre.

– Hoquet.

– Qu'est-ce que c'est ?

– Je ne... sais pas.

Elle fait encore le bruit de la déglutition. On dirait qu'elle a mal.

– Ça a l'air douloureux.

– Le hoquet... ne fait pas mal... c'est lui... qui me fait mal.

Sa voix, plus aiguë quand elle prononce les derniers mots, me fait grimacer.

– *Lui* ?

Mon cœur bat si fort que c'est tout ce que je peux entendre. Je balaie du regard mon équipage. Ce sont des hommes que je connais depuis une douzaine de rotations, depuis ma naissance, mais aujourd'hui, ils ont tous l'air d'ennemis.

– *Qui* est-ce, Deena ?

– Un des tapis.

Elle tousse.

– Je n'arrive pas à m'en débarrasser.

Je me frotte le visage. Je fais les cent pas. Mes crêtes se lèvent et se déplacent, libérant de la chaleur.

– Mets le turbo, dis-je à Herannathon en le dépassant, avant de me concentrer à nouveau sur Deena.

Après cet ordre silencieux, je remets mon jeton. Je lui ai menti. La commande pour l'éteindre n'est pas un ordre verbal, mais un ordre mental.

– Cet... *être* sur toi...

Herannathon me regarde avec surprise en entendant les mots que je prononce. D'autres pirates font de même. Dans l'ensemble, ils ont l'air furieux et je sens le vaisseau faire une embardée tandis que les mâles portant des jetons activent les canons et tirent sur l'astéroïde qui arrive. Il serait trop long de les contourner. On va passer à travers eux. Tous les mâles à bord de ce vaisseau se battent pour elle maintenant.

– est vivant ?

– Centare, elle chuchote.

– Comment est-il mort ?

– Je l'ai poignardé avec une dague que j'ai trouvée dans la capsule de sauvetage.

Elle doit parler d'une épée parce qu'il n'y a pas de dagues dans la capsule de sauvetage.

– Je… je l'ai tué.

– C'est bien. Je suis fier de toi.

Elle renifle.

– C'est vrai ?

Sa voix est tremblante, mais pleine d'espoir. Ça me fait sourire et ça me brise le cœur.

– Ontte, Deena. Je suis fier de toi.

Les bruits qui l'environnent gagnent en force : un bruit de métal qui éclate, ses déglutitions étranges, des reniflements. Son souffle par contre... s'est apaisé. J'en suis heureux. Il n'y a pas de victoire trop petite.

– Deena, qui t'a attaquée ? Un des mâles humains ?

Les astéroïdes se pressent autour de mon vaisseau et nos tirs de canon provoquent le chaos. D'énormes morceaux d'astéroïdes rebondissent sur nos boucliers, éraflant le yeeyar, qui est une substance délicate. Chaque fois qu'il subit des dommages, je peux sentir la colère du yeeyar dans mon jeton. Elle me pique le cerveau comme une écharde. Tevbarannos me demande si nous devons poursuivre à cette vitesse. Il m'incite à ralentir.

Je secoue la tête.

– Qui, Deena ?

– Je ne sais pas ce que c'est, répond Deena. S'il te plaît, ne me demande pas de regarder.

J'entends des mouvements, puis elle expire longuement. Elle semble soulagée.

– Tu as réussi à t'en débarrasser ?

– Ontte.

– Bien. Alors tu peux le regarder maintenant. Dis-moi ce que c'est pour que je sache comment le tuer.

Et surtout comment le faire souffrir.

– Centare, Rhork, beugle-t-elle. Je ne peux pas regarder !

– Mais si, tu peux.

– Je vais me chier dessus si je le regarde.

– Alors chie, et dis-moi ce que tu vois.

Il y a un long silence. Je sens qu'elle pèse le pour et le contre. Puis elle halète.

– Tu t'es chié dessus ?

Son éclat de rire est interrompu par l'un de ces douloureux hoquets.

– Centare, murmure-t-elle.

– Ok. Alors, qu'est-ce que tu vois, Deena ?

– Je... je ne sais pas. Il y a tellement de sang. Euh... Il... il n'a pas d'yeux. Il a des griffes, mais pas comme les Voraxians. Il ne porte pas de vêtements. Ils... ne devraient pas être difficiles à tuer pour vous. Ils sont juste nombreux.

Elle étouffe un cri, puis inspire en frissonnant.

– Ils sont vraiment nombreux.

– Comment as-tu fait pour éviter d'être détectée ?

– La lumière. La lumière les blesse.

Un spasme fait se contorsionner mon cou. Je le fais bouger jusqu'à ce qu'il craque.

– C'est sombre ? Il n'y a pas de lumière ?

– Centare. Juste... juste dans les cages.

– Les cages ?

– Oui. Enfin... non. Ce ne sont pas des cages. Ce sont...

Elle dit un mot en humain qui se traduit par « *réservoirs* ».

– Des réservoirs, je poursuis.

– Ontte. Il y a des humains dans des réservoirs et les… créatures qui ressemblent à des tapis…

Elle baisse le ton si bas que je dois tendre l'oreille pour l'entendre.

– Ils les mangent.

Le choc, le dégoût, la douleur et la rage me prennent d'assaut. Ontte, c'est surtout la rage qui m'envahit. Cette émotion me consume comme du vitriol. Elle me nargue et me chuchote : « *tu l'as perdue* ».

– C'est ce que ce mâle voulait te faire ?

– Probablement, répond-elle en murmurant.

– C'est une bonne chose que tu l'aies tué, alors.

Elle renifle, mais ne répond pas.

Gerannu s'approche de moi en tenant un oxygénateur et un blaster à fusion à portée multiple. C'est avec une arme comme celle-ci que j'ai désactivé les boucliers holo des Voraxians. Il n'y a rien qu'il ne puisse détruire. Nous ne ferons qu'une bouchée de ces créatures qui effraient Deena.

Je me tourne vers Gerannu.

– Dès que nous aurons récupéré Deena, j'aurai besoin que tu exploites la technologie de ce satellite et que tu y connectes notre yeeyar.

– Pour créer un pont ? Dans quel but ?

Il passe ses trois mains libres sur ses plaques cicatrisées. Elles sont capables de résister à la morsure des griffes et à la plupart des lames. Nous n'aurons aucun problème avec ces créatures, quelles qu'elles soient. Avec quatre bras, des plaques d'argent couvrant presque chaque centimètre visible de nos corps et des lances grises pointues sortant de nos colonnes vertébrales, nous incarnons la guerre et le combat.

– Nous aurons besoin de lumière sur le satellite. Les créatures qui l'habitent actuellement craignent la lumière.

J'ouvre la communication avec l'ensemble du navire afin que ma voix puisse être entendue par tous.

– Tous les pirates sur le pont et dans la galère inférieure vont embarquer sur le satellite avec moi. Je veux que Gerannu et son équipe connectent notre yeeyar à tous les jetons qui se trouvent sur le vaisseau afin que nous puissions l'allumer à mon commandement, mais seulement à mon commandement. D'abord, nous devons trouver et sécuriser Deena. Nous ferons ça dans l'obscurité. Je ne veux pas que ces créatures se sentent menacées par elle ou qu'elle soit prise entre deux feux. Nous nous battrons sur leur terrain, à leur façon, jusqu'à ce que nous la trouvions, puis nous les brûlerons, nous sortirons les humains des réservoirs dans lesquels ils sont emprisonnés, et nous les amènerons à bord.

– Il y a des humains dans des réservoirs ? demande un des mâles.

J'acquiesce.

– Il semblerait qu'il y ait des humains à bord. Pour l'instant, ils sont dévorés par les créatures qui existent sur ce satellite. Nous ne laisserons pas ceux qui restent subir un tel sort.

– Surtout pas Deena, intervient Herannathon.

Je croise son regard. Je me demande ce qu'il peut bien penser derrière l'écheveau qui lui couvre les yeux. Il semble lire ou voir quelque chose que je préférerais cacher.

– Surtout pas Deena, je confirme, d'un ton menaçant.

Il penche la tête en avant et regarde ailleurs, distrait par le mâle qui parle avec excitation à ses côtés. Tout le monde est excité. Les pirates qui se trouvent ici, les pirates restés sur Kor, les mâles et les femelles. La découverte des humains nous a toujours excités, mais maintenant, elle s'allie à la perspective d'une bataille, ce qui exacerbe l'excitation des troupes. Les acclamations et les chamailleries vont bon train. Gerannu me sourit et hoche la tête.

— J'ai hâte d'entendre cet ordre. Tout ce qui nuit à Deena et aux humains subira notre vengeance.

— Es-tu sûr que tu pourras te brancher sur leurs commandes ?

— Aussi sûr que je peux tirer dans l'œil d'un croiseur de combat Voraxian.

Ça, il en est capable, je l'ai déjà vu le faire.

— Ils utilisent probablement une technologie ancienne à laquelle on n'a pas eu accès depuis longtemps. Des centaines de rotations, potentiellement.

Il réfléchit et penche la tête.

— Si je peux entrer dans le réseau qui alimente leurs lumières – même si c'est un réseau physique – alors je peux faire passer notre yeeyar à travers. Ce sera largement suffisant pour alimenter leur satellite, au moins pour un court moment.

– Une lumière physique ? je demande.

Je reprends la partie de son explication que je n'ai pas comprise.

— Ontte. Si ce satellite est aussi vieux que nous le pensons, alors il peut s'appuyer sur des fils et des câbles physiques pour apporter de l'énergie vers et à travers leurs systèmes. L'énergie émane probablement d'une seule source d'énergie centrale. Ma seule préoccupation est que nous pourrions avoir à entrer avec vous pour atteindre une telle source d'énergie si le yeeyar n'est pas capable d'emprunter leurs câbles pour l'atteindre lui-même.

Je fais une grimace.

– Des câbles ? C'est une blague, pas vrai ? C'est pas possible !

– J'aimerais bien, mais c'est bien réel. Les Eshmiris, par exemple, posent encore des lignes physiques pour tout, sauf pour leurs dispositifs d'occultation. C'est presque la seule chose qu'ils ont améliorée au cours des 50 dernières rotations.

– Eshmiris de shrov !

Je secoue la tête et attache mon canon de bras à l'élingue qui pend de mes pointes hiannrus.

– Si tu as besoin de plus de pirates pour entrer, alors prends-les.

– Rhorkanterannu ! crie Erobu à travers le pont.

Le mur devant lui est couvert de commandes, mais il pointe le panneau de visualisation de ses deux bras droits.

– Nous y sommes.

Je me tourne et je vois l'énorme satellite se dresser comme une étoile solitaire au centre de son propre univers privé. Le drôle de mot employé par Deena pour le décrire me revient en mémoire : *pourri*. Ontte. J'ai sous les yeux un univers qui a pourri de l'intérieur. Et Deena s'est cachée au cœur de ce satellite.

– Rhork…Rhork où es-tu ?

Alors qu'elle occupe mes pensées, sa voix se faufile dans mon jeton.

– Je suis là.

– Ne me quitte pas, dit-elle d'une voix tremblante.

– Jamais je ne pourrai te quitter.

Ma réponse me surprend. Elle doit la surprendre aussi, car elle émet un son doux.

Pourquoi ai-je dit cela ? J'aurais pu lui dire que je ne voulais pas le faire ou que je ne le ferai pas. Pourquoi me suis-je *embarrassé* de la sorte ?

– Je… commence-t-elle.

Sa voix perd sa douceur en un fragment de seconde.

– Est-ce qu'il vient de…

J'entends des bruits de métal qu'on gratte.

– Deena, qu'y a-t-il ?

– J'ai cru le voir tressaillir.

Mon cœur manque un battement. Et si cette chose la tuait ? Je suis tout près d'elle et cela fait deux cents solaires que je rêve de me trouver à ses côtés, mais je pourrais ne rien trouver en arrivant. *La première fois que je la toucherai, ce ne sera pas pour récupérer son cadavre !*

– Deena, sors de là !

– Je ne peux pas ! Tu ne crois pas que je le ferais si je pouvais ? Je n'ai nulle part où aller.

– Prends ton épée et poignarde-le à nouveau. Cette fois, dans l'orbite de l'œil, puis à nouveau dans la gorge.

Gerannu s'approche de moi et me tend un bouclier lunaire. J'appuie le jeton sur ma tempe et le bouclier s'étire pour couvrir la moitié supérieure de mon visage. J'abaisse l'écheveau protecteur qui couvre mes yeux, mais je n'allume pas encore le bouclier lunaire. Le faire maintenant, dans cette chambre très éclairée, serait douloureux. Je sors d'abord du centre de commandement et je m'engage sur les rampes qui me mèneront au port d'amarrage le plus proche. Je peux entendre des dizaines de bottes marteler juste derrière moi.

– Je… la pointe de ma dague est cassée…

Je titube. De la glace glisse le long de ma colonne vertébrale. Je lutte pour reprendre mon souffle. Deux bras se tendent et me saisissent pour me maintenir debout, mais je ne sais pas à qui ils appartiennent. Je ne peux pas voir leurs visages. Je ne vois aucun visage, sauf un que je n'ai vu qu'une fois, mais que j'imagine avoir porté en moi toute une vie.

– Deena, écoute-moi !

Je crie maintenant, il faut qu'elle m'écoute.

– La dague que tu as utilisée avait-elle du verre d'un côté et du métal de l'autre ?

– Et un manche en métal, oui.

– Shrov ! Deena, sors de là, shrov !

– Qu…quoi ?

– Ce n'était pas une putain de shrov de dague !

Je repars au pas de course, en criant par-dessus mon épaule :

– Activez ! Faites-nous débarquer sur ce putain de shrov de satellite !

Le yeeyar réagit et je suis presque renversé lorsque le vaisseau se précipite en avant.

– Deena, es-tu en train de t'éloigner de cette chose ?

– Ontte, mais je ne peux pas bouger très vite. C'est trop étroit.

– Où es-tu ?

– Dans un conduit d'air ou un truc du genre.

– Deena, écoute-moi bien.

Je me lèche les lèvres. Est-ce que je dois lui mentir ? *Centare, ça ne servirait à rien de lui mentir.* Et elle est plus forte qu'il n'y paraît.

– Ce n'est pas une dague. C'est une aiguille.

– Une aiguille ! Une aiguille ? Mais elle est énorme !

– Elle est énorme pour toi. Pour nous, sa taille est parfaitement convenable. De toute façon, sa taille n'a pas d'importance. Ce qui compte, c'est ce qu'il y a dedans.

J'appuie mes paumes sur l'une des parois extérieures du vaisseau et le yeeyar m'obéit immédiatement. Il se déplace de façon à ce que je puisse voir à l'extérieur du vaisseau. J'observe la courbe lisse du satellite, tachée par les ravages du temps, alors qu'il se rapproche... Il est assez près pour que je le touche.

Un module clignotant se trouve sur sa courbe la plus basse. C'est celui de Deena, c'est sa capsule de sauvetage. C'est là qu'elle a accosté.

– Peut-on se rapprocher de l'endroit où elle a ouvert une brèche ?

Je m'adresse à Erobu, qui est toujours aux commandes.

– Je cherche un port plus proche mais je... centare. Je n'ai rien trouvé. On va devoir faire une brèche ici.

– Shrov !

Le son de ma voix se répercute dans l'immensité de mon vaisseau. Je sens la température baisser, mais ce n'est rien comparé au frisson qui me parcourt.

– Quoi ? crie Deena à travers mon jeton. Qu'est-ce que... qu'est-ce qu'il y a dans l'aiguille ?

Sa voix est à nouveau saccadée par la panique et je peux l'entendre se glisser maladroitement dans le tunnel où elle se trouve.

– C'est un stimulant.

Je ne sais pas si je dois lui en dire plus. Peut-être que je n'aurais même pas dû lui dire ça.

– Mais...mais il était... Il saignait ! Je l'ai poignardé !

– Centare. Tu lui as fait *une injection.*

– Mais il avait l'air *mort* !

Sa voix se brise, et dans ces brèches, je peux entendre ses sanglots, prêts à remonter à la surface. Ils accompagnent le bruit du métal qui se tord. Je fais craquer mes vingt articulations.

Je pose une main sur ma poitrine tandis que deux autres retirent le canon attaché dans mon dos. Herannathon apparaît à ma gauche.

– Nous y sommes presque, Rhorkanterannu. Nous serons près d'elle dans quelques secondes.

– Nous n'allons pas assez vite !

– Rhork ? pleurniche Deena.

– Je suis là. T'es-tu éloignée de la créature ?

– J'ai tourné à un angle, donc je ne peux plus le voir. Mais…euh…qu'est-ce qu'il y avait dans la seringue ?

Je grimace. Je n'ai pas du tout envie de répondre et je dois lutter pour résister à l'envie de lui mentir.

– De l'adrénaline mélangée à un puissant agent de guérison. On ne l'utilise qu'en cas d'extrême urgence. Je ne l'ai utilisé moi-même que deux fois : lorsque mon vaisseau s'est écrasé et que j'ai dû me traîner huit solaires à travers le désert d'Egamion, et lors d'une bataille contre une flotte lemorane. C'est extrêmement puissant. L'utilisateur aura l'air mort le temps que l'agent de guérison fasse effet. Quand l'adrénaline fera son œuvre, il se réveillera, plus puissant qu'avant. En plus, les proportions ont été ajustées pour des Niahhorrus. Administré à un être plus petit qu'un Niahhorru, il pourrait devenir fou à son réveil.

Il pourrait aisément la tuer.

– Tu dois t'éloigner de lui. Affronte les autres, mais éloigne-toi de celui-là.

Sa respiration s'accélère. Elle halète maintenant. Je l'entends tripoter quelque chose pendant que je me hausse sur la pointe des pieds pour regarder le satellite se rapprocher. Il est tout près de nous maintenant…. Nous nous posons. Gerannu est le premier à caresser les parois yeeyar du vaisseau. Avec notre commande commune, l'extérieur de notre vaisseau se détache pour révéler un portail recouvert d'une croûte d'un vert désagréable. J'atteins la substance en premier, en repoussant les mains de Gerannu, mais je ne trouve pas le lecteur de jetons.

– Shrov ! Laisse-moi faire Rhorkanterannu.

Gerannu me repousse, il s'introduit dans un petit creux de la matière dure et statique avant d'en retirer un levier manuel. Je fronce les sourcils.

– Je te l'ai dit. Tout est manuel ici.

Shrov.

– Tout le monde est équipé en oxygène ? crie-t-il par-dessus son épaule.

Sans attendre de réponse, il commence à tirer sur la poignée incrustée de gravillons tandis que le yeeyar forme une barrière protectrice sur toute la longueur de la rampe, protégeant ainsi le reste du vaisseau de l'atmosphère du satellite.

Le gel s'échappe du satellite comme un souffle sur une bougie. Quelques exclamations et quelques jurons m'accompagnent dans l'obscurité. J'ai à peine posé le pied à l'intérieur que je me mets à courir.

– Rhorkanterannu ! Tes pirates ne sont même pas encore tous à bord ! crie Herannathon.

Bien qu'il y ait une pointe de taquinerie dans son ton, il garde le rythme avec moi.

– Il n'y a pas une minute à perdre.

Je reviens à ma communication avec Deena, que j'entends cogner à travers le jeton. Elle n'a pas désactivé la communication de son côté. Elle ne sait pas comment faire.

– Deena, qu'est-ce que tu fais ?

– J'essaie…d'attraper…cette…perche…putain !

Le bruit d'une chute est suivi d'une exclamation de douleur.

– Deena !

– C'est attaché à une autre grille qui mène vers le bas... vers un autre tunnel. Je pense que c'est comme ça que celui-ci est entré. Shrov ! Aïe, mais c'est pas possible !

– Putain de shrov ! Mais qu'est-ce que tu fais ? Es-tu sortie du tunnel ?

– Centare, j'essaie mais... Je ne trouve pas de sortie. Je ne vois pas d'issue… juste de l'obscurité.

Sa voix s'élève et tremble à la fin. C'est un ton qu'elle n'a jamais utilisé auparavant, pas même quand elle était avec Mathilda.

Je comprends quelque chose d'assez important. Deena a peur du *noir*. Je m'en doutais, mais je ne l'ai jamais sentie si effrayée.

Elle renifle et prend une forte respiration.

– Je vais devoir me battre.

– Deena…

Je suis interrompu avant de pouvoir finir ma phrase : quelque chose est tombé sur ma tête.

– Rhorkanterannu !

Une voix derrière moi tente de me mettre en garde, mais Herannathon a déjà tué la créature avant que j'aie eu le temps de le viser avec mon canon.

– Par tous les shrovs !

Herannathon s'avance et donne un coup de pied à la chose. Je la regarde tomber par terre. Je comprends maintenant pourquoi Deena appelait la créature un tapis.

– C'est un warat ! s'écrie-t-il.

Il fait référence à un être qui peuple les plaines de sable de Norath, un endroit magnifique qui regorge de certains des monstres les plus hideux de tous les Quadrants.

– Les warats ont huit membres – ceux-ci n'en ont que quatre – et les warats ont des exosquelettes. Je ne pense pas que ce soient des warats.

– Nous devrions faire le point. Attendons que Quintenanrret nous dise ce que c'est avant de continuer. Ils ont peut-être des défenses que nous ne pouvons pas voir.

J'acquiesce, mais le cœur n'y est pas. Mon désir de m'arrêter pour inspecter la créature est tempéré par le bruit de Deena qui traîne les pieds à l'autre bout du jeton. Elle respire plus bruyamment qu'avant et mon cœur bat plus fort, comme s'il y avait un lien direct entre sa panique et mon pouls. *Un tel lien ne devrait pas exister, mais il existe bel et bien.*

– Nous ne pouvons pas nous arrêter, nous n'avons pas le temps de faire le point. Elle…

Je tousse, je me racle la gorge.

– On va devoir procéder à l'aveugle, je poursuis.

Comme l'a fait ma redoutable Deena ; elle qui a des cordes de soie en guise de cheveux et les eaux cristallines d'une plage où elle n'est jamais allée, scintillant dans les yeux.

Herannathon lève les yeux vers moi, ses yeux argentés brillent sous l'éclat de son bouclier lunaire. Il répond à mon regard, d'abord stupéfait, peut-être confus. Puis l'écheveau protecteur qui recouvre ses yeux se soulève et il me regarde vraiment. Je ne sais pas ce qu'il *voit*, mais cela lui suffit.

— Allons-y.

Il s'élance avant moi et je le rejoins rapidement à sa gauche tandis que d'autres de mes pirates sortent derrière nous. Alors que nous fonçons dans les couloirs, le nombre de ces créatures fragiles et frétillantes s'accroît.

Elles se jettent d'abord sur Herannathon, qui a pris la tête de notre expédition. Il les élimine avec son blaster à courte portée tandis que j'achève celles qu'il aurait pu manquer avec mon canon réglé sur sa fréquence la plus faible. Ils sont faciles à tuer, mais je comprends mieux ce que Deena voulait dire : pour chaque créature qui tombe, dix autres poussent comme de la mauvaise herbe.

Puis, tout change lorsqu'ils commencent soudain à crier.

— Ahh ! je rugis.

Devant moi, Herannathon met un genou à terre. Derrière moi, j'entends le bruit sourd et inimitable des corps qui frappent le sol. Mes pirates sont incapables de se déplacer à cause de ce bruit. Il n'y a qu'un seul son qui puisse avoir un tel effet sur les mâles Niahhorrus.

— Ce sont des femelles ! crie Tevbarannos derrière moi.

Il n'y a peut-être pas que des femelles, mais il y en a dans le lot. Dans leurs voix aiguës percent leur douleur. C'est un son qui peut blesser un pirate. C'est l'une des seules choses qui peut blesser un pirate.

— Gerannu, il nous faut un brouilleur !

Je m'effondre sur le sol après avoir parlé. Je sens le poids d'un corps qui s'abat sur mon dos. Il s'empale immédiatement, mais le cri qu'il émet est suffisant pour me maintenir au sol.

– Aaahhhh ! je crie à mon tour pour essayer de couvrir ce son.

Il enfonce une enclume dans mon crâne, brise chacun de mes os, et me donne envie de.. il me donne envie de...

– Deena !

– Rhork ? gémit-elle. Rhorky chéri...s'il te plaît...s'il te plaît, parle-moi.

J'ai envie de rire. Je ris alors que je détache de moi la créature prise dans mes pointes de hiannru et jette son corps ensanglanté sur le sol au moment où une autre m'attaque de côté. Je la vois arriver et l'attrape à la gorge avant qu'elle ne puisse lancer son cri de guerre.

J'écrase son crâne contre le sol, ce faisant, je le broie facilement. Mes doigts s'enfoncent dans un os dur, une peau humide et charnue, puis dans la matière chaude et collante qui se trouve en dessous. Un liquide rouge coule sur le sol et je suis captivé par une pensée étrange.

Un souvenir de sang rouge me revient. La couleur était si étrange à voir à l'époque. Un rouge violent, terrible, qui brillait de voracité. De toutes les créatures que j'ai pu rencontrer dans cette galaxie, le sang humain est le seul à avoir cette teinte.

Les hurlements cessent un moment. C'est tout ce qu'il me fallait pour avoir la force de me lever. Un malaise s'est emparé de mes pensées et racle ses ongles sanglants sur ma poitrine, mais au moins je suis debout. D'autres créatures hurlent – mais d'une voix plus grave – et je lève les yeux à temps pour pouvoir faire pivoter mon canon et tirer sur les choses qui me sautent dessus avec leurs mâchoires distendues et leurs langues somptueusement longues d'un rose vif et artificiel. Je tire trois fois avec mon canon et j'en tue six.

Je reprends mon souffle tant bien que mal. Il ne faut pas que Deena découvre cette faiblesse. Il ne faut pas qu'elle sache que ces créatures pourraient bien avoir plus de points communs avec elle qu'elle ne le pense. Il ne faut pas qu'elle sache que cette bataille est plus difficile que nous l'avions espéré. Il ne faut pas qu'elle puisse penser que je pourrais un jour la décevoir.

– Ça va, je réponds en rouvrant la communication entre nous. Ne t'inquiète pas pour moi, ne pense qu'à toi. Es-tu sortie de la ventilation ?

– Non, je suis toujours en train de chercher un moyen…

– D'accord, continue. Deena ?

– Ouais ?

– Il se pourrait que tu entendes bientôt un son fort résonner à travers mon jeton. Ne panique pas. C'est un brouilleur, ça va nous aider à combattre. Je serai toujours capable de t'entendre par-dessus le son.

– Oh. Ok, mais…

Elle renifle.

– Fais-moi sortir d'ici, reprend-elle.

– J'arrive.

Trois intersections plus tard, je sens l'odeur de la noix d'ebo. En m'accroupissant, j'en repère des traces sur le mur. C'est à ce moment-là que le brouilleur se déclenche et qu'un bruit envahissant et dur se propage dans mon jeton. Il couvre le son des cris, mais pas le son du souffle de Deena.

– J'ai trouvé ta trace et je la suis. Je serai bientôt là.

Devant nous, du verre brisé s'étend, couvert de flaques épaisses et visqueuses sur le sol. Des réservoirs métalliques sont pliés et brisés parmi eux, comme des épaves. Tout ce qui manque, c'est la tempête.

– Rhorkanterannu, dit Herannathon.

Il s'est arrêté devant un corps près de l'un des réservoirs et il utilise son pied pour le retourner.

– Regarde.

Le corps semble être celui d'un homme. Avec une peau sombre recouverte d'or et des traits distincts, il est clair que cet homme n'est pas l'une des créatures.

– Les réservoirs ont été défoncés.

Il jure, tout comme la douzaine d'autres pirates qui se pressent à cette intersection avec nous.

– Là… c'était une femme.

Une femme humaine à la peau pâle et au crâne chauve gît éventrée au centre du hall, entourée de ses propres entrailles à moitié dévorées, et d'empreintes de pas ensanglantées qui s'éloignent d'elle dans le hall à droite. Mon cœur fait un bond.

Ces créatures poursuivent Deena.

L'odeur de noix d'ebo a disparu depuis longtemps, mais je suis les traces de pas ensanglantées jusqu'à la prochaine salle. Puis à droite. Et à gauche.

– Shrov. grogne Herannathon dans mon dos.

Le hall *en est rempli*. Partout où se pose le regard, il y a des créatures.

– Il y en a des centaines !

Herannathon ouvre le feu et des vibrations résonnent dans les étages. A l'intersection du couloir, je regarde à gauche et à droite. Il a raison.

Il y en a des centaines. Il y en a des milliers. Et ils descendent tous sur nous simultanément.

Je dois aller chercher Deena. Et ensuite nous mettrons le feu à cet endroit pour qu'il brûle comme un soleil.

5

Deena

– Deena, où es-tu ? Qu'est-ce que tu fais ?

Je rampe à toute vitesse, je *courrampe*. C'est le nom que j'ai donné à ce déplacement. Il y a un martèlement dans le tunnel derrière moi qui me donne l'impression d'être poursuivie par une bombe avec des pieds. Le bruit n'est ni régulier ni prévisible, et son rythme hachuré est *déstabilisant*, j'irais même jusqu'à dir qu'il me *perce l'âme*.

Je me mets soudain à crier. Ça peut paraître étrange mais je ressens tant de frustration et de rage que j'ai besoin d'évacuer toute cette colère. J'ai donc été torturée par Mathilda pendant des rotations pour finir sur un vaisseau plein de créatures qui veulent me manger ? Qu'est-ce que j'ai fait au triple Dieu pour mériter ça ?

Le seul problème quand on crie sur son ennemi, c'est que l'ennemi peut s'amuser à crier en retour.

– Blaaaaaaaahhhhhh !

Et il est proche.

Putain, il est beaucoup plus proche que je ne le pensais.

Où est-ce que je suis bordel ? J'avance, mais je ne suis pas sûre que ce soit une bonne chose. Plus j'avance et plus j'entends le grondement de ces êtres immondes qui grouillent partout. Suis-je en train de me jeter dans la gueule du loup ?

J'entends le martèlement de leurs pieds, des corps tombent, les hurlements des tapis et des ordres en Meero. Ces derniers devraient me rassurer, mais ce n'est pas le cas. Je ne serais pas rassurée tant que la victoire des pirates ne sera pas complète. En plus, je ne peux pas vraiment les aider malheureusement. Tout ce que j'ai pour me défendre, c'est un bâton en métal avec une extrémité dentelée, que j'ai arraché de la grille du tunnel qui m'a conduite ici.

– Deena !

La voix me parvient à travers mon jeton. J'ouvre la bouche mais un cri couvre ma réponse et engloutit le peu d'assurance qui me restait. Ce cri est encore plus proche qu'il ne l'était auparavant. Dans l'espace étroit, je tourne la tête si fort et si loin que j'ai l'impression que mon cou va se briser. Je pousse un cri sauvage en apercevant le tapis psychotique qui n'est décidément pas mort. Il n'est qu'à une longueur de corps de mes orteils.

– Barre-toi putain de tapis de shrov ! je hurle.

Une énergie nouvelle balaye tout mon squelette. Elle me donne l'impression d'être prise dans le tourbillon d'une tornade.

Elle est faite de rage, de panique et de peur.

Puis tout retombe et ce qui reste : c'est ma folie, ma folie profonde.

Seulement cette fois, je n'ai pas peur de cette folie. Cette folie me définit et je n'ai pas à en avoir peur.

La chose hurle et commence à se frayer un chemin vers l'avant. Ses griffes dentelées s'enfoncent profondément dans la saleté verte. Il utilise la coquille calcifiée qui nous entoure pour progresser vers moi à une vitesse incroyablement rapide.

Je me tourne maladroitement dans l'espace très étroit jusqu'à ce que je lui fasse face. Du sang s'écoule de mes mains et de mon visage, maculant le tunnel couvert de rainures autour de moi. *Ces rainures ont été faites par des ongles. Pas par des griffes, mais par des ongles.* Savoir qu'une petite partie de ce sang (ok, une grande partie de ce sang) est à moi, n'est pas rassurant; mais ça me rend aussi étrangement fière.

« *Je suis fier de toi.* » C'est ce qu'il a dit. Je me trompe peut-être, mais il avait l'air de le penser. Personne n'avait jamais été fier de moi avant. Pourquoi était-il fier de moi ? Il était fier de moi parce que je m'étais battue. Parce que j'avais survécu. Je ne vais pas le laisser tomber maintenant.

Je ne vais *pas* mourir ici.

L'hystérie qui m'étouffe se solidifie en une masse dure. Je peux la sentir dans mes bras tandis que je me tortille en arrière, de plus en plus loin, jusqu'à ce que mes pieds touchent enfin la grille. Je donne un coup de pied. La chose hurle et plonge.

Je lève le bâton de métal dans ma main et lance un cri de guerre si fort que mon corps entier se soulève :

– Je ne vais pas mourir ici, bordel !

Le hurlement qui me répond me fait bondir et me brûle les tympans, mais mes bras ne tremblent pas. Non, je vais être honnête avec toi, putain de tapis de merde. Mes bras tremblent, mais ce qui ne tremble pas, c'est ma volonté et ma petite dose de fierté.

Je donne un coup de pied à la grille derrière moi au moment où le tapis ouvre son affreuse bouche et je le poignarde. Je projette ma lance de fortune en avant aussi fort que je peux. Mes bras faiblissent et je manque m'arracher un œil en la retirant.

En parlant d'yeux, je réussis à frapper le monstre dans l'œil droit, du moins, là où il devrait être. Ça n'a pas l'air de le déranger. Rhork est quelque part dans ma tête en train de crier mon nom, mais il va devoir patienter une seconde pendant que je ramène mes bras en arrière et que je le poignarde dans l'autre non-œil.

Je continue de crier :

— Meurs, putain de trou du cul de tapis ! Les tapis sont faits pour être piétinés, tiens, prends ça ! « Tapis » rime avec « ta vie est finie » !

La chose s'approche toujours. Ses bras tourbillonnent comme une toupie hors de contrôle. Son corps, qui a l'air maintenant tout à fait mou, essaie de manœuvrer au-dessus de moi pour éviter le coup de ma lance, mais… il n'aura pas cette chance. Cette saloperie va crever !

— Les tapis ne mangent pas les gens, bordel de merde !

Je le frappe au moment où il pousse un autre cri assourdissant. Ma lance touche sa gueule et je le force à reculer. Apparemment, ce tapis ne veut pas mourir non plus. Ses bras s'agitent et il arrive à contourner ma lance pour atteindre mon visage. Ses griffes atteignent ma joue, puis se dirigent vers mes yeux – parce que moi, j'en ai ! – mais je réussis à fermer mes paupières au bon moment.

— Rhork !

Je crie et je donne un coup de pied dans la grille derrière moi, pour essayer de l'ouvrir.

— Deena !

– Ça y est, je vous vois ! Je suis au-dessus de la grille, en train de me battre avec ce tapis de shrov !

Le jeton s'éteint un instant et j'ai l'audace de me demander s'il va bien. Non, mais, sérieusement ? Je me demande s'il va bien ? *Lui* ? Et moi ? Est-ce que je vais bien, moi, putain ? NON, JE NE VAIS PAS BIEN !

Je reporte mon attention sur le tapis assoiffé de sang qui essaie de planter ses griffes dans mon estomac.

– Les tapis ne se jettent pas sur les gens, shrov ! je crie.

Je le frappe à nouveau et l'attrape juste en dessous de son cou, juste là où se trouverait une clavicule s'il était humain. Ma lance transperce sa peau et se loge maladroitement près de l'os. Lorsque je pousse, elle s'enfonce plus profondément.

La chose hurle, mais malheureusement, je n'ai pas enfoncé mon bâton assez profondément pour la tuer et mes efforts l'ont juste rapprochée de moi. Elle se jette à nouveau sur mon visage, mais je parviens à lever mon avant-bras droit à temps pour éviter ses griffes. Le feu ratisse mon bras et je donne un coup de pied. Cette fois, mes efforts sont récompensés : la grille derrière moi cède.

Des mains se referment autour de mes chevilles. Quatre mains. Je retombe violemment sur le ventre et soudain, je suis éjectée du conduit obscur dans lequel je me trouvais. Je n'ai pas besoin de lever les yeux pour savoir que je suis entourée de pirates Niahhorrus.

Toutefois, j'ai à peine le temps de faire ce constat. Il arrive. Le tapis cinglé en a toujours après moi.

Je plante mes deux pieds sur le sol et je place ma lance à hauteur de la taille. Quand il émerge sur deux jambes au lieu de quatre, je recule et je pousse ma lance en avant en criant :

– Va en enfer, tapis de merde !

J'étripe la chose, je la poignarde directement en son centre. Il se replie sur ma lance et essaye de m'atteindre. Il réussit à griffer mes seins, qui sont complètement exposés, à peine couverts par un soutien-gorge bleu en lambeaux.

Je rugis.

– Aaaaaahhhhhhhrrrrr !

J'appuie de tout mon poids et le repousse dans le conduit, mais il s'accroche aux bords. Il refuse de retourner tranquillement dans l'obscurité.

– Rhork, elle est là ! crie quelqu'un derrière moi en Meero.

Tout à coup, le tapis avec lequel je suis engagée dans un combat à mort explose. Enfin, du moins, sa tête. Elle était là, et l'instant suivant, pop ! Elle glisse sur le sol et ne forme plus qu'un tas gluant. Je reprends ma lance tandis que des corps se rapprochent autour de moi. Ils ont tous des épines aiguisées dans toutes les directions et ils se tournent tous vers l'extérieur. Tous, sauf un.

Je lève les yeux vers son visage alors qu'il abaisse le canon de son bras et que nos regards se croisent – enfin. Je fixe la lumière verte translucide qui brille à la place de ses yeux, et sa tête s'incline comme s'il me regardait. Sa mâchoire est serrée et ses lèvres sont pressées en une fine ligne. Il a l'air furieux de me voir et je ne sais pas pourquoi. Je sais juste que je suis chaude et que je suis prête à me faire encore quelques tapis.

– Ils ne savent pas à qui ils ont affaire ! je crie bêtement.

Il tressaille, comme si je l'avais giflé, mais le bord de sa bouche tressaute alors que son bras gauche inférieur s'étire vers mon visage. Il repousse une mèche de cheveu drapée sur mon nez vers le haut de ma tête. Puis il me fait un signe de tête.

– Nous ne pouvons pas allumer les lumières. Cette… pourriture couvre tout et elle est trop épaisse. On va devoir tous les tuer.

Je crie. Pour une raison qui m'échappe, je suis incapable de contrôler le volume de ma voix :

– OK !

Il me tend une arme attachée aux pointes de son dos. Dans sa main, ça ressemble à une petite grenade, mais il me faut deux mains rien que pour la soulever. Il actionne un interrupteur sur le côté et une fusée rose vif se déchire sur ses côtés droit et gauche.

– Tu dois juste viser, puis appuyer.

Il se place derrière moi, positionne mes mains de façon à ce que l'une soutienne le canon et que l'autre attrape ce qui ressemble à une manivelle sur le côté droit. Il fait le mouvement de presser la manivelle vers l'avant, puis d'appuyer sur une petite gâchette montée sur la poignée.

– Ok, c'est bon, j'ai compris. Où sont ces enfoirés ?

Son rire gronde dans mon oreille et il murmure un ordre. Je ne sais pas qui peut l'entendre par-dessus l'horrible son statique, mais les guerriers obtempèrent immédiatement lorsqu'il leur demande de me libérer de la barrière protectrice qu'ils ont formée autour de moi.

Le tunnel, qui s'étend loin de moi, ne contient que des tapis. Les guerriers Niahhorrus sont tous derrière nous. Parfait. Aucune chance de toucher quelqu'un que je ne voudrais pas tuer. Je tire avant que Rhork me le dise. Le blaster, ou quel que soit le truc que j'ai en mains, m'aurait envoyée voler en arrière s'il n'était pas juste derrière moi, placé de façon à me protéger, comme un mur de soutien.

– Tu comprends ce qu'est le recul maintenant ? chuchote-t-il à mon oreille.

Sa voix ressemble à une sombre mélodie. Sa voix n'est pas un chant d'oppression mais un chant de *libération*.

Il m'a libérée.

Les larmes me montent aux yeux. Je les sens sur mes joues. Je l'entends murmurer quelque part dans l'espace obscur comme un cauchemar : *je suis fier de toi*, car ensemble, nous combattons ces monstres. Et alors que nous nous battons, nous ne sommes plus une humaine et un pirate. Nous ne sommes plus un mâle et une femelle. Nous sommes juste deux êtres qui veulent vivre. Nous sommes semblables, égaux.

Quand il pose de temps en temps les yeux sur moi, alors que je me répands en jurons et en plaintes contre les tapis qui n'arrêtent pas d'arriver et de partir, il sourit.

6
Rhork

Je suis submergé par l'émotion. Elle enflamme ma poitrine. C'est comme si j'avais avalé de la braise. De précieux moments me reviennent en mémoire. Je me souviens de mes premiers pas sur le pont de commandement, juste après la fin de la construction du vaisseau mère. Je me souviens de ma première victoire face à un vaisseau Eshmiri, aucune vie n'avait été perdue ce jour-là. Je me souviens de la première fois que j'ai entendu Deena à travers mon jeton, je me souviens de la première fois où elle m'a appelé Rhork.

L'émotion que je ressens maintenant en combattant aux côtés de Deena contre cette horde démente me frappe comme la somme de ces moments combinés et amplifiés. La sensation est si intense que je peine à comprendre ce qu'elle dit à travers le brouilleur :

– Putain de tapis ! Nous... ne sommes pas... des casse-croûte !

Elle lance une autre série d'ions améliorés par le yeeyar sur les créatures en approche. Il n'y en a que quatre maintenant, alors qu'avant, elles venaient vers nous par vagues de vingt. Nous avons réduit le troupeau, et c'est surtout grâce à Deena, de loin la plus zélée et la plus efficace.

Je ris alors que les corps tombent et que Deena en profite pour glousser comme une tarée. Je pense qu'elle perd la tête, mais je m'amuse trop pour la tirer du bord du précipice sur lequel elle se trouve. Je sais ce qu'est la soif de sang. Je sais ce qu'est la fièvre du combat. Je sais quelle rage et quelle folie s'emparent de ceux qui ressentent cette fièvre. Et je ne voudrais, pour rien au monde, la sortir de cette transe. Jamais auparavant un pirate Niahhorru n'a eu la chance de se battre aux côtés d'une femelle. Encore moins aux côtés de la femelle qu'il aime.

Je l'aime.

Je l'aime, c'est certain, même si c'est tout nouveau pour moi. L'amour n'est pas un concept bien connu des pirates Niahhorrus, mais j'en ai déjà entendu parler. Dans le Quadrant 2, les Lemorans vénèrent l'amour. Les Voraxians ont leurs âmes soeurs Xiveris, ce qui est assez proche de l'amour, je crois. Je n'en suis pas sûr.

Les Lemorans, comme les Voraxians et les humains, sont monogames.

J'ai toujours pensé qu'un tel concept serait une entrave à l'acte de procréation. Le nombre de Niahhorrus a tellement diminué au cours des douze dernières rotations, que la procréation et la survie de notre espèce ont toujours été ma priorité. Mais shrov, je ne m'en soucie plus aujourd'hui. Cette femelle qui dégomme des êtres qui essaient de la dévorer, comme une folle dans l'obscurité, est la femelle que j'aime, celle avec laquelle je m'accouplerai. Je mourrai pour la protéger même si notre union devait être stérile. Il n'est plus seulement question de procréation.

C'est drôle, parce que je pensais que ce qui me liait à mon équipage, c'était justement *l'amour*. Mais je ne savais rien de l'amour, parce que je ne connaissais pas encore Deena.

Alors que je fais ce constat et que j'achève négligemment les créatures qui osent échapper à la puissance de feu de Deena ou qui essaient de s'approcher trop près d'elle, je remarque que le son du brouilleur diminue. Finalement, tout ce que j'entends, ce sont quelques tirs errants derrière moi et le rire maintenant beaucoup plus fort de Deena qui s'amuse comme une petite folle.

-Tiens ! Prends ça, tapis de mes deux ! Je te déteste ! Je déteste les tapis ! Vous mangez des humains, je vous ai vus ! Je ne veux plus jamais voir de tapis de ma vie !

Il vaudrait mieux que je ne l'emmène pas dans la salle des souvenirs humains alors. Cette pièce à bord du vaisseau est pleine de tapis. Je ris doucement en y pensant, quand soudain, Deena se tourne vers moi, l'arme levée.

– Shrov !

Je bondis en arrière.

Un violent rugissement se fait entendre. Erobu s'attaque à Deena, il lui saute dessus et la fait presque tomber au sol. Fou de colère, je m'avance, je saisis habilement Deena par le bras pour la maintenir debout tandis que mes deux bras gauches attrapent Erobu par l'épaule et le font pivoter vers moi. Sans attendre, je le frappe à l'œil gauche.

– Shrov ! Qu'est-ce que j'ai fait ? demande-t-il ébahi.

Il pose l'une de ses mains sur son œil et titube en arrière. Ce faisant, il heurte le torse d'Herannathon.

-Tu as touché sa femelle, explique ce dernier à voix basse.

J'espère que Deena n'a pas entendu. Je n'ai pas envie qu'elle connaisse mes intentions pour l'instant. Pas quand elle est dans cet état.

Je grogne en direction d'Herannathon d'un ton menaçant, avant de reporter mon attention sur Deena. Je manœuvre soigneusement le canon de son blaster pour l'éloigner de mon estomac.

– Je crois que tu les as tous eus.

– Il m'en faut plus ! crie-t-elle.

Sa lèvre inférieure tremble. Je me demande si elle le sait.

– Il m'en faut plus, j'ai encore envie de tirer !

Je glousse.

– Non, ça suffit, Deena.

– Centare !

– Ça suffit pour le moment.

– Centare !

Elle secoue la tête et les cordes de ses cheveux volent sur son visage. Elles collent à sa peau, s'accrochent au sang qui se trouve dessus. Cette vision me serre l'estomac. Quelle proportion de ce sang est le sien ?

– Je n'ai pas d'ordres à recevoir de toi ! ajoute-t-elle.

Je glisse mes doigts dans ses cheveux et lui tire la tête en arrière. Cambré sur son corps, je descends assez bas pour sentir le sang sur sa bouche. Je ne la goûte pas. Je ne la goûterai pas comme ça. Pas encore. Pour l'instant, je dois attirer son attention. Je dois l'empêcher de paniquer.

– Je ne te donne pas d'ordres, Deena, j'essaie de t'aider. J'essaie de t'aider à faire tout ce que tu as toujours voulu faire et tout ce dont tu peux rêver. Tu veux trouver et tuer plus de tapis ? Je les trouverai pour toi et je te les amènerai. Mais pour l'instant, il n'y a pas de tapis. Alors que vas-tu faire ? Tu vas tirer dans le vide ? Tu vas me tirer dessus ? Dans le premier cas, ce serait du gâchis et dans le second, je pense, une tragédie. Et toi, qu'en penses-tu ? Tu veux me tirer dessus, Deena ?

Je m'éloigne suffisamment pour pouvoir me concentrer sur son visage. Ses grands yeux sont humides. Je peux voir le vert de mon bouclier lunaire s'y refléter comme une étoile filante.

– Qu'est-ce que tu es jolie, je chuchote en secouant la tête.

J'ai du mal à en croire mes yeux. Comment le pourrai-je ? Je n'ai jamais rien vu d'aussi beau que sa lumière.

Elle ne semble pas m'entendre. Elle n'a aucune chance de m'entendre, esclave de sa montée d'adrénaline comme elle l'est. J'ai l'impression qu'elle va tomber, mais au moment où je me prépare à avoir le plaisir de la rattraper, elle inspire rapidement et se raidit. Elle fait pivoter son blaster et je bloque sa trajectoire. Avec précaution, je repositionne sa prise sur le blaster, pour qu'elle puisse le tenir et le pointer vers le bas. Sa prise est maladroite. Ses mains sont si contractées sur l'engin que je peux voir ses veines onduler. La peau autour de ses articulations est tendue et pâle. Ses épaules s'affaissent avec le poids de la prise, mais je ne la lui prends pas.

– Rhorkanterannu, je pense que nous les avons tous eus pour le moment. Devrions-nous retourner au vaisseau-mère ? demande Ewanrennaron.

Je ne le regarde pas quand je réponds.

– Il y a peut-être d'autres humains piégés dans ces réservoirs. Nous devrions fouiller les lieux.

Ewanrennaron, ramène Deena sur le vaisseau-mère. Il faut qu'au moins quinze pirates l'accompagnent...

– Non.

Elle secoue la tête. Les cordes de ses cheveux dégoulinantes de sang se balancent autour de ses épaules.

– Centare, je veux dire. Je veux rester avec toi.

J'essaie de ne pas trahir la joie que sa réponse me procure, mais j'échoue. Lorsque je me redresse et roule mes épaules en arrière, un sourire perturbe mes traits. C'est un petit sourire, mais il est éloquent. Herannathon n'est pas loin et il me regarde à nouveau en secouant la tête. Il en va de même pour plusieurs des autres pirates à proximité. Nous regardons tous Deena déplacer son arme vers son bras droit afin de pouvoir prendre ma main droite inférieure dans sa main gauche.

Le murmure de sa peau contre la mienne me fait frissonner. C'est la première fois que nous nous touchons et cela solidifie le désir qui se déchaîne dans ma poitrine.

Deena est *à moi*. Je quitterai Kor s'il le faut. Pour elle, je suis prêt à détruire Kor ou à construire un autre empire sur une autre planète.

Sa paume est collante de sang et plus chaude que la mienne alors que nous avançons dans les couloirs déserts. Gerannu et son équipe nous rejoignent à un moment donné. Il me présente ses excuses les plus sincères, il est désolé de ne pas avoir réalisé que la pourriture serait suffisante pour couvrir les lumières, qui étaient pourtant fonctionnelles en dessous. Je lui fais nonchalamment signe de partir. Rien, en ce moment, ne peut me contrarier.

Nous sommes maintenant plus nombreux. Comme j'estime que notre nombre est plus que suffisant pour garantir la sécurité de Deena, je demande aux mâles de se séparer en petits groupes. Aucune vie n'a été perdue dans la bataille contre les tapis. Au contraire, Deena a été retrouvée et elle est saine et sauve. Aussi, je ne m'inquiète pas trop pour les pirates que j'envoie explorer les unités rotatives qui flanquent les deux côtés de ce globe central. Gerannu nous conduit vers le centre de la sphère. Il abritait autrefois l'unique source d'énergie de ce satellite, elle est éteinte depuis longtemps maintenant.

Il discute avec enthousiasme de la technologie employée par ces humains d'un autre temps et il organise une équipe pour collecter des échantillons de la pourriture. Quintenanrret part également avec quelques pirates. Ils veulent rassembler quelques cadavres de tapis et les ramener au vaisseau pour les étudier. Le savoir est un pouvoir et l'analyse de ces nouvelles espèces – ou peut-être, cette évolution d'une ancienne espèce – apportera un savoir précieux.

Je me demande si Deena sait que ces tapis, comme elle les appelle, sont des humains.

Je jette un regard vers elle et mon cœur se gonfle d'un désir insondable. Je sens cette vague de chaleur tressaillir dans mon cœur, puis serpenter plus bas dans ma queue. Je suis à deux doigts de jouir, ce qui serait plus qu'embarrassant. Un mâle Niahhorru qui laisse échapper sa semence partout serait humilié.

Elle lève les yeux vers moi, nos regards se croisent. N'y tenant plus, je romps rapidement la connexion, tout en raffermissant ma prise sur sa paume. Je veux qu'elle sache ce que je suis trop gêné pour lui dire ce que je ressens. Mais je veux aussi qu'elle sache qu'elle est est désirée, qu'elle est parfaite et qu'elle est aimée.

– Centare.

Son murmure est brisé et elle se racle la gorge.

– Centare, répète-t-elle un peu plus fort, d'une voix toujours aussi tremblante.

– Qu'y a-t-il, Deena ?

Elle frissonne, comme si elle avait froid. Il est probable qu'elle ait froid. Je fronce les sourcils car je m'en veux. Je n'ai rien à lui donner.

– Tu m'as demandé si je voulais...

Sa poitrine est secouée par des soubresauts et je la regarde fixement, abasourdi.

– Qu'est-ce qu'il y a ?

– Hoquet.

– Ça te fait mal ?

Elle secoue la tête, puis l'incline vers la gauche.

– Non, c'est juste gênant.

--Je vais appeler le guérisseur.

Elle rit et secoue la tête. Son rire est... *étrange*. Il commence comme d'habitude, rauque et dur, mais il se transforme rapidement en quelque chose de plus léger et de plus nerveux, quelque chose d'un peu fou. Pourtant, même ce rire rauque est apaisant. C'est un baume après les cris infernaux des créatures du satellite. Instantanément, je peux voir la posture et la tension des pirates qui peuvent l'entendre s'apaiser complètement. La mienne aussi. Du moins, jusqu'à ce que son rire s'éteigne et qu'elle essaie d'essuyer sa joue avec son épaule. En effet, l'une de ses mains tient son arme et l'autre tient ma main. Alors je le fais pour elle.

Je passe mes doigts sous ses yeux, en essayant d'être prudent avec sa joue droite. Je peux voir les traces de griffes qui l'ornent et elles me rendent fier. C'est une guerrière, c'est ma femelle. C'est ma compagne. Elle sera à moi et je serai à elle. Nous serons comme les Lemorans et les Voraxians dans leurs royaumes étranges où chaque couple ne comprend que deux êtres.

Le geste doit la surprendre, car elle lève les yeux vers moi comme si un cinquième bras avait poussé sur le dessus de ma tête. Je grimace.

– Qu'est-ce qu'il y a ?

– Je…

La secousse de sa poitrine la fait presque tomber. Je fronce les sourcils. Elle rit aux éclats.

– Non, rien. Je suis juste surprise. Je suis couverte de coupures, mais toi, tu veux appeler le médecin pour m'aider à gérer mon hoquet.

Elle refait le mouvement saccadé et je fronce encore plus les sourcils.

– Tu es blessée ?

Je jette un coup d'œil à son corps. Il est sanglant et ravagé par le combat, certes, mais je ne vois rien de grave.

Elle secoue la tête, frissonnant sous le coup du hoquet.

– Centare. Je ne pense pas.

Un autre hoquet.

– Tu veux que je te porte ?

Je ne sais pas pourquoi je lui demande ça. Il est clair qu'elle n'a pas besoin d'être portée.

Un froncement de sourcils tire les bords de ses lèvres pleines vers le bas et elle détourne le regard. Qu'est-ce que j'ai dit ? Sa main se crispe dans la mienne et je sens qu'elle aurait même pu aller jusqu'à essayer de l'ôter si je n'avais pas resserré ma prise pour l'en empêcher.

– Ma jambe va bien.

– Ta jambe ? Ta jambe est blessée ?

Bien qu'élégante lorsqu'elle marche sur des cadavres, ici, dans ce grand couloir vide, elle trébuche sans cesse.

– Je…

Je l'attrape à deux mains et avec une troisième, je tente de lui prendre son arme. Elle s'y accroche comme un poing atteint de rigidité cadavérique s'accroche à sa dernière possession.

– Qu'est-ce qu'elle a ta jambe ? je lui demande à nouveau.

– Tu m'as demandé si je voulais que tu me portes, répond-elle en refusant toujours de croiser mon regard.

– Quel rapport avec ta jambe ? Je t'ai proposé de te porter parce que ton hoquet donne l'impression que tu vas t'envoler et foncer dans le plafond. Si je te propose de te porter, c'est pour ne pas avoir à te rattraper plus tard.

Je fronce les sourcils en la regardant. Je ne comprends pas pourquoi elle réagit de cette façon. Peut-être que je *devrais* la porter. C'est probablement son premier vrai combat. Elle est peut-être trop épuisée pour marcher.

Cependant, l'idée ne me semble pas bonne.

C'est peut-être son premier combat, mais elle a remporté un franc succès. La porter maintenant, simplement parce qu'elle est fatiguée, serait une insulte à tout Niahhorru et je ne veux pas lui faire honte devant mon équipage. Ce serait une honte pour moi aussi d'ailleurs. De plus, ils l'idolâtrent déjà.

Ses lèvres s'écartent alors qu'elle me fixe, muette comme une image. J'ai l'impression que ce que je viens de dire a aussi peu de sens pour elle que ce qu'elle a dit en a pour moi. Son visage se crispe soudain et elle secoue à nouveau la tête. Puis elle inspire profondément, redresse les épaules et avance plus vite pour adapter son rythme au mien.

Je souris. J'avais raison de ne pas penser qu'elle était trop épuisée pour marcher.

– Tu m'as demandé tout à l'heure si je voulais te tirer dessus. Centare. Je ne veux pas te tirer dessus. Mais je ne te rendrai pas ton truc, ton blaster. C'était un cadeau !

Elle élève la voix, son cri est strident et elle tire sur ma main.

Je ris sans retenue. Elle frissonne à nouveau au son, comme si elle avait froid, mais je n'ai pas de remède pour elle maintenant. Sur le vaisseau-mère, je m'assurerai qu'elle a tout ce dont elle a besoin. C'est ce que je ferai pour le reste de sa vie ou de la mienne.

– Ontte, c'était un cadeau.

Elle me regarde fixement et je souris.

– Tu ne me crois pas ?

Elle est parcourue d'un autre frisson. Elle cligne rapidement des yeux et détache son regard du mien.

– Ontte. Centare. Je ne sais pas. Tu es bien trop rusé…

– Je suis toujours franc.

– Ah bon ? Pourtant, tu m'as déjà menti.

– C'est vrai. Mais je ne te mentirai plus jamais.

– Ouais, c'est ça.

Je sens que la convaincre ne sera pas une chose facile. Je vais devoir faire de mon mieux. D'un autre côté, elle a peut-être raison. Peut-être que je lui mentirai encore. Comment puis-je prédire l'avenir ? Alors je hoche la tête, je souris et je dis :

– Intéressant.

Elle frissonne à nouveau, cette fois-ci encore plus violemment, et elle lève les yeux vers moi. Son adrénaline doit être complètement retombée, car elle a l'air hébétée et épuisée.

– Tu… Tu ne…

– Rhorkanterannu !

Mon nom résonne dans mon jeton assez fort pour détourner mon attention de Deena.

– Quoi ? je grogne.

Deena sursaute et ouvre la bouche, mais j'utilise une main pour désigner le jeton dans mon oreille et elle comprend que je ne m'adresse pas à elle.

– Nous avons trouvé d'autres réservoirs dans l'unité droite. Comme nous tournons, la gravité semble fonctionner un peu mieux ici. Malheureusement, nous avons aussi trouvé d'autres créatures.

Je me fige.

– Combien de réservoirs ?

– Une cinquantaine, mais ils sont vides. Je n'ai pas besoin de te dire ce qui leur est arrivé…

Je grogne :

– Tuez toutes les créatures que vous trouverez et continuez les recherches.

– Les recherches sont terminées. Nous allons vous rejoindre.

– Retrouve-nous au centre. Gerannu va vous envoyer une carte.

Après avoir émis des ordres silencieux, je prends des nouvelles de Tevbarannos, qui dirige les recherches dans l'unité rotative de gauche. Il me confirme que la gravité est plus forte, mais pour une raison qui lui échappe, les niveaux d'oxygène sont encore plus bas là-bas et ils n'ont pas rencontré d'humains du tout, ni dans des réservoirs, ni sous forme de tapis.

– Gerannu, à quelle distance sommes-nous du centre ? je demande à haute voix alors que mon jeton devient silencieux.

– Au bout de ce tunnel, nous trouverons un puits – contenant peut-être autrefois une forme d'ascenseur. Nous le prendrons et nous y serons dans quatre étages.

– Bien. Transmets la carte aux autres. Ils vont nous retrouver là-bas.

En atteignant le puits, Deena regarde les pirates commencer à grimper autour d'elle nerveusement.

– Je… je ne pense pas que je puisse faire ça. Je ne sais pas comment grimper.

– Commence par poser ton blaster. C'est dommage que tu n'aies pas plus de bras pour le porter. C'est vrai que ce handicap t'empêche de grimper facilement quand tu es chargée.

Elle retire sa main de la mienne d'un coup sec et serre ses bras autour d'elle. Je fais de mon mieux pour ne pas contempler sa poitrine exposée, et j'échoue complètement. Je la dévore du regard.

– Handicap, murmure-t-elle. Tu veux dire mon défaut ? Parce que je suis défectueuse ?

– N'avoir que deux bras n'est pas un défaut. Les Voraxians n'ont que deux bras et je te garantis qu'aucun d'entre eux ne serait découragé par une telle ascension. Tu devrais être capable de le faire. Regarde. Il y a même une échelle ici, dis-je en frappant sur une série d'échelons métalliques intégrés au mur à l'intérieur du puits à ma gauche. Toutefois, comme j'ai envie de sentir ton corps pressé contre le mien, je ne vais pas t'obliger à l'emprunter, comme je le ferais avec un autre pirate. Je vais te donner la possibilité d'être portée.

Je me penche et ramène ses cheveux tachés de sang sur ses épaules. Je regarde sa poitrine, ces seins pleins et mûrs, encore plus mûrs que ceux de la plupart des femelles Niahhorrus. Et elle est tout à fait compatible avec notre espèce. C'est tout simplement extraordinaire.

Sa bouche est toute proche de la mienne et elle est juste assez écartée pour que je puisse imaginer qu'elle veut que je l'embrasse. Je caresse sa lèvre inférieure avec l'un de mes pouces tandis que deux de mes bras entourent sa taille et la soulèvent. Elle lâche son blaster et je l'attrape avec mon quatrième bras, pour l'attacher à l'écharpe dans mon dos.

– Fais attention quand tu mets tes jambes tout autour de moi. Je ne voudrais pas que tu sois griffée par mes pointes.

J'effleure ses lèvres avec les miennes en la soulevant haut contre ma poitrine. Je le fais si rapidement que c'est quasiment imperceptible pour quiconque serait étourdi par l'adrénaline et fatigué par la bataille, comme l'est Deena en ce moment.

Ça ne m'empêche pas d'être immédiatement subjugué par la pression de ses lèvres incroyablement douces contre mes lèvres beaucoup plus dures, ou par le goût de son sang. *Adorable.* Elle est tout simplement *adorable*.

Elle devient instantanément muette. Ce n'est pas plus mal, parce que j'ai ainsi plus de temps pour me concentrer sur la sensation luxuriante de ses courbes pressées contre mon corps. C'est si facile de se presser contre elle. C'est comme si elle était faite pour moi. Ses genoux se bloquent contre mes flancs et l'intérieur de ses cuisses tremble tandis que je prends les barreaux de l'échelle dans mes deux mains supérieures et que je grimpe. Je me sens un peu stupide à grimper ainsi à deux mains, comme le ferait un humain.

La plupart de mes pirates sont loin devant moi, mais je ne me précipite pas. Je n'ai pas besoin de me presser, il n'y a pas de tapis ici. En outre, Deena a ses mains sur mes épaules et s'accroche à moi, ce qui me fait beaucoup… beaucoup trop d'effet.

Le seul problème, c'est ma bite, qui, dès que je serai suffisamment stimulé, sortira de sa gaine et commencera à libérer du sperme partout. Ce n'est pas exactement comme ça que je voulais me présenter à celle qui a ravi mon cœur. À celle qui ne sait pas encore qu'elle est ma compagne.

Elle se mordille la lèvre inférieure et je ne peux m'empêcher de la fixer des yeux. Je vais devoir dire quelque chose pour garder ma bite sous contrôle avant qu'il ne soit trop tard.

– Ce serait dommage de blesser une lèvre si parfaite.

Son corps se tend encore plus autour du mien. Elle tremble toujours. Elle a peur. A-t-elle peur de moi ? Je n'ai même pas envie d'y penser, car si c'est je cas, je ne sais pas comment y remédier. Je vais devoir faire attention à ses émotions, plus encore qu'à son corps.

– Qu… quoi ?

– J'ai dit que ce serait dommage de blesser une lèvre si parfaite. Tu la mords assez fort.

– Oh. Shrov.

Elle garde son visage tourné sur le côté, mais ça ne m'empêche pas de la contempler. Nous sommes tout proches l'un de l'autre, et mes yeux sont au niveau de ses yeux ; ce qui n'est pas le cas quand on est tous les deux debout.

Mes mains inférieures tiennent ses fesses et je ne fais aucun effort pour m'éloigner de la douceur de ses courbes. Je me demande si le fait qu'elle se tortille et tremble a quelque chose à voir avec le placement de mes mains sur ses cuisses. Je penche la tête pour l'observer pendant que je grimpe. J'essaye de comprendre où sont passées la guerrière et la petite folle qui l'habitaient tout à l'heure et pourquoi elles m'ont laissé avec cette pâle version d'une femme que je sais intrépide.

– Je sais que c'est la première fois que tu me vois. N'es-tu pas… satisfaite ? je lui demande d'un ton égal.

Son regard se dirige vers le mien et s'élargit, plein de surprise. Je peux clairement y lire son étonnement. Je me demande si elle peut me voir dans l'obscurité qui nous entoure avec sa vue humaine, éclairée seulement par la lueur sourde de la torche à son poignet. J'ai d'ailleurs du mal à la voir, à travers mon bouclier lunaire, à cause de cette lueur, alors je le rétracte et soulève le film protecteur qui recouvre mes yeux, de sorte que je suis maintenant aussi vulnérable qu'elle.

Son pouls s'accélère. Je peux le sentir dans sa poitrine, il bat fort à travers sa peau contre la mienne.

Je pense que mon pouls s'accélère aussi.

Je veux l'embrasser. Je veux la dévorer. Je veux la rendre folle de désir. Je veux l'envahir, la submerger d'émotions. Et je veux être avalé tout entier par ces mêmes émotions.

Je me sens plus exposé que je ne le pensais en la regardant comme ça dans la pénombre, où sa petite lumière se reflète sur la courbe de sa joue, et la fait briller comme le reflet du soleil sur la lune. Elle est si belle.

– Pourquoi… pourquoi as-tu arrêté de grimper ? demande-t-elle d'une voix douce et séductrice, enfin débarrassée de ces affreux hoquets.

Je ris doucement et son cœur bat plus vite, ce qui fait battre mon cœur plus vite.

– Je ne me suis même pas rendu compte que j'avais arrêté de grimper. Ta beauté m'empêche de me concentrer sur deux choses à la fois.

Je m'accroche à l'échelon au-dessus de nos deux têtes avec une seule main pour pouvoir passer mes doigts sur son front, mais elle s'éloigne un peu.

– Ne te moque pas de moi.

– Quoi ?

– Je sais à quoi je ressemble. Ne me dis pas des choses comme ça.

Elle baisse les yeux et s'agite comme si elle essayait de s'éloigner de moi, mais qu'elle n'avait nulle part où aller.

Mon regard tombe par inadvertance sur sa poitrine alors qu'elle se tortille et mon sang se réchauffe. Ma queue menace de m'embarrasser à nouveau, mais par ma seule volonté, je la calme une nouvelle fois. Je continue à grimper en songeant à ce que vient de dire Deena, une fois, puis une seconde fois, juste pour être sûr d'avoir compris ce qu'elle a dit et surtout, où elle voulait en venir.

Elle ne se trouve pas belle. C'est le problème ? Elle pense qu'elle ne me mérite pas ?

– Intéressant, je soupire.

– Qu'est-ce qui est intéressant ?

– Les compétences de Mathilda en matière de manipulation et de torture psychologique.

Deena émet un son qui confirme tout à fait mon évaluation. Mais au moins, la tension qui avait eu raison d'elle décroît quand elle entend le nom « Mathilda ».

– Si tu savais !

– J'aimerais bien…

– Quoi ?

– Savoir.

– Tu en sais déjà assez, si tu n'as pas cessé d'écouter à travers le jeton.

– Je ne pouvais entendre que toi…

Elle ne répond pas, mais continue à essayer de détourner les yeux de mon visage. De temps en temps, cependant, elle pose les yeux sur moi.

Je fais une nouvelle pause sur les échelons et elle se crispe, comme prévu. Je touche à nouveau son visage, prêt à ce qu'elle tente de reculer. Je ne la laisse pas faire, mais glisse ma main autour de sa nuque et la maintient immobile pendant que je me penche en avant et presse mes lèvres sur son front. Elle a le goût de la fièvre, de l'adrénaline brute et impénitente qui s'écrase comme une vague sur les rochers. Elle a le goût de la guerre.

Elle semble pétrifiée. Quand je me retire, elle ne recule pas. J'incline son menton vers le haut et lèche le sang de sa lèvre inférieure avec ma langue.

– Je vais arranger ça, Deena.

Elle frissonne et s'agite dans mes bras. Je peux voir son expression dans le noir. Elle est perdue. Est-ce l'adrénaline ou autre chose ? Je ne suis pas sûr. Mais ça n'a pas d'importance.

– Quoi ? demande-t-elle.

– Je vais réparer ce qu'elle a brisé en toi.

– Tu… tu veux dire ma jambe ?

Je grogne, frustré, et ma main se resserre sur ses cheveux, tirant un peu plus fort que je ne l'aurais voulu.

– Deena, je ne te le dirai qu'une fois : je n'ai aucune idée de ce dont tu parles. Tu vas devoir me montrer ce qui ne va pas avec ta jambe quand nous serons seuls…

Ma main passe de son cou à l'avant de sa poitrine. Je trace le contour du dispositif qui enserre ses seins. Je me demande si je dois l'arracher ou non.

– Je prendrai tout mon temps pour l'examiner... et pour te contempler.

– Mais... tu... tu ne voulais pas de moi pour le shekurr.

– Centare. Je ne voulais pas que tu y participes. Je ne veux pas te partager.

Elle grimace. Je resserre ma main autour de son sein droit et elle frissonne, se redresse et laisse échapper un petit gémissement. Elle respire à nouveau difficilement et ses paupières papillonnent. L'ombre d'une culpabilité passagère m'envahit. Peut-être est-elle en train de s'effondrer. Je ne fais qu'empirer son état en faisant des suggestions obscènes et en la tripotant comme je le fais. Je sais qu'elle apprécie ces caresses, mais je ne sais pas si elle veut de moi.

Je suis plutôt confiant cependant. C'est dans ma nature. Un jour prochain, je lui apprendrai à cultiver sa propre confiance en elle.

– Je t'apprendrai, dis-je, mettant fin à la conversation alors qu'une voix s'échappe de mon jeton.

C'est celle d'Herannathon.

– Rhorkanterannu, Deena et toi, vous devez vous dépêcher. Il faut que tu voies ça, c'est urgent.

– Tu m'apprendras quoi ?

– Tout.

Je retire ma paume de sa poitrine et repositionne mes mains autour de ses fesses. Je la soulève et la serre plus fort contre moi alors que sa prise se relâche momentanément.

– Tu dis n'importe quoi, Rhork.

Je souris en l'entendant prononcer mon surnom alors que je prends les échelons deux par deux et commence à avancer plus vite. En levant les yeux, je vois maintenant que nous sommes les deux derniers dans le puits et une lumière filtre à travers l'ouverture dans le mur par laquelle mes pirates ont disparu.

– Je ne dis pas n'importe quoi, c'est toi qui ne me comprends pas.

Elle ouvre la bouche pour répondre, mais au même moment, un hurlement venant d'en haut est suivi du rugissement d'un pirate. Un corps pâle descend soudainement le long du puits, dangereusement près de l'endroit où Deena et moi grimpons. Je me hisse au-dessus de son corps et je me cambre pour empêcher la créature de la griffer. Ainsi, tout ce qui tombera près de nous s'empalera d'abord sur mes épines. Elle me manque de peu. Je peux sentir le souffle de l'air dans mon dos alors qu'un autre corps tombe.

– Ce serait sympa de prévenir la prochaine fois ! crie Deena dans le puits.

Sa remarque est accueillie par des rires, certains sont les miens.

Un visage regarde par-dessus le bord de l'ouverture. Quintenanrret et un autre mâle, Rhegaran, se baissent pour attraper mes bras et m'aider à me relever. Ce n'est que lorsque j'ai les pieds bien ancrés sous moi que je dépose Deena. Je prends sa main dans la mienne et je me faufile entre les pirates qui, je pense, s'écartent, plus pour Deena que pour moi.

La lueur bleue s'intensifie au fur et à mesure que nous avançons. Puis le court passage couvert se termine et un univers de lumière s'ouvre devant nous. Ma mâchoire se relâche. Je jette un coup d'œil en bas et vois la bouche de Deena aussi grande ouverte que la mienne. Les mâles à sa gauche et les mâles à ma droite arborent tous des expressions identiques.

– C'est magnifique, n'est-ce pas ? dit Rhegaran à côté de moi.

Je hoche la tête, incapable de répondre.

– C'est superbe, ajoute Quintenanrret de l'autre côté de Deena.

Des larmes nagent dans ses yeux argentés.

– Tu ne trouves pas, Deena ? demande-t-il.

Deena ne détourne pas le regard de ce qui se trouve devant elle. Cette vue est inimaginable. C'est plus que ce que nous aurions pu espérer. C'est plus que je n'aurais jamais pensé trouver ici. Deena ne semble pas particulièrement ravie, ce que je ne comprends pas. Elle porte sa main libre à ses cheveux et, alors que je m'apprête à la prendre dans la mienne, elle la tire d'un coup sec. Je fronce les sourcils. La main qui m'a appartenu pendant un moment se tend pour rejoindre sa compagne dans ses cheveux.

Elle respire à nouveau difficilement, mais maintenant, elle jure.

– J'ai merdé, n'est-ce pas ?

Le mot qu'elle utilise en humain se traduit vaguement par shrov, mais un pirate derrière nous le capte quand même.

– Mair-day, dit-il.

Un autre répète en se rapprochant plus de l'intonation utilisée par Deena.

– Merdé. J'aime ce mot. Merdé !

Et bientôt, ils sont tous en train de crier « *merdé* » sans raison particulière.

Deena ne prête pas attention aux pirates derrière elle, cependant. Elle fixe les réservoirs qui bordent la pièce circulaire et s'étendent au-dessus de nos têtes sur dix étages. Elle entre prudemment dans la pièce jusqu'à ce qu'elle se tienne au centre de l'espace, sous une lumière bleue envahissante. Cet éclairage donne à sa peau des couleurs inhabituelles et fait scintiller comme des pierres précieuses le sang éclatant qui a éclaboussé sa poitrine, ses bras et son visage.

Ses mains sont toujours dans ses cheveux et elle regarde vers le haut, toujours plus haut, les réservoirs contenant les membres de son espèce. Il n'y en a pas des centaines, mais des milliers. Assez pour remplir une des plus petites villes de Kor. Et ce n'est pas peu dire. Kor est habitée par des millions de personnes.

Je ne peux malheureusement pas garder autant d'humains sur Kor. Pour être plus précis : je peux les garder, mais pas garantir leur sécurité.

Un froid parcourt ma poitrine tandis qu'une douzaine de sonnettes d'alarme se déclenchent dans mon esprit dans une cacophonie désordonnée.

Putain, comme diraient Deena et ces humains.

Mon regard revient sur elle et d'autres sonneries d'alarme retentissent. La rage, le choc, la peur ou autre chose la font trembler violemment. On dirait qu'elle va se briser en mille morceaux et j'ai peur de ne pas pouvoir retrouver et réassembler toutes les pièces qui la constituent.

– Deena… je commence d'une voix sévère.

Son regard se tourne vers moi. Elle aspire, puis elle prononce des mots auxquels je n'aurais pas pu m'attendre.

– Je suppose que tu n'as plus besoin de moi pour le shekurr maintenant. Je suppose que tu n'as plus besoin de moi pour quoi que ce soit.

Un rire amer emplit la pièce autour de nous, étrangement, il ne résonne pas.

Je la rejoins et saisis ses deux poignets à deux mains pour les éloigner de ses cheveux, de peur qu'elle ne les arrache à la racine.

– Deena, bien sûr que j'ai besson de toi. J'ai besoin de toi depuis la première fois que j'ai entendu ta voix, même si à l'époque, je ne l'avais pas encore réalisé. J'ai besoin de toi, ton Rhorky chéri a besoin de toi. J'ai besoin de toi maintenant plus que jamais.

Je ne sais pas si elle m'écoute. Sa tête pivote sur son cou, son regard semble chercher le salut, mais elle ne trouve que des pirates. Et les pirates n'ont jamais apporté le salut à qui que ce soit.

– Je n'aurais pas dû t'appeler, je n'aurais pas dû te faire venir ici, hein ?

Elle essaie de tordre ses poignets pour se dégager de ma prise, mais elle le fait sans conviction.

J'éclate de rire.

– Tu aurais préféré laisser ces humains aux cannibales à bord de ce satellite ?

– Shrov.

Elle transpire, tord ses poignets et cligne des yeux de façon incontrôlable. Elle perd le contrôle. Son genou gauche se déforme, mais je la tiens toujours par les bras et la maintiens debout.

– Deena, regarde-moi.

Elle me regarde.

– Deena, respire.

Elle inspire une fois par à-coups, expire, puis inspire à nouveau.

– Deena, je ne m'attendais pas à ce qu'il y ait autant d'humains. J'aurai besoin de ton aide. Tu as déjà combattu une guerre avec moi. Tu vas vraiment me laisser tomber maintenant ?

– Quoi ?

Elle secoue la tête, l'air effaré, comme si elle venait de se réveiller.

– Je ne te laisserai jamais tomber ! s'exclame-t-elle d'une voix mal assurée.

De l'eau coule sur ses paupières inférieures.

Je souris et caresse sa joue avec mon pouce. Ses mots viennent de confirmer un de mes soupçons.

Je l'aime, ontte, ça je le savais. Mais elle est aussi amoureuse de moi.

Elle n'a aucune idée de ce que je ressens pour elle, et je pense qu'elle est encore moins consciente de ce qu'elle ressent elle-même. Mais ça n'a pas d'importance, parce que j'attendrai le temps qu'il faudra qu'elle s'en rende compte. Tout le temps qu'il lui faudra.

– Bien. Parce que j'ai besoin de toi ici avec moi.

Elle acquiesce, respire bruyamment et frissonne. Puis elle se redresse et quand elle cligne des yeux, je sais que c'est moi qu'elle voit.

– Je suis avec toi, Rhork.

Je sens mes lèvres se retrousser. Je veux lui dire qu'elle le sera toujours, mais je sais qu'elle n'est pas prête à entendre ça. Alors je me contente de le penser et à voix haute, je murmure :

– Bien. Maintenant dis-moi ce que je dois faire de ces humains.

Je relâche ses poignets alors qu'elle se retourne à nouveau, comme si la réponse était écrite dans l'un des réservoirs. Quand elle se tourne pour me faire face, elle rit légèrement, mais cette fois-ci, le cœur y est. Le rire qui nage dans ses yeux fait tressauter ses épaules par petites impulsions.

– Je n'en ai aucune idée, Rhork.

– Par quoi suggères-tu que nous commencions ?

Son visage se crispe et quand elle répond, c'est sous forme de question.

– Nous pourrions transférer les réservoirs sur ton vaisseau, mais laisser les gens dedans jusqu'à ce que nous trouvions où ils vont vivre ?

J'acquiesce.

– Bien. C'est ce à quoi j'avais pensé aussi.

– Vraiment ?

– Ontte.

– Tu ne vas pas faire sortir les femmes pour organiser un shekurr ?

– Les arracher de leurs tubes et les baiser juste après ? Tu penses que je pourrais faire une chose pareille ?

– Je…

Je fronce les sourcils devant son silence, puis je secoue la tête et glousse doucement.

– Je suppose que je ne t'ai donné aucune raison de ne pas penser ça de moi. Mais centare, Deena. Je n'ouvrirai pas les portes de notre monde à ces humains tant que nous n'aurons pas un plan. Toi et moi.

J'avance vers elle à pas lents et j'imagine que je peux sentir son pouls s'accélérer sous les os fins de sa poitrine et tout au long de ses courbes luxuriantes.

– Moi ?

– Ontte. Toi.

Une autre inspiration profonde fait remonter ses seins. C'est une menace sérieuse pour l'équilibre déjà précaire de ma queue. Heureusement, ce qu'elle dit ensuite m'aide.

– Ok. Ok, je vais t'aider. Rends-moi mon blaster. Juste au cas où d'autres tapis se montreraient.

Elle frissonne à nouveau sur une inspiration, mais je peux voir renaître sa folie et sa sauvagerie. Elles vont reprendre le dessus.

– Tu vas y arriver, dis-je en rigolant.

Je passe un bras autour de son cou et je l'amène contre ma poitrine. Je chuchote à son oreille. Ce n'est qu'une simple déclaration, mais dans mon cœur, c'est une promesse.

– Nous ferons de toi une pirate.

7
Deena

Je me réveille complètement désorientée, déconnectée de la réalité. Tout ce que je sais, c'est qu'il fait sombre et que j'ai peur. Suis-je de retour dans la cave ? Cette pensée me glace le sang. J'ai vaguement conscience que beaucoup de choses se sont passées depuis que j'étais au sous-sol, mais en ce moment, dans le froid et l'obscurité totale, j'ai du mal à m'imaginer ailleurs.

Je n'arrive pas à croire que je m'en suis enfin sortie.

Je ne pense pas : « wow ! Je n'arrive pas à croire que j'ai la chance d'être sortie de cette cage de l'enfer ! », je pense plutôt : « Ce n'est pas possible, je n'ai pas pu m'en tirer. Mathilda a toujours eu une longueur d'avance. Elle doit avoir demandé à Rhork de m'enlever… »

Rhork.

Je suis avec Rhork.

Je suis dans le… Rhork… il… il est venu pour moi et j'ai abandonné… j'ai abandonné les humains ! Non… il n'y avait pas d'humains… Il y avait juste… des tapis. Des tapis ? Je frissonne en pensant à ces tapis aux contours encore vagues. J'ai froid… mais fait-il vraiment froid ? Où suis-je ? Au sous-sol ? Avec Mathilda ? Avec Rhork ?

J'ouvre la bouche mais j'ai peur de poser la question. Que ferai-je s'il n'est pas là et que Mathilda se moque de moi ? Ça m'anéantira.

Mes bras tremblent. Sur quoi suis-je allongée ? C'est bizarre, bosselé et... ça bouge ! Merde ! Qu'est-ce que c'est que ça ? Où suis-je ? Je geins. Le son de ma propre voix me fait sursauter. Je suis sur le point de sombrer dans la panique lorsqu'un éclat de lumière jaillit derrière moi et s'éteint trop rapidement pour que je puisse me retourner et voir où je suis.

Mon cœur bat la chamade. Je ne suis pas seule. J'entends des pas, des pas lourds ; même s'ils sont atténués par quelque chose en dessous. Pas directement en dessous de moi. Moi, je suis sur un truc moelleux et pelucheux qui ressemble à une sorte de créature qui fait une danse sous mes mains et mes genoux. Cette chose tremble à chaque fois que je bouge.

– Mathilda ?

J'ai du mal à respirer. Je suis paralysée par la peur et la certitude qu'elle me retrouvera toujours.

Les pas s'arrêtent. Une faible lumière s'allume au-dessus de ma tête. C'est juste une étincelle, comme une bougie incrustée dans le plafond. Sa lueur orange s'étend, telle une toile d'araignée à partir d'un point central. Elle fournit juste assez de lumière pour créer une ambiance tamisée et intime qui me frappe en plein dans les tripes lorsque je jette un coup d'œil par-dessus mon épaule et que je vois Rhork.

-Est-ce que je ressemble à Mathilda ? demande-t-il.

Son ton sérieux me fait éclater de rire. Lorsque j'essaie de me retourner pour lui faire face, je finis par vaciller et tomber sur le dos. Rhork grogne lorsque j'atterris et son regard balaie mon corps avec un désir ardent. Je ne m'attendais pas à ça. Je me sens chauffer de l'intérieur.

-Centare, je réponds en me raclant la gorge.

Je me sens comme une tortue coincée sur le dos, et quand je roule sur le côté, je comprends pourquoi. Je suis suspendue dans un filet. Il est tendu d'un mur à l'autre. Les trous sont assez grands pour que je puisse y passer mes mains et mes pieds. Je pourrais même tomber à travers s'il n'y avait pas une pile de couvertures sous mon corps. *Filet de nuit... rime avec lit. Est-ce un lit Niahhorru ?*

Je retombe sur le monticule de couvertures. Je suis sur le point de demander à Rhork si c'est bien un lit, quand ses mains descendent vers les lacets de son pantalon. Ma question meurt sur mes lèvres. Une nouvelle pensée surgit : JE SUIS NUE ET IL EST SUR LE POINT DE L'ÊTRE AUSSI. NOM D'UN CHIEN !

– Shrov !

Je cherche une couverture pour me couvrir, mais la seule pièce de tissu assez grande est coincée sous mon gros cul. Je tire fort en grognant sous le regard de Rhork qui parle comme si tout était normal et comme s'il n'avait pas remarqué que j'étais pas sur le point de péter les plombs.

– Tu peux vérifier si tu veux. Je pense que tu verras vite en jetant un coup d'œil par ici que je ne suis pas Mathilda.

Je cesse de bouger lorsque ses mains se déplacent vers ses hanches. Mon attention est attirée par les muscles et les plaques qui disparaissent sous l'épaisse matière grise de son pantalon. Il est lacé sur les côtés, il faut donc que les quatre mains travaillent en coordination pour dénouer les liens. *Dénouer rime avec parler*, ce dont je ne suis plus capable en cet instant.

Dans un ultime effort, je place mon bras droit sur mes seins et je serre les jambes pour me soustraire à son regard, mais il se contente de sourire. Ses dents ne sont pas seulement blanches; elle sont rayonnantes. Elles brillent derrière ses lèvres grises, elles scintillent comme de la nacre.

– D'après toi, qui t'a lavée Deena ?

– Qu… Quoi ?

– Ontte, c'est moi. J'ai utilisé la baguette gamma sur chaque partie de ton corps. Entre tes orteils, sur chaque corde de tes cheveux… et entre tes jambes.

Sa poitrine se soulève et les plaques qui la tapissent se déplacent tandis qu'il prend de grandes respirations régulières. Mon cerveau m'a complètement abandonnée. J'ai arrêté de respirer.

– J'ai particulièrement fait attention à tes seins.

Je tapote mes seins, comme si j'essayais de m'assurer qu'ils sont toujours là. Une nouvelle idée me vient alors à l'esprit et j'arrive à la formuler.

– À cause des coupures…

– Quintenanrret s'en est occupé, mais ne t'inquiète pas, il a veillé à ne pas effacer les cicatrices. Tu en auras.

– Des cicatrices…

– Oui, tu vas pouvoir conserver des cicatrices.

– Quoi ? Pourquoi ?

Il me regarde comme si je venais de lui demander pourquoi il y a des étoiles dans le ciel.

– Il faut bien que tu gardes les cicatrices résultant des batailles que tu as menées, sinon comment les gens sauront-ils que tu les as menées ?

– Je…

Il continue de me fixer avec impatience. Il attend clairement une réponse et je n'ai rien de satisfaisant à dire.

– Je ne sais pas.

– Ils ne pourront pas le savoir.

– Pourquoi devraient-ils le savoir ?

– Ils pourront ainsi mesurer ta force. Les cicatrices sont des signes visibles de force…

Son regard se pose sur mon corps et s'attarde sur chaque endroit qu'il touche. Je sais que je ne pourrai jamais me soustraire aux fils invisibles qui me lient à lui par ce regard, principalement parce que je ne le veux pas. *Il m'a dit que j'étais belle. Quand il me regarde comme ça, je m'imagine qu'il le pensait vraiment.*

J'inspire rapidement. Je sens son parfum dans l'air. C'est étonnant, mais il sent le propre, l'air frais. *Il est comme une brise, une brise marine sans aucun doute.*

– Ta force à toi est bien visible, je réponds.

Mon regard se pose tout aussi goulûment sur la poitrine, les bras, la peau et les plaques de Rhork. Shrov, j'aime la façon dont il est habillé.

– Aimes-tu les signes visibles de ma *force* ? demande-t-il avec un sourire, un sourcil froncé.

– Oh oui… Ontte !

J'ai parlé sans réfléchir, et bien plus fort que je ne l'aurais dû. L'embarras ne se fait pas attendre.

– Je veux dire…

Il sourit sauvagement à ce moment-là, ce qui me prend tout à fait au dépourvu. Ma bouche s'ouvre, ma langue caresse ma lèvre inférieure, et une vague de chaleur s'enflamme entre mes jambes comme un éclair. Au lieu de l'ignorer comme l'aurait fait n'importe quelle adoratrice du triple Dieu digne de ce nom ; j'aggrave la situation en baissant le bras et en posant la main sur mon sexe. C'est comme si j'essayais de l'empêcher de se diriger vers Rhork, ce qui est *exactement* ce qu'il veut faire, tout comme le reste de mon corps d'ailleurs.

Les narines déjà larges de Rhork s'élargissent et les motifs tourbillonnants de ses yeux se mettent à danser encore plus. Il semble devenir plus gros, plus grand. L'inimaginable se produit alors. Les lacets de son pantalon finissent par céder et le tissu entier se détache de lui.

— Bien, dit-il en sortant du tissu et en parcourant le reste de la distance jusqu'à moi.

Il atteint aisément le filet en quatre enjambées. Il est tout aussi nu que moi et il porte sa nudité avec une fierté féroce. J'ai envie de le toucher.

— Je veux toucher ta... force.

Shrov ! C'est moi qui viens de dire ça à haute voix ?

Il se fige, les mains sur le bord du filet, comme s'il était sur le point de grimper dessus, mais il ne le fait pas. Je me sens un instant un peu mal à l'aise, mais cela ne suffit pas à éteindre les flammes qui se répandent sur tout mon corps.

— Je n'ai pas...

— Tu essaies de me torturer ? m'interrompt-il. Tu te souviens de ce que je t'ai dit sur les mâles Niahhorrus ?

Je hoche la tête, je m'en souviens en effet...

Je suis allongée sur le dos, les yeux fermés. J'essaye de me représenter ce dont Rhork vient de parler.

— Je n'arrive pas à l'imaginer.

Son rire résonne dans le jeton, ce n'est qu'un léger grognement.

— Qu'est-ce que tu n'arrives pas à imaginer ?

– Tout. Les étoiles que tu vois à travers le hublot de ton vaisseau. Le vaisseau lui-même. Toi.

Je hausse les épaules, même si je suis allongée. Ça rend le mouvement plus difficile et gênant parce que, dans ma tête, je me tiens juste là, à côté de lui, alors qu'en réalité, je suis ici, toute seule.

-Intéressant.

Il se tait, mais seulement le temps d'un souffle. Ça me laisse tout de même assez de temps pour essayer de l'imaginer à nouveau, et échouer.

– Tu n'as aucune idée de ce à quoi je ressemble, n'est-ce pas ? demande-t-il.

– Pas la moindre idée, je réponds.

– Et je viens de réaliser que je ne sais pas non plus à quoi tu ressembles.

Il ne me demande pas à quoi je ressemble, il ne veut pas le savoir. Je me crispe, en espérant qu'il ne le saura jamais. Si Mathilda arrive à ses fins, il n'en saura jamais rien et je mourrai de vieillesse dans cette cage.

– Tu as déjà vu des humains, tu peux au moins te faire une petite idée de ce à quoi je ressemble.

– Ontte, je sais à quoi ressemblent les humains, mais je veux savoir à quoi toi tu ressembles.

Il prononce le mot « toi » avec une telle insistance, que je sais qu'il essaie de me faire réagir. Ce seul mot, murmuré avec sa voix basse, et l'espoir – non, la folle illusion– qu'il pourrait vouloir savoir à quoi je ressemble – moi, Deena, la moins que rien de la colonie – font onduler mes orteils.

Je gémis faiblement et Rhork murmure à nouveau mon nom avec la ferme intention de m'ensorceler. Je suis déjà à moitié enfiévrée. Pour me sortir de ce mauvais pas, je romps le charme en ajoutant :

– Ce n'est pas juste.

– Qu'est-ce qui n'est pas juste ?

Cette étrange emprise que tu as sur moi.

– Je ne sais pas du tout à quoi ressemblent les pirates Niahhorrus.

– Centare ? Tu sais, comme tu es humaine, notre aspect pourrait t'effrayer.

– Dis toujours, on verra bien.

Il s'est alors mis à se décrire avec des détails intimes. Étrangement, même les aspects de son anatomie les moins humains m'ont donné chaud. Ce sont peut-être même surtout ces détails qui m'ont fait transpirer le plus. J'aime que tout son corps soit dans les tons argentés et qu'il ait quatre bras. J'aime que ces morceaux épais d'exosquelette, comme une armure, recouvrent une partie de sa poitrine, de ses cuisses et de ses bras en formant deux crêtes qui flanquent les pointes géantes qui sortent de sa tête.

J'ai envie de poser des milliers de questions, mais quand il en vient à parler de sa bite, j'oublie tout ce que j'allais dire. Tout ce que je veux maintenant, c'est la voir de mes propres yeux. Cette bite qui, une fois stimulée, sort de sa gaine protectrice, dure et douloureusement sensible jusqu'à ce qu'elle trouve sa place à l'intérieur d'une femelle. Dans mon imagination, je vais même jusqu'à imaginer que je suis cette femelle.

– À toi maintenant. A quoi ressembles-tu, Deena ?

Je suis toujours en train de me remettre de mes émotions quand il pose cette question. Ma jambe déjà tordue se tord davantage contre les draps. J'effleure accidentellement la cicatrice qui remonte tout le long de mon tibia, sur mon genou, jusqu'à ma cuisse et je grimace rapidement pour l'éviter.

– Centare, je chuchote.

– Centare ?

– Centare, je répète, encore plus doucement.

Il ne répond pas. Pas pendant un long moment. Il reste silencieux assez longtemps pour me faire transpirer pour des raisons totalement différentes. Quand il reprend la parole, il ne prononce qu'un mot. Un mot que j'ai appris à craindre et à anticiper. Un mot qu'il a déjà dit tant de fois que quand il le répète, je ne sais plus ce qu'il signifie.

– Intéressant.

Je déglutis et essaie de lire son expression. Est-ce que je le dégoûte maintenant qu'il m'a vue ? Maintenant qu'il peut voir que je n'ai rien d'exceptionnel… Je déglutis et tente de le dévisager les yeux mi-clos, comme si cela allait réduire ma concentration et m'aider à comprendre ce qu'il veut dire et ce qu'il attend de moi.

– Tu as dit que les mâles… qu'ils… Euh… Tu as dit que tu as des morceaux de peau dure qui protègent tes organes et que tu n'as pas de crêtes colorées sur le visage comme les Voraxians…

– Je ne parlais pas de ce que j'ai dit sur les visages, Deena. Je parlais de ce que j'ai dit sur ma bite.

Il lève un sourcil. Ou est-ce une arcade sourcilière ? C'est un muscle situé à la place d'un sourcil, parce qu'il n'a pas de poils sur le visage – ou sur toute autre partie de son corps. Il n'a pas de poils du tout.

Je me lèche les lèvres et ferme mes cuisses si étroitement qu'elles se mettent à trembler.

– Euh…

Je transpire à nouveau. Pourquoi est-ce que je transpire comme ça ? Merde. Ce n'est pas très sexy. Sexy ! LOL ! J'imagine ce que dirait Mathilda si elle pouvait entendre mes pensées. « *Sexy ? Toi ? Tu rêves ! Tu es affreuse, défectueuse, même Rhorkanterannu le pense…* »

– Deena.

– Oui ?

Il m'a posé une question. Oh merde, c'était quoi déjà ? Ah oui : les mâles. Les bites des mâles. Ma sueur s'épaissit et je finis par répondre, aussi vite que possible :

– Tu as dit que lorsque tu bandes, tu dois jouir ; sinon tu souffres.

Il penche la tête en avant et son regard se pose sur mes seins et sur mon bras, qui les couvre.

– C'est exact. Et pour ne rien te cacher, je commence à durcir, Deena. Alors bouge ta main, couvre-toi, et...

Je ne me le fais pas dire deux fois. J'essaie de tirer la couverture sur moi, mais sa main s'accroche à mon poignet. Je sursaute et mon autre main découvre mon sexe. Il l'attrape aussi. Ses yeux vont de mes seins à ma vulve avec une intensité qui ne me laisse pas de marbre.

– Shrov.

Il incline la tête et recule d'un coup. C'est trop tard.

Il me lâche, repousse les couvertures et fait quelques pas en arrière. Quand il se redresse de toute sa hauteur, mon regard se pose sur son entrejambe. Il y a une courte protubérance qui ressemble à une autre plaque rugueuse, sauf qu'elle est légèrement surélevée et plate sur le dessus comme un plateau. Mais alors que je la fixe, le centre se soulève et une bite comme je n'en avais jamais vue auparavant en sort.

Elle émerge de sa coquille comme une fleur, s'étend vers le haut et continue de grandir. Oh non, je me suis trompée, elle n'est pas comme une fleur, elle ressemble à un véritable tronc d'arbre en pleine croissance ! Son sexe est massif, épais comme mon bras, grand et courbé de sorte qu'il touche son nombril. Ses mains s'agitent avec incertitude autour, comme s'il avait peur de toucher sa propre... bite ! Puis tout d'un coup, il gémit.

Son gémissement est si fort, si long et si lourd d'angoisse que je sursaute et bégaie. Je ne parviens pas à dire un mot cependant, ni en humain, ni en Meero ou dans quelque autre langue que ce soit. Je n'en ai pas le temps. Il commence soudain à.... jouir. Il commence à éjaculer partout. Des gouttes grises et épaisses s'échappent de la tête plate de son pénis, puis s'enroulent en rubans le long de la tige veineuse.

– Putain de merde.

Mon vagin exécute une étrange danse tandis qu'une humidité commence à mouiller l'épaisse touffe de boucles entre mes jambes et la couverture qui les recouvre. Je n'ai pas l'esprit assez vif pour essayer de faire quoi que ce soit pour soulager mon excitation. Je suis captivée, trop occupée à regarder Rhork se débattre dans les affres de sa jouissance.

Il titube vers le mur incurvé à ma gauche et appuie une paume sur sa surface noire et argentée. Le mur se déplace, un petit compartiment apparaît. Il le fouille, jette toutes sortes de gadgets par-dessus son épaule jusqu'à ce qu'il arrive à un long tube incurvé. Il est orange – c'est l'une des rares choses sur ce vaisseau qui ne soit pas grise. Je sursaute lorsque Rhork le descend le long de son corps et l'ajuste sur sa bite. Il trébuche en arrière et atterrit sur un autre filet, celui-ci suspendu au plafond, avant de gémir encore plus fort, encore plus longtemps. Son bassin se soulève par à-coups alors qu'il baise cette chose devant moi.

Putain.

De.

Merde.

Je gémis à mon tour. Ce son doit aussi le surprendre, car ses yeux s'ouvrent et s'accrochent aux miens pour ne plus les lâcher. J'écarte les jambes, passe la main entre elles et touche mon clito. C'est tellement bon de le voir me regarder comme ça.

Ses sourcils sans poils se froncent et je suis si excitée que j'en oublie qu'il me trouve probablement dégoûtante. Je me touche sous ses yeux. Je suis trop excitée pour avoir honte ou me soucier des convenances. C'est la chose la plus érotique que je n'ai jamais faite, et c'est tout simplement génial.

Je touche mon clito en luttant pour rester sur mon coude. Je ne veux pas m'allonger. Je veux le regarder. Je veux le voir jusqu'au bout, quelle que soit la fin qui nous attend tous les deux. La peau douce de mon clito est complètement trempée. En temps normal, j'aurais mouillé mes doigts dans ma bouche afin de réduire la friction de ma main sur ma peau ultra-sensible, mais pas maintenant. Maintenant, tout ce que j'ai à faire, c'est le regarder.

Ses hanches se balancent par petites impulsions et le filet s'oscille sous lui. Ses piques s'enfoncent dans le filet et je ne sais pas pourquoi, mais cette vue m'arrache un autre gémissement.

Et cette fois, son nom s'y mêle.

-Oh, Rhorky chéri...

– Shrov !

Il ferme les yeux, il ne me voit plus. Quelque part au fond de mon cœur, je me sens blessée et cela atténue une partie de mon excitation. Mes doigts ralentissent. Ses yeux s'ouvrent, il me regarde et je m'arrête. Je ne sais plus quoi faire.

Je sursaute quand il se met debout. Il lui faut deux mains pour maintenir l'engin autour de sa queue en place. Il serre les dents et ses paupières papillonnent alors qu'il titube vers moi, vers le filet. Peut-être qu'il veut s'allonger près de moi pour terminer…

J'essaie de reculer et de m'écarter de son chemin, pour lui faire de la place, mais c'est assez difficile de bouger sur le filet. Il est tendu entre trois murs et les couvertures sous moi agissent comme une sorte de surface glissante. Au moment où je réussis à me mettre à genoux, Rhork attrape ma mauvaise jambe et la redresse.

Je crie lorsqu'il me renverse sur le dos et mordille l'intérieur de ma cuisse.

— Ahhh, je gémis-crie les yeux fermés.

— Ce n'est pas tout ce que je t'ai dit sur les mâles Niahhorrus. Tu te souviens de la suite, Deena ?

Son grondement bas m'électrise.

Shrov, non. Je ne me souviens plus de quoi que ce soit. Pas quand il me tire d'un coup sec vers le bord du filet, positionne mes genoux sur ses épaules et soulève mes hanches pour qu'elles rencontrent sa bouche avec deux de ses mains. L'éclair de son souffle chaud contre mon clito enflammé et sensible est le seul avertissement que j'ai avant que ses lèvres dures et lisses ne s'écrasent sur lui comme une vague dans cet océan insaisissable que j'ai imaginé des milliers de fois. Cet océan que je me plais encore à imaginer.

La chaleur grésille en moi, m'arrache une foule de jurons. Je me secoue et me tords lorsque sa langue s'abat sur ma chair la plus sensible et la caresse rudement, brutalement, infiniment.

Je.

Suis.

Morte.

Un frisson tord ma jambe déjà tordue ainsi que le reste de mes membres. Je me baisse et mes doigts trouvent un crâne lisse, puis des crêtes, puis des pointes. Je m'accroche à la pointe de hiannru la plus haute et la serre encore plus fort, comme si j'essayais de l'attirer en moi. Il gémit gutturalement contre mon clito tandis que sa bouche continue à sucer, lécher, mordre et déguster. *Par les étoiles, c'est magique.*

– Ontte, ça l'est, répond-il.

Je pensais avoir seulement pensé ces mots, mais j'ai dû parler à voix haute.

– Ontte, tu as parlé à voix haute.

Je sursaute à nouveau lorsque trois doigts pénètrent dans mon orifice étroit et qu'un autre sonde mon orifice arrière.

– Putain de merde !

Il me pénètre dans les deux trous simultanément. Je me suis touchée à ces deux endroits, mais je n'ai jamais été caressée à ces endroits simultanément. Pas comme ça. Ma raison m'a complètement abandonnée, des fragments de mon esprit se sont dispersés dans les quadrants lointains de la galaxie connue. Tout ce que j'ai pour m'ancrer dans cette réalité, c'est une pointe Niahhorru dans mes mains tremblantes alors que Rhork me punit brutalement pour un crime que j'ignorais avoir commis.

Si je savais ce que j'avais fait pour mériter un tel traitement, je le referais encore et encore et encore... Je me perdrais avec joie dans un supplice si délicieux.

– Rhork !

Ses doigts m'étirent jusqu'au point de la douleur, mais sans l'atteindre. D'une certaine manière, cette pression suffit à me faire perdre le souffle pendant que ses doigts, ses vingt doigts, travaillent merveilleusement à l'unisson. Il caresse mon trou du cul en utilisant l'humidité de mon vagin pour le lubrifier et faciliter son entrée. Les trois doigts avec lesquels ils touche mon vagin sont tous plaqués. Ils produisent un frottement rude et délicieux, tandis que sa langue continue de laper chaque parcelle de mon excitation qu'il peut trouver. Alors je fuis, je m'évade, prise dans une folle spirale, et finalement, mon corps entier se serre si fort qu'il n'y a nulle part où aller. Je ne suis nulle part. Je suis partout.

J'éclate comme si une bombe avait explosé en moi et m'avait dispersée dans les coins les plus reculés de la pièce. Mon esprit et son contenu flottent à l'extérieur et dans le yeeyar. Cependant, je perçois un son. Un son qui est en fait plus une sensation qui me catapulte sur les rives de cette plage où je ne suis jamais allée auparavant.

C'est le cri de Rhork. Il est profond, tonitruant et brutal, et il ressemble étrangement à mon nom.

– Deeeeeennnaaaa !

C'est une malédiction. Une réprimande. J'ai envie d'y répondre, de demander pardon, de m'enfuir honteusement, mais le bruit d'un déchirement m'ôte les mots de la bouche. Je me mets alors à hurler car je viens de réaliser que je suis en train de tomber.

Le filet cède et j'atterris sur le dos. Heureusement, il y a des couvertures sur le sol pour amortir ma chute. Les mains de Rhork, elles, me tirent plus qu'elles ne m'attrapent. Il me tient de toutes sortes de façons et je suis soudainement dépassée par toutes ses mains et tous ses bras. Il masse mon sein droit et frotte ma bouche avec son pouce, puis il se cambre sur moi et m'embrasse. Ses lèvres sont dures et sa langue est douce.

Je peux sentir ses autres mains qui s'affairent sur quelque chose entre nous. Quand je baisse les yeux, je vois que le truc dur accroché à sa bite est parti. Par toutes les comètes ! Sa bite est comme un tison ! Elle est comme du métal en fusion, elle zèbre ma peau et me fait sursauter. Je n'ai nulle part où aller. Elle tape en diagonale sur mon estomac, avant qu'il ne déplace mes hanches là où il les veut – entre les siennes. Je suis tellement excitée à l'idée que le roi des pirates veuille me baiser que je manque avoir un autre orgasme spontané.

– Baise-moi, je gémis en me cambrant contre lui.

Mes seins surdimensionnés sont plaqués contre sa poitrine. J'ai peur de racler mes tétons sur la texture rugueuse de ses pectoraux, mais je balaie vite ces craintes. Mes tétons vont se heurter à son torse tranchant, et alors ? Qu'il en soit ainsi. Je m'en soucierai plus tard.

Pas de trace de contraceptif à l'horizon.

Cette pensée m'excite aussi... au début.

Rhork est maintenant allongé presque entièrement sur moi et ses mains n'ont pas cessé de me caresser et de vénérer mon corps avec une passion vorace. Il m'embrasse encore, pour mon plus grand plaisir, mais... il ne me pénètre pas.

Plus exactement : sa queue est pressée entre nous et je peux la sentir glisser entre mon ventre flasque et le sien qui est dur comme du béton. Elle fuit comme si quelqu'un avait donné un coup de marteau sur un robinet qui se serait mis à gicler furieusement. Ses hanches plongent vers l'avant par micro-pulsions et il a une main sous mes fesses maintenant. Il les incline vers le haut pour que la base de sa bite puisse frotter contre mon clito à chaque poussée, mais je... ce n'est pas assez.

– Rhork...

Je le supplie, je suis au bord des larmes, je veux qu'il me baise. Tout à coup, une vérité se fait jour dans mon esprit. Elle m'atteint comme une gifle en plein visage. Je sais de quoi je parle, j'ai déjà été giflée plein de fois.

Il ne fait que ce qu'il a envie de faire. S'il avait envie de moi, il me baiserait. Mais il ne le fait pas.

Il ne voulait pas de moi non plus pour le shekurr. Nous sommes allés sur ce satellite séparément. Nous sommes bien revenus ensemble, mais nous n'étions pas seuls, nous avons maintenant un millier de réservoirs en prime. Il y a au moins 600 femelles dans ces réservoirs, il aura le choix quand il voudra sélectionner celle qui lui donnera des petits bébés pirates. Je ne suis pas celle qu'il veut. Sur les 600 femelles maintenant disponibles, je pourrais très bien être celle qu'il veut le moins. Je suis juste la seule à être réveillée en ce moment.

– Putain… dis-je alors que les larmes me montent aux yeux.

Je m'arrache à son baiser et tente de détourner le regard, même si je garde mes doigts ancrés autour de son cou, même si je continue à agripper l'une de ses pointes. Ça n'a pas d'importance qu'il ne veuille pas de moi.

J'ai quand même envie de lui.

– Shrov ! jure Rhork.

Soudain, il se contracte et je pourrais presque nager dans le sperme. Il a complètement saturé mes seins, il vient couvrir ma poitrine et remonte jusqu'à ma gorge. Je jette un coup d'œil rapide à son visage, curieuse, même si j'ai encore un peu mal, et je vois que son écheveau est tiré en arrière. Il fixe mes seins comme s'ils scandaient son nom.

Bon sang, s'ils pouvaient, je suis sûre qu'ils le feraient en ce moment. Mes tétons sombres, presque noirs, sont sauvagement durs. Ils pointent vers le haut comme deux rayons de blaster, tandis que ma moitié inférieure continue de se trémousser et de se tortiller contre l'extérieur lisse et soyeux de sa bite. Je le désire toujours, de plus en plus, même si ce besoin n'est pas dénué d'amertume. Je sais que je ne deviendrai jamais celle que je veux être à ses yeux.

Sa compagne.

Quand mon orgasme arrive enfin et que je sens le puits des pensées conscientes se vider d'un coup, mon cerveau fatigué commence enfin à s'éteindre. Je suis perdue, euphorique et épuisée d'avoir combattu et perdu tant de batailles. Je suis encore plus épuisée par les batailles que j'ai gagnées. Je sens la main de Rhork – l'une d'entre elles – toucher la naissance de mes cheveux et essuyer mes joues. Est-ce que je pleure ? Par les étoiles, j'espère que non.

Je dérive vers le sommeil et quand je m'apprête à y plonger, j'entends le rugissement de la mer, puis le tendre murmure de Rhork :

– Je t'aime, Deena.

Qu'est-ce que... ?

Quoi ?

8

Rhork

Chose étrange, mes jambes tremblent sans discontinuer. Ce qui est encore plus inhabituel, c'est qu'elles tremblent alors que je suis assis. Cela ne m'empêche pas de sourire.

– Pourquoi souris-tu ? demande Tevbarannos, en s'installant sur le siège en face de moi.

Nous sommes assis sur le pont. Il n'y a que cinq pirates à mes côtés. Tevbarannos, Herannathon, Quintenanrret, Gerannu, et Erobu. Ce sont les pirates en qui j'ai le plus confiance, mais honnêtement, si j'étais poignardé dans le dos par l'un d'eux, je ne serais pas surpris outre mesure. On ne peut pas se fier à un pirate.

– Tu n'as pas entendu le vacarme venant de ses quartiers ? s'enquiert Erobu en s'asseyant soigneusement sur le siège à côté du mien.

Ce faisant, il s'assure que ses pointes se calent dans l'ouverture au centre. Ses quatre bras agrippent rudement les accoudoirs de la chaise, il les pétrit en grognant.

– Les bruits qu'elle faisait me rendaient presque fou.

– Tu l'as entendue à travers les murs de yeeyar ? dit Herannathon, debout devant la vitre.

Il contemple Erobu en fronçant les sourcils. Ce dernier se contente de sourire.

– Ils faisaient pas mal de bruit, précise-t-il.

– Ils ?

Herannathon se tourne maintenant vers moi.

– Tu l'as prise ?

– Centare.

Je me frotte le visage, mais je ne peux m'empêcher de sourire. Je suis fou d'elle à présent, je lui appartiens complètement. Je suis son prisonnier, je suis pris dans ses fers. Et rien n'aurait pu me rendre plus heureux que cette captivité.

– Je l'ai nettoyée avec la torche. C'était une expérience... *intime*. Quand elle s'est réveillée, elle était nue et fixait ma bite comme si elle voulait la mordre. Mon corps a réagi. J'ai utilisé le vagin synthétique aussi longtemps que j'ai pu, mais quand elle a commencé à se toucher, j'ai dû intervenir. Je ne pouvais pas rester là pendant qu'elle luttait pour déclencher son propre orgasme.

Herannathon acquiesce. Son visage s'adoucit comme si c'était l'explication la plus naturelle du monde. C'est peut-être le cas. Mais ce que je ne dis pas, c'est qu'il n'y a pas eu de lutte. Elle se serait débrouillée toute seule, mais je n'avais pas l'intention de rester les bras croisés à la regarder. Elle avait un mâle à sa disposition pour l'accompagner sur les chemins de la jouissance.

Moi.

Et je serai toujours là pour l'accompagner sur cette voie.

Je serai le seul à le faire.

– Elle a aimé ça ? demande Tevbarannos, sincèrement intéressé.

C'est l'un des plus jeunes pirates à bord de mon navire. Il n'a pas encore eu la chance de participer à un shekurr. Il se peut qu'il n'ait même pas encore recherché le plaisir dans l'une des maisons de Kor.

J'acquiesce.

– Oui, elle a aimé ça.

Elle a tant gémi et crié qu'il n'y a aucun doute dans mon esprit qu'elle a apprécié. Je glousse en y repensant. Le souvenir de son corps et de ses cris me fait sourire. Je meurs d'envie de retourner vers elle et de finir ce que nous avons commencé. Mais je ne le ferai pas... Je ne le ferai pas tant qu'elle n'aura pas compris que je suis à elle et qu'elle est à moi, que je l'aime et qu'elle m'aime, et que nous continuerons sur cette voie pour toujours, jusqu'à ce que l'un de nous meure ; probablement au combat, probablement côte à côte.

– Alors, c'est pour ça que tu nous as amenés ici ? Pour nous narguer avec tes exploits sexuels ? demande Herannathon avec un petit sourire sur les lèvres.

Erobu, qui pense la même chose que lui, semble plus proche de l'indignation. Ils se mettent tous les deux à crier. Gerannu essaie de calmer Erobu, puis Tevbarannos commence à poser des questions sur l'orgasme féminin humain. J'essaie de lui répondre par-dessus les cris du trio mais nous sommes tous réduits au silence lorsque le yeeyar au bout de l'espace s'ouvre et que Quintenanrret entre dans la pièce.

– C'est quoi ce vacarme ? C'est au sujet des femelles humaines ?

– Centare, c'est au sujet d'*une femelle humaine*. Celle que Rhorkanterannu a prise pour lui.

Les sourcils se lèvent à la déclaration d'Herannathon. Je me sens chauffer, je suis un peu gêné. Prendre une femelle en tant que mâle célibataire, cela ne se fait pas. Ou plutôt, ça ne s'est jamais fait. Pas comme j'ai l'intention de le faire. Mes plaques se déplacent, je suis mal à l'aise et je me redresse, tendu. Je fais fléchir les doigts de mes mains inférieures.

– Pour lui ?

Quintenanrret a les deux sourcils levés. Ses yeux argentés brillent de curiosité sous son écheveau ouvert. Je peux aussi y lire un soupçon de plaisir. Comme je ne réponds pas, il s'installe sur le seul siège libre au centre du pont de commandement où nous sommes déjà quatre, à proximité d'Herannathon.

– C'est fascinant. Tu veux t'accoupler avec elle comme les espèces monogames ?

Erobu rit.

– Qu'est-ce que tu racontes ? Nous sommes des pirates, pas des sauvages. Rhorkanterannu est et a toujours été un modèle pour le reste d'entre nous. Il ne déshonorerait pas une femelle comme ça.

Tous les regards se tournent vers moi et j'ouvre la bouche, mais je m'étouffe au sens propre comme au sens figuré. Comment leur expliquer – à ces mâles qui ne jurent que par un code d'honneur qui est la clé de leur prospérité et pour lequel ils sont prêts à mourir– que l'honneur n'a rien à voir avec ça ? Que ma décision est liée à la pression douloureuse qui aiguillonne mon cœur chaque fois que je pense à ma Deena avec quelqu'un d'autre ?

Elle est *à moi*. Et elle n'appartiendra à personne d'autre.

Elle ne le sait pas encore. Si je le lui avouais, elle ne le croirait pas ; même si je le gravais sur son front. Le poison que Mathilda a répandu dans son esprit a corrompu sa capacité à me voir comme un partenaire potentiel ; parce qu'elle ne se voit pas comme une partenaire potentielle. La seule fois où elle pensait être à la hauteur, c'est quand je la voulais pour le Shekurr. Mais cela n'aurait fait qu'empirer les choses. Les femmes humaines considèrent généralement le shekurr comme un acte de torture.

– Ce n'est pas vrai ! s'écrie Erobu.

Herannathon le regarde en fronçant les sourcils.

– Ce n'est pas un souci ! Il y a beaucoup de femelles maintenant, grâce à Rhorkanterannu...

– Grâce à Deena, je corrige.

– Pardon, grâce à Deena, reprend Herannathon en penchant la tête en avant. Nous n'avons pas besoin de nous chamailler pour une femelle.

– As-tu pensé à ce que cela signifie ? Si Rhorkanterannu établit un précédent selon lequel il est possible pour un mâle de revendiquer une seule femelle, alors il n'y aura pas assez de femelles pour tout le monde. Nous devrons faire la guerre contre Voraxia pour récupérer les quelques femelles humaines qu'ils ont...

– Ne sois pas stupide. Même avec notre technologie supérieure, on ne gagnera jamais une guerre contre Raku.

– À ta place, je ne sous-estimerais pas nos capacités, Herannathon, intervient Gerannu. J'ai travaillé sur des modifications très intéressantes de l'organisateur de particules. Je crois que plutôt que de nous transporter sur une planète ; je pourrais faire venir quelqu'un de cette planète, sur la nôtre...

– On s'éloigne du sujet ! Il ne s'agit pas de guerre mais de femelles ! crie Erobu en tapant du pied.

Toutes ses plaques se soulèvent simultanément.

– Assez !

Je serre les dents et pose mes mains agressivement sur les accoudoirs de la chaise. Shrov ! Le temps que le silence s'installe, mes orteils se recroquevillent douloureusement dans mes bottes.

– Assez.

Je me frotte le visage et plante mon coude inférieur droit sur mon genou droit. Je place mon front dans ma main et passe grossièrement ma paume plaquée sur mon visage.

– Erobu a raison. Je vais créer un précédent.

Erobu ouvre la bouche et commence à agiter son bras sauvagement pour marquer son dégoût, mais je lève les yeux et le fixe avec assez de fureur pour qu'il se réinstalle calmement dans son siège.

– Aucun Niahhorru n'a jamais été confronté à la menace de l'extinction de notre espèce comme nous le sommes maintenant. Ça n'est jamais arrivé avant. Nous n'avons jamais eu à nous tourner vers d'autres espèces, et maintenant c'est le cas. Ça signifie que nous devons faire face à des coutumes et des cultures très différentes des nôtres. Tu n'étais pas là, mon frère, quand nous avons amené la Rakukanna et l'autre femelle humaine à bord de notre vaisseau ; mais quand nous les avons enlevées au Raku de Voraxia – elles n'ont pas voulu participer à un shekurr.

Erobu se contente de grogner, on dirait qu'il ne me croit pas. Peut-être que je me fais des idées. Erobu est plus âgé que moi et a participé à d'innombrables shekurrs, dont deux ont même été couronnés de succès.

Seulement deux, sur des douzaines. Et aucun d'entre eux n'a produit de portée, comme les shekurrs des pères de nos pères. Cela fait trois générations que les femelles ne produisent plus de petits. Pas une seule femelle. Avant, elles pouvaient donner naissance à une douzaine de petits en même temps.

– Prendre une femelle en dehors du shekurr est un grand déshonneur. Si tu fais ça, tu la déshonores, Rhorkanterannu, crache-t-il.

Je ne peux m'empêcher pas de grimacer. *Il a raison. Je secoue la tête. Centare, il a tort. Et de toute façon, ça n'a pas d'importance. L'aiguille dans ma poitrine se balancera comme un maillet qui s'abattra sur lui avec la force de mille enclumes s'il suggère qu'il doit baiser Deena avec ces espèces de…*

– Écoutez Rhorkanterannu, suggère Quintenanrret, la voix égale et contemplative.

Il aborde toute chose comme le scientifique qu'il est.

– Pour vous, le shekkur est un honneur, mais les Lemorans, fiers et honorables eux aussi, sont monogames.

– Nous ne sommes pas Lemorans. Ce que les Lemorans font sur leur misérable lune n'a pas d'importance.

– As-tu vu la misérable lune sur laquelle vivent les humains ? Tu devrais peut-être réfléchir avant de parler, fanfaronne Herannathon.

Je lève les yeux au ciel tandis que les épaules d'Erobu se contractent et que ses doigts forment des poings.

Je siffle assez fort pour éviter un désastre imminent. Ce sont les mâles en qui j'ai le plus confiance, mais ils se comportent parfois comme des animaux. Cela me fait quand même sourire.

– Les humains sont comme les Lemorans, c'est ce qu'Herannathon essaie de te faire comprendre. Ils s'accouplent par paires et produisent un ou deux petits à la fois. Ce n'est pas beaucoup, mais c'est déjà ça. La Rakukanna était révoltée par l'idée de participer au shekurr et l'autre humaine que j'ai achetée à la cheffe du Conseil Humain était encore plus terrifiée. Toutefois, je sais avec certitude que la Rakukanna a donné naissance à un enfant voraxian en bonne santé. Leurs installations médicales ne sont même pas aussi fonctionnelles que les nôtres. Nous ne devrions avoir aucun problème à en mettre au monde beaucoup d'autres avec les humains que nous avons. On pourrait peut-être même produire une portée.

Les yeux de Quintenanrret brillent. Tout comme ceux de Tevbarannos et de Gerannu.

Gerannu est de mon vis, je le vois dans son regard.

– Nous pourrions mettre sur pied un environnement exceptionnel, des espaces différents des maisons d'accouchement traditionnelles, nous pourrions les faire pour... pour des *couples*.

Il prononce le mot comme s'il ne l'avait jamais utilisé auparavant. Je me dis avec un sourire que c'est peut-être la première fois qu'il le prononce. Je sais que je n'ai jamais eu à le dire moi-même. Pas avant Deena.

– Deena et toi vous pourriez utiliser la première maison. Tu penses qu'elle a déjà été fécondée ?

Mes poumons se gonflent jusqu'à ce qu'ils soient prêts à exploser. J'expire de façon tout aussi dramatique.

– Centare. Je n'ai pas encore joui en elle.

Ma proclamation est accueillie par un silence et mon embarras est renouvelé. Mes plaques se soulèvent. Erobu inspire comme si je venais d'avouer un meurtre.

– Tu n'as pas... Si tu ne veux pas la partager, alors qu'est-ce que tu attends ?

Je grogne. Le premier signe d'une véritable irritation s'insinue dans mon échine. Je lutte pour garder mon calme. J'essaie de me rappeler qu'Erobu n'a aucune expérience avec les femmes humaines. Tous les autres, à l'exception de Tevbarannos, étaient avec moi lors du premier raid Voraxian au cours duquel nous avons enlevé la Rakukanna et déclenché la colère du Raku. Ce n'était pas notre heure de gloire...

– Peut-être suit-il une sorte de coutume humaine, suggère Quintenanrret.

Son intervention part d'un bon sentiment, mais il se trompe.

– Deena ne se sent pas digne d'être prise comme compagne.

Des inspirations de surprise se font entendre. Six pour être exact. L'une d'entre elles est la mienne. Je n'avais jamais prononcé ces mots à haute voix auparavant et les entendre maintenant me paraît grotesque, même pour moi. Herannathon est le premier à rire. Les autres suivent le mouvement. Même le rigide Erobu s'esclaffe.

– C'est une blague ? Je ne comprends pas bien, dit Tevbarannos en nous regardant tous.

Il sourit, mais son sourcil marque toujours sa confusion.

Je ne vais pas leur dire que Deena a été torturée. Je ne vais pas leur dire que je l'aime. Je ne vais pas leur dire que j'ai peur qu'elle ne puisse pas m'aimer sans comprendre que je la veux, et pas seulement pour son corps. Elle a été blessée et comme je l'aime, j'ai peur qu'elle ne puisse pas m'aimer parce qu'elle a trop souffert et qu'à cause de cela, elle n'est pas capable de comprendre que je l'aime. C'est très confus. Ce ne sont que des hypothèses de ma part. Si je les énonçais maintenant et qu'elles s'avéraient fausses, cela reviendrait à la rabaisser. Je ne ferais jamais une chose pareille.

Je décide tout de même de leur dévoiler quelque chose.

— Je pense que c'est lié à sa jambe.

Les rires s'éteignent d'un seul coup. Gerannu est le premier à parler.

— Tu plaisantes ? Une femelle comme elle se croit indigne à cause de... de quoi déjà ?

Il jette un coup d'œil aux autres.

— Sa jambe, je crois, répond Erobu. Quelle jambe ? Qu'est-ce qu'elle a sa jambe ?

— Ne me dites pas que c'est un tentacule, intervient Tevbarannos en frissonnant. Je n'aime pas les tentacules.

— Tu n'aimes pas les Oroshis ? fait remarquer Herannathon en riant. Crois-moi, quand on s'accouple avec cette espèce, c'est... très spécial.

Tout le monde éclate de rire en voyant la grimace de Tevbarannos, et moi aussi.

— Ne me dis pas que tu t'es accouplé avec une Oroshi ! hurle-t-il.

Herannathon rit si fort que des larmes commencent à couler le long du bord inférieur de ses yeux. Il les essuie avec ses mains supérieures tandis que ses mains inférieures lissent son ventre.

— Centare, tu es fou ? Ils n'ont même pas de femelles.

— C'est faux. Ils ont des dizaines de genres différents, dont beaucoup correspondraient à notre définition d'une femelle compatible. Malheureusement, leur espèce ne peut pas se reproduire avec les Niahhorrus...

– Comment le sais-tu ? Tu as fait des tests ? !

Tevbarannos est plié en deux de rire, il tient sa gorge, sa poitrine, sa mâchoire et son abdomen. Les rires qui l'entourent augmentent en intensité alors qu'il saute de sa chaise et secoue ses poings vers Quintenanrret.

– Par Kor, pourquoi ?

– À cause de notre problème de fertilité, évidemment, réplique Quintenanrret. S'il est possible de produire des petits viables avec une espèce, il faut explorer cette option, même si l'espèce en question a des tentacules.

– Beurk, des tentacules ! Tu pourrais vraiment t'imaginer prendre un de ces... ces tentacules dans le shekurr ? Oh shrov !

Il commence à faire les cent pas dans la pièce. Herannathon tape sur l'extérieur yeeyar du vaisseau avec deux poings tandis que ses deux autres mains s'agrippent à ses flancs. J'ai tellement ri que j'ai mal à l'estomac.

– Ce ne serait pas si mal, je fais remarquer. Imagine : un corps souple, flexible et *humide* sur la table de shekurr. Imagine que tu pénètres son entrée... froide.

Pour être honnête, je ne sais même pas comment les femelles Oroshis sont formées ou comment on peut les pénétrer. De l'extérieur, elles ressemblent à des Oosas, si les Oosas avaient trois tentacules sortant d'un côté et deux autres sortant du haut. Elles n'ont pas de visage, pas d'yeux dans lesquels regarder. Je crois qu'elles pondent des œufs, mais honnêtement, je n'en ai aucune idée.

Tevbarannos retire sa dague de sa ceinture et la jette sur moi. Le côté émoussé s'écrase sur ma poitrine et je le regarde s'agiter dans la pièce. Il provoque maladroitement Herannathon en duel, ou plutôt, un simulacre de duel. Ils se débattent sur le sol. Quintenanrret continue à discuter des mérites des tentacules. Erobu s'éloigne un peu de la mêlée et commence à parler à quelqu'un via le jeton. J'essaie d'y prêter attention, mais je suis distrait par Gerannu, qui me regarde.

Il fronce les sourcils.

– Quoi ?

– Sa jambe… commence-t-il en se frottant la mâchoire.

Il étire sa propre jambe droite et se masse la cuisse juste au-dessus du genou. Je me demande s'il est conscient de cette action.

– C'est sa marque de guerrière qui la dérange ? me demande-t-il.

Je secoue la tête avant de prendre le temps d'y réfléchir. Mon sourire disparaît et le froncement de mes sourcils devient encore plus sévère que le sien. Deena a une marque de guerrière sur sa jambe gauche. Elle commence juste au-dessus de son genou, descend le long de sa jambe, avant de s'enrouler autour de son mollet et de finir quelque part près de sa cheville.

– Je ne comprends pas, dis-je en secouant la tête. Qu'est-ce que sa marque de guerrière a à voir avec sa peur de ne pas être à la hauteur en tant que compagne ? Cette marque la rend, au contraire, plus désirable.

– Peut-être…

Je peux voir les roues de son esprit tourner. Il est assez vieux pour être mon père et j'ai toujours compté sur sa sagesse et sa capacité à raisonner. Il semble avoir une soudaine prise de conscience. Il se redresse et son squelette s'agite. Il cligne ses yeux argentés et brillants dans ma direction.

– Peut-être que les humains voient les cicatrices comme les princes et princesses du premier quadrant.

Je me penche en arrière, choqué et horrifié.

– Tu ne penses tout de même pas que…

– Il faut envisager l'idée que les humains pourraient voir les choses comme l'élite du Quadrant 1. Ils considèrent peut-être les cicatrices comme des *difformités*.

Le mot qui ressort est un mot ancien. *Malformation. Chroggh.* Il est si vieux qu'il se prononce encore dans le vieux Meero. Ce n'est guère plus qu'un grognement. Je ne me souviens même pas de la dernière fois où j'ai prononcé ce mot à voix haute.

– Mais sa jambe n'est pas difforme, je réplique. C'est toujours une jambe.

Même si elle n'avait pas de jambe, ce ne serait pas une malformation. Ce serait une partie d'elle, aussi belle que tout le reste. Un signe qu'elle a survécu à une grande épreuve et qu'elle a des aventures à conter. La connaissant, ce serait plutôt des aventures à chanter. Elle chantera faux, sans respecter le rythme. et chaque note me serrera le cœur.

Gerannu hoche à nouveau la tête et ses épaules s'affaissent suite à ma remarque. J'ai aisément démontré les limites de son raisonnement. Tevbarannos prend ensuite la parole et il me faut un moment pour réaliser qu'Herannathon et lui ont cessé de se battre.

– Peut-être qu'elle ne le voit pas comme un *cherr*… *chare*…

Il secoue la tête, il est incapable de prononcer le mot en ancien meero.

– Peut-être qu'elle voit sa marque de guerrière comme un khrui la verrait ? Quand un membre de la meute perd un membre, le reste de la meute le mange.

– On ne va pas la manger, dit Herannathon en fronçant les sourcils.

– Ontte, dit Gerannu en se redressant sur ses pieds. Et si les humains considéraient les marques des guerriers comme des faiblesses ? S'ils vivent sur une planète hostile, l'absence d'un de leurs membres les rendrait plus vulnérables aux attaques.

– Tu as *vu* cette femme avec un blaster ? demande Herannathon en décroisant ses bras et en s'éloignant du mur.

Il prend le siège qu'Erobu a laissé vacant.

– Elle n'a peur de rien, ajoute-t-il.

La fierté m'inonde. Je ne l'ai jamais ressentie ainsi. Elle tourbillonne dans un liquide épais et visqueux juste sous toutes mes plaques. Elle les soulève juste un peu. Ce n'est pas que je n'ai jamais été fier auparavant, mais je ressens sa fierté comme si c'était la mienne. Je n'ai jamais ressenti la fierté de quelqu'un d'autre avant. Wow. C'est étrange. C'est charmant.

Les mâles autour de moi gloussent tous. Du moins, jusqu'à ce que Gerannu dise :

– Et s'ils n'ont pas de blasters sur leur planète ? S'ils sont vraiment comme les khruis, alors ils doivent se battre avec leurs mains.

Gerannu se crispe.

– Peux-tu imaginer une femelle, même aussi féroce que Deena, se battre contre un khrui sans arme ?

Je perds le souffle un instant. Mon cœur s'arrête. Mon corps entier se fige. Je tombe de mon siège comme si on me poussait. Je suis sur mes pieds, les mains agrippées aux excroissances sur le dessus de ma tête comme si mon cerveau tentait de fuir à travers elles. – Shrov !

Si Deena combattait un Khrui à mains nues, ça la tuerait.

Shrov, si *je* combattais un khrui à mains nues, ce serait une bataille redoutable, dont je ne sortirais pas indemne. Je pourrais ne pas survivre à une telle rencontre. Mais nous avons la technologie adéquate pour les affronter sur Kor. Toutes les espèces modernes possèdent cette technologie. Et si son espèce n'était pas moderne ? D'après le peu d'informations qu'il y a sur les humains dans les Quadrants connus – la plupart provenant malheureusement de la perfide Mathilda – les humains ont été coincés sur leurs satellites pendant des centaines de rotations et, avant cela, ils n'avaient pas accès aux voyages interplanétaires. C'est logique : s'ils avaient eu accès à cette technologie, nous en saurions plus sur les humains.

Centare, pour être précis : ils ne faisaient pas de voyage interplanétaire à part dans des satellites et nous avons vu ce que ça a donné. Le premier s'est écrasé sur la lune Drakesh, et les humains ont dû se débrouiller seuls. Le satellite Balesilha était occupé par des humains qui avaient des tendances cannibales, leur technologie était trop ancienne et trop pauvre pour assurer correctement leur survie. Ils *posaient encore des lignes* pour transférer l'énergie d'un endroit d'un même satellite à un autre. Ils n'avaient même pas de lumières, pour l'amour du ciel ! Enfin, ils en avaient, mais leurs lumières ne fonctionnaient que lorsqu'elles n'étaient pas couvertes par la crasse qui poussait sur elles. C'était quoi cette saleté ? Pourquoi leur yeeyar ne l'a pas mangée ? Le yeeyar se nourrit de microbes et de bactéries comme celles-là.

Ils n'ont pas de yeeyar.

Ils n'ont pas de blasters.

Deena a vécu comme un animal.

Deena se prend pour un animal.

Deena pense que sa marque de guerrière est une malédiction et non un signe révélant sa capacité à vaincre n'importe quel ennemi.

Je fronce les sourcils si fort que mon visage me fait mal. Tout mon corps me fait mal. Je jette un coup d'œil vers la porte, déterminé à aller la voir et à en avoir le cœur net. Je veux aussi la convaincre du contraire. Je ne veux pas l'entendre parler si elle pense qu'une seule de ces théories est vraie. Deena est une femme qui combat des cannibales. C'est une femme qui a passé toute sa vie à combattre le mal incarné. C'est une femme qui ferait un digne capitaine sur n'importe quel vaisseau pirate. Et elle est toujours là. Avec moi.

Car elle est à moi.

Dans ma poitrine, la fierté et l'amour que je lui porte me font mal. Je fais un pas saccadé vers l'entrée yeeyar du pont de commandement, quand la voix de Gerannu me fait revenir en arrière.

– Rhorkanterannu, où vas-tu ?

– Voir Deena, je marmonne.

– Que veux-tu que nous fassions avec les humains ?

Shrov. C'est vrai que c'est pour ça que je les ai réunis ici. Pas pour parler de Deena, sauf pour leur dire qu'elle est à moi et qu'elle n'est pas disponible pour le shekurr, mais je devais surtout leur parler des mille-sept-cent-quarante-trois autres humains que nous avons sauvés du satellite et qui sont piégés dans des caissons maintenus dans cinquante-six chambres différentes de ce vaisseau parce qu'il n'y en a pas une assez grande pour les accueillir tous.

Je me racle la gorge dans mon poing pour remettre de l'ordre dans mes pensées. *Je vais punir Deena pour la façon dont elle pense à sa marque de guerrière. Je la gronderai jusqu'à ce qu'elle comprenne qu'elle est parfaite et que toutes les parties de son corps reflètent sa gloire.* Je secoue ma tête plus fort. Ce n'est pas clair. Deena me hante, je ne peux penser qu'à elle. Je ne pense qu'à sa jambe. Elle la voit comme une difformité, cela me rend triste. Elle n'est pas un animal.

– Les humains… Ontte.

Je fais un signe de tête vers les mâles rassemblés, mais mon regard les évite, je suis distrait.

– Tu veux qu'on se débarrasse des mâles humains, c'est ça ? demande Herannathon.

– Centare. Ce n'est pas ce que je veux.

La surprise refait surface sur les visages. Il n'y a pas que ma décision de garder Deena pour moi seul qui va contrarier mes pirates aujourd'hui. C'est pourquoi je ne partage ça qu'avec quelques-uns d'entre eux d'abord.

– Notre objectif est d'assurer la survie de notre espèce. Si les femelles humaines s'avèrent être compatibles avec les mâles Niahhorrus, alors il est logique que les mâles humains puissent aussi être compatibles avec les femelles Niahhorrus.

– Mais…mais... bégaie Tevbarannos. Mais...

Quintenanrret le fait taire.

– Rhorkanterannu a raison. Nous devons faire des tests avant de décider de les jeter ou non.

– Nous ne les jetterons pas, même s'ils ne sont pas compatibles. Nous les vendrons.

Mes mots provoquent un peu d'hésitation, des regards incertains, puis des hochements de tête.

– Très bien, déclare Quintenanrret. Et les femelles ?
Quand doit-on commencer à ouvrir les réservoirs ?

C'est le silence. Ils me fixent tous. J'espère seulement
que ma réaction leur indique qu'ils doivent se préparer à
une réponse qu'ils n'aimeront pas.

– Nous devons attendre.

Un lourd soupir fait retomber leur enthousiasme.
Même Quintenanrret fronce les sourcils à présent.

– Tu ne veux pas commencer à ouvrir les réservoirs
sur le vaisseau ? Tu veux attendre qu'on soit de retour
sur Kor ?

– Ouvrir les réservoirs sur le vaisseau serait le
meilleur moyen de générer une catastrophe,
Quintenanrret. Imagine la terreur des femelles humaines.
Nous devons partir du principe que ces femmes n'ont
jamais rien vu d'autre que leur propre espèce. Il faut que
ce soit Deena qui ouvre les cuves et que l'environnement
soit contrôlé. Ça doit se faire dans un endroit sûr, sur
Kor, dans un lieu que nos propres pirates ne seront pas
en mesure d'infiltrer. Je ne veux pas que les pirates
s'enfuient avec les femmes de leur choix et les effraient.
Nous ne déshonorons pas les femmes. Je ne veux pas
laisser de place à des actes non consentis, ou des viols.

– Des viols ! Par les sept soleils, Rhorkanterannu, de
quoi tu parles ? Les Niahhorrus ne...

– Tu n'en sais rien, Tevbarannos. Tu ne peux pas
savoir de quoi sont capables les pirates que tu connais
depuis des rotations. Quand la Rakukanna et Svera se
trouvaient sur notre vaisseau, ils sont devenus fous de
désir. Les deux femelles ont été blessées, et elles ont
saigné, à cause de nous. J'étais heureux quand le Raku
est venu les chercher. À ce moment-là, nous ne méritions
pas la compagnie de femelles humaines. Cette fois-ci,

nous ferons tout pour les mériter quand elles se réveilleront.

Le silence accueille ces révélations.

Je peux voir le malaise alourdir l'atmosphère de la pièce. Je choisis d'en rester là. Herannathon fait rebondir un boulon dans sa main. Il enroule ses doigts autour, et secoue la tête.

– Rhorkanterannu a raison, surrenchérit Herannathon. Tevbarannos, Erobu et toi, vous n'étiez pas sur le vaisseau. Ceux qui s'en sont sortis ont échappé de justesse à la mort. Si les Voraxians nous avaient tous tués, nous l'aurions mérité, après ce que nous avons fait à ces femmes. Elles n'étaient pas des guerrières comme Deena. Elles étaient terrifiées. Il y a une chance – une forte chance – que les autres le soient aussi. Deena est spéciale.

Son visage s'assombrit. Il est perdu dans ses pensées, comme les autres.

Ma réaction n'est pas celle à laquelle je m'attendais. Je ressens de de la fierté, ontte, mais il y a aussi autre chose. Quelque chose d'étonnamment laid. Je fronce les sourcils.

– Qu'est-ce que c'est censé vouloir dire ?

Son expression change soudainement et son regard s'accroche au mien. Il me fixe pendant un moment jusqu'à ce que lentement, un coin de sa bouche se soulève.

– Tu as peur, *Rhork* ?

Je sursaute en entendant ce surnom. Ça sonne incroyablement faux venant de lui. Pire, je n'avais même pas réalisé qu'il l'avait remarqué. Je fronce les sourcils plus fort.

– Où veux-tu en venir, Herannathon ?

Il jette son boulon, le rattrape et l'empoche.

– Tu as l'air de craindre d'avoir de la concurrence.

– De la concurrence ?

– Oui, de la concurrence. Il y a toujours de la compétition pour les femelles. C'est tout à fait naturel, affirme Gerannu.

Une pluie de météorites n'aurait pas pu avoir le même impact sur l'atmosphère autour de moi. Mes plaques se soulèvent et je fais le tour de la pièce. Je désigne Herannathon avec deux mains.

– C'est un défi ? Si c'est le cas, je l'accepte.

Herannathon s'écarte du mur. La tension se fait sentir. Personne ne fait un geste pour nous arrêter. Ils n'ont pas intérêt. S'ils le faisaient, ils déshonoreraient toutes les personnes présentes. Toutefois, je suis un peu surpris que personne, pas même Quintenanrret, ne suggère que j'ai déjà fait ce qu'il fallait pour la mériter.

Cela fait surgir dans mon esprit une autre question, à laquelle je n'avais même pas pensé jusqu'à présent. Elle ne se croit pas digne de moi. Mais moi, suis-je digne d'elle ? Est-ce que je la mérite ? Mes sourcils sont assez durs pour couper du verre. Pendant ce temps, Herannathon rit en déroulant ses poignets et en passant entre les chaises.

– Comment allons-nous... commence-t-il.

Il ne finit pas. Son regard se lève et me dépasse. Il regarde l'entrée.

-Vous avez entendu ?

Je regarde autour de moi, en suivant son regard jusqu'à la salle de commandement. En dehors de nous, il n'y a personne. Puis j'entends une voix lointaine. Des voix. Ce sont des fragments disjoints, on dirait des cris qui proviennent de l'extrémité d'un tunnel.

– Quelqu'un a activé son jeton et a ouvert la communication à tout le vaisseau, dit Gerannu. On ne dirait pas que l'acte était intentionnel. Qui serait assez stupide pour faire ça ?

– J'ai bien quelques pirates en tête, dit Herannathon en levant les yeux au ciel.

Tevbarannos se lève et crie, paniqué :

– J'ai cru entendre Rhegaran. A-t-il dit quelque chose sur les humains ?

Nous écoutons tous attentivement. Notre concentration est maximale. Et ensemble, nous l'entendons. Herannathon et moi échangeons un regard horrifié, nous pensons à la même chose. Nous pensons au jour funeste où nous avons embarqué sur notre vaisseau deux femelles humaines contre leur gré. Nous étions prêts à les honorer dans un shekurr, mais nous avons réalisé... que c'était un déshonneur dans leur culture. Et en comprenant cela, nous avons tous été déshonorés.

– Shrov ! Il est près des réservoirs ! Et il n'est pas seul.

Herannathon sursaute.

– Quel idiot !

– Crétin !

– Baiseur d'Oroshi cinglé ! crie Tevbrannos.

Nous éclatons tous de rire à ce moment-là.

Nous avançons vers l'entrée comme une seule unité, mais une voix beaucoup, beaucoup trop aiguë, et dont la langue maternelle n'est pas le Meero, me fait trébucher quand je l'entends. Puis, lorsque cette même voix traverse mon jeton de façon claire et nette, s'adressant directement à moi et à moi seul, je frôle l'attaque.

– Salut l'ami. Rhork. Rhorky chéri ? Tu es là ? Tekana... pff, oh non. Ça ne sert à rien. Tu peux m'entendre.

– Ontte, je t'entends. Deena, où es-tu ?

– Je suis au niveau douze... je crois. Peu importe. Je suis près des réservoirs. Il y a des pirates qui veulent toucher aux humains. Aux très jolies filles, si tu vois ce que je veux dire.

– Deena !

Mon cri fait tourner la tête des cinq autres mâles.

– Deena, est-ce que tu es en sécurité ? Sors de là. Ils te veulent pour un shekurr...

– Quoi ? Centare... Je veux dire, non. Non, je veux dire centare ! Je ne suis pas... peu importe. Moi, je suis juste là pour les arrêter.

– Les arrêter ?

Je manque m'étouffer et je titube deux fois de plus. Cette fois-ci, cela me rapproche de Gerannu. Je m'agrippe sauvagement à son épaule.

– Comment comptes-tu les arrêter ?

– Eh bien, ça dépend.

– De quoi ?

– De toi. Tu me donnes la permission de les faire exploser ? Oui ou non ? Tu m'as promis que je pourrais tirer sur quelque chose...

Je m'apprête à parler mais j'éclate de rire. On pourrait croire que je suis sur le point de faire une blague. J'ai l'impression que c'est le cas. Spéciale ? C'est comme ça que Herannathon l'a décrite ? Si seulement il savait !

– Descendez ! je crie aux pirates qui me regardent ébahis. Bougez-vous le cul !

Ils échangent des regards confus, mais commencent à bouger. Tous, sauf Herannathon, qui s'attarde.

– Ils font du mal à Deena ? demande-t-il.

Les pirates ont tous l'air contrariés par cette question.

Je secoue la tête et réponds avec un demi-sourire.

– Centare. Ce sont les pirates qui sont en danger. Deena a découvert ce qu'ils essaient de faire et elle est prête à les décalquer.

Je retourne mon attention sur Deena.

– Centare, Deena. Tu n'as *pas* la permission de tirer sur mes pirates sauf s'ils essaient de te blesser. Deena, tu as entendu ? Deena, je répète, tu n'as *pas* la permission de tirer sur qui que ce soit.

Un peu de bruit, des craquements et un éclat de rire sauvage me parviennent. Ils sont suivis par des coups de canon.

– Shrov ! je hurle.

Je m'élance en courant alors qu'un point chaud ondule sur mes flancs. Je passe du rire, aux portes de la fierté.

Deena couine.

– Oups ! Je ne voulais pas tirer ! Mais je n'ai touché personne. Je n'ai pas touché de réservoir non plus. J'ai juste fait exploser un gros tas de provisions. On dirait des caisses de cet affreux jus de sirop noir. Beurk. Bon débarras.

Je ris si fort que j'ai l'estomac dans les orteils. Je suis tellement fier d'elle ! Je sens cette fierté dans ma gorge, elle m'étouffe comme une prise de tête à quatre bras, elle refuse de relâcher son emprise.

– Deena, reste à terre !

C'est la seule chose raisonnable à faire, mais lorsque je le lui dis, le cœur n'y est pas. C'est une pirate.

Les pirates n'obéissent pas aux ordres quand ils n'en ont pas envie.

– Hors de question ! répond-elle, mais j'ai l'impression qu'elle ne s'adresse pas à moi.

Sa voix est plus distante. Et elle ne m'appelle pas Rhork.

– Éloignez-vous lentement du réservoir. Mettez vos mains en l'air. Centare, pas seulement celles du haut, les quatre. Je vois les blasters, espèce d'idiots.

Herannathon court à côté de moi quand nous atteignons l'ascenseur au bas de la rampe suivante. Nous nous serrons à côté de Gerannu, Erobu et Quintenanrret tandis que le yeeyar s'efforce de faire face à l'afflux rapide de personnes et de nous faire descendre de dix niveaux en même temps.

– Ta femelle est féroce. Nous pouvons l'entendre à travers le flux de Rhegaran. Est-ce qu'elle leur tire dessus ou est-ce qu'elle les menace ? demande-t-il.

– C'est difficile à dire…

Je souris, puis je lève un sourcil.

– Ma femelle ?

Herannathon sourit malicieusement à son tour.

– Je ne suis pas assez fou pour te lancer ce défi, *Rhork*. D'ailleurs, je crois que tu lui plais.

– Je…

Je m'étrangle. Je souris.

Il rit. Les autres font de même.

– C'est une bonne pirate, fait remarquer Quintenanrret.

– Oui.

– Quoi qu'elle en pense, quel que soit le temps qu'il te faudra pour lui faire accepter sa place, nous voyons déjà en elle ta compagne. Les autres comprendront, même les jeunes, même les plus impulsifs. Et ensemble, vous pouvez créer une nouvelle sorte de précédent que le reste d'entre nous ne peut qu'espérer imiter.

Mon cœur se soulève de ma poitrine et s'envole. Je ravale la boule dans ma gorge et penche ma tête en avant vers les autres pirates entassés dans l'espace. Tous, sauf Erobu, me sourient. Erobu semble toujours mal à l'aise. Il se déplace d'un pied à l'autre et tente une suggestion :

– Peut-être que certaines des femelles humaines accepteront aussi nos coutumes.

J'acquiesce.

– Certaines seront peut-être prêtes à participer au shekurr, mais nous ne le saurons pas avant d'avoir trouvé une base adéquate pour elles où nous pourrons les approcher…

L'ascenseur s'arrête gracieusement et m'interrompt avant que je puisse finir ce que j'allais dire : comme *nos égales*.

– Venez ! C'est par ici, crie Gerannu en dirigeant le groupe.

Nous descendons la rampe en courant vers une pièce qui contient un groupe de réservoirs, juste au moment où une autre voix active nos jetons. Tous en même temps.

– Ici Orono. Euh... Rhorkanterannu, tu ferais mieux de passer au niveau 12. Quelques pirates essaient d'ouvrir des réservoirs.

– On sait, Orono ! je crie.

– Ok. Et tu sais que Deena essaie de les abattre ?

– Ontte, on le sait aussi.

– Bien, bien. Qu'en est-il de la brèche au niveau dix-huit ?

– Au niveau dix-huit ?

Je lance un regard à Herannathon et il grince des dents en fixant un point au-delà des réservoirs. Nous approchons d'un mur yeeyar menant à une autre pièce, celle où se trouvent les commandes des canons de secours. Quelques réservoirs sont stockés ici aussi, mais ce n'est pas ici que Deena retient mes pirates. Nous avons encore trois pièces et une autre rampe à parcourir avant d'arriver à elle. Je me déplace le plus vite possible, je ne veux pas m'arrêter.

Orono crie par-dessus le bruit du chaos derrière lui :

– Ontte. Je crois que des intrus essaient de monter à bord.

– Nous sommes attaqués ? Par qui ?

Gerannu, Quintenanrret, Tevbarannos, Erobu, Herannathon et moi avons crié à l'unisson. Quelle audace !

– Ontte. Je n'en suis pas sûr, mais ça ressemble un peu à la signature de Sky.

Je rejette la tête en arrière et hurle de rire.

– Ils ne manquent pas d'air, eux ! Gerannu, Erobu, Tevbarannos – allez au niveau dix-huit. Herannathon, viens avec moi, nous allons rejoindre Deena.

Les trois pirates se séparent de nous avec le même sourire sur le visage. Ils commencent à extraire les épées de leurs ceintures et les blasters des frondes accrochées à leurs pointes. Les guerriers de Sky sont améliorés cyber-génétiquement et ce sont donc des adversaires de taille. Nous avons perdu une poignée de pirates à cause de guerriers de Sky par le passé. Alors le fait qu'ils soient ici, maintenant, quand nous avons vraiment quelque chose à défendre… Shrov, c'est excitant. Herannathon commence à retirer son propre blaster de son dos, mais je lui conseille de ne pas le faire.

– Nous allons essayer une approche plus subtile que celle de Deena.

Il sourit.

– Plus subtile que Deena ? Ça ne devrait pas être difficile.

– Centare. Nous pouvons peut-être la distraire.

– Shrov ! Par toutes les comètes, Rhork, que veux-tu faire ? demande Herannathon en riant. Tu veux la laisser mener la charge et combattre Sky ?

– C'est exactement ce que je veux.

Je recommence à rire en réalisant que, pour la deuxième fois en deux solaires, je vais pouvoir vivre avec ma compagne le rêve de tout Niahhorru : combattre aux côtés de la femelle qu'il aime.

9

Deena

– Tu as bien fait.

Sa main est sur ma nuque, mes jambes flageolent.

Ok, pas mes jambes, plutôt ce qui se trouve à leur jonction. Je suis si excitée que j'en oublie qu'il pourrait penser que je suis la créature la plus repoussante de ce côté de la galaxie. J'en oublie même qu'il pourrait ne pas penser ça du tout et être amoureux de moi.

Ces deux options semblent tout aussi invraisemblables, et tout aussi plausibles. Ces deux options semblent complètement folles.

Alors je n'y pense pas. Je le regarde avec un sourire malicieux et je profite de notre étreinte. Je suis bien moins couverte de sang qu'après notre dernière bataille contre les tapis, mais je porte quelques éclaboussures et j'aime ça. Je sais que je pourrais passer pour une tarée, ou même une psychopathe, mais je m'en fiche. Principalement parce que personne autour de moi ne semble s'en soucier.

Les pirates s'en fichent.

Ce qui est bizarre, c'est qu'ils sont, à mes yeux, beaucoup plus humains que tous les gens avec qui j'ai vécu dans la colonie. Peut-être que je commence juste à me sentir comme l'une des leurs. Je me sens chez moi à leurs côtés.

Cette pensée me frappe comme un astéroïde qui s'écrase sur une planète trop petite. D'un seul coup, je suis anéantie.

Oh, Shrov. Je vais me mettre à pleurer. Je peux le sentir. Les larmes s'infiltrent le long de mes bras, puis se déplacent lentement et mollement en direction de mes yeux. Elles grimpent sur mes épaules, ce qui provoque une légère secousse et un froncement de sourcils sur le visage de Rhork.

– Qu'est-ce qu'il y a ? demande-t-il en me regardant.

Nous nous trouvons dans le hangar.

C'est un espace immense, vaste, avec des petits vaisseaux qui jonchent le sol gris sans joints. Comme la plupart des autres pirates, nous nous tenons contre un mur, et nous regardons Kor se profiler à l'horizon. Ils parlent tous avec enthousiasme d'êtres, de lieux et de créatures que je n'ai jamais entendu Rhork mentionner auparavant. Ils sont tous excités à l'idée de rentrer chez eux. Ils sont tous couverts du même sang couleur mousse, le sang des géants qui ont attaqué notre vaisseau.

Ces hybrides Egamas de Sky étaient les êtres les plus grands que j'aie jamais vus. Ils faisaient deux fois la taille du plus grand pirate Niahhorru. Mais ils n'étaient que sept, et nous étions plus de cent.

Nous, nous, nous – je peux entendre l'écho de ce mot répété dans ma tête.

Nous les avons décimés assez rapidement, entre deux chambres yeeyar et sur un pont. Le plus dangereux – c'était le risque de chute. Deux pirates Niahhorrus sont tombés. Mais ce qui était bizarre, c'est que lorsqu'ils ont plongé vers leur mort, les autres ont applaudi. Rhork m'a expliqué que pour un pirate, c'est un grand honneur de mourir en faisant des trucs de pirates.

Ce n'est pas exactement ce qu'il a dit, il s'exprime mieux que ça, mais c'est, en gros, ce dont je me souviens maintenant, alors que je suis debout avec une paume de main pressée contre le yeeyar. Je me rappelle de la façon dont Rhork m'a ouvert un chemin afin que j'aille au-devant des combats pour faire exploser une des créatures qui avait un humain dans son réservoir sous le bras.

Mes tirs n'ont pas servi à grand chose, alors Rhork a sorti une sorte d'épée de son dos. Elle avait une lame argentée – oui, je sais, pas très original – mais des étincelles noires s'en échappaient chaque fois qu'elle touchait le bouclier de la créature Egama, jusqu'à ce que le bouclier se dissolve sous elle.

Rhork a crié mon nom et j'ai tiré sur commande. Je l'ai tué au moment où il se précipitait, avec deux autres pirates, sur le réservoir qui menaçait de tomber sur le bord de la rampe. Ils l'ont attrapé alors qu'il glissait des bras de l'Egama, juste à temps.

Ils ont sauvé la femme qui se trouvait à l'intérieur, mais elle n'en a rien su. Pendant ce temps, une demi-douzaine de pirates se sont approchés de moi, m'ont tapé dans le dos et ont croisé leurs bras inférieurs sur leurs poitrines en signe de respect. Non seulement je me suis sentie acceptée, mais j'avais aussi l'impression d'être une guerrière redoutable.

Une pirate redoutable.

Et j'ai adoré ça.

En ce moment, ils sont tous en train de parler. Ils me bousculent de tous les côtés mais ils ne me tripotent pas. Ce n'est pas parce qu'ils ne veulent pas de moi pour le shekurr, mais c'est parce qu'ils me considèrent comme une pirate, comme l'une des leurs. Moi aussi, j'ai l'impression d'en être une. J'aimerais tant que ce soit vrai, que ce ne soit pas un mensonge de plus.

– Quel mensonge ? demande Rhork.

Il regarde autour de lui en fronçant les sourcils.

Ma bouche est comme scellée. J'ai l'air stupide alors que je courbe ma paume contre la paroi yeeyar du vaisseau et que je jette un coup d'œil vers une planète qui, à cette distance, n'apparaît que comme une pierre bleu foncé chatoyante sur un fond noir constellé de millions d'étoiles.

– Que je suis une pirate, dis-je sans ambages.

Je suis au bord des larmes. J'ai parlé sans rien celer de ce que je ressens.

Rhork a l'air préoccupé et il attrape mon menton avec sa main inférieure droite. J'aimerais avoir quatre mains moi aussi, pour pouvoir tenir toutes les siennes simultanément.

– Tu es une pirate.

Et là, comme la bouffonne en manque de sommeil et d'adrénaline que je suis, j'éclate en sanglots. Je ne veux pas que les autres le voient, alors je m'élance vers lui, passe mes bras autour de sa taille – en prenant garde à ne pas toucher ses pointes – et j'enfouis mon visage dans sa poitrine. Ses plaques sont rugueuses contre mes joues trop douces. Ma jambe gauche et tordue se déforme un peu sous moi. Ses mains viennent entourer mon dos tandis que mes épaules tressaillent.

– Merci, je murmure négligemment contre sa peau.

Je goûte le sang qui s'y trouve. De mes lèvres, s'échappe un filet de salive.

Rhork glousse et les vibrations que cela produit m'excitent, me rendent chaude, m'emplissent de quelque chose de trop gros pour que je m'y accroche. Comment quelque chose de si bon peut-il faire si mal ?

– Intéressant, se contente-t-il de dire, et c'est à mon tour de rire.

– Qu'est-ce que tu veux dire ? je lui demande.

J'ai toujours peur de quitter la caverne de ses bras.

– Qu'est-ce que je veux dire ? Qu'est-ce que tu veux dire, toi ? Ce que tu dis n'a pas beaucoup de sens. En fait, tu n'as rien dit de sensé depuis que je t'ai vu tenir en joue six de mes pirates. Tu leur criais les paroles de ta chanson sur les plantes. Tu t'en souviens ?

– Ontte. Bien sûr que je m'en souviens, je réponds en riant. Mais c'était parfaitement sensé. Chaque fois que je cessais de leur ordonner de garder les mains en l'air, ils essayaient d'attraper leurs blasters. Mais tant que je parlais, ils gardaient leurs mains en l'air. Comme je n'avais plus rien à dire, alors j'ai commencé à chanter.

Il se moque.

– Je ne sais pas si on peut appeler ça chanter…

– J'ai chanté. C'était une chanson.

– Crier une chanson, ce n'est pas chanter.

Je renverse mes cheveux en arrière. Le rire fait fuir les larmes. Les pleurs légers, du moins car quelques larmes coulent sur mon visage alors que je pose mon menton sur son torse et que je le regarde fixement, les yeux levés vers le ciel. Je regarde son expression devenir si tendre que même le plus léger des contacts pourrait le briser. Cela me fait gémir encore une fois.

Rhork inspire profondément et expire tout aussi profondément. Il est si fort, si sûr de lui.

– Tu es épuisée. Tu deviens *toujours* émotive quand tu es fatiguée. Ou plutôt, tu ne deviens émotive comme ça que lorsque tu es fatiguée.

Il touche les larmes sur mon visage avec ses doigts, mais ne les essuie pas. Il se contente de me sourire gentiment, comme si nous avions déjà fait ça des milliers de fois, comme si nous pourrions le refaire encore des milliers de fois, comme si ma folie était parfaitement acceptable.

– Tu es gentil avec moi.

C'est pour ça que tu pleures ?

Il rit et il est sur le point de briser la prise ténue que j'ai sur mon bocal d'émotions. C'est une prise qui s'effiloche rapidement. Le couvercle a été dévissé. Le contenu, lui, est renversé.

– Centare. Je suis juste... Je ne veux pas y retourner.

– Quoi ?

Il se crispe.

– Je peux rester ?

Je me lève et saisis les poignets de ses bras inférieurs, toujours coincés autour de mon visage.

– Je peux rester ? S'il te plaît ?

Ses sourcils se froncent, s'aplatissent, puis se froncent à nouveau. Il se lèche les lèvres, alors j'ai envie de les embrasser.

– Deena, tu t'es cogné la tête ? Je pensais avoir été très clair sur le fait que tu n'avais pas le droit de me quitter.

– Pas le droit ?

J'inspire profondément, mon cœur bat la chamade.

– Centare, tu n'en as pas le droit. As-tu oublié ce que je t'ai dit quand nous étions seuls ?

Je hoche la tête, même si ce n'est pas le cas. Ces mots sont tatoués sur mon cœur.

– Deena, soupire-t-il en secouant la tête. Tu es née humaine, mais tu as prouvé que tu étais une pirate. Ta famille, ta colonie, ta peau, l'endroit d'où tu viens, ce que tu penses de tes propres marques de guerrière n'y changent rien. Tu es une pirate. Ta place est avec les pirates. Et maintenant, retourne-toi.

Il fait pivoter mes épaules et ma tête avec ses quatre mains, puis s'avance et place mon dos contre sa poitrine. Sa chaleur glisse contre la mienne et je ne peux m'empêcher de projeter un peu mon cul en arrière quand je le sens incliner ses hanches un peu plus vers l'avant. Mes pensées tournent autour du sexe, de ma gêne et de ma peur du rejet, quand Rhork tape sur le yeeyar devant nous.

– Regarde, dit-il.

J'observe ce qui se passe sous mes yeux. Mes yeux se posent sur la planète qui s'agrandit devant nous et toutes mes pensées disparaissent.

Mon bocal d'émotions aussi.

J'inspire, j'ai du mal à respirer. Rhork se penche et passe ses quatre bras autour de moi avant de murmurer directement contre mon cou :

– Bienvenue à la maison, pirate.

Wow. Ok. C'est presque trop.

Je me désagrège.

– C'est magnifique, je bafouille.

– Ontte, glousse-t-il en me serrant encore plus fort.

Il se blottit davantage dans mon cou, il m'embrasse de haut en bas, le long de ma gorge. Je me sens chérie, adorée et désirée.

– Oui, c'est magnifique, reprend-il.

Je découvre que la planète scintille lorsque nous entrons dans l'atmosphère et que la courbe lointaine de Kor se révèle enfin à notre vue. Elle n'est faite que d'imposantes plaques de verre mégalithiques, comme je n'aurais jamais pu l'imaginer. Elles s'élèvent presque jusqu'à la pointe de l'atmosphère, et c'est sur une de ces pointes que nous atterrissons. Elle a l'air d'une boule géante en équilibre sur une aiguille. Je ne comprends pas comment c'est possible, mais je m'en fiche. Nous sommes arrêtés et je peux entendre les pirates se bousculer pour sortir. Toutefois, Rhork et moi, nous ne bougeons pas. Nous restons là, à bord du vaisseau, au sommet de Kor. Nous admirons sa splendeur.

Des vaisseaux bien plus petits que celui-ci vont et viennent dans le ciel, comme des étoiles filantes. En dessous, c'est le chaos total. Des bâtiments de toutes formes et de toutes tailles s'épanouissent sur le sol de Kor. Ceux en verre sont les plus hauts, mais en dessous d'eux, il y a des choses noires, grises, rouges, bleues, vertes, jaunes, marron, et de toutes les autres couleurs.

— C'est le marché des pilleurs, explique-t-il en désignant ce qui ressemble à un amas de tentes noires.

Il y en a des milliers légèrement sur la droite.

— Et là, c'est l'Allée du Plaisir, poursuit-il.

Les bâtiments qu'il désigne sont tous carrés et ne ressemblent à rien sous cet angle.

— Les jeux d'argent se déroulent un peu partout, mais surtout au Dôme du Cosmos.

Un disque d'or sale et chatoyant trône au milieu de tous ces bâtiments gris et noirs agglutinés, pas très loin devant nous.

— Ces tours noires, comme celle où nous nous trouvons actuellement, sont des ports Niahhorrus. Nous les contrôlons tous.

Je passe mes doigts sur le yeeyar encore et encore. De petits points noirs s'allument sous le bout de mes ongles, puis s'éteignent à nouveau quand le yeeyar noir se déplace vers un autre endroit.

— Je ne peux pas croire qu'un endroit comme celui-ci existe.

— Tu veux voir notre maison ?

Maison. *Maison rime avec dôme de protection.* Le dôme de mon ancienne colonie humaine poussiéreuse est la seule maison que j'ai connue jusqu'à présent. Et ce n'était pas top. Celui-ci... celui-ci... est au-delà de l'imaginable. Tout comme le mâle derrière moi. Je me tourne dans ses bras et, avant que mon cerveau n'ait une chance de me rattraper et de laisser ma couardise avoir raison de moi, je tire sur son cou et je me hisse sur la pointe des pieds, j'escalade son corps afin d'atteindre sa bouche.

Il s'ajuste à ma taille et me presse contre le yeeyar. J'ai un peu peur. La surface du vaisseau est transparente, c'est comme s'il n'y avait rien du tout pour m'empêcher de tomber. Juste un peu de technologie que je ne comprends pas, et ses bras. Seulement, en ce moment, ses paumes sont pressées contre le yeeyar tandis qu'il positionne un genou entre mes cuisses pour me maintenir en place. Ses mains soutiennent mon cou. Il bascule ma tête vers l'arrière, toujours plus bas, pour qu'il puisse envahir ma bouche et se repaître de ses trésors. C'est un pirate, même dans ses baisers.

Je souris entre ses lèvres.

— Est-ce que quelqu'un t'a déjà dit...

Je l'embrasse encore.

– …que tu embrasses comme un pirate ? je demande à bout de souffle.

– Ontte, répond-il sans hésiter.

On dirait presque qu'il ne s'arrête pas du tout de m'embrasser, mais qu'il parle directement dans ma tête.

– Et toi, est-ce que quelqu'un t'a déjà dit que tu embrasses comme une pirate ?

– Centare.

– Alors permets-moi… d'être le premier.

Il mord mon cou si fort que je glapis. Il rit, puis caresse la morsure avec sa langue.

– Tu n'es pas mon premier, tu sais.

Je ressens tout à coup le besoin de le préciser.

– Je ne suis pas le premier à t'embrasser ? Ontte, je sais. Tu embrasses comme tu te bats. Avec tout ton cœur, avec ton âme.

Mon cœur bat la chamade et ce n'est pas à cause de son baiser. C'est parce qu'il va me faire pleurer à nouveau. Ses mains se déplacent sous ma chemise maintenant, elles tâtent mon corps. Pour être honnête, ce n'est pas tant une chemise qu'une couverture dans laquelle j'ai fait un trou pour la tête. Et ce n'est pas tant mon corps qu'il touche que les anneaux de graisse autour de mon ventre – des anneaux que lui, il n'a pas. J'essaie de me tortiller pour qu'il touche une autre partie de mon corps mais comme il ne le fait pas, j'essaie d'aspirer.

Il persiste et continue à caresser mon ventre. Je me tortille, gênée, et pour une raison que j'ignore, je l'interromps en disant ceci :

– Non, tu n'es pas le premier à… tu vois.

En fait, je sais pour quelle raison j'ai dit ça. Je préfère qu'il me laisse tomber maintenant, avant que je ne sois trop attachée. Je veux qu'il arrête de m'embrasser et de me dire des choses gentilles parce qu'il sait que je ne suis pas vierge, comme ça il n'aura pas besoin de me repousser plus tard à cause de mon ventre.

Il s'écarte un peu et me fixe du regard. Ses yeux ne sont pas voilés par son écheveau. Dans leur grandeur argentée, je peux voir Kor – tout Kor et son éclat – se refléter sur moi. Ça me donne envie de pleurer à nouveau. Il est si beau. Et je ne mérite pas un seul morceau de lui. Pas même un bras.

Je baisse les yeux et il caresse ma joue avec son nez. Puis il embrasse mon front. Il retire ses mains de sous ma chemise et, juste au moment où je pense que mon vœu a été exaucé – qu'il en a fini avec moi parce qu'il sait que j'ai eu des relations sexuelles avec d'autres garçons de la colonie – il dit :

– Je massacrerai tous les hommes de ton passé qui voudront me défier pour toi.

Il me dépose sans ménagement et le sol est frais sous mes orteils. Je me sens stupide, je suis sans voix.

– Qu... Quoi ?

Il sourit.

– Tu crois que je n'en suis pas capable ? As-tu oublié que ton peuple pense que je suis un roi ? Je n'ai pas traversé tous ces quadrants pour renoncer à mon *trésor*. Je t'ai volée. Maintenant, tu es à moi. Les mâles qui t'ont déjà eue seront vite oubliés quand je t'aurai entièrement prise. Viens maintenant. J'ai faim et je veux festoyer.

Il me jette un coup d'œil par-dessus son épaule alors qu'il commence à s'éloigner. Je lis dans ses yeux qu'il ne parle pas de nourriture.

Shrov.

– Euh... QUOI ?

Je crie sans le vouloir avant de répéter :

– QUOI !

Rhork se tient près d'une pyramide au centre du sol – une pyramide qui n'était pas dans cette pièce lorsque j'y suis entrée. Il place sa paume contre la pyramide et sa surface noire se plisse en arrière et forme une ouverture circulaire. C'est à ce moment-là que je réalise que la vaste pièce qui nous entoure est presque entièrement vide.

Quelques pirates se disputent près d'un petit croiseur à ma droite. D'autres marchent d'un pas vif d'avant en arrière, encore plus loin. À ma gauche, une ouverture dans le yeeyar mène à une rampe. Trois autres pirates rient de quelque chose sur cette rampe. Je peux les voir jusqu'à ce que le yeeyar se ferme, scellant à nouveau ce hangar.

– Deena, viens à la maison.

– À la maison ? je chuchote bêtement.

– Ontte. C'est l'endroit où ton âme est née, même si ton corps est né ailleurs. Viens avec moi.

J'irai avec lui où il veut. Il n'a qu'à demander. Mes pieds me propulsent en avant et la « *robe* » que je porte s'enroule autour de mes chevilles. J'ai l'impression que je porte une tenue majestueuse, mais c'est seulement parce qu'il me regarde comme si j'étais une reine.

La chaleur touche mes joues quand je me rappelle que je boite. Putain de merde. Il ne m'est pas venu à l'esprit que je boitais quand j'étais dans la salle de contrôle, quand je tenais des pirates en joue, ou quand je combattais des géants cyborgs sur des ponts flottants. Pendant la majeure partie d'un solaire, je l'avais oublié.

– Quoi ? demande-t-il en refermant sa main sur ma paume tendue et en m'entraînant dans sa chute.

Je m'écrase contre sa poitrine. J'enroule mes doigts bruns contre sa peau argentée.

– Rien. Je suis juste excitée.

– Bien.

Il touche mon menton, peigne mes cheveux avec ses doigts, et les tire juste assez pour enflammer une ligne de mon cuir chevelu.

– Ne pleure plus. Les pirates ne pleurent pas.

J'inspire avec irritation et je plante un doigt dans sa poitrine.

– Centare. Les pirates font ce qu'ils veulent.

Il se baisse et m'embrasse. Ses lèvres sont tout pour moi à cet instant. Elles sont mon univers, et même plus. Elles sont la mer. Mer rime avec air. C'est ce qu'il est, il est l'air que je respire. Il est nécessaire, envoûtant. Je ne suis pas moi-même quand je suis avec lui. Ou plutôt, c'est comme si la personne que j'étais se métamorphosait et que cette créature audacieuse, intrépide, nerveuse et terrifiée en sortait. Une créature qui sait manier un blaster et tuer ses ennemis sans retenue, mais qui a tellement peur d'être rejetée que sa vessie gonfle, que sa jambe tordue brûle et que son cœur se ratatine et se dessèche à cette seule idée. Je veux être ici. Je veux trouver ma place.

– Tu es ici. Et c'est ta place. Laisse-moi juste te le prouver, Deena, murmure-t-il contre mes dents.

Je n'avais pas réalisé que j'avais prononcé des mots, je croyais les avoir pensés.

– Je vais tout te montrer. Je ne vais pas seulement te montrer des choses, je vais te montrer que tu peux te les procurer. Tu es une pirate maintenant. Tu peux avoir tout ce que tu veux. Tout.

– Même toi ?

– Centare. J'ai déjà été capturé. Je t'appartiens complètement. Maintenant rentre à la maison et laisse ça derrière toi.

– Quoi ? Qu'est-ce que je dois laisser ?

– Le fardeau de Mathilda.

Il touche le centre de ma poitrine et ça me fait un choc. Je suis vidée, déchirée, et je sors de moi. Quand je me retourne, je me vois : je ne suis qu'une enveloppe grise, triste et ratatinée. Plus je regarde, plus cette enveloppe devient poussière. Je ne veux pas la voir partir, parce que c'était moi, mais je ne veux pas non plus être en sa présence.

Cette petite créature nue et timide m'observe alors que je porte un blaster et que je m'avance dans la pièce triangulaire avec Rhork. Je la laisse derrière moi. Je laisse derrière moi cette enveloppe grise, ce que Rhork a perçu en moi et ce que Mathilda m'a donné. Quand je lève les yeux vers Rhork, c'est avec terreur. Je ne sais plus qui je suis sans cette enveloppe.

Sans elle, je suis seulement moi.

– Ontte, tu l'es. Et tu es parfaite.

10

Deena

– C'est du poshkin, explique Rhork, en me tendant un petit bol rempli d'une chose bleue et vivante.

Je suis en train de vivre une expérience sensorielle extraordinaire. Je prends tout ce que Rhork me tend et je fais ce qu'il me dit. C'est la première fois que j'hésite depuis des solaires, des secondes ou des rotations... Depuis combien de temps sommes-nous ici ? Ah oui ! La construction triangulaire sur laquelle nous avons atterri était la pointe d'un port et nous avons ensuite pris un ascenseur à l'intérieur pour descendre à la surface de Kor. Les portes se sont ouvertes et les sensations ont commencé à affluer, sans discontinuer. Je dirais que ça fait environ un demi solaire. Et je suis crevée.

Je lève machinalement le bol vers ma bouche avant que l'odeur – plus que les microscopiques tentacules bleus ondulants qui en sortent – ne m'en dissuade.

– Je dois le manger ?

– Quoi ? demande-t-il distraitement avant de jeter un coup d'œil par-dessus son épaule et de frôler la crise cardiaque. Par toutes les étoiles filantes ! Centare !

Il attrape mon poignet et rit si fort qu'il attire les regards. Pour être honnête, les gens le dévisagent depuis qu'on a posé le pied sur cette planète. Et ils me regardent aussi. C'est surtout moi qu'ils observent.

– Centare, tu ne dois pas le manger. Ce sont des chaussures.

– Des chaussures ?

Ai-je bien entendu ?

– Je ne comprends pas.

– Ce sont des chaussures.

Il glisse une main dans le bol et en retire la moitié du contenu. Il jette la matière bleue à mes pieds. En réponse, les tentacules bleus commencent à avancer sur le sol sale, dans ma direction. Il n'y a pas de béton. Je ne sais pas de quoi est constitué le sol, mais c'est rugueux, comme si c'était fait de la même matière que les plaques de Rhork.

– Chaussures rime avec brûlure, et c'est exactement ce que tu risques si cette chose me touche ! Aaaah !

J'attrape deux des poignets de Rhork. Pendant ce temps, le truc bleu et moi, nous nous tournons autour. C'est une bête intelligente. Lorsque j'essaie de lui donner un coup de pied, elle en profite pour s'accrocher à mes orteils, puis elle glisse dessus jusqu'à ma cheville.

– Aarrggg !

Je hurle, aveuglée par la terreur.

– Deena ! s'écrie Rhork, secoué par ses éclats de rires. Ce sont des chaussures !

J'arrive à peine à comprendre ce qu'il dit tant il rit.

– Ce ne sont pas des chaussures ! Les chaussures ne bougent pas toutes seules !

Hélas, j'ai malheureusement tort. La chose gluante s'empare de mon pied et refuse de relâcher son emprise, peu importe la force avec laquelle je secoue mon pied.

Rhork m'enlève le bol des mains et en déverse le contenu sur le sol, près de mon autre pied nu. La matière bleue et moi, nous répétons le même processus.

Mes deux pieds sont maintenant couverts de bleu. Je frissonne et grimace. Puis, je me rends compte que le bleu a cessé de bouger. Contre toute attente, il n'est pas en train de chercher à prendre le contrôle de tout mon corps. Il est en fait assez frais, et cette fraîcheur, tout contre les coupures et les éraflures qui se sont déjà formées sur la plante de mes pieds, est plutôt agréable.

– Hum…

Je fais quelques pas et le bleu se moule sur la voûte plantaire de mes pieds. J'ai l'impression d'être sur un petit nuage.

– Hum, je répète.

– C'est juste des chaussures, me répète Rhork avec un sourire.

Je me penche en avant. Je lutte contre l'envie de l'embrasser. Heureusement, il se penche et m'embrasse en premier. Quelqu'un près de nous inspire bruyamment puis crie si fort que je sursaute. Lorsque je m'éloigne de Rhork, une main dans l'une des siennes, je lève les yeux vers le visage orange d'un être qui semble entièrement fait de nageoires. Il nous observe. Ses yeux noirs en forme de diamant sont fixés sur moi, je pense.

– Ne t'occupe pas de lui. Chez les Hyphas, les signes d'affection en public sont très mal vus.

– Euh, Rhork, au cas où tu n'aurais pas remarqué, il n'est pas le seul à réagir de cette façon… je chuchote.

– Qu'est-ce que je t'ai dit à propos de ce mot humain ?

Je souris. Il m'avait en effet réprimandé pour avoir utilisé le mot « *euh* » lors de notre toute première conversation.

– Tu changes de sujet, je dis.

– Non, c'est *toi* qui changes de sujet.

Rhork m'embarque vers la prochaine série d'étals. Nous sommes en plein milieu du marché des pilleurs maintenant.

Ce qui ressemblait, d'en haut, à d'énormes tentes noires, a toujours l'aspect de tentes noires. Les plus petites ont la taille d'une des maisons en pisé de la colonie, et les plus grandes pourraient abriter la colonie entière. Ok, elles ne sont peut-être pas aussi grandes, mais elles sont tout de même immenses. Elles sont plus grandes que n'importe quelle structure de la colonie en tout cas, ça c'est sûr.

– Tout le monde nous regarde, je fais remarquer.

Il me tire vers l'ouverture de la tente suivante. Des Eshmiris sont postés devant. Ils agitent des tissus colorés dans l'air avec tous leurs bras. Je dis tous parce que je suis surprise par le peu de bras qu'ils possèdent. Ils ont deux bras chacun. Juste deux. Et ils ne sont pas si grands. Ils sont plus petits que moi – ce qui est rare parmi les créatures que j'ai vues jusqu'à présent. Par contre, ils sont incroyablement volumineux au niveau de la poitrine.

La forme qu'ils ont contraste avec leur visage, qui est plutôt... mignon, je dirais. Ils ont de minuscules bouches bordées de lames de rasoir et ils sont presque constamment en train de sourire ou de rire, ce qui détourne l'attention des lames de rasoir... tout en invitant à rester sur ses gardes. Ils sont à la fois effrayants et mignons avec leurs grands yeux d'insectes, leurs rires aigus et leur façon de parler qui ressemble à un rire. Entendre leur langage retransmis par le jeton en humain est déconcertant.

– Soie de Catacat ! Fourrures Nena ! Peaux d'Edena ! glousse l'un d'entre eux.

Il se jette pratiquement sur Rhork lorsqu'il s'approche.

– Avez-vous du tissu Gormar ?

– Gormar. Gormar ? Gormar ! Gormar.

Une trentaine d'entre eux sont agglutinés à l'entrée de la tente et ils parlent tous en même temps. Un tourbillon d'activité en révèle au moins trente autres dans la tente derrière eux. Elle est éclairée par de grandes orbes lumineuses flottantes que les Eshmiris écartent en marchant. Elles flottent sur le toit de la tente comme des ballons et attirent mon attention. Elles sont magnifiques, aussi splendides que des étoiles.

– Qu'est-ce qui est splendide ? demande Rhork.

Je réalise alors que j'ai à nouveau parlé à voix haute.

– Les lumières.

– Ce sont de simples torches. Un peu comme celle que tu as trouvée dans la capsule de sauvetage. Les Eshmiris nous les achètent à bas prix maintenant que nous sommes passés au yeeyar.

Il se détourne de moi et marchande avec les Eshmiris dans un langage technique et coloré tandis que je tourne en rond, complètement hypnotisée par les nuées de gens qui m'entourent.

Enfin… ce ne sont pas exactement des gens.

Je grimace. Puis-je considérer ces êtres comme des personnes ? Ils sont de toutes les formes et de toutes les tailles. Ils peuvent être ronds comme de véritables boules roulantes, grands comme les troncs d'arbres puissants, épais au niveau de la poitrine avec des bras et des jambes comme les humains ou les Niahhorrus, si larges de poitrine que ces dernières projettent des ombres, ou encore tentaculaires.

Ils sont aussi de toutes les couleurs. Ils arborent des couleurs que j'ai déjà vues et beaucoup d'autres que je n'avais encore jamais croisées : le rouge de la poussière de la colonie, le brun de l'écorce d'un arbre mais plus clair et *différent* de ma couleur de peau, le jaune du soleil, l'orange pâle et le blanc encore plus pâle, presque translucide. Certains portent des couleurs qui sont des croisements entre le gris et le brun, le noir et le rouge, et le rouge et le jaune. C'est surtout le gris qui domine.

Il y a des Niahhorrus partout, sans compter ceux qui sont regroupés autour de nous. Je ne sais pas s'ils nous suivent intentionnellement, mais depuis que nous avons atterri à la surface, un petit contingent de pirates qui me sont familiers nous accompagne.

Un homme que je reconnais comme étant Tevbarannos me regarde depuis la tente de l'autre côté de la... route ou de la passerelle ou du chemin sur lequel je me trouve. Il boit quelque chose de vert fluo dans une énorme bouteille. Quand je croise son regard, il tripote la bouteille, l'attrape et ses plaques se soulèvent en signe d'embarras. Il me fait signe et je ris en lui rendant la pareille.

Soudain, Rhork s'intercale entre Tevbarannos et moi. Il place quelque chose de doux sur ma tête. En même temps, il déchire la couverture que je porte en guise de robe sur le devant jusqu'au cou et l'arrache. Elle voltige sur le sol à mes pieds tandis que ce que Rhork tient virevolte autour de mes chevilles. Avant que l'objet ne s'immobilise complètement, il y a plus de mains que les quatre siennes qui tirent et ajustent le tissu dans toutes les directions. Les Eshmiris sont partout, au moins dix d'entre eux m'environnent. Ils rient hystériquement

pendant qu'ils poussent, tirent, coupent et taillent...
Euh... Est-ce qu'ils me font des vêtements ?

Oui. C'est exactement ce qu'ils font.

Ils s'éloignent en un clin d'œil et je me retrouve
debout dans une tunique grise et un pantalon gris. Il y a
une épaisse ceinture de cuir autour de ma poitrine qui
pousse mon estomac dans ma gorge et me donne
l'impression de vomir en même temps.

– Ça ne te plaît pas ? demande Rhork.

Il cache son sourire derrière sa main. La gêne me
gagne et je fronce les sourcils.

– Je...

Je suis grosse et je n'aime pas le fait que la ceinture
attire l'attention sur mon gros ventre. Sauf que...

Lorsque je regarde autour de moi, je me demande ce
qu '« être gros » signifie. Cette question est si inattendue
qu'elle me fait presque rire. Au lieu de cela, j'émets un
grognement encore moins séduisant que celui de Rhork.

– Qu'est-ce qu'il y a ? s'enquiert-il.

Il a beau sourire, ses sourcils sont froncés et
l'écheveau couvre toujours ses yeux. C'est plus difficile
de savoir ce qu'il pense quand l'écheveau est baissé. Je
préfère quand il est ouvert, et qu'il révèle des yeux
argentés avec lesquels il me dévore du regard. J'ai beau
haïr les tapis pour leurs tendances cannibales, ça ne me
dérangerait pas d'être dévorée par lui.

-Je...

Je ne suis *pas* grosse. Enfin, peut-être que je le suis
pour une humaine, mais je ne suis plus dans le monde
des humains, et ici, il ne semble pas y avoir de mot pour
dire gros. D'ailleurs, je ne sais même pas comment dire
« gros » en Meero. Peut-être que ce mot n'existe pas dans
cette langue.

Peut-être qu'être gros n'existe pas.

Après tout, qu'est-ce que la grosseur sur une planète où la minceur n'existe pas ? Qu'est-ce qu'être gros dans un monde où les habitants sont de toutes les formes : circulaires, élancés, triangulaires et bien plus encore ? Certains sont même fluides, amorphes. Qu'est-ce qu'être grosse quand Rhork me regarde comme ça ? Il me dévisage comme si j'étais captivante, et peut-être même *jolie*. Je déglutis à cette pensée terrifiante, puis je la mets rapidement de côté. C'est trop difficile à gérer. Non, peut-être que Rhork ne me trouve pas jolie, mais peut-être que ce n'est pas nécessaire.

Il me regarde comme si j'étais quelqu'un qui avait sa place à ses côtés.

Et lui, il n'est pas gros, mais il n'est pas mince non plus. Je fronce les sourcils alors que mon regard caresse sa silhouette intimidante. Il ne ressemble à aucun des garçons de la colonie. Leurs bras humains sont des brindilles et leurs ventres sont maigres comme celui de Jaxal, qui est tellement fin qu'on peut voir ses côtes. Rhork, lui, n'est pas maigre...

Saint cosmos, aide-moi.

Et si je n'étais *pas* grosse *du tout* ? Et si c'était les autres humains qui étaient tous trop minces ?

— Deena, dois-je te porter hors d'ici ou prévois-tu de répondre aux Eshmiris dans le prochain quart de solaire ?

— EST-CE QUE JE SUIS GROSSE ? je crie.

— Le mot que tu viens d'utiliser n'est pas traduit correctement. Tu me demandes si ta santé se dégrade ? Comment est-ce que je pourrais savoir comment tu te sens ? s'offusque-t-il.

— Comment je me sens ?

Il secoue la tête et s'approche de moi, en se frayant un chemin au travers des Eshmiris. Ceux-ci insistent sur le fait que le vêtement est parfaitement taillé et que j'ai perdu la tête. Sur le premier point, ils ont définitivement tort, car cette chose est inconfortable à souhait, mais sur le second point, ils ont raison.

Il place ses mains sur ma taille et libère les fermoirs de la ceinture, qui se mettent à clignoter. Il jette la ceinture par-dessus son épaule et caresse mon ventre – ma *graisse*.

– Pourquoi tu demandes ça ? Quel est le rapport avec ces vêtements ?

– Non – centare – pas ça. Je... je parle de ça.

Je fais glisser mes mains sur ses siennes, qui sont posées sur mes hanches. Puis je masse mon ventre avec ses mains. Je n'avais pas pensé que ça pourrait être érotique, mais ça l'est.

Il me regarde étrangement avec un demi-sourire. Ses sourcils sont toujours levés – mais maintenant, ses narines sont légèrement dilatées et les doigts de ses mains libres rejoignent les premiers. Il glisse ses mains sur le bas de mon dos et me tire vers lui jusqu'à ce que nous soyons presque l'un contre l'autre.

– Ontte, le tissu est très beau, mais sans la ceinture, il ne te protégera pas durant les batailles.

Son regard se pose sur le mien. Il déglutit.

– Je suppose que ça veut dire que tu devras rester près de moi, précise-t-il.

– Je... ça ne me dérange pas.

Ma voix se brise. Mes mains se crispent autour de ses mains, toujours placées autour de ma taille. Je ne sais pas si je dois pousser ses mains plus bas vers mes cuisses ou les tirer plus haut vers mes seins.

Le coin de sa bouche s'agite. Son regard plonge vers ma poitrine, puis vers mon ventre, là où la graisse s'est accumulée. Toutefois, il ne la regarde pas comme si elle n'avait pas sa place là. Il ne regarde même pas ma jambe comme si elle était abîmée, même si je sais qu'elle l'est. Il y a anguille sous roche. Il doit cacher quelque chose.

Seulement, je ne crois pas que ce soit ça. Peut-être qu'il... s'en fiche. Mais alors pourquoi, a-t-il dit que j'étais défectueuse sur la colonie ? *Elle ne vaut même pas l'ebo qu'il faudrait pour la nourrir*, ce sont ses mots.

Je m'éloigne la première.

Il s'éclaircit la gorge.

– Allons-y. Il y a beaucoup à voir.

Il se tourne vers les Eshmiris groupés près de lui et leur tend un disque plat en argent. Pendant qu'ils ricanent et trillent, il commence à avancer, en me tirant sous son bras.

– Il faut que Gerannu améliore ton jeton. Le modèle que tu as est limité. Avec la nouvelle version, tu seras en mesure d'acheter ce dont tu as besoin.

– Acheter ce dont j'ai besoin ? Mais je n'ai pas d'argent...

– Tu vas être récompensée pour nous avoir amenés au satellite humain. Tu seras même bien rémunérée.

Je grimace.

– Oh non... ça ne me plaît pas. Si vous me rémunériez pour ça, je me sentirais sale.

Rhork s'arrête brusquement, soulève mon menton et m'embrasse. Son baiser est rude et sans retenue, empli d'un désir que je peux sentir jusqu'à mes orteils. Il me fait gémir et ma libido déjà féroce devient hors de contrôle.

– Tu n'as pas à te sentir sale parce que tu reçois des primes pour le travail que tu as fourni. Tous les pirates à bord de mon navire reçoivent des primes pour tout ce qu'on ramène. Cette fois, la cargaison ne peut être vendue et contribue à la prospérité de notre espèce. De ce fait, tous les pirates à bord de mon navire recevront des primes provenant de tout mâle ou de toute femelle qui souhaite interagir avec les humains une fois que nous aurons trouvé un environnement sûr pour qu'ils le fassent. Tes primes seront de loin les plus importantes.

– Cela ne me semble pas juste. Les Niahhorrus devront payer pour rencontrer des humains ? D'ailleurs qu'est-ce que tu entends par « *interagir avec les humains* » ? Tu veux parler du shekurr ?

Il hausse les épaules et recommence à avancer. Mais avant, il se lèche lentement les lèvres.

– Si c'est ce qu'ils veulent.

– Et si ce n'est pas le cas ?

Il grogne et se retourne à nouveau vers moi.

– Qu'est-ce que tu veux savoir, Deena ? Tu veux savoir si je vais permettre aux femelles Niahhorrus de violer les hommes humains ? Ou l'inverse ? Tu veux savoir si *je* suis capable de violer des femelles humaines ?

– Je… eh bien, c'est ce que tu allais faire à Svera !

Mes joues chauffent. Cela ne me plaît pas et je n'ai même pas envie de me l'avouer ; mais je ne suis pas submergée par la colère. Je suis envahie par la jalousie !

Il soupire, secoue la tête et regarde au loin vers l'une des tentes où les Eshmiris vendent des marchandises qui ressemblent à de longues lances. Aussi incroyable que ce soit, même si l'artère principale qui bifurque vers toutes ces tentes est bondée, il y a une bulle d'espace autour de nous que personne n'ose franchir.

– Centare, Deena. Je n'avais pas l'intention de forcer Svera à faire quoi que ce soit. Elle le savait et elle m'a même défié.

– Alors, qu'aurais-tu fait d'elle ?

– Rien. Je l'aurais peut-être gardée captive. Je l'aurais peut-être forcée à boire le jus noir que tu détestes tant. Mais tu as raison, j'aurais dû la renvoyer chez elle. Pourquoi penses-tu que je l'ai laissée partir pour me lancer à ta poursuite ?

– Tu l'as laissée partir ?

Il sourit.

– Tu pensais que je ne pouvais pas sentir le yeeyar s'activer dans la deuxième capsule de sauvetage ? Votre plan était astucieux. Vous m'avez forcé à choisir : je ne pouvais poursuivre qu'une capsule. Alors bien sûr que je l'ai laissée partir pour aller à ta recherche ! Comment peux-tu en douter ?

Il incline la tête, soulève son écheveau, et même s'il ne me touche pas, je peux sentir ses mains comme des murmures de fantômes qui me caressent partout.

– À quelle vitesse les humains peuvent-ils tomber amoureux ? demande-t-il soudain.

Mes yeux me sortent de la tête.

– Es-tu déjà amoureux d'une des femelles humaines des réservoirs ?

J'ai parlé sans réfléchir, j'ai verbalisé l'une de mes grandes peurs.

– As-tu perdu la tête ?

Je hoche la tête. Mathilda m'a dit que j'étais folle toute ma vie et c'est la femme la plus intelligente que je connaisse. C'est la femme la plus vile que j'ai jamais croisée, mais c'est aussi la plus brillante.

— Ontte, tu as perdu la tête. Quand bien même tu n'aurais pas clairement entendu ce que je t'ai avoué dans mon vaisseau, lorsque j'étais sur toi et que tu avais les jambes écartées... Tu penses que c'est une hypothèse plausible ? Tu crois vraiment que je pourrais tomber amoureux d'une de ces femelles humaines allongées dans les réservoirs comme des cadavres ?

Comme je ne dis rien, mais que je reste bouche bée, Rhork secoue la tête. Il a de nouveau l'air frustré, mais aussi très triste. J'ai l'impression d'être une sorte de projet tragique. Un rêve sans espoir.

— Tu refuses de voir l'évidence, et c'est navrant. Mais je suis un pirate, Deena. Je suis trop têtu pour te laisser me briser le cœur. Alors je vais te le dire maintenant, même si tu n'es pas prête, parce qu'il faut que tu l'entendes. Je suis amoureux de toi. Je ne sais pas depuis combien de temps je suis amoureux de toi, mais ça a commencé avant même que je te voie. Tout ce que j'ai fait depuis que ta voix a illuminé mon jeton et tout mon monde ne servait qu'un seul but : te sortir de ta prison pour que je puisse t'avoir. Au début, je croyais que je voulais t'honorer avec le shekurr mais, quand je t'ai vue, j'ai compris que ce n'était pas le cas. En te voyant manier un blaster comme une cinglée, en te voyant te protéger comme une bête sauvage et en te voyant tuer comme un assassin, j'ai acquis la certitude que je ne voulais pas te partager. Ce n'est pas une sensation courante pour un pirate, et j'ai eu du mal à m'y faire, mais maintenant que j'en suis certain, je ne peux plus revenir en arrière. Tu es ma femelle. Ma compagne. Tu es à moi. Je ne te partagerai pas et tu ne me partageras pas. Il n'y a plus de shekurrs dans mon futur. Il n'y aura pas de shekurrs dans ton futur. Il n'y a que moi, mon sexe, nos petits, notre vaisseau et Kor, notre mère à tous les deux, même si nous venons d'étoiles différentes. Maintenant, n'en doute plus. Cela m'ennuie, et s'il y a une chose que les pirates n'apprécient pas, c'est l'ennui. Donc, je ne veux plus entendre de shrov à propos des autres femmes, du shekurr, de ta marque de guerrière ou de n'importe quel problème de santé que tu sembles avoir mais que moi je ne vois pas. Si tu veux quelque chose, prends-le. Utilise toutes les armes que tu as à ta disposition, y compris moi. Je suis à toi et tu peux m'utiliser comme bon te semble. Maintenant, viens. Que penses-tu des jeux d'argent ?

Il glisse sa main derrière mon cou et me pousse en avant. Mes pieds sont engourdis sous la gelée bleue. J'ai l'impression que la gravité de la planète a soudainement lâché et que je suis à moitié en train de flotter, à moitié en train de voler. J'ai maintenant un sourire niais sur le visage et mon cœur fait un petit mambo saccadé dans ma poitrine. Il danse sur une chanson de mon cru. *Plantes ! Plantes ! Plantes rime avec tentes ! Jouer c'est s'amuser ! Les jeux d'argent c'est marrant ! J'aime les tentes...*

– J'aime bien ça...

Ma voix est distraite, c'est comme si elle était entièrement séparée de mon corps. Je lève les yeux vers lui et il me regarde sourire comme si j'avais perdu la tête, alors je détourne rapidement le regard.

– J'aime jouer, dis-je, même si je n'ai jamais joué auparavant.

Ce n'est pas tout à fait vrai. J'ai déjà joué, une fois, il y a moins d'un instant. J'ai parié sur le fait que j'allais le croire... ou pas. J'ai lancé les dés et j'ai fait flamber la roulette sans attendre de voir quel résultat j'avais obtenu.

Je lève les yeux vers lui avec plus de certitude, je saisis son poignet, je le force à s'arrêter et je tourne mon visage vers le sien. Je saisis sa nuque et j'attire son visage vers le mien. Je l'embrasse fort et avec vigueur, sans me soucier de l'aspect de mon ventre ou de ce qu'un Hydre à facettes pense de nous.

– Allons-y, Rhorky chéri, dis-je, la voix cassée.

Il grogne et prend le contrôle du baiser. Nos langues s'entrechoquent, il me tire contre lui. Je suis sûre qu'il a l'intention de m'avaler tout entière.

Et je n'attends que ça.

11

Rhork

C'est le septième solaire que je reviens de mes affaires en ville et que je retrouve Deena à la roulette du mok-biz. C'est un jeu impliquant des jetons holographiques lancés directement sur les autres joueurs. C'est loin d'être simple car il y a un nombre fixe de lancers par tour qui dépend du nombre de membres du lanceur et du nombre de membres du receveur. Des mises latérales peuvent également être placées – ce qui signifie que des jetons latéraux peuvent être lancés – pour dévier les lancers ou toucher d'autres joueurs.

Ce solaire, Deena est accompagnée de douze autres joueurs et de deux fois plus de spectateurs. Ce groupe hétérogène est composé de Niahhorrus, d'Eshmiris, de deux femelles Lemorans – qui se distinguent par leurs énormes cornes – d'un Oroshi, d'une demi-douzaine d'Hyphas et d'un groupe d'Egamas qui prennent autant de place à la table que tous les autres joueurs réunis.

Je m'approche d'Herannathon, qui est debout sur un siège surélevé de style arène. La plupart des observateurs sont sur le sol, mais certains spectateurs assistent aux réjouissances depuis cette section surélevée et grillagée. Ce coin-ci, en particulier, appartient aux Niahhorrus. Une femelle que je connais depuis des rotations est présente et observe également.

– Meghanora, dis-je en lui faisant un signe de tête respectueux.

Elle sourit. Ses yeux bridés surplombent des joues rebondies. Les femelles Niahhorrus ne ressemblent en rien aux mâles. En fait, elles ressemblent beaucoup à Deena. Elles ont des ventres doux, des hanches et des poitrines pleines. Leurs pointes sont semblables aux cheveux de Deena. Ces cordes soyeuses et épaisses à l'arrière de leurs têtes traînent le long de leurs colonnes vertébrales jusqu'à leurs derrières bien ronds. Meghanora est une belle femelle avec laquelle j'ai eu le plaisir de participer à un shekurr, qui n'a malheureusement produit aucun petit.

– Je suis juste venue voir l'humaine. Il paraît que vous avez réussi à trouver le satellite perdu.

Je souris. Je dois faire attention aux informations que je divulgue, même si honnêtement, ça ne changera pas grand chose à présent. J'ai entendu les rumeurs et je sais que nous avons peu de temps avant que le vaisseau-mère ne soit mis à sac. Je suis toutefois heureux : pendant que je m'occupe des affaires de Kor, mes pirates assurent la protection de Deena et prennent soin des humains à bord du vaisseau-mère.

– Nous l'avons trouvé, ontte.

Ses yeux s'illuminent et son écheveau s'abaisse. Elle se tourne vers moi. Le tissu gormar brillant qu'elle porte épouse élégamment ses formes.

– J'ai aussi entendu dire que vous gardiez les mâles.

– Ah bon ?

– Rhorkanterannu, s'il te plaît, je n'ai pas de temps à perdre avec des plaisanteries.

Elle s'avance. Elle pose une main sur la balustrade et une autre sur mon avant-bras inférieur droit.

– Ce n'est pas à toi que je dois apprendre l'intérêt que je leur porte. Dis-moi juste combien il faudra payer pour être mis en relation avec eux. Où sont-ils maintenant ? Pourquoi ne les as-tu pas amenés sur la planète ?

Elle se crispe, lâche mon bras, puis recule.

– Ne me dis pas qu'il y a un problème avec les mâles…

Je ris et pose une main sur son épaule, avant de la serrer légèrement et affectueusement.

– Ils vont bien, ne t'inquiète pas.

Si on fait exception des tubes collé à leur arrière-train, des réservoirs dans lesquels ils sont enfermés et de leur ignorance complète des événements des dernières centaines de rotations.

– Meghanora, je te jure que dès qu'ils seront prêts, tu seras parmi les premiers Niahhorrus à pouvoir les rencontrer.

Je regarde, la poitrine serrée, ses joues s'affaisser sur son visage. Elle a l'air extrêmement déçue et je n'ai pas l'habitude de décevoir les femelles.

– C'est tout ce que je peux faire pour l'instant. Je suis désolé.

Elle hausse les épaules, mais je sens que sa déception n'est pas atténuée.

– Tes pirates et toi, vous êtes trop méfiants ! s'emporte-t-elle. Je ne sais pas pourquoi vous ne nous dites pas simplement combien ils sont et pourquoi vous attendez. Cela fait des solaires que vous êtes revenus,

Rhorkanterannu ! Je suis sûre que ta femelle a plus d'informations, elle.

Je croise mes bras supérieurs.

– Deena est une pirate *avant* d'être ma compagne. Sans compter que c'est grâce à elle que nous avons pu découvrir le satellite humain. Il est évident qu'elle a plus d'informations.

Cela éveille son intérêt. Elle se tourne alors plus complètement vers moi et se rapproche afin de se faire entendre par-dessus les cris. Diekennoranu apparaît sur ma gauche et me pousse dans le dos en s'exclamant :

– C'était un lancer illégal ! L'offre est celle de Deena !

Personne ne peut l'entendre à part moi, Herannathon, Meghanora et la demi-douzaine d'autres créatures réunies dans cette section réservée aux spectateurs, mais cela me fait quand même chaud au cœur de voir qu'il défend Deena.

Je jette un coup d'œil à la table de pari. Deena est à genoux sur le dessus de la table. Elle secoue le poing avec force face au guerrier Egama sur la table d'à côté. Il lui renvoie son poing avec colère et relève chacun de ses défis. Cela me fait rire : elle a beau faire le quart de sa taille, voire moins, il semble toujours pris dans son ombre.

Tous les Niahhorrus autour de la table la soutiennent et je peux sentir qu'un combat est sur le point d'éclater. Je suis impatient de voir comment cela va se passer.

Deena est la première à dégainer son arme. En dehors des salles de jeu, l'armurerie Niahhorru est le l'espace de Kor qu'elle visite avec le plus de plaisir. Nous lui avons trouvé une arme à son goût– ou plutôt, plusieurs douzaines d'armes. Elle a une affinité particulière pour les blasters mais, comme mon but n'est pas de déclencher une guerre intergalactique, j'ai pensé qu'il valait mieux l'équiper d'un petit radi-blaster, qui étourdit les petits adversaires et peut gêner les plus gros. Elle possède aussi un bâton de foudre au cas où elle aurait à affronter un adversaire en combat rapproché.

Naturellement, elle s'empare d'abord du bâton de foudre et s'élance à toute vitesse à travers la pièce vers la table de l'Egama. Cette partie du dôme du Cosmos se transforme en une émeute. J'éclate de rire tout en regardant les Niahhorrus se lever pour défendre leur camarade pirate – ils la défendraient même si elle était en tort. Les Egamas se lèvent à leur tour pour défendre l'un des leurs et les autres choisissent leur camp en fonction de leurs affinités, ou restent en retrait afin de parier sur l'issue du combat.

Herannathon et Diekennoranu sautent la rampe et se jettent à corps perdu dans la mêlée. Les armes sont mises de côté. Je sais qu'il ne s'agit pas d'un vrai combat car l'Egama défié sourit – ce que peu d'Egama à la peau moussue font d'ordinaire.

Je reste où je suis pour réconforter Meghanora. Les femmes Niahhorrus ne sont pas des guerrières. Elles sont choyées et surprotégées. Elles sont presque considérées comme sacrées dans notre culture. Regarder Deena tabasser le géant Egama avec son bâton de foudre et esquiver quand il essaie de la frapper avec sa main surdimensionnée, remplit ma poitrine de cet élan de fierté qui m'est maintenant plus familier que toute autre sensation. Elle est *à moi*. Cette pensée me poursuit, ne me lâche plus. Elle m'apaise. Il y a peu de choses qui me font plus de bien et ces choses impliquent toutes Deena, sur son dos, dans mon filet.

Je n'ai pas encore joui en elle. Nous n'en avons pas eu l'occasion. Elle a eu besoin de « *rattraper son sommeil* », comme elle le dit. Je n'ai aucune idée de la façon dont le sommeil peut être rattrapé, il me semble que le sommeil est soit perdu, soit acquis, et que les actions passées ou futures n'ont aucune incidence sur son état actuel ; mais Deena rejette cette logique. En outre, j'ai dû me consacrer à la gestion de Kor. Et c'est sans compter tous les nouveaux équipements de sécurité que j'ai dû installer sur le vaisseau-mère et son port. Avec toutes ces contraintes, je n'ai pas eu le temps de faire plus que la masser, la caresser et la lécher. J'en veux plus.

Cette lune, j'en aurai plus.

– Alors, c'est vrai, dit Meghanora.

Sa voix est devenue dangereusement mélancolique.

– Pardon ?

J'ai du mal à détourner mon regard de Deena, qui agite sauvagement son bâton sur la table. Il semblerait qu'un Hypha l'ait attrapée avec son poing à ailettes. Une demi-douzaine de Niahhorrus ont répondu de la même manière. Elle se relève, en pleine forme, et retourne vers l'Egama pour lui crier dessus encore une fois. *Je regrette de lui avoir appris à éteindre son nouveau jeton. J'aimerais pouvoir l'entendre.*

– Tu as l'intention de la garder pour toi. Je le vois sur ton visage. Tu l'aimes. Tu es tombé amoureux d'une femelle, comme les Voraxians avec leur lien Xiveri.

Xiveri. C'est un concept inconnu des Niahhorrus, mais c'est un concept dont nous avons entendu parler. Un concept pour lequel nous avons beaucoup de respect. Les Voraxians et les Niahhorrus ont toujours eu des stratégies de reproduction opposées. Les Voraxians laissent le destin décider pour eux et attendent, parfois toute une vie, que leurs dieux choisissent leurs compagnons et les placent sur leur route. Les Niahhorrus ne connaissent pas le destin. C'est pourquoi nous faisons le shekurr. Nous maximisons nos chances de succès. Nous laissons des mâles s'accoupler avec plusieurs femelles jusqu'à qu'ils produisent des petits.

Je souris.

– Ça n'a rien à voir avec le lien Xiveri, je lui réponds. Ce n'était pas immédiat. Je suis tombé amoureux de Deena après des milliers de conversations, même celles qu'elle ne savait pas que j'écoutais. C'est une combattante. C'est une survivante. Et c'est une guerrière. Je ne pourrais pas trouver mieux qu'elle si je partais à la recherche d'une femme de sa trempe dans toute la galaxie.

Meghanora émet un petit gémissement. En la regardant, je m'aperçois qu'elle cligne rapidement des yeux. Je remarque alors les larmes qui mouillent son regard et cela me contrarie. Je la prends dans mes bras et frotte doucement sa colonne vertébrale de haut en bas.

– Je ne dis pas ça pour te faire de la peine, je lui chuchote à l'oreille. Tu sais que je suis honoré par le temps que nous avons passé dans le shekurr. Tu es une femelle digne de n'importe quel mâle. Tu es digne de milliers de shekurrs à venir.

Elle rit.

– Je l'espère. Cela fait un moment et j'ai été... un peu angoissée.

Elle s'écarte et lève les yeux vers moi en essuyant ses joues.

– J'étais nerveuse à l'idée d'en organiser un autre par peur du résultat. Mais si j'en organisais un, te joindraistu à moi ? Je me souviens de toi lors de notre dernière rencontre. Tu t'étais montré dévoué et attentionné.

Je souris, mais le cœur n'y est pas. C'est étrange de refuser une telle chose à une femelle. Cependant, lorsque je regarde cette femelle avec laquelle j'ai déjà connu le plaisir, il n'y a aucun picotement dans mon aine. Je ne suis même pas sûr de pouvoir conjurer l'enthousiasme nécessaire pour effectuer un shekurr avec elle.

En plus, je ne veux pas le faire.

J'ai fait une promesse à Deena.

Je lui ai dit qu'il n'y aurait pas d'autres femelles. Pas de partage, pour aucun de nous.

Je serre à nouveau son épaule avec tendresse, puis je lui donne une petite tape sur l'épaule.

– Ce n'est peut-être pas le lien Xiveri qui nous lie, mais je ressens le même attachement envers ma compagne que les mâles voraxians envers les leurs. Je ne participerai plus aux shekurrs et Deena non plus. Nous nous accouplerons ensemble, juste tous les deux. Je suis désolé si c'est décevant à entendre.

Elle boude, ses épaules se recroquevillent.

– Non, non, ce n'est pas grave. Je suis juste un peu inquiète, c'est tout.

– Pourquoi ?

– Je m'inquiète pour nos traditions. Que va-t-il se passer si certaines femelles veulent des shekurrs avec des mâles qui veulent les garder pour eux seuls et vice versa ? Ça va être le bordel.

J'en ris et j'ébouriffe ses pointes. Elles sont douces, comme celles de Deena, mais la ressemblance s'arrête là. Les pointes de cette femelle Niahhorru sont recouvertes d'écailles soyeuses alors que celles de Deena sont plus grossières, comme des fibres de fourrure tissées ensemble en brins épais.

– Ce sera sûrement un peu compliqué, ce sera peut-être même le chaos. On est sur Kor, en même temps, ce ne serait pas si différent. Vous, les femelles, avez passé trop de temps dans votre cage dorée. Venez plus souvent dans les tripots. Jouez une partie de mok-biz, ça vous fera du bien. Quand les humains se réveilleront, ils feront ce qu'ils voudront, et vous, vous ferez aussi ce que vous voudrez. Ça va s'arranger tout seul. N'oublie pas que si nous procédons ainsi, c'est pour une raison bien plus importante que la tradition.

– Ah oui ? Pour quelle raison ?

Pour l'amour.

– Pour la vie.

Elle sourit alors un peu plus et son regard se porte à nouveau sur la table du mok-biz où Deena fait la guerre.

– Je suppose que tu as raison. Je vais sûrement devoir me montrer patiente. Mais… Par toutes les comètes ! s'écrie-t-elle en riant. Ton humaine semble avoir perdu la bataille.

Je jette un coup d'œil à la table, déjà léger et évanescent à l'idée de poser les yeux sur ma bienaimée; mais quand mon regard se fixe sur Deena, toutes ces émotions me sont arrachées, comme la peau de l'os.

– Shrov !

Deena se tient sur le bord de la table, face à l'Egama qu'elle combattait. Son bâton de foudre est rangé dans la ceinture de cuir à sa taille. Elle a les mains sur le visage de l'Egama et, avant que je puisse sortir le blaster de mon dos, viser et tirer : elle l'embrasse.

La main du mâle est sur le bas de son dos – elle couvre tout son dos. Il l'attire à lui et savoure ce qu'il n'a pas le droit de goûter.

La rage m'envahit. Elle brûle comme une sensation sourde de soif de sang et de champ de bataille. J'ai une arme à la main et j'ai déjà sauté par-dessus le balcon quand Deena rompt le baiser et échappe à la main de l'Egama. Il attrape la jambe de son pantalon et elle retire son bâton de foudre pour lui frapper violemment le poignet avant de sauter du côté opposé de la table et de l'abandonner au chaos.

Je suis stupéfait, confus et abasourdi.

Je suis furieux.

Ce n'est pas une émotion courante chez moi. Deena fait naître en moi des émotions nouvelles. J'ai l'habitude de partager les femelles. Cela ne m'a posé aucun problème de pénétrer Meghanora, puis de jouir en elle jusqu'à ce que son corps frémissant atteigne le comble du plaisir. Je n'ai pas eu de mal à prendre du recul ensuite pour regarder onze de mes frères pirates prendre ma place entre ses cuisses et jouir en elle l'un après l'autre.

Mais voir Deena presser sa bouche sur ce mâle Egama et l'embrasser comme elle m'embrasse fait bouillir mon sang. Mes paumes se fléchissent vers les armes accrochées à mes pointes.

Je lui ai dit que je l'aimais, que je refusais de partager et c'est comme ça qu'elle se conduit ? Elle se comporte comme une vraie pirate. Elle se comporte comme une pirate qui va subir les affres de ma rage.

Debout au milieu de la foule, je fais un saut en courant ; puis j'utilise le dos d'un Hypha comme tremplin. Je bondis ensuite sur la table, retire une longue dague de mes pointes et la lance sur Deena. L'arme atteint la jambe de son pantalon juste au niveau du talon, comme prévu, et la cloue au sol métallique.

– Hé ! crie-t-elle avant de se retourner et de brandir son arme.

Il lui faut un moment pour localiser la poignée de la dague, puis un autre long moment pour lever les yeux vers la table du mok-biz et me voir.

Elle n'a pas l'air désolée. Son regard agacé lui vaudra une punition sévère. J'active mon jeton et force le sien à se remettre en marche.

– Ne bouge pas.

Elle se crispe, mais ne baisse pas sa garde. Un poing trouve mon mollet et je me retourne pour voir un Oroshi s'accrocher à mon pied. Il se prépare à tirer. Je le repousse d'un coup de pied et me tourne vers l'Egama. Je retire mes deux poings gauches et les laisse voler vers sa bouche. Il s'éloigne de la table en titubant, puis tombe en arrière. J'aurais eu le temps de l'ouvrir du cou au ventre si Deena n'avait pas arraché la jambe de son pantalon en déchirant le tissu gormar pour s'échapper.

Je saute alors par-dessus des têtes et je bouscule des corps pour la rattraper à mi-chemin vers l'entrée du Dôme du Cosmos. Elle est bloquée par une douzaine de Walreys qui se chamaillent. Ce sont des insectoïdes volants qui ont plus de crédits que de bon sens – ce qui les rend incroyablement populaires. Je la saisis et, en tenant ses deux bras avec mes quatre mains, je fais tourner son corps contre le mien.

Elle s'agite, mais elle s'arrête rapidement. Elle doit savoir que c'est inutile.

Ses yeux sont brillants et sombres. Mes mots s'envolent quand je la vois ainsi. Shrov, elle est si belle. Elle est incroyablement belle. Ne suis-je pas suffisant ? Je n'ai pas l'habitude de douter de moi et je fronce les sourcils. Elle s'agite à nouveau. Je baisse la tête et fulmine d'une voix sombre :

– Je ne suis pas assez bien pour toi, pirate ? Tu veux un mâle plus grand ? Un Egama ?

– Je pourrais te demander la même chose, pirate.

Elle crache le mot comme une insulte, mais ce mot ne saurait être péjoratif.

– Je n'ai aucune envie de coucher avec un Egama, je réponds.

– Ce n'est évidemment pas ce que je voulais dire !

– Alors qu'est-ce que tu veux dire ?

Je saisis ses poignets plus fort, passe un poing autour de son cou et lui donne une petite secousse pleine de rage.

– Je t'ai avoué très clairement mes sentiments à ton égard. Si tu n'es pas à même de comprendre ce que je ressens, alors c'est de ta faute.

– Argh !

Elle essaie de me frapper, mais elle n'y arrive pas. Elle essaie de s'éloigner, mais elle n'y arrive pas non plus.

– Tu dis que tu... que tu m'as avoué que tu m'appréciais…

– Pas que je t'appréciais… que je t'*aimais*.

– Ouais, c'est vrai, mais...

– Centare. Dis-le. Répète ce que je t'ai dit.

Elle ouvre sa bouche. Sa langue s'agite comme celle d'un poisson hors de l'eau. Je suis si furieux que je veux l'attraper et la couper. Je veux la dévorer, lier ses bords aux miens et les lécher proprement.

– Mmm…M…

Elle grogne. C'est comme si tous les mots en Meero qu'elle connaissait s'étaient rassemblés à l'entrée de sa bouche pour remplir sa gorge de tous les mensonges dont elle se berce. Bientôt, ils vont la faire exploser.

– Mais… crie-t-elle d'un ton saccadé.

Son visage s'enflamme d'une chaleur que je peux sentir de là où je suis.

– MAIS…

Sa voix devient plus forte, ses yeux et sa bouche deviennent rouges. Elle ressemble à un couvercle qui va sauter. Je ne peux pas m'empêcher de lui rire au nez.

– Deena, tu vas devoir respirer si tu veux parler...

Elle éclate enfin.

– TU DIS QUE TU M'AIMES MAIS TES MAINS SONT PARTOUT SUR ELLE !

Je me tais. Mon rire meurt sur mes lèvres. Il s'arrête tristement. Mon cœur, lui, fait tout le contraire : il s'emballe. Puis je lui fais un grand sourire. Un sourire sauvage. Ses yeux s'écarquillent quand elle voit mon expression. Dans les cercles de son regard blanc, bleu et noir, je peux voir à quoi je ressemble. Je suis comme un fou prêt à conclure sa plus grande expérience. J'apparais comme un seigneur de guerre sur le point de piller le plus sacré des temples. Je suis un compagnon le regard plongé dans les yeux de sa propre compagne jalouse.

– Tu étais jalouse parce que je touchais Meghanora ?

– Argh ! crie-t-elle en essayant de se tordre pour s'éloigner de moi sans y parvenir.

Je ne la laisserai pas battre en retraite maintenant.

– Réponds-moi, Deena.

– Je sais qui elle est ! Elle s'est présentée avant que tu n'arrives ici. Je sais que tu as fait du shekurr avec elle.

Boum. Boum. Le bruit rappelle ces grands tambours Egamas. Seulement, ce son résonne seulement dans ma poitrine et dans mon âme.

– Et cela te met en colère ?

– Ontte ! Bien sûr que ça me met en colère. Tu la touches partout et tu as fait shekurr avec elle ! Tu n'as pas fait shekurr avec moi ! Je dors dans ton nid à tes côtés – quand tu as le temps de venir au nid – depuis quatorze solaires et tu ne m'as pas touchée. Où vas-tu quand tu ne rentres pas ? Tu fais des shekurrs avec elle ?

– Bien sûr que non ! Et je te signale que ontte, je t'ai touchée...

– Ce n'est pas vrai... Tu ne veux pas de moi ! Admets-le. Je suis grosse, ma jambe est toute abîmée et je ne suis pas jolie. En plus, je ne suis pas Niahhorru et tu as maintenant des tas de femelles humaines à ta disposition. Moi, je ne suis que Deena la folle après tout ! Laisse-moi partir pour que je puisse aller jouer ou tirer avec les Hyphas. L'un d'eux a dit qu'il me montrerait où sont les piscines sous-marines de Kor... Il va m'emmener nager...

La rage s'insinue insidieusement en moi au moment où elle commence à se calmer. Je la prends dans mes bras puis la jette par-dessus mon épaule. Je marche calmement tandis qu'elle se tortille, jure et essaie de me frapper avec son bâton de foudre. Elle y parvient et me touche l'arrière de la jambe gauche avant que je ne le lui arrache des mains.

Je le jette par terre, sans me soucier de l'endroit où il tombe. Je sors du Dôme du Cosmos, je traverse le marché éolien de Regaragara, visible uniquement avec des lunettes HVB (seuls les Walrays le voient à l'œil nu), les marchés de pilleurs Eshmiris, l'allée des plaisirs, puis une route secondaire pour atteindre le plus grand port Niahhorru.

Mon jeton me permet d'accéder au port, mais je dois attendre que le yeeyar intégré au sol effectue un scan cellulaire avant de pouvoir entrer dans l'ascenseur qui nous mènera au vaisseau-mère.

Les portes de l'ascenseur s'ouvrent sur le hangar et je n'accorde que peu d'attention aux pirates qui y travaillent. Ils sont chargés de le sécuriser, bien sûr, mais aussi de réparer les éraflures ou les dommages causés au yeeyar par le champ d'astéroïdes. Dans tout le hangar du vaisseau-mère, je peux entendre le yeeyar ronronner de contentement. Il est toujours heureux quand on prend soin de lui.

— Rhorkanterannu ! Deena ! Que faites-vous deux ici ? dit Gerannu en quittant l'endroit où il travaillait assis sur l'un des plus petits croiseurs.

Je me dirige vers la machine qui se trouve à côté, identique à celle sur laquelle il travaille, et j'utilise mon jeton pour abaisser le pont.

— Nous allons prendre quelques jours de repos. Nous serons de retour dans deux solaires, peut-être trois. Ne laisse personne faire quoi que ce soit de stupide en notre absence.

Gerannu acquiesce et s'essuie les mains sur le chiffon qu'il porte.

— Ça ne devrait pas être un problème. Le yeeyar est à pleine capacité, les humains sont en sécurité dans leurs réservoirs et, jusqu'à présent, nous avons réussi à repousser les Eshmiris qui ont cherché à s'infiltrer. Kor sera toujours sur pieds à votre retour.

— Oh ! Salut Deena ! Où vas-tu ? lance Tevbarannos.

Il porte un long sac rempli de cristaux de kintarr sur une épaule, mais parvient tout de même à agiter une main.

– Aidez-moi ! hurle Deena.

Elle frappe inutilement des pieds.

– Vous ne voyez pas que je suis en train de me faire kidnapper ? ajoute-t-elle.

Tevbarannos rit et Gerannu aussi. Quant à moi, je souris.

Tevbarannos secoue la tête en souriant comme si c'était la taquinerie la plus mignonne qu'il ait jamais entendue. Il n'a pas tort, elle est adorable.

– Un pirate ne peut pas être kidnappé. Les cieux appartiennent aux pirates. Amuse-toi bien, où que tu ailles !

Il lui fait signe de la main et continue à avancer, en fredonnant pour lui-même. Je remarque que c'est l'air de la chanson sur les plantes que Deena chante toujours. Il n'est pas le premier pirate à avoir retenu cet air, j'en ai entendu d'autre le chantonner. Les paroles sont nulles, il n'y a pas à dire, mais même moi je n'arrive pas à l'oublier. Je donne une petite tape sur les fesses de Deena et ensuite, parce que la perspective de ce qui nous attend m'excite énormément, je me penche sur son derrière charnu et je le mords.

– Aaah ! glapit-elle en donnant des coups de pied avec une vigueur renouvelée. Tu n'as pas le droit de me faire ça, Rhork ! Repose-moi tout de suite !

– J'ai tous les droits, Deena.

Le vaisseau se referme derrière moi et je l'accompagne jusqu'à l'un des quatre sièges tournés vers l'intérieur au centre de l'espace arrondi. Je me mets à genoux en la déposant et je me place entre ses jambes en écartant ses cuisses autour de mes épaules. J'utilise mon jeton pour ordonner au vaisseau-mère de lancer notre croiseur dans les étoiles.

Deena glapit à nouveau lorsque nous sommes propulsés en avant. Peut-être que sa réaction est due au fait que je l'ai tirée au bord de son siège et que j'ai placé ma bouche sur son sexe, à travers le fin tissu gormar.

– Mmmmhmmmmm, siffle-t-elle.

Je peux sentir son hésitation quand elle s'accroche à mes pointes.

– Rho..Rhork ! Arrête. Je ne veux pas…

Elle halète alors que je me retire et regarde son visage. Sa saveur à elle seule peut me rendre fou.

Je grogne. Mon écheveau se soulève afin que je puisse lire chaque soupçon de doute et d'incertitude dans son expression.

– J'ai été occupé ces quinze derniers solaires.

– Ontte, je sais.

Elle referme ses jambes. En tout cas, elle essaie ; mais ses genoux se heurtent à mes épaules, qui maintiennent ses jambes écartées. Je pose mes mains sur le haut de ses cuisses et les masse avec une douce fermeté.

– Tu as été occupé à faire du shekurr avec Meghanora et toutes les autres femelles Niahhorrus que j'ai pu croiser. J'ai aussi rencontré Trenarru, tu sais.

Je souris.

– Ta jalousie me rend fou.

– Arrête de te moquer de moi.

Elle essaie de bloquer mes mains, mais finit par s'y accrocher.

– Je ne me moque pas de toi. J'ai l'intention de retourner au Dôme du Cosmos quand j'en aurai fini avec toi ici et de couper les lèvres de l'Egama que tu as embrassé ; ça ne te fait pas plaisir ?

Elle ne répond pas ; mais son emprise sur mes mains se relâche et ses yeux se déconcentrent momentanément.

J'en profite pour la tirer davantage vers l'avant afin de m'enfoncer dans son corps. Ce faisant, je noie mes sens dans son goût.

– Mais je... je ne l'ai pas baisé. Toi par contre, tu avais... ta bite à l'intérieur de ces deux femelles.

– Ontte, c'est vrai.

Elle me frappe l'épaule. Je ris contre son entrejambe et ma langue tente de la goûter à travers le tissu.

– Je me suis allongé sur ces deux femelles sur la dalle cérémoniale. Je les ai pénétrées, j'étais bien au fond…

– Arrête...

– J'ai regardé mes frères faire de même. J'ai regardé douze autres pirates jouir en elles après moi. Et pas une seule fois je n'ai ressenti une once de la jalousie que j'ai ressentie quand tu as pressé tes lèvres contre le visage hideux de cet Egama.

Je l'arrache de son siège et l'abaisse sur le sol entre la cage de mes quatre bras et celle de mes deux jambes. Je me presse contre elle pour que nos hanches se rejoignent, mais je tiens mon érection à distance. Je ne suis pas prêt. Pas encore. La première fois que je la prendrai, je sais exactement où et comment cela va se produire. J'ai prévu cela depuis deux cent vingt solaires et je ne la laisserai pas gâcher mes plans. Pas plus en tout cas, parce que sa jalousie m'a forcé à les modifier un peu.

– Tu... tu n'étais pas jaloux ? chuchote-t-elle.

Sa voix se brise à la fin et se mue en une plume qui aurait la puissance d'un cri. Cela fait battre une nouvelle pulsation dans ma bite.

Pour me calmer, je me concentre sur la pression dure du sol sous mes genoux et non sur la douce chaleur de son ventre contre mes hanches.

– Centare, Deena. Je n'ai jamais été amoureux avant. Je ne pouvais pas savoir que tu serais jalouse si je touchais une autre femme. Tu n'as rien dit de ce que tu ressens pour moi.

J'incline ma tête sur le côté et la fixe les yeux mi-clos. Je la défie.

Les yeux de Deena s'enflamment de panique et je ris en m'éloignant d'elle lentement – *douloureusement*. Cela me fait mal aux tripes autant qu'à l'âme de ne pas me jeter sur elle immédiatement. Je vais me montrer patient pour le moment, cependant. Mais ça aura lieu bientôt. Très bientôt.

Je me dirige vers la vitre et croise mes quatre bras. La noirceur du système solaire ne révèle rien. Nous sommes toujours à un quart de solaire de notre destination.

– Tu devrais manger quelque chose, je suggère. Quand nous nous poserons, tu auras besoin d'énergie.

– Ah bon ? Pourquoi ?

– Parce que je vais te faire l'amour pendant les deux prochains solaires sans m'arrêter. Je n'en serai pas capable.

– Je ne comprends pas. Pourquoi... Pourquoi maintenant ? Est-ce que c'est vraiment ce que tu veux ? Tu n'es pas obligé de le faire si tu ne le veux pas.

– Shrov ! Je pensais qu'on avait déjà eu cette discussion. Tais-toi et attends. Mange quelque chose. On n'est plus très loin maintenant.

– D'où ?

– Chut. On t'a déjà dit que tu parlais trop ?

– Ontte. Toi.

– Oh, ontte. Je m'en souviens. C'était quand tu chantais une chanson sur une cuillère.

– C'était une chouette chanson pourtant.

– Centare, pas du tout. Aucune de tes chansons n'est chouette. Quand je pense que tous mes pirates les chantent !

Deena rit. Son rire tremblant et incertain se rapproche de moi. Je me crispe et je frissonne quand je sens la pression chaude de sa paume sur mon dos nu. Elle trace le contour d'une de mes plaques, là où la peau sensible rejoint la chair plus épaisse.

– Désolée d'avoir été jalouse, dit-elle après un moment.

– Les pirates ne s'excusent pas. Ils se vengent.

Je la serre dans mes bras et elle laisse ses doigts traîner sur mon ventre timidement.

– Ils se vengent comme tu l'as fait en embrassant cet Egama sous mes yeux. Maintenant, c'est à mon tour de me venger. Et je le ferai comme bon me semble.

Je descends le long de son corps jusqu'à ce que j'atteigne son derrière. Je l'attrape assez fort pour que ses orteils se soulèvent et que son front entre en collision avec le mien. Ses seins pleins s'écrasent contre ma poitrine. Je les presse à travers sa tunique et les caresse avec le plus grand des désirs.

– Je vais passer mon sexe entre tes seins, dans ton cul, et dans ta bouche. Mais je vais surtout le mettre ici.

Je frotte sa vulve à travers son pantalon avec les doigts de ma main droite inférieure. J'attends que ses yeux se ferment et que sa bouche s'ouvre. J'attends qu'elle commence à haleter. Elle se réchauffe sous mon contact, elle se rapproche. Puis je retire ma main et m'éloigne d'elle avant de prendre place aux commandes manuelles. Je place les doigts de mes mains supérieures sous mon menton et je la regarde se tenir contre la vitre et essayer de se calmer.

Elle se tourne vers moi avec un regard furieux et je vois sa main droite se diriger vers sa ceinture. Son arme n'est plus là.

– Tu as perdu ton bâton de foudre, pirate ?

– J'ai d'autres armes, grogne-t-elle.

– Ontte.

Je regarde son corps de haut en bas alors qu'elle se dirige vers le siège en face du mien et s'y installe.

– Tu as bien d'autres armes. Et je prévois de les explorer toutes.

12

Rhork

Mes nerfs sont mis à rude épreuve lorsque la petite planète apparaît. Je laisse Deena la regarder alors qu'elle n'est guère plus qu'une tache bleu-vert dans un univers noir mais, avant que nous ne nous approchions suffisamment pour distinguer sa topographie, j'arrache une bande de sa tunique et lui bande les yeux avec.

Elle proteste un peu lorsque j'enlève sa ceinture et ses chaussures. Je les laisse derrière moi sur le vaisseau. J'enlève tous mes vêtements et mes chaussures, nos deux jetons et, alors que le vaisseau touche la surface de la petite planète, je prends sa main et l'entraîne sur la rampe, à la surface. Je l'emmène au soleil. Il fait chaud ici, mais cette chaleur n'a rien à voir avec celle des échoppes souterraines de Kor et ne ressemble en rien à la chaleur de l'horrible colonie lunaire où les autres humains sont toujours piégés.

Elle sursaute quand ses pieds touchent enfin le sol, quand ils rencontrent le sable. Il est doux, orange brûlé, et s'étend sur toute la longueur de la plage. Une large étendue d'eau douce brille jusqu'à l'horizon sur ma gauche. Les arbres sont en retrait par rapport au rivage, mais ils sont suffisamment proches pour que nous puissions les atteindre en quelques centaines de pas si nous voulions trouver de l'ombre. Les vagues clapotent et m'apaisent immédiatement. Elles ont eu le même effet sur moi la première fois que je suis tombé sur cette planète inhabitée au bord de la zone grise.

Nous sommes vraiment trop près du quadrant quatre et trop près du quadrant cinq à mon goût, mais c'est aussi pour cela que cette planète a été ignorée si longtemps. Elle est trop petite pour présenter de l'intérêt pour les dirigeants de l'un ou l'autre Quadrant et elle est trop proche des deux Quadrants pour que l'un ou l'autre veuille se battre pour la revendiquer. Ce qui veut dire qu'elle est parfaite pour ce que je veux en faire.

– Que… qu'est-ce que j'entends, Rhorky chéri ?

Sa voix tremble un tout petit peu. Je souris.

– Tu le sais déjà, n'est-ce pas, ma Deena à moi ?

Elle s'ébroue et saisit ma main fermement, farouchement, avant de secouer la tête. Je ricane et me place derrière elle. Puis, je me penche et lui chuchote à l'oreille :

– Toi et moi nous savons que c'est un mensonge.

Je la guide vers l'avant, je la pousse doucement. Ça prend une éternité et je la réprimande pour son manque de confiance en moi.

– Je te fais confiance. J'ai juste…

Nous atteignons la mer et elle sursaute. L'eau est bien tiède. Elle n'est pas brûlante, mais elle n'est pas fraîche. Elle a la même température que l'eau d'un bain. Si ça dépendait de moi, elle serait plus fraîche ; mais comme je n'ai pas créé cette planète de A à Z, ce n'est pas le cas.

– Tu sais avec quoi rime le mot confiance, Deena ?

Derrière nous, un groupe d'oiseaux glousse bruyamment et prend son envol. Deena sursaute en les entendant, et je la prends dans mes bras. Elle fait glisser ses paumes sur mes avant-bras avec assurance tandis que les vagues viennent clapoter autour de ses chevilles, puis trempent son pantalon déchiré jusqu'aux genoux.

– Il rime avec chance ? tente-t-elle faiblement.

– Centare. Le mot qui rime avec confiance, c'est…

J'embrasse le côté droit de son cou tandis que ma main gauche détache le bandeau et l'enlève.

– Mer.

Je sais que je n'oublierai jamais l'expression qui traverse son visage lorsqu'elle regarde la mer pour la toute première fois, même s'il n'existe aucun mot dans aucun dictionnaire pour décrire ce qu'elle semble ressentir. De la crainte, peut-être. De la surprise, de l'incrédulité, de la gratitude… ou peut-être que c'est juste ce que je projette.

Sa bouche est ouverte et ses yeux sont immenses. Ses narines s'élargissent et elle inspire deux fois avant d'expirer. Ses doigts sur mes avant-bras se relâchent d'abord avant de se resserrer quand une autre vague s'engouffre entre ses jambes. Elle recule vers moi et c'est sans doute ce geste qui lui fait prendre conscience de ma nudité, car elle tourne sur elle-même si rapidement qu'elle me fait sursauter. Elle jette alors un coup d'œil à la plaque qui recouvre mon érection à peine contenue et crie :

– Oh mon Dieu, on va te voir !

Elle me dépasse et jette un coup d'œil vers la plage, puis vers les arbres minces. Ils sont juste assez larges pour que deux Niahhorrus passent leurs bras autour, mais ils sont grands, presque dégingandés. Ils ont des feuilles rouge vif et orange qui complètent la plage orange pâle et contrastent magnifiquement avec l'eau bleu-vert qui est si claire que je peux tout voir à travers.

– Centare, on ne me verra pas. Nous sommes seuls ici.

– Ah bon ?

Elle lève les yeux vers moi. Ils brillent plus qu'avant.

Ça me fait sourire. Elle est si émotive, ma petite pirate. Je lui caresse la joue.

– Ontte. C'est une planète privée. Je l'ai achetée.

– Tu as *acheté* cette planète ?

J'acquiesce et je lève un sourcil. Je veux qu'elle comprenne ce que cela signifie. Elle comprend – je peux le voir dans le changement soudain qui frappe son expression – mais elle résiste. Elle secoue la tête.

– Centare, centare, centare, centare. Tu n'as pas acheté cette planète, voyons. Si c'est une blague…

– La seule blague ici c'est toi : pourquoi portes-tu encore tes vêtements ? Je suis sur le point d'exploser, Deena. Je vais devoir te pénétrer sous peu.

Immédiatement.

Elle s'éloigne de moi et tombe dans l'eau. Je ris et la suis alors qu'elle recule et essaye de ramper. Les vagues montent rapidement au-dessus de sa tête. Elle est immergée et patauge jusqu'à ce que je l'attrape dans mes bras. Je ne perds pas une seconde, je me mets à tirer sur ses vêtements pour les enlever.

– J'ai acheté cette planète il y a cent solaires. Au moment où j'ai décidé que je voulais te baiser pour la première fois sur une plage. Je n'ai pas acheté cette planète pour moi, Deena. Elle est à toi, si tu la veux. Si tu n'en veux pas, alors on y viendra juste pour baiser.

Sa surprise ne fait que croître lorsque je la déshabille complètement.

Elle ne se défend pas et déchire le dernier de mes vêtements. Ma bite commence à chauffer. L'air est trop froid contre l'organe exposé, mais l'eau est agréable. *Pas plus agréable, toutefois, que le fait d'être blotti au plus profond de son corps...* Je place mes mains sous ses cuisses et je nous fais avancer dans l'eau. Je ne m'arrête que lorsqu'elle monte jusqu'à ses épaules et ma poitrine.

J'écarte ses jambes et frotte ma queue contre sa vulve lisse. J'apaise ainsi la violence de mon désir pour quelques instants de plus, mais il m'est difficile de rester debout, il m'est difficile de penser.

— Je vais te féconder ici, j'affirme.

Ma voix n'est plus qu'un grognement. Je commence à cligner des yeux rapidement, son visage se fond dans une sorte de brouillard.

Le sourire aux lèvres, elle pleure.

— Tu m'as acheté une planète ? Pour moi, Deena ?

— Ontte.

— Mais tu as dit à Mathilda que j'étais défectueuse.

Je frissonne à ce souvenir. Je me rappelle de ma peur, je me rappelle de sa douleur.

— C'est ça qui te tracasse ? J'ai dit que tu étais défectueuse et tu as cru que je parlais de ta jambe ou de ton ventre ou encore de cette chose que tu appelles *graisse* ?

Deena lève rapidement les yeux vers moi et se contente de hocher la tête pour répondre.

Je ris. Je ris assez fort pour attiser les sensations qui s'agitent en moi. Elles ne pourraient pas être plus chaudes qu'elles ne le sont maintenant.

— Je lui aurais dit n'importe quoi pour l'empêcher de te vendre à un autre acheteur. Défectueuse est le seul mot qui m'est venu à l'esprit en te regardant, et ça n'a rien à voir avec ta marque de guerrière. J'ai dit que tu étais défectueuse parce que tu étais prête à échanger ta vie contre celle d'une autre femelle. Ce type de sacrifice est considéré comme un défaut chez la plupart des espèces. Il démontre un manque évident de volonté de vivre. Cependant, depuis que je t'ai vue avec un blaster face aux tapis, je sais que tu n'en manques pas. Mais maintenant, je commence à penser que j'avais peut-être raison dans cette évaluation.

Je baisse ma bouche vers la sienne et hésite juste un souffle avant de m'éloigner.

– Peut-être que tu *es* défectueuse, mais seulement parce que tu n'as pas encore admis que tu m'aimes aussi. Je veux l'entendre, Deena. Dis-le.

Sa mâchoire se contracte. Mes doigts se posent sur son derrière. Mes mains supérieures touchent ses seins et s'agrippent à l'arrière de sa tête. Ma patience fond comme neige au soleil. Plus vite que ça encore. Elle ne tient plus qu'à un fil, et je veux le casser. Je préférerais que ce soit *elle* qui le rompe. Je veux qu'elle sache à quel point elle est défectueuse pour moi : pas du tout.

– Deena… je grogne.

Ses yeux se recentrent sur moi et elle se lèche les lèvres.

– Je t'aime, Rhorky chéri.

Mon cœur brûle, ma bite gonfle.

– Je sais que tu m'aimes. Tu es juste comme tous les pirates : trop têtue pour l'admettre. Maintenant, accroche-toi à mes épaules et accepte ta première punition.

Elle s'avance vers moi, écrase sa bouche contre la mienne tandis que je la soulève, toujours plus haut, assez pour que ma bite puisse sortir de sa coquille et étirer sa tête sensible vers son entrée. La tête plate rend l'entrée plus difficile, alors je me penche, et, d'une main, je touche ses plis. Je les écarte avec trois doigts.

Elle gémit contre ma langue. Elle est sucrée, douce ; comme l'eau de l'océan qui coule calmement autour de nous dans la magie que nous créons.

– Baise-moi, Rhork.

Je grimace en attrapant la tête de ma bite et en l'amenant rapidement vers sa chaleur. Je dois utiliser deux doigts pour la garder ouverte et une autre main pour me guider. La tête de mon érection rencontre une résistance et je panique momentanément à l'idée que je pourrais être trop large pour la pénétrer.

– Ça va rentrer. Continue, dit-elle comme si elle avait lu mes pensées.

Je retire mes mains et les centre sur ses hanches. Je la pousse vers le bas. Le plaisir qui m'envahit fait trembler mes genoux. La prendre dans l'eau n'était pas, je m'en aperçois maintenant, la meilleure des idées. Je vais nous noyer tous les deux si ça continue comme ça.

Je titube vers la plage, et je m'y effondre avec Deena sous moi, mais ma pirate s'agite et pousse mon épaule.

– Retourne-toi. Tes pointes... elles vont aller dans le sable.

Confus, mais exalté et bien trop délirant pour y réfléchir, je roule sur le côté et je me retrouve sur le dos. Elle a raison. Mes pointes s'enfoncent dans le doux sable orange et je reste là à regarder Deena, encadrée par le soleil, tandis qu'elle s'accroupit sur mes hanches et fait entrer ma queue dans son corps, petit à petit. Ses seins pleins mériteraient d'être peints. Je les veux dans ma bouche et je m'assieds. A partir de là, je commence à lécher et à mordre.

– Oh, Shrov ! crie-t-elle.

Ses mains trouvent enfin mes épaules, ses genoux s'enfoncent dans le sable doux de chaque côté de mes hanches.

Je regarde plus bas, prêt à défaillir à la vue d'une partie de ma bite enfoncée dans son corps. Puis elle commence à bouger. La moindre rotation de ses hanches me fait perdre la tête et le sperme commence à jaillir.

– Putain ! Je ne savais pas qu'il y en aurait… autant !

Elle rit sauvagement et rejette sa tête en arrière. Ses longues cordes – c'est un style qu'elle appelle locks – éclaboussent mes joues. Cette eau douce s'abat sur moi comme une pluie de diamants. Deena est le plus précieux de tous les trésors.

Aucun mâle Niahhorru n'a jamais baisé sur le dos et je ne sais pas quoi en penser. Je l'ai amenée ici pour la punir, mais au lieu de cela, je crois que je pourrais être le bénéficiaire béat de la reconnaissance complète et totale de Deena.

– Tu aimes la plage, hein, ma pirate ? je grogne en m'accrochant à ses hanches et en poussant les miennes vers le haut à chaque fois qu'elle les rejoint avec son derrière.

Le son de la claque me remplit de plaisir, de peur et d'une sorte de rêverie bouleversante. Cela ne peut pas être réel. Malgré tous ses défauts, cette femme est parfaite pour moi. C'est la femme la plus parfaite de tous les quadrants.

Je lui masse le ventre et je vois que cela lui plaît car son halètement s'accélère, s'amplifie et s'intensifie. Elle commence à caresser son sein gauche, mais je repousse sa main et la prends dans l'une des miennes.

– Ce sein est à moi, pirate, et si tu essaies encore de me voler, tu seras punie.

Mais comment pourrai-je la punir quand sa voix seule me fait perdre la tête ? Je ferais n'importe quoi pour cette femelle.

– Punis-moi, Rhork, gémit-elle. Touche mon...

Elle n'a pas besoin de finir sa phrase car ma main inférieure va de sa hanche à son clitoris. J'ai mouillé mes doigts avec mon sperme et j'en ai enduit ses boucles, pour masser sa peau sensible. Je frotte, je pince et je masse à fond. Il ne lui faut que quelques instants – moins d'une respiration – avant qu'elle ne se mette à trembler et à frissonner. Elle perd le rythme qu'elle suivait, et s'effondre en avant sur ma poitrine.

Quand elle crie mon nom, j'ai l'impression que le cosmos m'appartient, que nous sommes seuls dans l'univers. Sans mon jeton, je me sens étrangement léger et lucide. Quand elle est ainsi dans mes bras, je suis complètement concentré. Il n'y a que ça entre nous et ça ne finira jamais, parce que ça a la forme de l'éternité.

Je gémis, je jouis avec plus de force en réponse à son plaisir. Des gouttes grises et épaisses de sperme trempent ses boucles, trempent mes plaques et les pierres qu'elles protègent, trempent le sable sous nos pieds. Je veux jouir plus profondément en elle alors je grogne, puis j'inverse nos positions pour me retrouver sur le dessus et elle en dessous de moi. J'augmente le rythme. Je veux que mes coups de rein s'impriment dans sa mémoire. Je veux qu'elle y pense quand elle ferme les yeux dans le noir. Je veux qu'elle y pense quand elle me verra interagir avec une autre femelle parce que je veux qu'elle sache qu'ils sont tous pour elle. Et rien que pour elle.

Je veux qu'elle sache qu'en échange de son amour, de son corps et de chacune de ses terribles chansons, je lui achèterai autant de planètes qu'elle le souhaite. Je suis prêt à la féconder dans toutes les mers de la galaxie.

– Tu es à moi, Deena. Tu es ma pirate, ma guerrière.

– Et toi, tu es à moi, Rhork. Et si jamais je vois tes mains sur une autre femelle à nouveau…

Elle s'agrippe à ma gorge, pas assez fort pour me faire mal mais assez fort pour attirer mon attention.

– Je les couperai. Toutes les quatre !

J'éclate de rire puis je plonge sur sa bouche, avant de me régaler.

13

Deena

Rhork est insatiable. Il me baise sur la plage, puis dans l'eau, puis à nouveau sur la plage. Il me prend sur la rampe du vaisseau, debout contre la paroi du vaisseau, puis il me pousse sur les genoux et m'ordonne de lécher le sperme sur sa queue jusqu'à ce qu'elle soit propre ; ce que je fais. Il me pousse ensuite sur le dos et se faufile entre mes seins, puis nous quittons la plage et nous nous dirigeons vers les arbres. Nous baisons à nouveau contre un tronc d'arbre, mais quand il commence à trembler un peu trop, il me ramène au sol et je le chevauche jusqu'à ce qu'il implore ma merci. Je me retourne et il essaie de pénétrer mon cul, mais comme il n'y arrive pas, il assouvit son désir de me prendre le cul en se frottant à moi entre les fesses tout en me doigtant le clitoris jusqu'à ce que je jouisse et qu'il explose. Enfin, nous recommençons tout le processus sur la plage jusqu'à ce que le ciel devienne sombre puis commence à s'éclaircir.

– Rhork, je suis fatiguée, il faut que j'aille me coucher, j'ai du sommeil à rattraper… je gémis, exténuée, allongée sur la plage.

Le sable me recouvre entièrement. Rhork me recouvre entièrement.

Il tire mon corps sous le sien et écarte mes genoux, pour s'installer entre mes hanches. Sa bite est toujours dure comme de la pierre. Il ne cesse de jouir et son visage se tord de douleur chaque fois qu'il sort de moi pour changer de position.

– Les pirates n'ont pas sommeil et ils n'essaient certainement pas inutilement de le rattraper.

– Eh bien moi, si !

– Je suis ton capitaine. Tu dormiras quand je te dirai de dormir.

Il fait claquer mes hanches pour qu'elles rencontrent les siennes. Il franchit la barrière de mes lèvres inférieures gonflées et douloureuses d'un seul coup.

Je délire de désir. Le sable est doux entre sa peau et la mienne, mais il grince quand nos corps se pressent l'un contre l'autre. Je grimace à la sensibilité de mon clitoris et, comme s'il lisait dans mes pensées, Rhork me prend dans ses bras, se relève en titubant, et nous ramène dans l'eau.

Il n'est manifestement pas à pleine vitesse, il n'est pas assez stable. Il éclabousse sauvagement les vagues, qui s'intensifient. Je souris, trop fatiguée pour rire, alors qu'il s'effondre sur ses genoux, l'eau à hauteur de poitrine, et qu'il enlève le sable de mon clitoris, puis commence à me soulever et à m'utiliser comme il l'a fait avec cette étrange machine à jouir sur son bateau.

Mes mains pendouillent autour de son cou. Je ne fais rien du tout, mais ça ne semble pas le déranger et moi non plus.

– Je suis exactement comme le réceptacle à sperme que tu avais sur ton vaisseau...

– Quoi ?

– Le truc orange.

– Ah...ontte, il grogne contre ma joue et la mord sauvagement avant de lécher la morsure. Tu parles du vagin synthétique, une machine à soulager où je peux jouir quand j'en ressens le besoin. Tu ne te refuseras jamais à moi, Deena, n'est-ce pas ? Même si tu es fatiguée ?

– Centare...

Ma voix est entrecoupée par les halètements : un autre orgasme me gagne. Je secoue la tête, mes cheveux humides fouettent mes épaules et se collent à mon cou.

– Je ne me refuserai jamais à toi.

– Quand j'aurai envie de toi, tu écarteras les jambes, ma pirate ?

– Ontte.

Ma poitrine se contracte. Mes tripes se contractent. Ses mots sont grossiers, mais ils m'excitent énormément.

– Et quand je voudrai ta bouche sur moi, tu lècheras ma bite jusqu'à qu'elle soit propre, n'est-ce pas, Deena ?

– Ontte.

– Mets-toi à genoux.

– Comme tu veux.

– Ontte. Tu feras ce que je veux que tu fasses et quand je voudrai boire ton nectar, tu baisseras ton pantalon et tu me laisseras enfouir mon visage entre tes cuisses.

– Ontte.

– Tu me chevaucheras sur le filet, tu aspireras mon sperme avec ton corps. Tu me soulageras quand j'en aurai besoin et tu me laisseras me vider en toi encore et encore.

Oh putain, oui.

– Shrov !

Je serre les dents.

Ses hanches perdent leur vitesse et leur élan. Il s'immobilise pendant une seconde douloureuse.

– Tu n'as pas répondu. Vas-tu me laisser utiliser ton corps pour vider ma bite comme je le veux et quand je le veux ?

– Ontte !

– Alors ontte, répond-il en reprenant son rythme tandis que mon corps remonte sur la dangereuse corniche sur laquelle il était en équilibre. Tu es comme cette machine à soulager. Mais tu représentes bien plus pour moi.

– Quoi d'autre ?

Je m'exprime difficilement, les dents serrées. L'intérieur des cuisses frémit, tout mon corps tremble d'un besoin de tomber de ce précipice et de frapper toutes les vagues sur mon chemin.

– Tu es ma famille, dit-il sans grande cérémonie.

Ma poitrine se déchire. Je lui donne tout l'espace dont il a besoin pour me caresser avec ses quatre grandes mains et ressusciter mon cœur mort depuis longtemps.

Un orgasme me déchire et la bouche de Rhork parvient à trouver la mienne alors qu'il me guide à travers les rapides. Je suis emportée, entraînée dans le courant de fond, la peau arrachée à la chair et réarrangée de l'autre côté. Dans cette nouvelle forme, je suis une pirate, même si en surface, je n'ai pas changé.

Le changement a eu lieu à l'intérieur. Au fond de moi, je suis entièrement Niahhorru maintenant.

Rhork m'a offert ce que je n'aurais jamais cru pouvoir recevoir : de l'amour *sans* douleur.

Submergée par mes émotions, je jure et crie ce que je voulais dire depuis longtemps déjà :

– JE T'AIME, RHORK ! JE TE LÉCHERAI, JE… JE… POUR TOI, JE POURRAI DÉCROCHER LA LUNE !

Il rit contre ma gorge, je sens le raclement inimitable de ses dents sur ma peau.

– Laquelle ? chuchote-t-il.

Je lui donne une claque sur l'épaule, tout en continuant à le tenir fermement alors que je sens son corps se crisper, sa poitrine se soulever et ses hanches s'agiter. Il éjacule au moment où je jouis. Il murmure mon nom et je me sens comme une déesse, une reine des étoiles, une guerrière qui ne peut être mise en cage. Plus *jamais*.

Rhork gémit et, chose étrange, sa bite rétrécit et sort de mon corps. Elle éclabousse du sperme gris partout. Une partie est emportée par l'eau, mais pas tout. Nous nous traînons ensemble comme un seul être, comme deux corps connectés, jusqu'à ce que l'eau soit à nos pieds. Le sable roule dans mon dos, attaque mes cheveux et ma nuque. Il va me falloir passer et repasser la torche de nettoyage que les Niahhorrus utilisent pour se débarrasser de la crasse un millier de fois sur mon corps. J'adore ça.

Il roule sur le côté mais il m'arrête quand je commence à faire de même. Il retient l'une de mes épaules et me maintient sur le dos. Il prend mes deux chevilles dans une de ses mains, pousse mes genoux vers ma poitrine, puis me fait rouler en arrière jusqu'à ce que je sois en équilibre sur mes épaules et que mes fesses soient en l'air.

— Euh…Rhork, qu'est-ce que tu fais ?

Je ricane en entendant le son comprimé de ma voix. Rhork, lui, ne rit pas. Il se contente de sourire, les joues et les yeux creusés. Il a l'air complètement et totalement épuisé. Il se cambre sur mon corps et embrasse mon front.

— Je veux être sûr.

— Sûr de quoi ?

— Que ma semence prend. Je veux avoir une douzaine d'enfants. Et pour mettre toutes les chances de notre côté, je te ferai l'amour à nouveau lors du prochain solaire.

Il gémit et tombe sur le côté ; ce faisant, il libère mes pieds. Il sourit au ciel éclairé et cette seule expression est comme un millier d'armées attaquant mon cœur toutes ensemble, toutes sous son commandement. Je n'ai pas la moindre chance de lui échapper. Je n'en ai jamais eu. Je suis tombée en son pouvoir dès que j'ai entendu sa voix grâce au pouvoir de ce jeton magique.

Je suis devenue sienne dès la première fois que je l'ai entendu dire : « *Intéressant* ».

Parce qu'il l'est. Tout ce qui nous entoure l'est. Tout. La mer. Ce monde. Je veux découvrir cet univers. Je veux découvrir cette vie. À ses côtés.

Je me dirige vers lui sur le sable et il m'étreint de ses deux bras gauches avant de me serrer contre lui. Je ne peux pas m'empêcher de le toucher. Je fais courir mes doigts sur ses plaques, son cou, sa mâchoire. Je l'embrasse, je veux qu'il sache que je l'aime.

— Je t'aime, Rhork.

— Je sais, et je vais te baiser à nouveau. J'ai juste besoin de reprendre mon souffle un moment, Deena.

Il inspire, puis expire, tout en serrant ma main dans l'une des siennes. Il me tire vers le bas sur sa poitrine et je pose ma tête sur la plaque qui recouvre son pectoral. Ça gratte, mais ça ne me dérange pas.

– J'arrive à peine à y croire, je chuchote en regardant le ciel violet. Parfois, je pense que je vais me réveiller et découvrir que je suis toujours coincée dans ma prison dans la cave de Mathilda.

– Aucune chance que cela n'arrive. Mais si c'était le cas, je viendrais pour toi où que tu sois.

Il inspire, puis expire, et je suis le mouvement sur sa poitrine, comme portée par une vague.

– Ton peuple te manque-t-il ? Tu voudrais retourner dans ta colonie ? demande-t-il.

– Tu plaisantes ? Centare. J'ai vécu l'enfer là-bas.

Rhork rit alors que je caresse son ventre avec ma main. Il joue doucement avec mes cheveux.

– C'est la vérité, je reprends. Les humains là-bas sont tellement occupés à essayer de survivre et de prendre aux autres ce qui leur manque, qu'ils ne réalisent même pas qu'ils n'ont pas besoin de voler car il y a assez de ressources pour tout le monde. Ils ne savent même pas à quel point la galaxie est grande. Ils ne savent pas ce qu'ils pourraient explorer. Cet univers est une véritable corne d'abondance. Ils ont la possibilité de voyager et de quitter leur planète maintenant grâce aux Voraxians, mais ils ne le font pas. Ils préfèrent rester sur la colonie et continuer à se battre pour des pierres et du sable. Ils n'ont rien à voir avec nous, les pirates.

Le ton de Rhork est moqueur quand il répond :

– Centare. Ils n'ont rien à voir avec nous.

Il se relève juste assez pour pouvoir embrasser le sommet de ma tête. Je ferme les yeux, je prends le temps d'apprécier ce moment.

– Tu sais ce qui rime avec pirates ?

– Quoi ?

– Rien du tout. Nous sommes trop originaux.

– Tu as bien raison.

Tout à coup, j'ai un déclic.

– Hé, qu'est-ce que tu comptais faire avec cette planète ? À part faire l'amour dessus ?

– C'est tout ce que j'avais prévu de faire. Je n'ai rien prévu pour la suite.

C'est à mon tour de rire.

– En plus, cette planète n'est pas à moi. Je l'ai achetée pour toi. Pour que tu puisses voir la mer, ajoute-t-il. Alors, est-elle comme tu l'imaginais ?

– Centare. Comment pouvais-je imaginer ça ? C'est... incroyable.

– Je suis d'accord.

Il me tapote les fesses et je lutte contre l'envie de le chevaucher à nouveau en me distrayant.

– Tu sais ce que je me disais ? Ce serait un grand gâchis de n'utiliser une planète aussi géniale que pour le cas où on aurait envie de quitter Kor ou le vaisseau pour une escapade sexuelle. Nous avons envisagé de construire des logements sécurisés pour les humains sur Kor. Et si on les construisait ici à la place ? Ce serait l'endroit parfait pour se réveiller après le temps qu'ils ont passé à dormir. Ce serait isolé, et c'est une planète qu'ils pourraient considérer comme la leur, s'ils le veulent. Ceux qui voudraient devenir des pirates pourraient nous rejoindre ou aller sur Kor et faire ce qu'ils veulent. Ils seront bien mieux ici que sur la colonie.

Nous pourrions même construire des ports commerciaux sur cette planète, si nous le voulions. Cela donnerait aux Niahhorrus une chance de rencontrer des humains dans des contextes de commerce occasionnel, au lieu des présentations forcées que tu avais prévues. Et quand les humains seront plus établis, ils auront peut-être quelque chose à offrir en plus de leur capacité à se reproduire. Ils pourraient… euh… je ne sais pas : cuisiner, construire ou cultiver quelque chose. Peu importe.

Rhork ne dit rien pendant un certain temps. Je reste sur le dos, occupée à fixer le ciel pourpre. Je le regarde s'éclaircir sur les bords, puis devenir de plus en plus jaune.

Finalement, voyant que le silence s'éternise, je lui donne un coup de coude dans les côtes.

– Rhork ? Qu'est-ce que tu en penses ?

– Intéressant.

Quatre-vingt-dix-huit solaires plus tard…

14

Deena

Je n'étais pas aussi nerveuse quand je suis sortie avec Herannathon faire des courses de rue sur les pistes. Bien sûr, j'étais un peu nerveuse. Rhork n'a pas vraiment été ravi d'apprendre que j'y étais allée, vu que j'étais – et que je suis toujours – enceinte. Mon ventre me précède comme une trompette annonçant mon arrivée partout où je vais.

Le poids supplémentaire est un peu gênant. J'ai plus souvent mal à la jambe. Quintenanrret a essayé de m'encourager à rester assise autant que possible et à me reposer. Il a perdu la tête, à mon avis. Il doit être aussi fou que moi : il pensait que j'allais passer des mois enfermée ! Il croyait que j'allais renoncer à explorer mon nouveau foyer tous les solaires. Non seulement il m'a recommandé de rester sur le vaisseau-mère, mais il m'a aussi donné une poudre d'un violet pâle à frotter sur ma jambe chaque fois qu'elle commence à me faire mal. Il a dit qu'elle était fabriquée à partir des excréments d'un oiseau violet géant – comme si ça allait me dissuader de sortir ou de bouger.

Il n'y a rien de mieux que d'explorer Kor. En plus, étant enceinte, je dois dire que j'apprécie l'attention dont je suis l'objet. Quand j'ai demandé à Herannathon de m'emmener faire des courses de rue, il a eu du mal à refuser. Plus personne ne me dit non depuis que je suis visiblement enceinte et c'est fantastique.

Je me fiche donc bien de la crotte d'oiseau, je m'en appliquerai sur la jambe s'il le faut.

Les Eshmiris de l'échoppe d'à côté attirent mon attention avec leurs tissus colorés. Légers et soyeux, ils seraient parfaits pour une sortie à la plage. Je vais devoir m'en acheter, vu que nous allons ouvrir des réservoirs dès le prochain solaire.

Nous avons déjà déchargé les mille-sept-cent-et quelques réservoirs sur ma petite planète pour les stocker dans une installation flambant neuve et ultra sécurisée. Quatre-vingts maisons ont été construites, ainsi que des étals pour un marché et une salle d'accouchement. Je me suis dit que c'était peut-être un peu optimiste, mais j'ai découvert par la suite que Rhork avait commandé ce bâtiment en premier et exclusivement pour moi.

Quel papa poule !

Il fera un bon père.

Un papa ! Putain de merde… je suis enceinte !

Enceinte rime avec pointes. Je me demande si nos petits, gris et bruns, auront aussi des pointes quand ils naîtront. D'après Quintenanrret, il semble que je vais donner naissance à six bébés d'un coup dans les quatorze à vingt prochains solaires. Je pense que je ne me rends pas encore compte de ce que ça signifie, mais Rhork semble penser que tout cela est tout à fait normal. Il est on ne peut plus excité.

C'est mignon de le voir excité. Pour être honnête, ils sont tous excités. A chaque instant, une nouvelle voix s'élève dans mon jeton pour me demander si le bébé pourrait avoir besoin de tel ou tel truc, ou pour savoir si je veux quelque chose. Peu importe ma réponse, les pirates me donnent toujours ce qu'ils veulent m'offrir : même si c'est un truc qui rampe, qui porte un dard, et même s'ils risquent de s'attirer les foudres de Rhork en m'offrant ces présents.

Ainsi, je peux me concentrer sur l'achat d'outils pour les humains que nous sommes sur le point de réveiller de leur long sommeil, et non sur les nouveaux hybrides Niahhorrus-humains que je vais, je l'espère, mettre au monde paisiblement.

Je ralentis. Je manipule le magnifique bracelet en argent que Rhork m'a offert il y a de nombreux solaires, quand je lui ai parlé du concept humain de mariage. Je lui ai expliqué qu'il y avait un échange d'anneaux et il est apparu quelques solaires plus tard avec ce bracelet. Je n'ai pas eu le cœur de lui dire que les anneaux se portaient normalement aux doigts ; alors je lui ai acheté un bracelet identique sur les marchés des pilleurs le solaire suivant. Je souris à ce souvenir.

Les pilleurs Eshmiris se jettent tous sur moi en même temps. C'est comme si ces maudites créatures avaient un sixième sens. Elles savent où je vais m'arrêter et elles ont déjà sorti leurs lecteurs de disques avant même que je sache de quels objets j'ai besoin.

Ai-je jamais vraiment *besoin* de ces objets ? Centare. Est-ce que j'ai envie de les acheter ? Ontte. Et en plus, je n'ai qu'à utiliser le disque en argent magique de Rhork pour me les procurer.

Négocier avec d'autres espèces pendant la grossesse a aussi ses avantages. *Toutes les créatures* du cosmos sont plus gentilles avec les femelles enceintes. Les Egamas, en particulier, perdent leurs moyens dès que je m'approche. Et je n'hésite pas à m'approcher. Mais seulement quand Rhork me tape sur les nerfs et que j'ai envie de le rendre jaloux, ou quand j'ai envie de provoquer une bagarre. J'aime me battre, mais ce sont les derniers solaires de la grossesse et Rhork dit que je ne suis plus autorisée à me battre en combat rapproché. Si je veux me battre, je dois utiliser le blaster.

Je fronce les sourcils. Il me semble que cela fait trop longtemps que je n'ai pas tiré sur qui que ce soit avec un blaster.

– humm…

– Quelle couleur t'intéresse ?

– On a du rose, du vert, du bleu…

– Et du blanc ! s'écrie un autre pilleur en m'envoyant un morceau de tissu dans la figure et en me caressant la joue avec.

– Wow, c'est doux !

Je fais glisser ma main sur mon ventre. Mes bébés s'agitent, je peux sentir leurs mouvements. Je me sens de plus en plus nerveuse. Je ne suis qu'à quatorze solaires de l'accouchement et j'oscille entre deux états : une nervosité presque incapacitante et une fierté qui n'a pas d'égale dans tout le cosmos. Je... je n'ai jamais pensé que je serais un jour enceinte. Ce n'est pas que je n'ai jamais voulu l'être... c'est que je pensais que ça ne m'arriverait jamais.

J'ai vécu emprisonnée une bonne partie de ma vie, je suis tombée amoureuse d'un alien que je n'aurais jamais pensé rencontrer et j'étais persuadée que je ne parviendrais jamais à le séduire de toutes façons si nous arrivions à nous voir.

Et maintenant, il m'appelle sa *femme*, il me dit qu'il m'aime, je suis enceinte, et j'attends…

Des sextuplés.

PUTAIN DE MERDE !

– Je…Euh…

Il faut que je j'arrête de dire « *euh* ». Je hausse les épaules et j'utilise mes deux mains pour soutenir mon ventre.

– Je vais prendre celui-là, je déclare.

Ils se mettent immédiatement tous à ricaner et à emballer trois fois la quantité que j'ai demandée.

Je fouille dans ma poche pour récupérer ma puce, mais une main se glisse sur la mienne, et maintient ma paume contre la courbe de mon ventre. Mes fesses se contractent. Mes orteils se courbent dans leur enveloppe caoutchouteuse. Mes oreilles se dressent. Mon esprit se vide. Mes pensées m'abandonnent une à une.

La main qui me tient doucement m'est familière. Elle est de la même couleur que la mienne.

– Tu n'as pas fait le bon choix, Deena. Tu aurais dû choisir le bleu. Ça va avec tes yeux.

La voix de Mathilda me prend au dépourvu et pendant un instant, j'imagine que tous les soleils que j'ai passés hors de son emprise ne sont qu'un rêve. Une sueur froide vient me recouvrir. Je me rappelle de la première fois où elle a levé la paume de sa main pour l'abattre sur ma joue. Tout ce que j'avais fait, c'était lui demander des nouvelles de ma mère. Je voulais savoir où elle était. En réponse, elle m'a frappée. Je suppose qu'elle ne se voyait pas faire autre chose. Qu'aurait-elle pu faire d'autre ? Admettre qu'elle avait tué sa propre fille pour pouvoir vendre des bébés hybrides au monstre qui nous avait asservis ? Admettre qu'elle a beau être humaine, elle est aussi monstrueuse que Pogar et aussi pourrie que Balesilha ?

J'inspire. Mes orteils se tortillent à nouveau dans mes chaussures. Ma main se tend vers le bâton de foudre accroché à ma ceinture. Je peux entendre, un peu plus loin, le trille aigu des Eshmiris qui gloussent. Cela ressemble à un ricanement, mais mon traducteur m'indique qu'il s'agit de jurons et d'insultes dirigées contre la femme qui se tient derrière moi.

Ma grand-mère.

Ma ravisseuse.

Ma némésis.

Elle pense qu'elle peut m'intimider. *Elle* pense qu'elle peut *m*'intimider ? Je suis une putain de pirate. Elle va voir ce qu'elle va voir.

– Rhork, je le dis à voix haute, mais je me tais aussitôt.

Il y a une pression soudaine contre mon dos juste au-dessus de mon cul, non loin de mon ventre.

– Pas un mot de plus ou les mutants qui grandissent dans ton ventre connaîtront la même fin que ta mère, par la même main.

J'inspire, puis j'expire. Je croise le regard d'un Eshmiri. Il m'observe avec une expression que je trouve assez étrange. Il fronce les sourcils. Je n'ai jamais vu un Eshmiri froncer les sourcils auparavant. J'essaie de communiquer avec lui par le regard seulement, mais il est facilement distrait par un autre client : un Eshmiri qui se dandine.

Il le suit en se dandinant. La foule devant moi se disperse, et je reste à fixer l'obscurité de la tente Eshmiri derrière lui. Là, deux yeux me regardent. Même si je ne peux pas distinguer le visage couvert d'ombre auquel ils appartiennent, je peux voir que ces yeux blancs n'ont ni pupille ni iris. C'est effrayant ; mais ce qui est encore plus terrifiant c'est qu'un jet de fumée noire les traverse. Il est suivi de taches rouges qui disparaissent quand le visage se retire dans l'ombre sans jamais me permettre d'apercevoir pleinement l'Eshmiri auquel il appartient. Je suppose que c'est un Eshmiri, même si je n'ai jamais vu un pilleur avec des yeux comme ceux-là.

– Salut mamie.

Je suis tendue mais on ne peut discerner aucune trace de peur dans ma voix. Cela me surprend.

Cela doit la surprendre aussi, parce qu'elle ne répond pas tout de suite et qu'elle ne me gratifie pas de son gloussement méchant et effrayant, comme elle le ferait d'habitude.

– Tu as l'air contente de me voir.

– Bien sûr. J'avais hâte de te retrouver.

Ma voix tremble juste un peu et je peux la sentir s'appuyer davantage sur mon dos. Le canon de son arme s'enfonce plus agressivement dans ma chair. J'essaie d'activer mentalement mon jeton, mais Mathilda m'interrompt :

– N'y pense même pas. J'ai un brouilleur mobile actif. Il a un large rayon. Même ceux qui te suivent comme des ombres ne seront pas en mesure d'activer leurs jetons.

Sa main se pose sur mon épaule comme une griffe et elle me fait pivoter afin de m'éloigner de la tente Eshmiri. Nous revenons sur la route principale. Elle me pousse sans cesse vers l'avant.

– Comme tu peux le voir, tes amis pirates ne peuvent rien pour toi.

Shrov.

Herannathon se tient à l'étalage en face de celui-ci, les quatre mains levées. Derrière lui se trouvent deux guerriers drakeshs, aux longs cheveux blancs et à la peau rouge crépusculaire. Ils ont des blasters braqués sur lui. Bien sûr, comme on est sur Kor, personne ne semble s'en soucier. J'ai presque envie de rire jusqu'à ce que je réalise que Tevbarannos, Rhegaran et Ewanrennaron sont dans la même position.

Shrov !

J'ai envie braquer un blaster sur Mathilda. Elle mérite bien pire. Comment a-t-elle fait pour se retrouver ici ? Comment m'a-t-elle trouvée ? Qui diable sont ces Drakeshs ? Travaillent-ils pour elle ? Mes pensées ignorent les pistes qu'elles suivaient et j'arrive soudainement à quelques conclusions basées sur les choses que je sais maintenant. Non seulement mon ventre a grossi au cours des derniers solaires, mais mon cerveau a pratiquement explosé avec tous les nouvelles informations que Rhork et les pirates lui ont donnés.

Ces informations me permettent de générer de nouvelles théories. Hé, hé... théories. Ça ressemble à théorème.

Reste concentrée Deena !

Comment a-t-elle fait pour se retrouver ici ? Elle est probablement en *exil*. Kor est l'endroit où les Voraxians exilent toutes leurs créatures indésirables. Svera, Miari, ou quelqu'un de la colonie a dû voir clair dans son jeu et ils ont décidé de l'envoyer dans la zone grise. Ils n'avaient pas le cœur de la tuer eux-mêmes mais ils devaient espérer qu'elle y mourrait. Quels lâches.

Comment m'a-t-elle trouvée ? Facile. Ici, je *sors du lot*. Même sans cet énorme ventre, je me fais sacrément remarquer. Cette planète a beau présenter un impressionnant brassage de culture et d'êtres différents, je suis la seule humaine et ça attire l'attention. En plus, je suis mariée au chef de Kor... Autant porter un panneau clignotant avec une flèche pointant sur ma tête.

Qui sont ces Drakeshs ? *Humm....* Ça par contre, je n'en suis pas sûre. Peut-être sont-ils aussi exilés ? Ce qui est étrange, c'est qu'ils semblent suivre ses ordres. *Travaillent*-ils pour elle ? Cela semble peu probable. Les Drakeshs sont connus pour leur haine des autres espèces. Il est difficile d'imaginer qu'ils puissent travailler pour une humaine, quel que soit le paiement.

Ces pensées tournent en boucle dans ma tête tandis qu'elle me conduit sur la route principale, après les dernières tentes Eshmiris. Nous tournons à droite et pour nous diriger vers l'allée du plaisir, loin du dôme du Cosmos et des pistes de courses. Elle a bien fait de s'éloigner, tout le monde me connaît là-bas.

On ne s'enfonce pas dans l'allée du plaisir, mais on s'arrête au troisième bâtiment. La structure est coincée entre deux énormes maisons de plaisir – l'une est gérée par les Oroshis, l'autre par les Oosas. Ce qui signifie que les rues extérieures sont parcourues par toutes sortes d'espèces. Les tentacules glissent sur le sol et les bites sont parfois si longues qu'elles touchent presque le sol elles aussi. Les seins planent comme des ballons gonflables. Certaines espèces en comptent six ou sept. Les teintes de peau scintillent dans toutes les nuances de pierres précieuses. C'est une bonne planque. Personne ne sortirait du lot ici. Pas même des êtres humains.

Le bâtiment des Oosas est jaune vif et couvert de lumières. Celui des Oroshis semble fait du même matériau que leurs tentacules. Il est bleu-vert et un peu mou. Le bâtiment noir, marron et vert coincé entre les deux, est complètement délabré. Mathilda me presse contre la porte d'entrée et pendant un moment, je me demande si elle ne va pas essayer de me pousser à travers sans l'ouvrir du tout...

C'est exactement ce qu'elle fait.

La façade du bâtiment brille et émet un bruit sec lorsque je suis poussée à l'intérieur, ou plutôt, dans le bâtiment qui se trouve derrière. L'intérieur ne ressemble en rien à l'extérieur. Ce n'est pas du tout du brun noir, mais un vert somptueux et décadent. Ça a toujours été la couleur préférée de Mathilda. Elle envoyait ses serviteurs humains à l'autre bout de la planète pour récolter les feuilles vertes des plus grands arbres afin de teindre ses tissus. Au moins trois guerriers sont morts au cours de ces excursions. A-t-elle pleuré en l'apprenant ? *Elle n'a pas versé une larme.*

Les fibres du tapis vert pâle qui couvre le sol sont longues et tournent autour de mes chevilles, comme des fils de soie en suspension. Il y a un divan contre le mur du fond, des piles d'oreillers sont éparpillés autour. À droite, il y a une table à manger pour dix personnes et un escalier qui monte à droite de celle-ci. Des peintures qui ressemblent à des tentacules sont somptueusement accrochées au-dessus du divan. Quelqu'un que je ne m'attendais pas à voir est étalé sur le divan.

Mes mains se dirigent vers mon bâton de foudre, mais le mâle fait simplement claquer sa langue contre le dos de ses dents et je m'arrête. Elles sont d'un blanc nacré et correspondent à ses cheveux. Ils sont blancs. Ses yeux sont noirs. Sa peau est rouge. Je n'ai jamais vu ce mâle en chair et en os, mais je sais qui c'est.

C'est Pogar. Le Drakesh. L'exilé. Le violeur. L'assassin. Un ancien Bo'Raku. Celui qui s'est métamorphosé en une menace, une ombre obsédante...

J'aurais aimé qu'il en soit autrement mais sa réputation me pétrifie. Son exil de Voraxia aurait dû sonner sa fin. La fin de ses crimes, qui incluent : la mutinerie, le vol, le viol, le kidnapping et le meurtre. Il a acheté les bébés hybrides que Mathilda lui a vendus. Il a acheté le petit qui aurait dû être mon frère ou ma soeur hybride. Je me demande où il ou elle est maintenant... Il est clair qu'il ne les a pas gardés. Il les a probablement vendus et je sais mieux que quiconque quel genre de destin attend un humain dans cette galaxie sinistre et cupide quand il n'a pas une famille de pirates pour le soutenir.

Une *famille*. Je ne parle pas seulement de liens de sang, comme ceux qui m'unissent à celle qui se tient juste derrière moi avec un blaster pointé sur mon estomac. Et je ne parle pas de famille au sens superficiel du terme, comme celle de Pogar, dont le fils, Peixal, était tout aussi immonde que lui. Quand je pense à ce qu'il a fait à Kiki... Je me dis qu'il y a une place spéciale dans l'au-delà pour ce genre d'ordure. Pour tous ces monstres.

Je parle d'une famille, d'une vraie famille. Le type de famille qui achète à mes futurs petits un animal venimeux à câliner et qui combat un géant avec moi parce que j'ai accusé l'un des membres d'avoir triché à une partie de mok-biz. Le type de famille qui me fait manger un insecte vivant en prétendant que c'est en fait un bonbon et qui me montre comment recharger un blaster plus gros que moi. Une famille qui est toujours à mes côtés et chante, ou crie, des chansons que j'ai inventées sur les plantes, les planètes et les cuillères, lors des nombreuses lunes de Kor, quand le vin doux est encore plus doux et que la lune est la plus profonde.

Une famille avec laquelle j'espère, un jour, piller un vaisseau voraxian. Le genre de famille qui m'aidera à élever mes six futurs petits parce qu'elle considère déjà ces petits comme des membres de la famille à part entière.

En pensant à ma famille, je me sens calme et étrangement protégée ; même si je me trouve entre deux des êtres les plus cinglés et les plus sadiques de la galaxie. Toutefois, ma voix dément ce calme quand je fais cette remarque :

– Alors, tu t'es fait des amis, mamie ?

Elle me pousse en avant. Je trébuche, puis je brosse ma robe. Mon pantalon de gormar est devenu trop petit, alors maintenant, je porte juste cette bâche de gormar grise géante. Rhork appelle ça une robe, mais je suis trop grosse pour porter des robes. C'est une bâche. Peu importe ce que c'est, je me sens belle dedans parce que Rhork me regarde toujours comme si j'étais une étoile tombée du ciel.

– Oui, j'ai de nouveaux amis. Et toi aussi, n'est-ce pas Deena ?

Elle regarde mon ventre alors qu'elle vient se placer devant moi. Je vois le blaster maintenant, pour la première fois. C'est un vieux modèle comparé à celui que j'utilise et je pourrais même me moquer d'elle – c'est ce que je ferais si c'était Herannathon qui l'avait en mains – mais je me souviens que même les vieux modèles font beaucoup de dégâts.

– En fait, je ne me suis pas fait des amis. J'ai trouvé une famille, mais je ne pense pas que ce soit pour parler de cette famille que tu m'as fait venir dans l'allée des plaisirs. La famille, ça n'a jamais été ton point fort, n'est-ce pas, *mamie* ?

Elle me lance un drôle de regard et j'ai du mal à continuer de la fixer. Chaque fois que je le fais, je pense à ce qu'elle m'a fait. Ce qu'elle a fait à toute la colonie. Tant de vies gâchées. Tant de souffrances. Tant de douleur. Mais c'est fini maintenant.

La colonie est aujourd'hui sous le contrôle des Voraxians – les bons – et sous la surveillance de Miari et de Svera. Je suis une pirate et mon homme dirige le port de commerce le plus important de toute la galaxie. Je serai sous peu une mère protectrice qui se battra bec et ongles pour protéger les êtres hybrides aux multiples bras qui grandissent dans mon ventre. Ils sont à moi, et moi, je ne lui appartiens plus.

– Tu sembles différente, dit-elle enfin.

– Je suis différente. Toi, par contre, tu ne sembles pas avoir changé du tout.

Je jette un regard théâtral autour de moi.

– Je vois que tu as toujours aussi bon goût, j'ajoute.

– Merci.

– Je m'ennuie, dit l'ancien roi drakesh. Finissons-en avec ça. Nos alliés attendent.

Ooooooooooh, ça devient intéressant.

– Quel est le plan, Mathilda ? Tu vas faire comme au bon vieux temps ? Tu vas me garder captive pendant encore quatorze solaires, attendre que j'accouche, vendre les hybrides et me trancher la gorge ? C'est ce que tu as fait à ta fille. Tu t'en souviens ? Tu te rappelles que tu as tué ta propre fille ?

Les mains de Mathilda se resserrent autour de son arme. Ses yeux s'enflamment. Elle n'aime pas que je parle de ça. Quelque part au fond d'elle, je pense qu'un brasier rempli de démons la déchire pour ce qu'elle a fait, encore et encore. Et mes mots ne font qu'attiser ce brasier. En tout cas, c'est mon intention.

Je souris, car parler de ma mère me rappelle alors ce que je dois faire. Cela me rappelle le point fort des pirates : la *vengeance*.

— A-t-elle crié ton nom quand tu l'as tuée ? A-t-elle supplié ? A-t-elle dit : « *Maman, maman, non ! Je t'en supplie ! Aaaah !* »

Je fais semblant d'agripper et d'attraper ma poitrine avant de tomber. Mathilda a les dents serrées. Elle ouvre la bouche et commence à parler, mais je parle plus fort.

— Peut-être t'a-t-elle dit ce qu'elle pensait de toi ? A-t-elle dit que tu es la pire mère de l'Histoire de toutes les mères et la pire humaine de l'Histoire de tous les humains ? Est-ce qu'elle t'a traitée d'enculée ? De salope ? T'a-t-elle traité d'horrible vieille pute ? C'est ce que tu es, pour info. T'a-t-elle dit que sa fille, Deena, deviendrait un jour une pirate en quête de vengeance et te réduirait à néant ?

-Tu es…

Mathilda lève son blaster et fait un demi-pas vers moi.

Pogar se lève et se place à côté d'elle. Il saisit le canon de son blaster et l'incline vers le plafond.

— Tu laisses tes émotions humaines te contrôler. Si tu veux vivre, alors...

— Comment *oses*-tu me menacer ? C'est mon plan !

— C'est ton plan, mais tout le reste m'appartient : y compris les contacts, les alliés et le vaisseau. Alors viens. Attrape la femelle et rejoins-moi ou reste ici et laisse son compagnon te mettre en pièces. Je me fiche bien du sort qui t'est réservé, femelle.

– Elle ne peut pas communiquer avec lui et tes soldats Drakesh ont maîtrisé ses gardes.

Dans un mouvement fluide, l'alien à la peau rouge s'étire et attrape Mathilda par la gorge. Il se baisse vers elle et parle directement contre son front.

– Tu crois que ce sont les seuls yeux que Rhorkanterannu a sur Kor ? Tu as tort. Maintenant, partons. Je n'ai aucune envie de m'attarder ici. L'attaque est préparée, le plan est déjà en marche. Prends la fille. Viens, humaine.

Mathilda semble furieuse. Il relâche son cou et se dirige vers les escaliers. Les muscles de ses joues et de son cou se contractent. Ses longues mèches grises se balancent sur ses épaules quand elle le suit du regard. Ma main tressaute vers mon bâton de foudre d'une manière visible. J'espère la distraire. Mon autre main atteint par le trou de ma poche le kilt de combat attaché autour de ma taille sous la robe, ou plutôt la bâche, que je porte.

– Ne bouge pas. Viens ici.

– Tu viens de me dire de ne pas bouger.

– Ne fais pas la maline. On sait toutes les deux que tu ne l'as jamais été.

Je hausse les épaules.

– Tu n'es pas bien maline toi non plus. Quel est ton plan ? Tu penses que ce mâle ne va pas te trahir ? C'est exactement pour ça qu'il est coincé ici depuis une demi-douzaine de rotations. Il a été exilé pour trahison en autres choses !

– Par chance, il se trouve que nous avons les mêmes intérêts. Quand je reprendrai la colonie, il prendra sa revanche sur Va'Raku, qui lui a volé sa planète.

Je lève les yeux au ciel, même si je n'ai aucune idée de ce dont elle parle. Je ne connais pas l'histoire des Voraxians, mais je n'en laisse rien paraître. Je continue de tendre lentement la main vers le micro-blaster qui pend à ma ceinture, et je refuse d'avancer. Je refuse de la suivre. Si je la suis, alors la bataille sera mille fois plus difficile.

– Mais bien sûr ! La colonie va tout simplement t'accueillir à bras ouverts après t'avoir exilée pour avoir massacré des femelles humaines et pour avoir fait équipe avec ce terrible individu. C'est logique !

– Ils n'auront pas le choix. Pourquoi penses-tu être ici, Deena ? Ce n'est certainement pas pour le plaisir de ta compagnie. Regarde-toi. Tu es enceinte, plus ronde qu'une lune, et infirme. Rhorkanterannu avait raison. Tu es vraiment défectueuse.

Elle dit ça pour me blesser, mais je me souviens alors avoir regardé droit devant moi dans un miroir alors que j'enfilais ma robe au début de ce solaire. Le soleil lointain commençait tout juste à se lever. Rhorkanterannu était encore au lit – une première, puisque je dors presque toujours plus longtemps que lui. Je me suis regardée nue et je l'ai regardé nu, étalé sur notre filet derrière moi et je me suis dit que *nous formions une famille très, très sexy*.

– Infirme ? Oh non ! Ma jambe est très bien comme ça.

Je me redresse.

Mathilda se raidit. Ses pupilles se contractent.

Je hausse les épaules tandis que ma main trouve le blaster et se fixe dessus. Je le retire avec précaution de son étui, tout en parlant.

– La seule chose qui cloche, c'est que tu l'as cassée. Tu as dit que c'était pour me protéger, pour que je n'aie pas à aller à la Chasse, mais je pense que c'était pour *te* protéger ; pour que tu n'aies pas à te regarder dans le miroir pour y voir une femme qui a tué sa fille et emprisonné sa petite-fille.

– Tais-toi, Deena, et bouge.

– Pourquoi est-ce que je ferais ça ? Je ne vois pas pourquoi tu as besoin de moi de toute façon.

– Les pirates ne tireront pas sur notre vaisseau lorsque nous quitterons le port avec notre armée de mercenaires si tu es à bord, et les humains, qui sont encore plus stupides, ne laisseront pas les Voraxians tirer si tu es à bord. Toutes ces créatures que tu appelles ta *famille* et dont tu t'es entourée, sont trop sentimentales. C'est grâce à toi que nous pourrons quitter cette planète et retourner sur la colonie sans nous battre. Ils sont trop stupides pour savoir qu'il vaut mieux ne pas mourir pour toi.

– Tu as probablement raison. Svera a toujours été trop généreuse elle aussi, et elle en a payé le prix. Mais, je ne suis pas comme Svera. Je veux rester en vie et protéger mes petits. Donc, ça ne me plaît pas de te dire ça, ma chère mamie, mais la seule qui va mourir ce solaire, c'est toi.

Sous ma robe, je vise ma grand-mère à travers la bâche et j'appuie sur la gâchette.

Le petit blaster chauffe sous mon contact et mon bras tressaille momentanément. Tuer celle qui vous a élevée – même si elle vous a aussi torturée et emprisonnée – est plus difficile que je ne le pensais. Et même si ma volonté est assurée, mes doigts sont instables. Le minuscule pistolet à rayons est le plus récent des nouveaux modèles et n'a aucun recul, aussi mes pieds restent-ils enracinés lorsque l'explosion déchire ma bâche et frappe Mathilda. Le tir la touche à la hanche et la fait tourner sur elle-même. Elle réussit à se rattraper à l'une des chaises de la salle à manger, mais je tire à nouveau, et cette fois-ci, je la touche à la jambe.

Ironie du sort : elle boite maintenant ; et de la même jambe que moi. Je souris, mais juste un instant. Je viens de réaliser qu'elle a toujours son blaster en main et qu'elle le pointe fermement sur moi.

Quelle est la différence entre ma grand-mère et moi ? Quand elle pointe une arme sur l'un des membres de sa famille, elle n'hésite pas à appuyer sur la gâchette.

La pièce explose dans une lumière blanche éclatante, je me couvre le ventre des deux mains et j'ouvre la bouche avant de me mettre à hurler.

15
Rhork

– Hé, Rhorkanterannu !

Une voix familière se glisse dans mon jeton. Je tends l'oreille. Je surpris de recevoir cet appel. Les pilleurs Eshmiris n'ont pas l'habitude de se lier d'amitié avec les Niahhorrus et cette pilleuse en particulier ne me contacte jamais. Jamais.

– Ashmara, je réponds en m'adossant au panneau de visualisation yeeyar.

Je suis si éloigné de Kor que les créatures visibles à sa surface sont minuscules. Nous préparons le vaisseau-mère pour le départ vers la planète de Deena. Elle a pris l'habitude de l'appeler Reqama, cela signifie *cadeau* en meero. Erobu et Gerannu discutent des paramètres de commande dont nous aurons besoin pour atterrir efficacement sur le sable avec un vaisseau de cette taille. Ils sont en train de se disputer et cela m'ennuie, mais comme je ne fais pas le moindre geste pour intervenir. L'intervention d'Ashmara, qui constitue une distraction, arrive au bon moment.

– À quoi dois-je ce plaisir ?

Elle ne répond pas tout de suite et je peux entendre le trille aigu de nombreux Eshmiris en arrière-plan. Je me demande où elle se trouve dans le cosmos. Sa réponse me prend de court.

– Je suis sur Kor.

– Intéressant.

Je fais une pause pour réfléchir. Je me demande pourquoi elle se trouve sur Kor et surtout, pourquoi elle partage cette information avec moi. Comme je n'en ai aucune idée, j'insiste :

– Normalement, les pilleurs évitent de dévoiler leur position aux Niahhorrus…

– En effet, et j'espère que je ne vais pas m'en mordre les doigts, mais… J'ai vu…

Elle s'éclaircit la gorge. Je me tiens un peu plus droit.

Je lève ma main droite et la trentaine de pirates présents sur le pont de commandement se retournent lorsque je capte leur attention. Quelque chose ne va pas. Elle ne m'a jamais parlé ainsi. Je ressens soudain un malaise. J'ai toujours eu un petit faible pour elle, même si elle est Eshmiri. Elle est pilleuse ; les pilleurs et les pirates sont liés par une dépendance mutuelle. Ils nous volent, nous les volons, et ensuite, nous nous réunissons sur Kor, pour boire jusqu'à plus soif, avant d'échanger nos butins. Contrairement aux Voraxians, qui ne sont liés à leur planète que par l'histoire, les Eshmiris n'ont pas de roi ou de reine. Ils sont libres. Elle est libre. La liberté emplit celui qui la possède de confiance en soi, mais en ce moment, il n'en est rien. Son ton trahit son agitation.

– Qu'y a-t-il ? Tu es en danger ?

– Pff. Tu te fais du souci pour moi maintenant ? Je suis une pilleuse. Je suis parfaitement capable de me protéger. J'ai juste vu quelque chose de bizarre et je voulais t'en parler.

– Quoi ?

– J'ai vu ta femme. Ton humaine. Tu l'as bien mise en enceinte, n'est-ce pas ?

– Oui, tout à fait. Elle est belle, hein ?

– Oui, oui, très belle. Quand… euh… Je l'ai vue, elle marchandait avec Tintin au marché, mais elle n'a pas fini de négocier. Une autre humaine s'est approchée d'elle et l'a emmenée. Ça n'avait pas l'air d'être une rencontre amicale. J'ai pensé que tu devrais le savoir.

Je grimace en me dirigeant vers la sortie. Je rassemble les pirates en marchant.

– Gerannu, reste ici !

Je reporte mon attention sur Ashmara après avoir donné cet ordre.

À ma grande surprise, elle a laissé ses communications ouvertes.

– Tu as vu de quel côté elles sont parties ?

– Non, mais j'ai demandé autour de moi. Certains Eshmiris ont vu l'humaine aux cheveux gris conduire ta femelle vers l'allée des plaisirs. Elles n'étaient pas seules, Rhorkanterannu. Il y avait aussi des soldats Drakeshs. À mon avis, ils ont maîtrisé tes gars.

Je grogne, j'ai chaud, je me sens agité. Shrov ! Je suis excité. Cela fait trop longtemps que je n'ai pas assassiné quelqu'un, cela fait des lustres que je n'ai pas été confronté à un adversaire de taille.

– J'attendais ce moment avec impatience. Je suis surpris que ça lui ait pris si longtemps.

– Quoi ? Tu savais que ta femme allait se faire enlever ?

– Elle ne sera pas enlevée. Tu crois que je laisserais ma femme humaine, celle qui porte mes petits, se promener sans protection dans les rues de Kor ?

Je me mets à rire. Elle en a de bonnes, elle.

– Je suis un pirate Niahhorru. Et je dirige Kor.

Ashmara expire avec soulagement à l'autre bout du fil.

– Désolée. J'ai oublié à qui je parlais. Tes gars, eux, avaient l'air inquiets en tout cas.

– Et Herannathon et les autres pirates ? Tu sais où est-ce qu'ils sont ?

Je suis plus inquiet pour eux que pour Deena.

– Je ne sais pas trop. Mais je vais me renseigner. Et je vais voir si je peux donner un coup de main.

– Ce ne sera pas nécessaire, ne me force pas à te chasser des marchés. Ce problème sera vite réglé.

– Est-ce que tu t'es servi de ta femelle comme appât ?

Ma poitrine gronde de satisfaction alors que j'entre dans l'ascenseur. Les pirates se bousculent pour s'entasser à l'intérieur. L'excitation qui m'a envahi gagne peu à peu les autres.

– Bien sûr.

Le rire aigu d'Ashmara crépite à travers la ligne.

– Wow ! Tu es vraiment taré, tu le sais ça ?

– Ontte.

– Bon, je vais quand même rester dans le coin. Il vaut mieux se méfier des traîtres et tu pourrais avoir besoin de soutien.

– Les traîtres foulent les rues de Kor depuis toujours, j'y suis habitué. En plus, je me suis préparé pour cette traîtresse-là. J'ai appris il y a 80 solaires que cette humaine, Mathilda, avait été repérée sur les marchés. J'ai essayé de l'attraper, mais sans succès. Tu m'as grandement aidé en me donnant ces infos, donc, en ce qui me concerne, tu peux estimer que tu as fait ce qu'il fallait.

Elle marque une pause. Elle ne raccroche pas, elle n'en dit pas plus. Puis elle jure. Elle vient sûrement de croiser quelqu'un. Je peux entendre leur échange furieux à travers le jeton.

– Je vais quand même rester dans le coin, si ça ne te dérange pas, Rhorkanterannu.

– C'est de la déférence que j'entends dans ton ton ?

Mes pieds frappent les rues de Kor. Je me fraie un passage, grâce à mes armes, vers l'allée des plaisirs. Une douzaine de pirates sont alignés derrière moi. D'autres nous rejoignent au fur et à mesure que nous avançons. Ils ne savent pas où nous allons, mais ils savent que ça a un rapport avec Deena. Et ils ont hâte de se battre.

– Ontte, répond-elle en Meero.

C'est avec l'accent Eshmiri haut et rieur qu'elle parle dans ma langue et ça lui va bien. Cette pilleuse a beau être sauvage, son ton aigu la rend encore plus effrayante.

– J'aimerais rester. J'ai rencontré Svera, tu sais. Tu avais raison, elle était dans les fosses.

– Bien. Je suis content que tu l'aies rencontrée.

– Elle m'a donné une petite leçon d'Histoire. Je connais cette femelle, cette Mathilda.

Elle s'applique à cracher ce nom avec le dédain qu'il mérite.

Je sais qu'elle dit la vérité.

– Tu connais donc ta propre Histoire, alors ? Tu es peut-être liée à ma femelle...

– Je sais, mais je ne cherche pas à me rapprocher des humains. Svera voulait que je vienne rencontrer son peuple, mais ce n'est pas mon monde. Je ne suis pas une humaine, Rhorkanterannu. Je suis une pilleuse Eshmiri. Alors ne parle pas de moi à Deena. Tout ce que je veux, c'est m'assurer que la femme immonde qui m'a vendue est morte, mais je ne veux pas rouvrir de vieilles blessures. Ni les miennes, ni celles de ta femme.

Mes poings se serrent, la haine monte dans mon sang. Je veux pulvériser cette traîtresse humaine. Cela fait longtemps que j'attends ce moment. Le moment où je pourrai enfin tenir le cœur de cette misérable femme dans mes mains. Le moment où je pourrai le déchirer en quatre morceaux et l'avaler. Centare... peut-être que je la donnerai à manger aux requins de Doredore. Ils mangent lentement. Ou peut-être que je vais laisser Deena décider. Tout ce que je souhaite, c'est qu'elle meure dans d'atroces souffrances. Je ne me soucie pas vraiment de la façon dont elle disparaît.

– Je comprends.

– Ok. Préviens-moi quand tu la trouveras et n'hésite pas si tu as besoin de mon aide. Je me dirige vers les allées du plaisir en ce moment.

– Centare, ne viens pas ici. Si tu veux m'aider, va chercher mes pirates disparus. Ils étaient quatre à surveiller Deena : Herannathon, Tevbarannos, Rhegaran, et Ewanrennaron. Localise-les, et ensuite, vous pourrez tous venir dans l'allée des plaisirs. Nous, nous sommes déjà de l'autre côté du Dôme du Cosmos, alors nous vous retrouverons au milieu. Suivez la fumée.

– La fumée ?

– Oui. D'après ce que je sais de cette traîtresse, elle va essayer de tuer Deena et le bouclier qu'elle porte incinérera tout ce qui se trouve dans le quartier si cela arrive.

Ashmara rit.

– Tu es vraiment un sacré numéro ! s'écrie-t-elle.

La fierté gonfle dans ma poitrine.

– C'est une sacrée femelle. Elle mérite d'être protégée.

-Rho la la… Ne me fais pas vomir.

Je mets fin à notre conversation en gloussant. L'allée du plaisir se dresse devant moi. Nous contournons un bâtiment orange flamboyant. Il a été construit pour les Walrays et leurs trente-sept genres sexuels. Les affaires ne sont pas bonnes en ce moment. Le bâtiment est vide. La rue est pleine de créatures de toutes les espèces courant dans toutes les directions. Elles nous ralentissent considérablement, jusqu'à ce que je sorte un bouclier Niahhorru fait d'ondes sonores. Il repousse tout ce qui entre en contact avec lui et fait fuir ceux qui se trouvent devant nous.

Mes pirates forment un V derrière moi et nous avançons à travers la foule jusqu'à ce que nous atteignions les maisons de plaisir les plus prospères de la rangée appartenant aux Oroshis et aux Oosas ; et le petit bâtiment abandonné entre les deux. Le toit plat s'est effondré au niveau supérieur. Le côté gauche du niveau inférieur est complètement fissuré et de ce trou, sort ma femme. Ma femme.

Je range mon bouclier et tends mes quatre bras vers elle.

– Deena ! Tu as laissé Mathilda s'échapper ?

Elle lèvre brusquement le menton, puis ouvre la bouche. Elle a de la suie sur la joue, mais c'est tout. Ses mains caressent le dessous de son ventre. Il a l'air lourd et je suis momentanément agacé, parce qu'elle a refusé de se déplacer en ville avec un petit porteur. Elle insiste pour marcher, même avec le poids supplémentaire qu'elle doit maintenant transporter. J'ouvre la bouche pour la réprimander mais, au lieu de cela, je reçois un coup de poing dans le ventre.

Elle vient de me frapper.

– Je me fais tirer dessus et toi tu me demandes si Mathilda va bien ?

– Je ne t'ai pas demandé si elle allait bien, dis-je en massant mon ventre et en donnant rapidement l'ordre aux pirates derrière moi de quadriller la maison.

La plupart, comme moi, veulent savoir où se trouve Mathilda. Et je suppose que certains veulent aussi s'assurer que leur camarade pirate va bien. Tout comme je le fais maintenant.

Mes mains caressent son corps, j'aime la sensation que cela me procure. Il est difficile de ne pas se laisser distraire par la douceur de sa peau ou la plénitude de son ventre. Elles me rappellent que j'ai fécondé cette femelle et me remplissent d'une féroce envie de la coucher sur le dos et de m'enfoncer en elle à nouveau, juste pour faire bonne mesure. Juste parce que je peux et parce qu'elle aime ça.

Deena tapote ma poitrine avec son doigt. Ses lèvres pleines s'aplatissent et se tordent alors qu'elle crie :

– Ça ne t'inquiète pas *un peu* que je vienne de me faire tirer dessus ?

– On ne t'a pas tiré dessus puisque tu portes ton alliance.

J'attrape son poignet et je tripote le bracelet en métal atomique.

Elle y jette un coup d'œil, puis sourit, avant d'essayer de reprendre rapidement son sérieux.

– C'est un champ de force ?

J'abaisse ma bouche vers la sienne et l'embrasse rapidement avant de répondre contre ses lèvres :

– Tu crois vraiment que je laisserais ma *femme* errer dans les rues de Kor sans champ de force ? Je suis un pirate et tu sais comment on nous appelle, n'est-ce pas ?

Je l'embrasse à nouveau, beaucoup plus doucement.

– On nous appelle le seigneur et la dame de Kor, je reprends.

La tête en arrière, elle rit aux éclats.

– Tu es fou.

– C'est pour ça qu'on va bien ensemble.

Elle touche son bracelet avec un intérêt renouvelé et, quand elle lève les yeux vers les miens, ils sont plus brillants qu'avant.

– Tu aurais pu me dire que si quelqu'un essayait de me tirer dessus, mon bracelet parerait le coup.

– Je ne voulais pas t'inquiéter.

– Eh bien, ça ne m'a pas empêché d'être effrayée quand elle a tiré. Je pensais que c'était fini pour nous.

Elle se frotte le ventre. Je place deux de mes mains sur la sienne et je caresse nos petits entre nous.

– Jamais. Nous avons accès à la technologie la plus avancée de tous les Quadrants. J'ai donné une petite fortune aux princesses du Quadrant 1 pour ce bracelet. Là-bas, ils les fabriquent pour protéger la famille royale. J'ai dû le modifier, bien sûr. Il contient aussi une ancre. Si quelqu'un essaie de te faire quitter cette planète à bord d'un vaisseau non-Niahhorru, le vaisseau ne pourra pas partir.

Elle glousse à ce propos et secoue la tête.

– Mince. J'aurais dû les laisser m'emmener alors. Ils auraient été coincés sur la planète.

– Oui, ils l'auraient été. Et honnêtement, Mathilda a de la chance. Elle a seulement essayé de te tirer dessus avec un blaster. Si elle avait eu une arme plus puissante, le contre coup aurait détruit la totalité de l'allée des plaisirs. Les Oosas n'auraient pas été contents.

– Laisse-moi deviner – C'est Nikkowerranorru qui a modifié ça, pas Gerannu.

Je souris en repensant au moment où Nikkowerranorru, l'apprenti psychotique de Gerannu, m'a expliqué les détails des modifications qu'il a apportées à cet anneau. Je hoche la tête.

– Oui, et c'est pour ça que je l'ai testé.

– Tu l'as testé ? glapit-elle. Sur toi-même ?

Je hoche encore la tête.

– Oh la la…

Elle se frotte grossièrement le visage et se détourne de moi en secouant la tête.

– Ne m'offre plus de cadeaux, s'il te plaît, Rhorkanterannu.

Oh, oh. Elle ne m'appelle par mon nom complet que lorsqu'elle est en colère contre moi.

– Ne sois pas en colère.

– Je *suis* en colère. Je pensais que j'allais mourir mais en fait, toi, tu avais prévu cette attaque et je suis sûre que tu savais que Mathilda était ici. Tu le savais depuis un moment, n'est-ce pas ?

Il y a une véritable douleur dans ses yeux maintenant. Ils sont plus brillants que d'habitude.

Paniqué, je tends mes bras inférieurs vers elle, mais elle les repousse.

– Deena…

– Non !

Elle secoue la tête et se mordille la lèvre inférieure.

– Plus un mot ! Nous reparlerons quand Bo'Raku et Mathilda seront morts.

– Bo'Raku ? Bo'Raku n'a jamais été exilé sur Kor.

Son regard revient sur mon visage. Mon sang chante dans mes veines.

– Ne me mens pas, tu savais qu'il était là lui aussi.

Ah. Elle ne parle pas du récent Bo'Raku, Peixal. Elle parle de son père. Je hoche la tête.

– Ontte, je savais que Pogar était ici, sur la planète; mais aux dernières nouvelles, il est dans une prison Egama pour dettes de jeu. Il était là ? Avec Mathilda ? Tu l'as vu ?

La colère de Deena s'accroît. Elle croise ses bras sur ses seins pleins et lève un de ses sourcils.

– Ontte. Il était là. Il a parlé avec Mathilda d'un plan. Ils voulaient me kidnapper, pas me tuer, et m'utiliser pour quitter la planète. Les pirates contrôlent les ports mais ils ne pourront pas partir sans votre accord, n'est-ce pas ?

– C'est exact.

Et Deena était la clé de toute leur opération, mais maintenant elle est ici, en sécurité, avec moi.

– Donc, ils ne pourront plus partir maintenant ?

Non, mais ça ne me plaît pas. Mathilda et Pogar se sont associés et ce n'est pas une bonne chose. Ce sont les êtres les plus machiavéliques que j'ai jamais rencontrés. Il est peu probable que leur plan soit aussi simple à déjouer. Peut-être qu'ils se sont retrouvés acculés. Peut-être que les Egamas ont quelque chose à voir avec ça. Peut-être que Pogar le violeur et Mathilda la meurtrière n'avaient pas d'autres alliés... pas d'autres jetons... et pas d'autres options.

– Pourquoi tu fais ça ? Je n'aime pas ça.

Elle attrape ma main, qui massait ma mâchoire, et l'éloigne de mon visage.

– Y a-t-il un autre moyen pour qu'ils quittent la planète ? Parce que s'ils arrivent à partir, c'est la merde.

Je fronce les sourcils.

– Pourquoi ?

– Ils ont prévu de s'en prendre aux humains. Ils voulaient se servir de moi pour quitter Kor, mais aussi pour entrer dans la colonie. Ils pensent que Svera et Miari ne laisseront pas les Voraxians tirer sur leur vaisseau si je suis à bord.

– Ils veulent se venger.

– C'est possible, et à mon avis, ma chère mamie pense aussi qu'elle pourrait reprendre la colonie.

Je m'esclaffe.

– Elle rêve, elle !

– Ontte. Elle est complètement folle. Nous le savons tous. Mais elle ne va certainement pas être en mesure de faire tout cela, parce que nous allons l'attraper. N'est-ce pas, Rhork ?

– Bien sûr. Personne ne quittera Kor sans notre accord…

– Rhorkanterannu ! Deena !

C'est la voix de Tevbarannos – pas à travers le jeton, mais en personne. Il se précipite dans la rue en haletant. La foule qui s'écarte est maintenant principalement composée de Niahhorrus. Il est couvert de sang noir et un de ses bras semble cassé ou disloqué. Il le tient contre sa poitrine, les dents serrées.

– Tevbarannos ! crie Deena en se tournant vers le Niahhorru, les bras tendus.

Il a toujours été l'un de ses pirates préférés.

– Shrov ! Que t'est-il arrivé ?

– Nous avons été attaqués par des Drakeshs.

Il se précipite jusqu'à nous. Les Niahhorrus rassemblés font de la place autour de lui.

Deena s'avance et l'attrape par l'un de ses bras les moins abîmés.

– Shrov. Tu es blessé. Ce sont les Drakeshs qui t'ont fait ça ?

– Ontte, dit-il, puis il secoue la tête en utilisant son épaule pour se redresser.

J'appelle Quintenanrret pendant ce temps.

– Centare, reprend Tevbarranos en se contredisant. Ce ne sont pas les Drakeshs qui m'ont fait ça. Enfin, C'était bien les Drakeshs au début, mais ensuite les Egamas...

– Quoi ?

Deena et moi avons parlé en même temps. J'échange un regard avec ma femme et vois deux choses qui me font sourire : son inquiétude et son exaltation. Elle n'a pas oublié combien c'était amusant de combattre les mercenaires Egamas de Sky.

Par toutes les étoiles, ma femelle est parfaite.

Je touche son cou en l'éloignant de Tevbarannos alors que Quintenanrret apparaît à ses côtés. Il a un scanner en main et le passe rapidement sur le bras mou de Tevbarannos, avant de trouver la fracture et de la réparer tout aussi rapidement.

– Merci, dit Tevbarannos, en respirant un peu plus facilement.

– Les Egamas, répète Deena au moment où je dis « Les Drakeshs ».

Le sourire que nous échangeons cette fois est un incendie. Il nous consume.

Par toutes les étoiles, ma femelle est une pirate parfaite.

– Les Drakeshs nous ont attaqués. Je n'ai pas compris ce qu'ils voulaient au début, parce qu'ils ne semblaient pas prêts à nous tuer, même s'ils auraient pu. Au lieu de cela, ils nous ont emmenés dans l'un des ports Niahhorrus.

– Lequel ? je demande.

– L'étoile du sud.

L'étoile du sud ? « *Intéressant* », je me dis. Le port de l'Étoile du Nord est celui où se trouve le vaisseau-mère. Si les Drakeshs voulaient voler un vaisseau, j'aurais supposé que ce serait celui-là. Bien sûr, ils n'y seraient pas parvenus : car ce vaisseau est lié à moi et ne peut quitter la planète que lorsque je suis aux commandes manuelles du centre de commandement.

– Ils nous ont emmenés au port de l'étoile du sud et ensuite ils nous ont tous placés contre le lecteur yeeyar jusqu'à ce que ce soit le tour d'Herannathon.

– Je vois. Le vaisseau d'Herannathon était amarré là ?

– Ontte.

Il grimace tandis que Quintenanrret murmure des jurons et des insultes tout en conseillant à Tevbrarannos de se taire et de le laisser sceller ses blessures sans se plaindre. La réprimande donne lieu à des chamailleries.

– Oh pour l'amour de Shrov ! Concentrez-vous ! gémit Deena.

La bouche de Tevbarannos tressaute et d'autres pirates gloussent. Elle crie à nouveau.

– Putain de shrov, venez-en aux faits ! Où sont-ils maintenant ? Pourquoi les Drakeshs voulaient-ils qu'Herannathon ouvre son navire ?

– Parce que ce sale pirate d'Herannathon...

Il prononce le mot « *pirate* » comme s'il s'agissait d'une insulte, bien qu'en meero, un tel terme ne peut être qu'une marque d'affection.

– … *a volé* une des femelles des réservoirs. Il a volé une femelle humaine. Shrov ! Je veux dire qu'il a volé le réservoir ! Il l'avait sur son vaisseau et les Drakeshs le savaient. Ils ont essayé de le prendre avec l'aide de deux mercenaires Egamas. Ils ont bien failli y arriver et ils auraient réussi si ton amie Eshmiri, Ashmara, et sa horde de cinglés, n'étaient pas arrivés à ce moment-là. Ils ont fait exploser les Egamas, ce qui a blessé l'un d'entre eux. Les Drakeshs ont tué l'Egama blessé – pour qu'il ne parle pas, je suppose – mais comme ils n'ont pas pu fuir et quitter le vaisseau, ils se sont retrouvés coincés et ils se sont tous entassés sur le vaisseau d'Herannathon avant de décoller.

– Shrov ! je m'exclame. Ils ont emmené Herannathon avec eux ?

– Ontte.

Ce qui me rend furieux, ce n'est pas tant le fait qu'ils aient enlevé un de mes pirates, c'est le fait qu'en enlevant mon pirate, ils aient obtenu ce qu'il leur fallait pour faire décoller son vaisseau. Ce réservoir est pour ainsi dire perdu maintenant.

– Comment c'est arrivé ? Shrov ! Herannathon !

– Je ne l'avais jamais vu comme ça, ajoute Tevbarannos. Il avait perdu la tête. Il disait que le réservoir lui appartenait. Il parlait de la femelle endormie à l'intérieur comme tu parles de Deena.

– Euh… intervient Deena, les yeux écarquillés. Tu crois qu'il est déjà amoureux d'elle ? Il ne la connaît même pas !

– Ça n'a pas d'importance, je marmonne.

La remarque de Deena est justifiée : le comportement d'Herannathon est étrange ; toutefois, il vaut mieux se concentrer sur l'essentiel.

– Ce qui importe, je reprends, c'est de savoir si nous pouvons retrouver ce vaisseau. Le dispositif d'occultation du vaisseau d'Herannathon est puissant.

– Ontte. C'est pour ça que je voulais que tu l'entendes de ma bouche. Les Drakeshs ont volé nos jetons. Mais Ashmara et ses pilleurs ont pris ceux de Rhegaran et Ewanrennaron pour traquer le vaisseau. Ils sont sur ses traces.

J'expire. Je suis légèrement soulagé.

– Bien. Nous allons les poursuivre pendant que vous nettoyez ce bazar et que vous trouvez Pogar, ensuite…

– Hé ! Ils ne sont pas là !

La voix d'un de mes pirates s'élève du trou du bâtiment fissuré, du trou par lequel Deena elle-même est sortie. Je plisse les yeux et vois Nikkowerranorru debout dans l'ouverture. Il tient un chalumeau dans une main et, dans l'autre, un couteau au radium. Il hausse les épaules.

– Les traîtres sont partis.

– Quoi ? s'écrie Deena, en avançant. Je les ai vus tous les deux monter les escaliers. Et j'ai tiré deux fois sur Mathilda. Elle ne peut pas être allée loin.

– Ontte. Il y a du sang rouge sur les escaliers. Tu l'as bien eue. Mais il n'y a pas de corps. Il y a une ouverture dans le mur. On dirait qu'ils ont creusé un tunnel, sauf que ça mène juste à l'allée derrière celle-ci. L'allée est immense par contre.

– Assez grande pour un vaisseau ? je demande.

– Ontte.

Il hoche la tête en faisant un geste vers la maison avec son chalumeau.

– Et il y a des marques de brûlure sur le sol.

– Intéressant.

Je fronce les sourcils et active rapidement mon jeton.

– Gerannu ? Gerannu, quel est le statut du vaisseau mère ? Avez-vous reçu des demandes de communication pour permettre à un vaisseau de quitter la planète ?

Le jeton est statique. *Statique.*

– Que se passe-t-il, bon sang ? Vous avez construit des jetons défectueux en utilisant du yamar ?

J'agite le jeton dans mon oreille, comme si cela pouvait rouvrir la communication avec Gerannu.

– Nikkowerranorru. Pourquoi est-ce que je n'arrive pas à parler à Gerannu ?

Le mâle passe par l'ouverture et s'approche de nous avec une main levée. Un autre tripote un dispositif circulaire intégré directement dans la peau du bas de son poignet gauche. Je n'ai jamais vu ce type d'appareil avant et je lui demande de quoi il s'agit.

– Ce sont des jetons expérimentaux. Nous avons mélangé des morceaux de yeeyar avec un élément que nous avons acheté aux Lemorans.

– Mais c'est une espèce primitive !

Il hoche la tête.

– Peut-être, mais leurs cristaux sont précieux et modernes.

Soudain, une image s'anime, brillante comme une flamme, au-dessus du disque à son poignet. Dans cette image, je peux distinguer, difficilement, un visage. C'est celui de Gerannu. Et il est couvert de sang noir. Tout ce qu'on peut voir distinctement, ce sont ses dents, parce qu'il sourit.

– T'en as pris du temps avant de penser à utiliser ce canal pour m'atteindre, Nikkowerranorru ! siffle Gerannu.

Je m'avance et saisis le poignet de Nikkowerranorru. Je parle directement dans le jeton.

– Shrov ! Qu'est-ce qui se passe là-haut ?

– Il y a eu une mutinerie. Erobu a laissé vingt mercenaires Egamas monter à bord et a ensuite donné la permission à une série de vaisseaux de décoller de Kor. Nous avons été pris d'assaut par des *femelles* Egamas. Leurs cris nous ont mis hors d'état de nuire. Leur brouilleur a détruit nos jetons mais j'ai réussi à me brancher sur le yeeyar du vaisseau et à installer un brouilleur. Après cela, nous avons réussi à reprendre le centre de commandement, mais nous n'avons pas pu les empêcher d'ouvrir le hangar et de voler une douzaine de nos croiseurs de combat. Nous sommes en train de les suivre, et ils se dirigent vers la planète de Deena.

– Shrov.

Une douzaine de pirates ou plus me font écho.

– Nous devons alerter les humains, dit Deena.

J'hésite.

– Leurs alliés Voraxians n'ont aucune chance contre les croiseurs de combat de Niahhorrus.

– Alors nous devons leur en donner une.

– C'est risqué, Rhorkanterannu, dit Gerannu. Nous ne voulons pas entrer en guerre avec les Voraxians.

– Il n'y aura pas de guerre, dit Deena et elle commence à courir, ou plutôt, à se dandiner. Parce que c'est moi qui mènerai la charge.

Quintenanrret la suit, avant même que je ne le fasse.

– Deena ! Tu dois te reposer. Tu es dans la phase finale de ta grossesse.

Elle sort son nano blaster de sous sa robe, le pointe sur les pieds de Quintenanrret et tire entre eux. Il saute en l'air et je grimace si fort que j'ai l'impression que mes joues sont composées de pierre et qu'elles se fendent par le milieu.

– Si tu *crois* que je vais rester me reposer alors que vous êtes sur le point de participer à ce qui sera certainement la bataille la plus excitante du siècle, alors tu es encore plus fou que Nikkowerranorru.

– Qu'est-ce que j'ai fait ? crie Nikkowerranorru derrière moi.

– Quintenanrret, écarte-toi ou lance-moi un défi, dit Deena en se levant sur la pointe des pieds. Je suis prête à te combattre s'il le faut.

Quintenanrret rayonne et mon cœur se gonfle de fierté. Je me place derrière ma compagne et pose deux mains au centre de son dos.

– Tu resteras à ses côtés et tu la surveilleras, dis-je en fixant Quintenanrret du regard. C'est elle qui mènera l'attaque ce solaire. Suivez-la.

Nous nous dépêchons de descendre dans la rue. Deena choisit de me laisser la porter, pour une fois, afin de gagner du temps. Alors que nous montons à bord du vaisseau-mère, je donne l'ordre aux pirates de s'occuper du désordre causé par les mercenaires et Erobu, puis je demande à Quintenanrret et ses apprentis guérisseurs d'aider Gerannu et tous les blessés. Deena se dirige directement vers la salle de contrôle, prend le siège principal et commence à pianoter sur les commandes. Je m'agenouille devant elle alors que le vaisseau s'élève dans le ciel, loin de la surface de Kor.

Elle arbore une expression sinistre qui me déstabilise.

– Qu'est-ce qu'il y a ? C'est une occasion en or pour toi qui aimes les combats. Tu devrais être contente.

Deena croise mon regard. Ses yeux m'éblouissent par leur intensité. Je pose une main sur son genou, une autre sur son ventre, et je frôle sa mâchoire avec une troisième. Elle prend ma quatrième main libre entre ses deux paumes et me dit à voix basse pour que personne d'autre n'entende :

– Rhork.

– Deena, ma femme.

– Pourquoi est-ce que je n'ai pas réussi à la tuer ?

– Quoi ?

– J'aurais pu la tuer et je n'ai pas réussi à le faire. J'ai laissé passer ma chance. Je ne savais pas que j'étais protégée par un bouclier et je pensais qu'elle allait nous tuer, les bébés et moi, mais j'ai quand même hésité. J'avais le doigt sur la gâchette, mais j'ai hésité. Et quand j'ai tiré sur elle, je l'ai ratée.

Je porte ses mains à ma bouche et j'embrasse toutes ses jointures.

– Tu es une pirate, Deena, pas une meurtrière. Les pirates ont un cœur. Ils peuvent tuer par nécessité mais ils sont aussi capables d'aimer. Ce n'est pas le cas des meurtriers comme Mathilda.

Elle inspire, me regarde dans les yeux, hoche la tête une fois, puis une autre fois avec plus de conviction.

– Ce n'est pas donc pas une mauvaise chose que je veuille la faire exploser dans le ciel ?

Je lui souris malicieusement et je la prends dans mes bras.

– Centare. C'est une femelle qui aurait dû mourir depuis longtemps.

Deena rit en tremblant, puis acquiesce résolument.

– Pogar, aussi.

– Lui peut-être encore plus qu'elle.

Deena se tourne vers les commandes et commence à entrer les coordonnées qui nous mèneront à la lune de la colonie humaine. Ce n'est plus sa colonie, bien sûr, car sa place est, a toujours été, et sera toujours, avec nous.

– Réduisons-les tous les deux en poussière.

– Je te suis, pirate.

– Bien.

Elle pivote sur son siège, s'éloigne de moi et se lève pour se mettre debout, une main sur son ventre et l'autre sur le bas de son dos.

– Nikkowerranorru ! crie-t-elle à travers le centre de commandement.

Le pirate apparaît à ses côtés.

– Qu'est-ce qu'il y a ?

– J'ai besoin que tu me montres les commandes des canons. Les canons les plus puissants. Tu peux hacker les moteurs de vie des Voraxians et établir une connexion ?

Il fait une grimace.

– Les canons, pas de souci. Ouvrir des voies de communication avec les Voraxians, ça, ça va être compliqué d'ici. Ils sont assez bien protégés.

– Tu peux envoyer un signal ?

– Je pourrai le faire quand on sera plus proches de la lune.

– Ok, super. C'est ce que tu feras dans ce cas.

– À partir de quel jeton de communication je dois émettre ?

– Celui de la reine.

16

Deena

– Shrov ! Il y en a trop !

Des tirs frappent la coque extérieure de notre vaisseau pour la énième fois. Quintenanrret m'a attachée sur un siège. Il ne veut pas que je me lève pour prendre d'assaut le centre de commandement, comme le font les autres pirates. Il préfère que je me limite aux commandes intégrées dans l'accoudoir de mon fauteuil de commandement.

Rhork passe en trombe, et crie :

– Mon vaisseau pirate me tire dessus, c'est le monde à l'envers !

Gerannu secoue son poing vers lui depuis le siège en face de moi.

– Ce sont *mes* vaisseaux ! C'est moi qui les ai construits ! s'exclame-t-il.

– C'est *mon* vaisseau, il m'appartient ! répond Rhork. Tu sais comment on pourrait les neutraliser d'ici ?

– Centare, lance Nikkowerranorru. Ils ont été conçus pour être entièrement autonomes.

– Mais il y a une manipulation possible, précise Gerannu. Nous pourrions nous brancher sur leurs communications yeeyar et diffuser à travers leurs vaisseaux.

– Et on dirait quoi ? On les supplierait d'arrêter de se comporter comme des connards ?

Mon intervention est ponctuée par un autre tir sur le yeeyar.

Une écharde poignarde mon esprit lorsque le jeton dans mon oreille réagit à ce qui arrive au vaisseau, qui est fait du même matériau.

– Il faudrait juste les distraire pendant quelques secondes. S'ils cessaient de tirer, ne serait-ce qu'un instant, nous pourrions utiliser le déstabilisateur ! Il ferait caler vingt vaisseaux en même temps.

Notre vaisseau a beau être plus grand que tous les leurs réunis, la petite salope qui me tient lieu de grand-mère et son pote violeur à la peau rouge ont réussi à rassembler une armée de mercenaires et quarante vaisseaux. Notre flotte à nous ne contient que le vaisseau-mère et une douzaine d'autres vaisseaux. La puissance de feu combinée de leurs vaisseaux – les vaisseaux qu'ils nous ont volés – est plutôt redoutable. Je commence à me demander si aller au secours des humains était vraiment une bonne idée.

Puis je jette un coup d'œil autour de moi.

Comme Rhork l'avait promis, les pirates s'amusent tous comme des fous.

Et moi aussi.

– Que diriez-vous d'une chanson ? crie Tevbarannos.

À nouveau basculée de tous les côtés, je m'accroche avant de crier à mon tour.

– Tu veux les attaquer avec des chansons ?

– Ça vaut le coup d'essayer. Tout le monde est prêt ? Bien. Maintenant, chantez !

Les mots de Nikkowerranorru prennent vie au moment où la ligne de communication des jetons s'ouvre entre nous tous. Je n'arrive pas à distinguer la voix de celui qui démarre en premier, mais il entonne à tue-tête la pitoyable chanson que j'ai composée.

– Si tu lèves tes feuilles vertes vers le soleil, alors tu vas devenir grande et forte.

Personne n'est en rythme, les pirates ne connaissent pas tous les paroles : c'est la cacophonie.

– Les plantes se balancent dans la brise créée par le vent et même quand il n'y a pas de vent... elles trouvent le moyen de se relever...

Je commence à rire. Je pars d'un grand éclat de rire, qui gagne rapidement les autres.

Notre vaisseau tremble à nouveau. Je ne sais pas si c'est dû à ma réaction, à la violence de tous nos éclats de rire, ou à une véritable explosion.

– Arrêtez ! je hurle. C'est vraiment une chanson merdique...

– C'est vrai que ce n'est pas top !

– C'est la pire chanson que j'ai jamais entendue.

– Moi, j'aime bien...

– Plantes riment avec : *faut pas qu'on chante* !

Je crie pour couvrir les voix des autres pirates qui parlent de mes déplorables talents de compositrice et le bruit du prochain canon qui s'abat contre le vaisseau. Il atteint la vitre et provoque une belle explosion rose.

Le bouclier brille à travers la vitre. Au-delà, je peux voir une tache brune se rapprocher de plus en plus de la galaxie voraxiane derrière elle. Entre nous et elle, il y a une flotte grouillante de petits vaisseaux qui ressemblent à des insectes, pour les plus petits, et à des rochers pour les plus grands. Ou peut-être que c'est juste l'impression qu'ils donnent.

– On a besoin de renforts ! je crie.

– Je m'en occupe, dit Rhork, en levant une main vers son jeton.

Il contacte la mystérieuse pilleuse nommée Ashmara.

– Ashmara, où es-tu ?

Je ne peux pas entendre ce qu'elle dit, je n'ai accès qu'à la réponse de Rhork.

– Fais un crochet. Nous avons besoin de soutien ici... Lui, il va gérer. Herannathon va sauver la femelle dans le réservoir... Si ses sentiments envers cette femelle représentent ne serait-ce que la moitié de ceux que j'éprouve pour Deena, alors centare, je ne m'en fais pas pour lui... Ontte, je suis un shrov sentimental... Maintenant, ramène tes shrov ici ! Nous avons besoin d'une diversion...

Il commence à lui présenter son plan. Nikkowerranorru se précipite à mes côtés.

– Je l'ai.

– Quoi ?

– L'ouverture de la communication à partir de la reine.

Il tend un disque plat sur son poignet vers moi et à ma grande surprise, le visage de Miari flotte au-dessus.

– Par tous les saints ! crie-t-elle. Putain de xok, Deena, c'est toi ?

– Oui, c'est moi ! je réponds en humain.

Je suis surprise par l'inconfort avec lequel je parle maintenant ma langue maternelle.

Je m'éclaircis la gorge.

– Tu es sur la colonie maintenant ?

– Non, je suis à Illyria, mais Svera y est. Deena, ça va ? On peut t'aider...

– Non, non, ça va Miari ! Tout va bien. Je suis une pirate. Je suis enceinte. Je suis la compagne de Rhorkanterannu et en ce moment même, on essaie de sauver la vie de tous les habitants de la colonie !

– Quoi ?

Son expression change, son visage rouge passe de l'inquiétude à la terreur.

– Qu'est-ce qui se passe.. ? reprend-elle.

– Vous avez eu la bonne idée d'exiler Mathilda au lieu de la tuer et elle en a profité pour former une alliance avec ce vieux salopard de Bo'Raku !

– Bo'Raku ? Mais il est...

– Non, non. Pas lui. Son putain de père : Pogar. Pogar et ma chère mamie ont rassemblé une armée de mercenaires et ils vont essayer de reprendre la colonie ! Nous les combattons en ce moment... Nous sommes toujours dans la zone grise, mais ils progressent vite. Nous ne pourrons pas les arrêter avant qu'ils atteignent la surface de la colonie, à moins que vous n'envoyiez des renforts...

Je peux entendre une voix masculine en arrière-plan qui gronde et suggère que cela pourrait être un piège.

– Ce n'est pas un piège ! je hurle comme une hystérique. Je suis sérieuse ! Passez-moi Svera ou prévenez-la ! Nous ne pouvons pas les retenir plus longtemps et je suis enceinte. Je ne vais pas laisser mes enfants mourir pour vous ; alors si vous voulez vivre, vous devez nous faire confiance, à nous, les pirates.

Miari fait une pause. Je peux voir toute une gamme d'émotions passer derrière ses yeux et se cristalliser en une seule décision. Une décision qu'elle exprime quand elle déclare :

– Nous arrivons. Continuez l'offensive. J'ouvre mon disque de vie et je vous connecte directement à Svera.

Un moment passe. Un autre rocher frappe notre fenêtre et se brise dans un impact violet étincelant.

– Tenez bon ! crie Corvenarennu.

Les tirs de notre vaisseau reprennent avec une vigueur renouvelée. Le vaisseau est entrainé dans une danse vertigineuse. Mon estomac remonte dans ma bouche. J'ai l'impression que je suis sur le point de me pisser dessus. Je crois même que je me pisse un peu dessus à ce moment-là et je me mets à rire comme une cinglée.

– Quoi ? demande Rhork, qui vient d'apparaître à mes côtés. Ça va ?

Un autre boulet de canon est suivi d'un chœur d'acclamations des pirates dans la salle de contrôle.

– Je vais mieux que jamais. Qu'est-ce qui se passe ?

– Qu'est-ce qui se passe ? demande Svera en même temps.

Rhork nous répond à toutes les deux.

– Bonjour Svera, ravi de te revoir.

– Rhorkanterannu ! Si tu as fait quoi que ce soit à Deena...

– Salut Svera, c'est Deena. Je vais bien ! Tout ce qu'il a fait, c'est faire de moi une femme enceinte et une pirate.

– Tu étais déjà une pirate quand je t'ai rencontrée, dit-il en se penchant en avant pour embrasser le bout de mon nez.

– Restez concentrés ! crie Miari en mettant fin à nos papouilles.

Je suis frustrée et je soupire, mais heureusement pour moi, je prévois de faire en sorte qu'il y ait beaucoup, beaucoup d'autres moments de papouilles dans un futur très proche.

– Svera, Deena est en couple avec Rhorkanterannu et en ce moment même, ils ne sont qu'à quelques sauts de Heimo, reprend Miari. Apparemment, Mathilda et l'exilé, Pogar, approchent rapidement avec une armée de mercenaires. J'envoie immédiatement les scans à Krisxox. Il est là avec toi ?

– Bien sûr, répond une voix grave.

Je vois apparaître dans la visionneuse un homme au visage rouge et aux cheveux blancs éclatants. Il tient deux petits nourrissons dans chacun de ses bras.

– Oh, mon Dieu ! je m'écrie. Tu as eu des bébés ?

– Des jumeaux, répond-elle. Miari aussi a accouché.

– Félicitations !

Krisxox, qui vient de jeter un œil à son moteur de vie, voit Rhork et grogne :

– Je vais t'écorcher vif.

Svera pose sa main sur sa poitrine et lui donne distraitement quelques tapes.

– Non, non, non.

– As-tu oublié tous les dégâts qu'il a causés ? Ou ce qu'il aurait pu te faire ?

– Il a raison de m'en vouloir, mais malheureusement, je ne le laisserai pas m'étriper, carillonne Rhork.

– Il essaie de nous aider, rappelle Svera.

– Il ment ! Il manipule Deena...

– Hé !

Je rugis, en abattant mon poing sur la table. Ce faisant, je me tortille car j'ai l'impression que je vais encore me faire dessus.

– Je ne suis pas manipulée. C'est moi qui dirige l'offensive ! Alors je te conseille de la fermer et de nous aider !

Krisxox grogne – dans ma direction, cette fois – et Rhork attrape le poignet de Nikkowerranorru comme s'il allait le casser. Nikkowerranorru lui donne un coup de poing dans la poitrine avec une autre main et Rhork lâche prise. Je le fais taire à temps pour que Miari intervienne :

– Deena dit la vérité. Regarde les scans, Krisxox ! Tu dois faire mettre les vaisseaux de Xhen'Raku en place et augmenter les boucliers.

– Les boucliers ! s'écrie Nikkowerranorru, incrédule. Il nous faut des canons ! Des canons de combat !

– Si nous tirons, comment saurons-nous quels vaisseaux sont les vôtres et quels vaisseaux sont ceux de Mathilda et Pogar ? demande Miari.

C'est alors qu'un mâle apparaît derrière elle. Sa peau est bleue et ses cheveux sont noirs. Je reconnais le Raku, le roi de Voraxia. Il nous adresse à tous un regard sévère, et même si mon mâle ne craint rien, je le sens tout de même se crisper légèrement à mes côtés.

– Rhorkanterannu, dit Raku dans un profond grognement.

– « *Votre grâce* », ricane Rhork en guise d'insulte.

Ce serait une insulte pour tout pirate Niahhorru, en tout cas.

Je lui donne un léger coup de poing dans l'estomac.

– Attention, je marmonne.

– Il semblerait qu'une trêve temporaire soit nécessaire, dit Raku.

– Seulement temporaire, répond Rhork au moment où je dis : « *Oui, temporaire* ».

– Elle pourrait être permanente, suggère Svera.

– Une trêve entre nous serait productive, ajoute Miari. Si Deena dirige les choses de ce côté, alors je pense que nous y parviendrons. Cela s'appelle aller de l'avant. C'est quelque chose que nous, les humains, nous connaissons bien. Rhorkanterannu a certes fait des choses terribles, horribles, mais ne pouvez-vous pas en dire autant du comportement de votre propre espèce envers nous ? En fait, les Voraxians ont fait beaucoup plus de mal aux humains que les Niahhorrus. Et les humains ont pu se montrer aussi impitoyables envers d'autres humains que les Voraxians, Mathilda en est la preuve. Si ces pirates Niahhorrus peuvent sauver notre colonie et si Deena se porte vraiment garante d'eux, alors nous devrions accepter leur aide. Les vieilles blessures se mueront ainsi en cicatrices et pourront guérir. Qu'en penses-tu ? Devrions-nous accepter leur aide ou devrions-nous ressasser le passé et laisser la colonie que nous avons passé une rotation à reconstruire être détruite ?

Le ton de Miari est dur, tout comme son regard. Elle fixe son mâle. Son âme soeur Xiveri. Il a beau être roi et totalement terrifiant, je comprends maintenant exactement pourquoi elle est sa reine et comment elle se montre capable de résister ou de dompter sa puissance.

Sa force, à elle, rivalise avec la sienne.

Tandis qu'elle le regarde fixement, des couleurs se répandent sur son visage, révélant des émotions comme seuls les Voraxians savent le faire. Des lumières vives apparaissent au-dessus de ses yeux, là où les sourcils devraient être. Elles transforment son visage en jaune fluo avant que la couleur ne soit perturbée par un soupçon de gris. D'après ce que je sais des Voraxians et de leurs couleurs, cela signifie qu'il ressent quelque chose comme de la honte.

Il nous regarde à travers le viseur au moment où une autre explosion secoue notre vaisseau-mère.

– La Rakukanna a parlé. Nous allons vous faire confiance, pour l'instant. Arme les vaisseaux de combat, Krisxox. Prenez les airs. Ne laissez pas nos ennemis toucher le sol de la colonie.

– Ça n'arrivera pas, grommelle Krisxox. Par contre j'aimerais quand même faire la peau à Rhorkanterannu…

Alors que Svera essaie de le contenir, je suis distraite par des cris derrière moi et une salve d'applaudissements.

– Nous avons détruit un autre vaisseau ?

– Pas nous. C'est ton amie Eshmiri qui vient d'en faire exploser un, Rhorkanterannu, nous crie Tevbarannos depuis les contrôles intégrés au mur.

– Ashmara, marmonne Rhork.

Un sourire en coin éclaire son visage.

– Donne-moi un moment. Je vais me connecter...

– Quoi ? Centare !

Elle est encore en train de parler quand son visage apparaît dans la visionneuse.

– Shrov ! je m'écrie. Est-ce que c'est...

La voix de Krisxox s'élève soudain au-dessus de la mienne :

– Putain de xok d'Ashmara !

– Ah… Salut ! répond-elle. Tu as meilleure mine que la dernière fois que je t'ai vu.

– Je reviens sur ce que j'ai dit, ce n'est pas Rhorkanterannu que je vais étriper, c'est toi ! Je vais arracher ta langue de menteuse !

– Pour ça, tu devras d'abord l'attraper, fait remarquer Rhork. Ce ne sera pas si facile. Un chasseur de primes de Sky qui détient son contrat essaye de le faire depuis des rotations. Il se rapproche ?

Ashmara secoue la tête. Des boucles blanches flottent autour de son visage alors qu'elle jette un coup d'œil par-dessus son épaule pour regarder quelque chose – ou quelqu'un.

– Non, pas du tout. Bon, ce n'est pas tout ça, mais mon vaisseau n'est pas fait de yeeyar, alors si vous avez prévu de venir m'aider, c'est le moment ! C'est fini pour nous s'ils nous tirent encore dessus !

Son corps entier sort un instant du cadre de la visionneuse, avant d'y revenir. Cette fois, c'est le visage d'un Eshmiri qui apparaît dans le viseur. Il nous crie rageusement dessus en Eshmiri. Enfin, en riant.

Leur ligne se coupe et Rhork donne l'ordre de déployer le déstabilisateur.

– Attendez ! je crie en me levant de ma chaise pour me diriger vers le panneau de visualisation tandis que Quintenanrret m'ordonne de me rasseoir.

– Et Herannathon et son humaine ?

– Shrov ! Ashmara, le croiseur d'Herannathon est-il dans les parages ?

– Centare, grommelle-t-elle.

Son visage apparaît à nouveau au-dessus du poignet de Nikkowerranorru. Cette fois, elle a le menton relevé et une bouteille coincée entre les poings. Elle verse le liquide transparent dans sa bouche. Une partie coule le long de sa gorge, sur sa peau brun foncé lisse et sans défaut. Elle est éblouissante.

Comme je peux la contempler, je constate qu'elle n'est *pas du tout* Eshmiri.

Cette nana est à moitié humaine.

Avec ses cheveux blancs comme ceux des Drakeshs et ses yeux blancs sans pupille, on dirait qu'elle est le produit des morceaux les plus originaux de l'anatomie extraterrestre et humaine. Cela m'agace un peu que Rhork ne m'ait rien dit.

Elle finit de vider la bouteille et pousse un soupir de satisfaction avant de jeter le verre par-dessus son épaule.

– Ils semblaient se diriger vers le Quadrant 5. Ils sont allés dans cette direction en tout cas. Je n'en sais pas plus. Et si on parlait de nous ? Quand est-ce que vous allez activer votre machine ?

Je jette un coup d'œil par-dessus mon épaule vers Nikkowerranorru. Il regarde Gerannu, qui se tourne vers Corvenarennu aux commandes, qui hausse les épaules d'un air désolé.

– Je l'ai déjà activée… Ce n'était pas ce que je devais faire ?

– Shrov ! Tintin, sors-nous d'ici ! hurle Ashmara par-dessus son épaule avant de se retourner et de nous montrer son poing à travers le communicateur. Bande d'enfoirés ! Je vous renverrai vos pirates à Kor dans des sacs mortuaires si nous sortons d'ici...

Sa voix s'interrompt. Je me tiens debout, les deux paumes pressées contre l'écran, tandis que je regarde un petit vaisseau de la taille d'une noix s'éloigner furieusement de tous les autres. Il se rapproche de nous. J'aperçois alors le vaisseau piloté par la pilleuse Eshmiri à moitié humaine. C'est un vieux tas de ferraille. Je fais une grimace et Rhork, à mes côtés, rit.

– Oui, je sais. C'est de la merde. Les Eshmiris sont connus pour leur technologie d'occultation. Le vaisseau d'Ashmara est tout en métal.

– Pourquoi tu ne m'as pas dit qu'elle était à moitié humaine ?

Elle pourrait être ma soeur. Cette pensée me brise.

– Elle m'a demandé de ne pas t'en parler.

– Pourquoi ?

Rhork hausse les épaules et tourne son regard vers le panneau de visualisation et le déstabilisateur qui s'active au-delà. Il ressemble à un immense filet chatoyant tendu à travers l'étendue du cosmos. D'ici, il a l'air se déplacer très, très lentement, mais les vaisseaux qui tentent de s'en éloigner n'y arrivent pas. Ils sont piégés comme des poissons dans un filet. Leurs tirs de canon sont rapidement absorbés par l'onde bleue et ne produisent que des scintillements à la place des explosions. Le filet passe au-dessus du premier vaisseau et le balaie de part en part. Il ne laisse derrière lui qu'une coquille complètement sombre. Il n'y a plus aucune lumière, aucune énergie, aucune puissance.

Alors que j'assiste à la scène, médusée, Rhork poursuit :

– Tu es une pirate Niahhorru. Elle, c'est une pilleuse Eshmiri. Le corps dans lequel elle est née n'a pas d'importance.

J'acquiesce. Je vois où il veut en venir, même si je me sens plus sûre que jamais que cette femelle pourrait bien être la soeur que Mathilda et Pogar m'ont volée.

– Elle ferait une soeur formidable.

Rhork inspire longuement et me regarde.

– Tu crois que c'est elle ?

– Ontte. Je le sens.

L'expression de Rhork s'assombrit. Il est rare qu'il ne sourie pas.

– Est-ce que ça te contrarie ?

Je hoche la tête. J'observe les vaisseaux tandis que Rhork passe ses doigts dans mes cheveux. Il m'a aidé à resserrer mes locks. Il dit qu'il trouve ça thérapeutique mais je pense qu'il l'a fait pour le plaisir de m'entendre gémir avec satisfaction quand il tirait doucement sur mes cheveux et massait mon cuir chevelu.

– Ça me contrarie un peu, oui. Ça me fait penser à ma mère. C'était une femme redoutable, une femme aimante et merveilleuse. Je suis juste triste que ma sœur n'ait jamais pu la rencontrer.

– Alors peut-être que tu peux lui donner une nouvelle vie maintenant en mettant fin à la vie de sa meurtrière.

Ma poitrine se tend. Rhork fait glisser ses doigts sur le panneau de visualisation du yeeyar et une poignée de commandes fleurissent sous le bout de ses doigts. Il étend le scanner et je peux voir clairement qu'il zoome sur l'un des vaisseaux. Il appuie deux fois sur le bouton et tout à coup – j'arrive à peine à le croire – je peux à la fois voir et entendre ce qui se passe *dans* le vaisseau.

– Nous n'avons plus que quelques instants avant que les vaisseaux soient libérés du déstabilisateur et qu'ils puissent réactiver leurs commandes. Si tu veux en finir avec elle, tu dois le faire maintenant, Deena.

Ma tête se vide, mon cœur se serre et s'emballe. Je sens tous les bébés de mon estomac donner des coups de pied en même temps, ou peut-être que ce sont juste mes intestins qui remuent.

– Je... comment ?

Rhork traîne un autre panneau de contrôle plus près de moi. C'est un carré sombre suffisamment grand pour que je puisse y aplatir ma paume.

– Tu n'as qu'à poser ta main ici. Donne l'ordre de tirer à travers le yeeyar. Je confirmerai ta demande et...

– Je veux le faire aussi.

Je sursaute et vois Tebvarannos derrière moi. Derrière lui se trouvent Gerannu, Nikkowerranorru, Corvenarennu, Walleenonnu, Reffarannu, Berreto, Tarrowrennan, Terronathon, Tennora et Quintenanrret. Ainsi qu'une douzaine d'autres pirates. Ils murmurent tous en me souriant et en se frottant les mains. C'est Tevbarannos qui pose sa main sur mon épaule en premier. Puis Quintenanrret pose sa main sur mon dos. Nikkowerranorru pose sa main directement sur ma tête et quand les autres cherchent des endroits pour me rassurer sans que Rhork ne les frappe, je me mets à pleurer. Et je me mets à rire.

Rhork s'empare de ma main droite. Il la serre, se penche et dit contre ma joue.

– La famille n'est pas liée par le sang. La famille est liée par l'amour. Tu es et tu as toujours été une pirate. Tu es et tu seras toujours aimée par chacun d'entre nous.

Je regarde Mathilda à travers l'écran. Elle et Pogar se crient dessus. L'une de ses mains est posée sur ses flancs, elle saigne. Il tend un couteau vers elle, mais il a l'air encore plus mal en point qu'elle. Il est couvert de sang cuivré de l'épaule droite à la cheville droite. Elle l'a blessé grièvement en lui tirant dessus : il titube tous les trois pas tandis qu'ils se tournent autour, en se demandant s'ils doivent ou non essayer d'atterrir sur la colonie, même si leur armée ne parvient pas à passer les défenses voraxianes.

Pogar veut se poser. Il s'agit clairement d'une mission suicide : il veut faire le plus de ravages possible, même s'il doit en mourir. Mathilda, elle, veut évacuer, s'échapper, et réessayer une autre fois. *Je ne peux pas la laisser vivre. Toux ceux qui vivent dans ce coin-ci de la galaxie sont en danger si elle reste en vie.*

Je lève la main et j'essaie de me souvenir de ce que c'était que de l'avoir pour grand-mère.

Y-a-t-il eu de bons moments ? Sûrement pas quand elle m'a cassé la jambe… Ni quand j'ai découvert qu'elle avait tué ma mère, pas non plus quand je pleurais pour m'endormir quand j'étais petite. Elle se tenait dans l'embrasure de la porte de ma chambre et ne faisait rien d'autre que me regarder en m'expliquant à quel point j'étais dégoûtante…J'ai fait un cauchemar il y a trois lunes et je me suis réveillée avec Rhork, Quintenanrret et Herannathon debout devant moi. Ils chantaient ma propre chanson sur les plantes. J'ai hurlé de rire, j'ai failli tomber du filet, puis nous nous sommes tous levés et, bien que ce soit au milieu de la lune, ils m'ont emmenée à une fête dans une rivière souterraine où nous avons bu et dansé toute la lune. Enfin, ils ont bu. Moi, j'ai mangé.

La famille, c'est l'amour. Mathilda ne connaît pas l'amour ; elle ne connaît que la prédation et la destruction.

– Ça m'ennuie de te demander de te dépêcher, pirate, mais dans quatorze secondes, le déstabilisateur ne fera plus effet, annonce Corvenarennu.

J'expire et je place ma paume sur le carré. Je donne mon ordre par le biais du yeeyar de mon jeton et je sens que cet ordre est confirmé par les pirates qui se tiennent autour de moi et par les pirates de tout le navire. Je lève les yeux. Le regard de Rhork est fixé sur l'image de Pogar et Mathilda qui se poignardent l'un l'autre avec leur haine et leur vitriol. Mon regard est fixé sur lu, mon compagnon, mon mari. Je sens le grondement du vaisseau alors que le canon se prépare à tirer et, au moment où il tire, je murmure : « *Je t'aime.* »

Il ne répond pas tout de suite. Au lieu de cela, je contemple une explosion violette brillante dans le reflet de ses magnifiques yeux argentés. Il cligne des yeux et elle prend fin quand il les pose sur moi.

– C'est fini ?

Il touche ma joue.

– Elle ne te fera plus jamais de mal.

J'expire en tremblant. Je ne suis pas sûre de ce que je ressens. Je hoche la tête et ravale les nœuds dans ma gorge. Lorsque je me tourne, je suis immédiatement entourée par une foule de pirates.

– Nous sommes désolés, Deena.

– Si ça peut te faire plaisir, nous allons nous amuser à tirer sur le vaisseau d'Erobu.

– Oh ontte ! L'avez-vous localisé ?

– Ontte, il est là. Qui veut tirer ?

– Moi !

– Centare, moi.

– Rhork devrait le faire, dit Tevbarannos. Ou Deena.

– Deena s'est déjà amusée. Laisse-moi faire.

– Ce n'était pas amusant pour elle, c'était sa famille, grogne Rhork à celui qui a parlé en dernier.

Des douzaines de mains se rapprochent, se battent pour m'apporter du réconfort ; elles sont accompagnées de faibles excuses. Je commence à rire jusqu'à ce que Rhork les repousse toutes avec force.

– Arrêtez de toucher ma compagne comme ça.

Il m'attrape par les épaules et me dirige vers les chaises au centre du centre de commandement tout en donnant des ordres aux autres navigateurs pour qu'ils traquent ce traître d'Erobu et les mercenaires Egamas en fuite. Aucune raison d'arrêter de s'amuser maintenant, je pense avec un petit rire triste.

— Tu vas bien ? demande Rhork en me soutenant contre le mouvement rapide du vaisseau qui chasse les groupes de mercenaires Egamas.

J'ouvre la bouche pour répondre quand Gerannu crie :

— Arrêtez de tirer sur les incinérateurs ! Shrov ! Ces vaisseaux coûtent une fortune ! Déstabilisez-les, et après nous utiliserons le téléporteur inversé que Nikkowerranorru et moi avons modifié pour ramener les vaisseaux sur le vaisseau-mère. Ensuite nous pourrons combattre les Egamas !

Des murmures d'assentiment s'élèvent tout autour de nous, mais une voix est légèrement plus forte que les autres. Tevbarannos s'écrie après être passé en trombe devant mon siège :

— Je vais vers le hangar ! Je serai le premier à attraper un Egama.

Il s'arrête soudain pour me regarder, tout penaud, en tendant son blaster dans ma direction.

— À moins que tu veuilles faire exploser le premier Egama pour te sentir mieux, Deena ?

Je ris et renifle simultanément, ce qui fait rire Rhork et sourire Tevbarannos.

— Centare, ça va. Vas-y, fais-toi plaisir.

Il hausse les épaules et commence à se diriger vers la porte tandis que plusieurs autres pirates se saisissent de blasters et le frôlent dans leur effort pour arriver les premiers.

— Très bien, je t'apporterai une tête d'Egama à mon retour...

— Tu n'es pas obligé de faire ça non plus !

Je lève les yeux au ciel, mais il ne m'entend pas car il continue de parler.

– …et une nouvelle tunique. Bien que je n'aie pas le tissu gormar que tu aimes.

– Une nouvelle tunique ? Pour quoi faire ?

– Ontte, une nouvelle tunique, pour couvrir ta tache humide. Tu t'es assise sur quelque chose de mouillé ou tu as…

Il fait une pause, puis fait une grimace.

– Tu as eu peur et tu t'es pissé dessus ?

– Quoi ?

– Quoi ? s'écrie Rhork.

Il me retourne dans la position la plus embarrassante qui soit et soulève ma robe. Puis il la *renifle*.

– Ça n'a pas de couleur, donc ce n'est pas du sang et ça n'a pas d'odeur, donc ce n'est pas de la pisse. Qu'est-ce que c'est ? Dans quoi tu t'es assise ?

Il s'avance vers ma chaise et pousse un juron.

– Il y en a là, aussi. Gerannu, il y a une fuite sur le vaisseau ?

– Non, je ne crois pas…

Les deux mâles se mettent à se disputer à propos de défauts de construction qui, dans le passé, ont donné lieu à des fuites. Pendant ce temps, je me préoccupe de l'espace au-dessus de mes fesses, car je me rends compte que le liquide qui recouvre mes fesses est en train de sécher sur l'intérieur de mes cuisses. Et c'est là que mon cerveau et mon ventre commencent à s'agiter.

– Shrov ! Par tous les saints !

J'attrape mon ventre. Mes orteils se recroquevillent et je repense à nouveau au temps passé avec Pogar et Mathilda dans la maison de plaisir.

– Je suis touchée !

Le temps s'arrête, puis s'accélère d'un seul coup. Les pirates font des pieds et des mains pour arriver à mes côtés. Tout le monde lève son arme à la recherche de l'ennemi. Ils pointent leurs blasters les uns sur les autres et accusent tout le monde de trahison. Rhork arrive à mes côtés et me palpe la poitrine et le ventre. D'ordinaire, ces caresses me mettraient dans tous mes états, mais aujourd'hui, ce n'est pas le cas.

– Quoi ? Où ? Où as-tu été touchée ? Je ne vois aucune marque…

Quintenanrret, béni soit son cœur de pirate, pousse un son strident à travers tous nos jetons simultanément. Tout le monde se plie, y compris moi, et dans le bref silence qui suit – ponctué seulement de jurons et de gémissements de douleur – il hurle :

– Laissez-moi passer !

Il commence à bousculer les pirates de gauche à droite jusqu'à ce qu'il arrive devant moi. Il tombe à genoux. Il appuie ses deux mains sur le bas de mon ventre, puis me sourit dans cette étrange position de génuflexion.

– Deena, le travail a commencé.

Son sourire s'évanouit et ses yeux s'élargissent, révélant une panique sans fard. Ce qui n'est pas vraiment génial vu que c'est lui le guérisseur.

– Le travail de Deena a commencé ! hurle-t-il.

– Quoi ? Quel travail ?

– Le travail !

– Qu'est-ce que c'est ?

– Les bébés arrivent !

– Les petits ?

– Oui !

Rhork, à mes côtés, commence à tituber sur le côté. Il aurait pu tomber si Nikkowerranorru ne l'avait pas rattrapé. Il cligne des yeux de nombreuses, nombreuses fois. Sa réaction est si étrange que je me mets à rire. C'est un rire de panique, mais c'est tout de même un rire. Bébés rime avec félicité. La mienne ne connaît aucune limite. Elle parcourt le chaos de Kor, s'établit partout où il y a des pirates, quelle que soit la planète.

– Je vais être père ? demande-t-il à Quintenanrret.

Le guérisseur se contente de grimacer.

– Pas si nous ne pouvons pas emmener Deena rapidement dans une structure médicale. Nous ne savons pas à quoi ressemble un accouchement pour une femelle humaine et je n'ai aucun de mes équipements ici.

Alors qu'il commence à parler, une douleur – enfin, plutôt un inconfort – me serre l'estomac, là où se trouvent habituellement mes ovaires. Ou peut-être plus bas. Je ne sais pas vraiment. Je commence à me sentir étourdie.

– C'est normal d'avoir le vertige ? je demande.

– Shrov ! Centare, ce n'est pas normal. Rhork, elle est en avance. Je ne sais pas comment une humaine peut donner naissance à des bébés Niahhorrus. Nous avons besoin d'une installation...

– Il faut que je m'assoie.

– Nous sommes loin de ta petite planète et de ta plage, Deena, dit Corvenarennu.

Rhork se met à crier lorsque plusieurs mains m'aident doucement à prendre place sur un siège. Les mains continuent d'essayer de m'offrir des choses et quelqu'un a l'audace de me tendre du jus noir. Je l'attrape et le lance à travers la pièce aussi fort que je peux.

– Beurk ! Éloigne ça de moi ! Je vais te casser la gueule si tu essaies encore de me donner un de ces trucs, puis je donnerai naissance à mes bébés extraterrestres et ils te casseront aussi la gueule !

– Idiot ! dit quelqu'un.

Les rires fusent quelque part dans la foule, et une dispute éclate aussi, bien sûr.

Le malaise s'estompe, mais pas les vertiges. Je tiens ma tête dans mes deux mains et ferme les yeux.

– Nikkowerranorru ?

– Ontte, Deena, je suis là.

– Svera est-elle en ligne ?

– Centare, mais je peux la contacter rapidement.

Je hoche la tête.

– Ok, fais-le alors. Ça te va, Rhork ?

– Tu veux te poser, dit-il en se mettant à genoux à mes pieds et en posant ses paumes sur mes mollets et mon ventre.

– Ontte. Il y a une installation d'accouchement sur la colonie humaine.

C'est le silence. Puis un instant plus tard, la voix de Svera se fait entendre.

– C'est toi Deena ? Ça va ? Par toutes les étoiles ! Nous n'étions pas sûrs que nous te reverrions en vie !

– J'ai des vertiges...

– Elle est en train d'accoucher, répond Quintenanrret à ma place. Nous devons utiliser vos installations médicales pour l'aider à accoucher...

– C'est sûrement un piège... affirme Krisxox.

À mes côtés, Rhork est sur le point de perdre la tête.

Heureusement, Svera prend la parole avant lui :

– Arrête, Krisxox. Donne-leur la permission d'atterrir. Vous aurez besoin d'une escorte. Nos chasseurs essaient toujours de rassembler les derniers Egamas.

– Vous êtes en train de les rassembler ? je m'écrie.

J'ai du mal à respirer alors qu'un autre vertige m'envahit.

– Pourquoi est-ce que vous ne leur tirez pas dessus ? je reprends.

– Parce que nous allons organiser des procès.

– Et ensuite vous les exilerez sur Kor ?

Sa mâchoire s'ouvre à ce moment-là et elle a la décence de rougir.

– D'accord, nous verrons ce qu'il faut faire d'eux quand vous atterrirez. Une escorte est en route. Pouvez-vous attendre un autre quart de solaire pour que nous puissions vous…

Rhork l'interrompt avec une raillerie condescendante :

– Nous n'avons pas besoin d'une escorte pour atteindre votre planète. Nous utiliserons notre machine et nous serons là en moins de temps qu'il ne faut pour le dire. Assurez-vous simplement que l'espace directement au sud de votre installation médicale est dégagé parce que nous arrivons dans cinq…quatre…trois…deux…

17

Rhork

Nous sommes quatre-vingts à sortir du vaisseau-mère et nous nous précipitons vers l'installation médicale comme un seul homme. Les soldats voraxians et humains qui nous y attendent sont rapidement submergés. Cela me réjouit, même si nous ne sommes pas là pour nous battre. Nous sommes ici pour mettre au monde des petits hybrides. Deena mène la charge – dans mes bras – et Svera se précipite à notre rencontre. Son compagnon tente de la retenir.

En vain.

Je commence à me demander si ces femelles humaines n'ont pas *toutes* un peu de sang de pirate. Toutefois, la seule femelle avec un coeur de pirate : c'est Deena. Elle crie des ordres alors que nous traversons la surface de la planète chaude et poussiéreuse qu'occupent ces humains avant d'entrer dans un ascenseur argenté. Je l'emmène dans un long couloir décoré de couleurs vives et dans une pièce qui est technologiquement… passable.

Je fronce les sourcils en regardant l'installation. C'est plutôt joli mais je ne vois pas une trace de yeeyar. N'ont-ils pas accès à la technologie moderne ? Une femelle Voraxiane nous escorte, Deena et moi, jusqu'à une pièce séparée de la première par un panneau de verre que mes pirates s'empressent d'enlever afin de créer une seule pièce. L'espace est maintenant assez grand pour accueillir une vingtaine d'entre eux, mais pas plus.

Les guérisseurs voraxians y veillent.

— La pièce doit rester stérile ! s'écrie celle qui porte un titre étrange comme Fi-lemoree ou Filee.

Ces titres sont inutiles et déroutants, alors, dans mon esprit, je l'ai déjà surnommée Fifi.

— C'est difficile de créer pas des conditions stériles en laissant entrer une horde de pirates couverts de sang... Oh la la !

Fifi lève les bras au ciel et reporte son attention sur ma femelle. Elle est couchée dans un nid confortable. Un nouvel accès de douleur la submerge.

— Ce que je sais de l'accouchement Niahhorru, je l'ai appris dans des livres. Je n'ai jamais aidé une femelle Niahhorru à accoucher. Est-ce que l'un de vous, aurait déjà...

Quintenanrret s'avance et prend place à côté d'elle. Elle a beau être grande pour une femelle, il fait une tête de plus qu'elle. Il retire une baguette gamma de sa ceinture et se stérilise rapidement les mains avec ; puis il fait de même avec les siennes lorsqu'elle lève sa paume vers lui, comme pour lui serrer la main pour un salut humain ou voraxian.

— Pas de temps pour ces politesses, répond-il, et sa bouche se plisse.

— Vous avez raison. Ses signes vitaux sont élevés et je peux sentir que les petits ont commencé à tourner. Mais elle n'a pas encore eu beaucoup de contractions...

— Vous voulez parler des fortes crampes, des douleurs ? demande-t-il.

Elle confirme en hochant la tête.

— Les femelles Niahhorrus libèrent leur eau, ressentent trois fois ces douleurs, puis il est temps de pousser.

Elle hoche la tête avant de consulter un écran sur le mur… un écran holo physique ! *J'arrive à peine à y croire : serais-je revenu à l'âge de pierre ?*

— Vous avez sérieusement besoin d'améliorer votre matos, dit Gerannu, comme s'il lisait dans mes pensées.

Il se tient à l'avant de la foule. Il fait de son mieux pour retenir les autres tout en regardant tout autour de lui.

— C'est un laser ionique ? Des ions… sérieux ? Cette technologie est dépassée depuis six rotations !

Krisxox, qui se tient près de lui et contient les Niahhorrus qui ne peuvent pas entrer dans la salle, grogne :

— Putain de xok ! Vous, les pirates, vous n'êtes pas fichus de suivre des consignes simples !

Je croise son regard et je suis surpris quand son front s'illumine de nuances de brun et de gris. L'association de ces couleurs, chez les Voraxians, peut signifier l'*incertitude*. C'est pas mal, vu qu'il y a peu de temps, il voulait m'arracher le cœur.

Une douzaine de voix de pirates parlent en même temps et Deena rit.

— Peste d'étoiles ! s'écrie-t-elle alors que sa troisième vague de douleur arrive.

Svera, au grand désarroi de Krisxos, s'éloigne de lui et commence à se diriger vers moi. Elle se tient assez près de Deena pour la toucher. Je me sens… mal à l'aise. Je m'éclaircis la gorge lorsque Svera s'approche. Son épaule chaude est sur le point d'effleurer mon bras extérieur. Elle me sourit et ma bouche s'ouvre. Puis elle s'approche de ma femelle et place sa main sur nos mains jointes.

– Tout est pardonné. Merci d'avoir si bien pris soin de Deena en notre absence. Elle est bien plus heureuse avec toi, avec les pirates, qu'avec les humains.

Son regard se tourne vers Deena et un pli apparaît entre ses sourcils.

– Ce qui t'est arrivé ici est terrible. Je suis désolée.

Le visage de Deena se tord tandis que les guérisseurs voraxians commencent à soulever la robe de Deena pour révéler la fente entre ses jambes. Je me sens étrangement mal à l'aise et je n'apprécie pas le fait que les pirates la voient ainsi, mais je n'ose pas leur demander de partir. Je ne voudrais pas les priver de ce moment, qui sera magique – si tout se passe bien. Tout se passera bien. Il le faut. L'alternative est trop douloureuse à imaginer. Je serre juste plus fort la main de Deena et la regarde dire à l'humaine qui se tient en face d'elle.

– Elle ne fera plus de mal à personne, Svera.

De l'eau coule le long de sa paupière inférieure tandis qu'elle laisse tomber sa tête en arrière et écarte les jambes. Quintenanrret repousse le tabouret. Construit aux proportions voraxianes, il est trop haut pour lui. Il se met alors à genoux. Il se fraye un chemin entre les jambes de Deena et demande des outils que Fifi tient déjà à portée de main. Elle lui glisse un scanner dans la paume de la main et il l'amène sur l'estomac de Deena tandis que ses doigts sondent les entrailles de ma femelle. Je meurs d'envie de les lui arracher un à un.

Deena ne semble pas s'en soucier. Ce n'est pas franchement agréable, je peux le voir, mais elle lui fait confiance. Elle fait confiance à un pirate. Cette idée est risible. Il n'y a qu'une seule pirate en qui j'ai confiance, et c'est celle qui tient ma main droite. Celle qui détient mon coeur.

Svera acquiesce.

– Oui, j'ai vu ce qui s'est passé tout à l'heure. Je suis désolé de l'avoir condamnée à l'exil. Je suis vraiment... désolée ! C'est une excellente nouvelle en tout cas. Bon, je ne t'embête pas plus, tu dois te concentrer.

– Centare... au contraire... ça me distrait de parler.

Deena expire un peu plus faiblement. De la sueur apparaît sur son front. Fifi parle de lui donner quelque chose pour les vertiges.

– Fifi, est-ce que ça fera du mal à Deena ou aux petits ? je demande.

Elle ouvre la bouche, puis la referme et sourit en disant :

– Bien sûr que non. Je suis là pour sauver des vies humaines, pas pour leur faire du mal.

– Ce n'est pas une humaine, je lui réponds. C'est une pirate.

Son expression s'adoucit et elle penche légèrement la tête en avant alors qu'elle amène un diffuseur sous le nez de Deena et lui demande d'inhaler. Elle le fait plusieurs fois et lorsqu'elle se penche en arrière, elle semble respirer un peu plus facilement. Son regard est perdu dans le vide.

– Merci Fifi, répond Deena.

À ces mots, Svera ricane et le front de Fifi s'illumine. Elle est surprise. Puis Deena dit à Svera :

– Sache que tu n'as aucune raison de te sentir coupable.

– J'aurais dû la tuer.

Deena secoue la tête.

– Je suis contente que tu ne l'aies pas fait. J'avais besoin de le faire. J'avais besoin de voir son vaisseau exploser dans le ciel et de savoir que quand je mettrai au monde mes enfants et ceux de Rhorkanterannu, cette femme ne pourrait pas leur faire de mal. Je voulais juste te remercier de nous laisser aider après... après tout ce qui s'est passé.

Les joues de Svera rougissent à nouveau. Je fais fléchir mes doigts. Je n'aime pas la sensation de sa peau contre la mienne. Elle a le goût de l'échec, le goût d'une perspective différente qui m'aurait privé de la femelle dans mes bras.

– Tout est pardonné.

– Putain de xok ! Qu'est-ce que tu racontes ? crie Krisxox de l'autre côté de la pièce.

Il comprend tout ce que dit Svera, même lorsqu'elle parle en humain. Plus surprenant encore, il poursuit lui-même en humain et non en voraxian. Je ne le comprends que grâce à mon jeton.

– Il n'a même pas encore été puni !

Il me pointe du doigt.

J'inspire, prêt à me défendre et à défendre ma femelle s'il faut en venir aux mains, mais Deena déclare :

– Peut-être que vous pourriez pardonner si nous vous faisions un cadeau ?

Son front se plisse. Elle expire par grandes bouffées.

– Avez-vous envisagé... de quitter... cette planète aride ?

Svera fait une grimace.

– Oui, bien sûr, mais il y a peu d'endroits sûrs pour nous, les humains, dans le cosmos, et nous ne pouvons pas survivre aux climats des endroits inhabités de Voraxia...

Deena acquiesce et je remarque que sa main a commencé à serrer la mienne de plus en plus fort.

– Que diriez-vous de vivre près d'une plage ?

Je souris. Je suis surpris, exalté, heureux.

– Tu serais prête à leur donner ta plage, Deena ? je demande.

– Ce n'est pas la mienne. Cette plage est pour les humains, et tu sais aussi bien que moi que je n'ai aucune envie de m'occuper de tous ces gens. Svera, elle, veut le faire. Cette planète pourrait devenir un port contrôlé par les humains. Ils pourraient laisser entrer qui ils veulent tant qu'ils acceptent aussi de recevoir des Niahhorrus.

Elle jette alors un regard interrogateur à Svera, mais cette dernière ne fait que froncer les sourcils.

– Je n'ai jamais dit que nous allions quitter la colonie pour vivre sur cette planète, nous sommes déjà bien installés ici.

– Tu ne diras pas la même chose une fois que tu l'auras vue.

Svera sourit, fronce les sourcils, puis caresse la jambe de Deena.

– Tu devrais te concentrer sur l'accouchement...

– Centare, ne change pas de sujet…

Ma femelle se contracte et souffle. Je tire ses cheveux en arrière pour libérer ses épaules. Je ne veux pas qu'elle ait trop chaud, même si je dois avouer qu'il fait plutôt frais ici. C'est surprenant, étant donné le climat insupportable de cette lune.

– Nous avons trouvé le satellite humain, Svera.

– Vous l'avez trouvé ? s'écrie la conseillère. Comment vont les humains ? Ont-ils accès à la technologie moderne ? Ils t'ont bien reçue ?

– Centare, répond Deena en riant. Ils se sont transformés en tapis.

Sa voix et son visage trahissent son dégoût. Je tombe à genoux et presse mon visage plus près du sien. Je veux l'apaiser, faire disparaître les mauvais souvenirs.

– Ma pirate, qu'est-ce que je peux faire pour toi ? je chuchote.

– Raconte… Parle de la plage et de la mer à Svera…

Je souris et je décris la petite planète tandis que ma pirate fait naître les premiers hybrides Niahhorrus-humains, l'un après l'autre. Quintenanrret les passe à mes pirates, sous les yeux ébahis de Svera.

– Tu es sûr qu'ils sauront s'en occuper ? me demande-t-elle quelques demi-solaires plus tard.

– Aucun petit, dans cette galaxie, n'est mieux pris en charge qu'un petit Niahhorru. Tous les pirates s'en occupent comme s'ils l'avaient enfanté.

Svera ferme la bouche et sourit.

Deena tient bon pendant toute la lune et elle réussit à donner naissante aux six petits, sans qu'ils aient besoin d'attention médicale et sans aide technologique. À un moment donné, en regardant le petit visage brun de l'une de mes filles, je me mets à sangloter. En fait, je pense que tous les pirates ont la larme à l'oeil. Tous, sauf Deena. Elle rit comme une petite folle.

Svera, confuse, dorlote un petit contre sa poitrine : un garçon. Nous avons deux filles et quatre garçons : la compétition pour les nommer est féroce. Des lignes dans le sable ont été tracées. Tevbarannos déclare qu'il va tous nous faire sauter si nous ne donnons pas son nom à l'un des petits. Les guérisseurs ont un mal fou à essayer de nous reprendre les petits pour les examiner. Ils semblent en bonne santé, mais sont beaucoup, beaucoup plus petits que des petits Niahhorrus ordinaires. Leurs pointes sont aussi douces que des plumes. Je touche la petite joue brune de la petite fille dans mes mains et la place sur la poitrine de Deena avec réticence avant de m'arrêter. Je ne veux pas la poser.

— Shrov ! je m'exclame en m'éloignant de Deena, ma petite fille dans les bras. Gerannu ! Où sont les anneaux atomiques que j'ai commandés ?

— Shrov ! Ils sont sur le vaisseau ! Nikkowerranorru, va les chercher.

— Va les chercher toi-même. Ce n'est pas moi qui les ai oubliés...

— Que quelqu'un aille les chercher !

— Centare ! Espèce d'idiot, ne prends pas le petit avec toi !

— Je veux continuer à le tenir. Je ne l'ai que depuis quelques secondes...

— Par toutes les étoiles ! s'écrie Svera crie en éclatant de rire.

Elle emmène un de mes bébés vers son compagnon. Je grogne et pointe un doigt menaçant vers lui, mais Svera se contente de me faire un signe de tête sévère. Elle se tourne ensuite vers son amie. Deena, qui vient de donner naissance à des petits extraterrestres, est toujours étalée sur le nid.

— Vous êtes toujours comme ça, vous, les pirates ?

Deena sourit d'un air endormi et paresseux. Elle caresse les doux poils qui poussent sur la petite tête d'un des bébés. Les deux filles ont des poils humains et pas de pointes, tandis que les quatre garçons ont des pointes qui, je l'espère, durciront pour être encore plus fortes que les miennes. Ma fierté, en ce moment, ne connaît pas de limite.

– Seulement pour les occasions spéciales... En temps normal, ils sont bien pires.

Svera rit et me rend mon petit, les larmes aux yeux, après l'avoir montré à son compagnon. Il me fait un signe de tête et je vois ses mains se crisper, je sens qu'il aimerait avoir ses propres petits avec lui en cet instant.

-Nous allons vous laisser célébrer ce moment en famille. Mon compagnon et moi retournons chez nous pour réfléchir à votre proposition : une nouvelle planète, un terrain d'échange commun Niahhorru-Voraxian-Humain et une nouvelle base pour que tous les Humains puissent vivre ensemble, affirme Svera.

Son regard tombe sur le mur du fond où Fifi et Quintenanrret se tiennent debout et parlent du plus petit bébé – une des petites filles. Je sais déjà que même si elle est petite, elle grandira et deviendra comme sa mère, la pirate la plus coriace que Kor ait jamais vue. En regardant les deux guérisseurs, je remarque que quelque chose d'étrange se passe sur le visage de Fifi.

Son regard est concentré sur Quintenanrret et son front... est illuminé d'une multitude de couleurs. Il n'y a qu'une seule explication à cela. Svera se couvre la bouche avec sa main. Manifestement, elle est parvenue à la même conclusion que moi.

– Oh la la... dit Fifi en saisissant le bras de Quintenanrret.

Il la regarde, bouche bée.

– Est-ce que ça veut dire...

– Je suis ton...

– Ton âme soeur Xiveri ?

Ils se mettent à sourire tous les deux comme des enfants pendant que je les regarde, abasourdi. Cela ne s'est jamais produit auparavant. Qu'est-ce qui a changé ?

Nous. Nous avons changé. Nous : les Voraxians *et* les Niahhorrus.

Peut-être que nous n'avions pas le choix. Peut-être que les humains nous ont donné plus d'une façon de nous reproduire – pas seulement par leur compatibilité génétique, mais par leur capacité à nous réunir.

Je continue à contempler, bouche bée, les possibilités qui s'offrent à nous, tandis que Svera poursuit :

– Je pense que nous allons accepter votre proposition. Votre présentation de la plage m'a convaincue. Toutefois, Deena, tu es, de toute évidence, une meneuse. Je pense que tu devrais diriger cette opération avec Miari et moi.

– Merci, Svera, mais je dois refuser. Je suis une pirate avant tout. Nous aurons certainement une maison là-bas, et nous viendrons vous rendre visite. Mais notre famille appartient aux étoiles et à Kor.

Le calme règne à nouveau dans la pièce une fois que les petits ont été allaités et que tous mes pirates ont trouvé un espace pour dormir sur le sol, autour de ce nid beaucoup trop petit. Je m'allonge sur le dos et le perfore sans ménagement avec mes pointes. Je borde nos six bébés pirates, juste entre nous.

Alors que Deena s'endort enfin dans mes bras, que le premier bébé commence à pleurer et que je me prépare à la première lune sans sommeil d'une longue série ; je sors avec le bébé avant de me placer sur l'ascenseur.

Sous le manteau de l'obscurité, la chaleur de ce monde brûlant est supportable. Le vent glisse sur moi, sur nous, et nous offre un répit appréciable. Je garde ma petite contre ma poitrine, sa tête est appuyée contre mon épaule. Elle est calme maintenant qu'elle est dehors et je reconnais bien là la fille de son père : elle ne veut pas être enfermée, elle veut être libre.

Je lève les yeux vers le ciel sombre et l'éclat de planètes lointaines. Mon vaisseau brille comme une coquille lisse contre l'horizon et je redessine sa forme dans l'horizon avec deux de mes bras tout en parlant dans la petite oreille de ma petite fille :

– C'est ton vaisseau, petite Melianora. Un jour, tu seras assez grande pour le commander. Tu seras la plus sauvage de tous les pirates. Je le sais parce que tu es la fille de ta mère. Tu vas dévaster des armées, affronter des géants, découvrir de nouvelles galaxies, construire de nouveaux vaisseaux, et bien plus encore. Bien plus encore. Peu importe où tu iras, et peu importe l'éloignement des galaxies que tu parcourras, sache que tu es et seras toujours aimée.

Vingt-huit solaires plus tard…

18

Deena

Shrov ! Putain de bordel de shrov ! Qu'est-ce que je me fais chier ! Chier rime gargouiller, et c'est exactement ce que fait mon ventre alors que je me tiens debout, les paumes vers le ciel, un blaster près de ma ceinture.

Miari ne voulait pas que je le porte. Nous sommes en effet censés accueillir les nouveaux humains sans les effrayer, mais j'ai vu ce dont ces « *humains* » étaient capables sur le satellite Balesilha. J'ai réussi à m'en sortir là-bas et j'ai bien l'intention de mettre toutes les chances de mon côté ici.

Miari me lance un regard furieux puis fixe mon blaster.

– Je ne vais tirer sur personne, je grommelle.

Ça ne me dérange pas de mentir si ça la rassure. Cependant, une chose est sûre : si quelqu'un essaie de me manger, je vais lui faire sauter la tête. J'ai beaucoup plus à perdre maintenant.

Je jette un coup d'œil vers les arbres où attendant les pirates Niahhorrus. Certains voulaient nous observer d'en haut, en vol stationnaire, grâce à la technologie d'occultation Eshmiri, mais les Voraxians ont refusé car ils étaient jaloux. Eux, ils ne possèdent pas de boucliers occultants Eshmiris, et ils voulaient aussi voir les premiers humains. Alors ils se sont battus ; Rhork a frappé Raku, donc Krisxox a attaqué Rhork, et ensuite Gerannu, Diekennoranu, Corvenarennu et Quintenanrret ont attaqué Krisxox. Même moi, j'ai attaqué Raku. À ce moment-là, les Voraxians n'ont pas su quoi faire car, de toute évidence, ils n'ont pas l'habitude de combattre des femelles humaines. Raku m'a laissé le frapper plusieurs fois et a refusé de se battre. Quelle insulte !

Miari a mis fin à tout ça en criant et nous ordonnant de nous calmer. Voilà pourquoi nous sommes là maintenant, à trois, entre humaines, sur la plage. Enfin, *presque* entre humaines : Miari est une hybride.

– Svera, dit-elle.

Elle jette un rapide coup d'œil vers les arbres, comme moi. Son compagnon se trouve là, quelque part à côté du mien. L'entente est, au mieux, fragile, mais ce qui est clair, c'est que cette petite planète est un cadeau des Niahhorrus, un espace protégé par les Voraxians, et un havre de paix qui sera gouverné par les humains. Un nombre raisonnable de Niahhorrus et de Voraxians auront accès à la planète : pas plus de cinq pour cent de la population de la planète pour les Niahhorrus, et cinq autres pour cent pour les Voraxians. Ce pourcentage augmentera peut-être, mais pour l'instant, le but n'est pas de les submerger.

Eux, pas *nous*.

Je rigole à voix haute à cette idée et Miari me lance un regard amusé. Elle a l'air si étrange, debout ici sur le sable orange. Sa peau est aussi rouge que les feuilles des arbres et, sur la plage orange, elle se fond presque dans le paysage.

Je lui souris et lui fais signe de la main, même si nous ne sommes séparées que de quelques mètres. Elle lève les yeux au ciel et secoue la tête. En repoussant ses boucles brunes et blondes derrière son oreille, elle lève les yeux vers Svera et dit :

– Vas-y, Svera. Ouvre le réservoir.

Clang. C'est ce que nous entendons quand Svera appuie sur l'interrupteur que Gerannu a préparé pour nous. Au contact de sa paume humaine sur le capteur modifié par le yeeyar, le panneau frontal en verre s'ouvre. Il faut agir rapidement après l'ouverture. Je m'approche de Svera et plonge mes mains dans l'immonde gelée bleue. À côté, la matière vivante bleue qui forme mes chaussures est plaisante.

– Beurk ! C'est collant… je gémis.

Svera reste bouche bée devant moi par-dessus le réservoir. Ses yeux noisette se plissent quand elle sourit.

– Tu as donné naissance à six petits l'un après l'autre et tu n'oses pas toucher ce liquide parce qu'il est collant ?

Elle rit de mon expression alors que j'enfonce aussi mon autre bras dans la cuve, et secoue la tête.

– Triple Dieu aide-moi ! Toi, tu es vraiment une drôle de pirate.

Elle sourit. Pendant ce temps, la fierté envahit mon cœur de pirate.

Je sens un bras dans le liquide et je crie, complètement paniquée. Puis je me rappelle la raison de ma présence ici et je poursuis. Je suis plus forte que Svera ; donc quand je tire, le corps de la femelle remonte d'abord de mon côté de la cuve. J'utilise mon autre main pour soulever timidement l'arrière de son crâne hors de l'eau. Dès que son visage touche l'air, elle commence à cracher, à tousser, à se contracter et à se secouer.

C'est effrayant… et dégoûtant. *Respire ! Ce n'est pas compliqué !* Est-ce que je l'ai pensé ou est-ce que je l'ai dit à voix haute ? Svera me jette un regard désobligeant, je suppose que j'ai parlé à voix haute.

– D'abord vers le haut, puis vers l'extérieur, déclare-t-elle.

Je soulève quand elle soulève et ensemble, nous sortons le corps humide et dégoulinant de matière gluante.

La première humaine à se réveiller en deux cents rotations est une femme à la peau brun clair et aux grands yeux ronds sans cils. Elle est jolie, même chauve. Par contre, elle flippe à mort !

Le corps secoué par de violentes quintes de toux, elle peut à peine bouger. Elle reste donc là où nous l'avons déposée : juste au bord de l'eau. Les douces vagues lui caressent les orteils sans l'entraîner dans la mer. Le sable poudreux se déplace sous ses fesses, l'horizon nous apaise.

Il fait particulièrement beau aujourd'hui. La lumière jaune vif, presque dorée, donne à tout ce qu'elle touche une belle teinte orangée. Elle contraste fortement avec la mer turquoise. Elle est si claire que je peux voir des petits poissons nager près du fond de l'océan. Récemment introduite par les Voraxians, cette espèce de poissons semble prospérer.

Nous nous éloignons toutes les deux d'elle afin qu'elle ait assez de place pour se sentir bien. Je suis sur mes pieds, accroupie, la main sur mon bâton de foudre, tandis que Svera est à genoux à côté de la femelle. Ses mains sont vides. Quelle idiote. *Bon, elle n'est pas idiote, c'est juste qu'elle n'a pas encore rencontré de tapis mangeurs de chair.*

La femelle continue de tousser mais Svera a assez de cran pour l'attraper par les épaules. Chose encore plus surprenante, Svera se met à la secouer. Peut-être que j'avais tort. Svera n'est pas si bête.

-Hé ! crie Svera. Respire. Tu peux le faire. Fais comme moi.

La femelle se tourne vers Svera et, pendant qu'elle la fixe du regard, je me glisse vers elle, je me rapproche de plus en plus près... et vlan ! Je glisse un jeton Niahhorru dans son oreille. Elle crie. Elle hurle même. Elle s'éloigne de nous en se relevant, et dans sa hâte, elle tombe dans l'océan. Svera court à sa poursuite.

Pas moi.

Moi, je préfère dégainer mon blaster. Depuis la plage, Miari crie :

– Peste d'étoiles ! Deena, combien de fois je t'ai dit de ranger ça ? Ne tire pas, putain de xok !

– Nous devons rester prudentes.

– Tu es pire que les garçons !

Je sais qu'elle ne parle pas de mes fils, ou de ceux de Svera ; elle fait référence aux quatre-vingts mâles que j'ai amenés sur cette planète.

Pendant notre échange, Svera a réussi à se redresser et à s'accroupir. L'eau de mer tiède imbibe sa robe jusqu'aux genoux. Elle porte des sandales, ce que je trouve amusant. Les chaussures ne sont pas utiles ici : le sable est si doux et que j'ai enlevé mes chaussures dès que nous avons atterri. Tout à coup, la femme dans l'eau se lève et parvient à rester debout.

– Qu'est-ce qui se passe ? demande-t-elle.

C'est, du moins, ce que le jeton traduit.

– Où suis-je ? Qui êtes-vous ? Et qu'est-ce que c'est que ça ?

Elle désigne Miari en criant. Son visage témoigne de son dégoût. Une chose est sûre, elle et moi, nous n'allons pas être amies.

Je ne peux m'empêcher d'appuyer sur la gâchette cette fois.

– Deena ! hurle Svera.

– Quoi ? J'ai tiré au-dessus de sa tête ! Elle va bien ! Mais elle n'a *pas* le droit de parler de Miari comme ça ! De quel droit appelle-t-elle les gens « *ça* » ? Elle, elle n'est qu'un tapis dans ce cas !

Svera me lance un regard qui aurait pu me réduire au silence avant, mais qui n'a pas cet effet aujourd'hui. Pas même un peu.

– De quoi tu parles ?

La femelle hurle sans retenue maintenant, elle tremble et panique. Elle m'ennuie. Une seule chose m'agace dans tout ça : voir Miari s'éloigner d'elle, mal à l'aise, en direction des arbres.

– Hé ! Reviens Miari ! je m'exclame en me précipitant vers elle et en lui attrapant le poignet.

Je la traîne vers la rive.

-Tu n'as pas à t'écraser face à un tapis.

Je la pousse en avant pour qu'elle se tienne directement en face de l'humaine.

L'humaine recule en la voyant, mais cela ne m'empêche pas d'avancer à grands pas, d'attraper la femme par le bras et de la tirer vers nous.

– Ecoute-moi bien, ma belle. Cette femme est la reine d'un quadrant entier. Elle est mi-humaine, mi-voraxiane. C'est une espèce que tu vas devoir apprendre à connaître. Je suis une humaine et je viens de donner naissance à des bébés à moitié Niahhorrus – ce sont des pirates. Et toi, ma chère, tu as été endormie pendant près de deux ou peut-être même trois cents rotations – c'est presque mille ans pour ton époque– alors tu as beaucoup de choses à découvrir. Sans oublier qu'on t'a sauvée au moment où des cannibales allaient te faire la peau. Donc je pense qu'au lieu de passer ton temps à hurler, tu pourrais commencer par remercier. Qu'est-ce que t'en dis ?

Elle ouvre de grands yeux, aussi ronds qu'une toupie – *bon, j'exagère* – elle me regarde fixement, complètement *abasourdie* mais ne réagit pas.

– Ok… je commence.

Je place deux doigts entre mes lèvres avant de siffler. Je siffle fort mais c'est juste pour l'impressionner : tous les Niahhorrus présents sur cette planète en ce moment peuvent m'entendre à travers mon jeton et, un par un, mes gars s'avancent. Tous.

Rhegaran, Ewanrennaron, Tevbarannos, Quintenanrret, Corvenarennu et bien sûr, Rhork. Ils sortent du couvert des arbres et, dans chacun de leurs bras, se trouve un petit bout de chou qui se tortille. Mon cœur chante. Pas une chanson sur les plantes cette fois, mais une chanson sur mes enfants. Mes merveilleux petits enfants hybrides.

J'attrape la femelle par la main et la traîne, malgré sa résistance et sa frayeur apparente, vers Rhork. Il s'avance en tenant notre fille, Melianora. De tous mes bébés, c'est la plus petite. Mais ne vous y méprenez pas, même si elle n'a que vingt-huit solaires, elle mène déjà son père à la baguette.

Quand nous sommes suffisamment proches, je prends Melianora dans mes bras. Rhork est sur le point d'avoir une attaque. Je tiens le bébé contre ma poitrine, puis je le donne, sans prévenir, à l'humaine. *Ça t'apprendra.*

– Oh…oh mon Dieu, murmure-t-elle.

Je lève les yeux au ciel. Encore une autre adoratrice du triple Dieu. Svera va être ravie.

– C'est un... un bébé.

– C'est exact. Et elle n'est qu'à moitié humaine. Elle est à moitié extraterrestre – de ton point de vue du moins. Et eux, dis-je en montrant derrière moi les bébés hybrides voraxians, qui se trouvent près de Rhork, des autres pirates, de Krisxox – le compagnon de Svera – et de Raku – le roi de Miari. Ils sont aussi à moitié humains.

La femme croise mon regard. Je sens que cette découverte l'accable. Sa jambe droite commence à trembler. En la regardant, j'ai presque de la peine pour elle. Elle ne porte aucune marque de guerrière. Elle n'a sûrement jamais eu à se battre avant d'être attachée dans son réservoir.

Je reprends mon bébé et je dorlote Melianora près de ma poitrine. Rhork s'avance derrière nous et la femelle humaine nous observe... Lorsqu'elle se détourne légèrement pour réfléchir, je peux voir les pensées agiter son esprit avant de se concentrer sous le coup d'une épiphanie :

Nous ne sommes pas de la même espèce.

Nous ne nous ressemblons pas du tout.

Nous sommes une famille.

La meilleure, la plus cool des familles.

– Je m'appelle Anushka, dit-elle enfin.

Le coin de sa bouche s'agite, ce qui me surprend complètement. Mais mon espoir est réduit en morceaux parce qu'ensuite elle secoue la tête et cligne rapidement des yeux.

– Je dois être en train de rêver.

– Svera ! Miari ! J'ai fait ce que j'ai pu, je gémis.

Elles rient et se regroupent autour de la femelle appelée Anushka tandis que je me retourne pour faire face à mon compagnon. Les pirates Niahhorrus se rassemblent autour de nous, mes autres petits dans les bras. J'embrasse chaque bébé sur le front, puis Tevbarannos aussi, parce qu'il l'a demandé.

Nous nous dirigeons plus loin vers les arbres tandis que Svera et Miari parlent davantage avec l'humaine toujours bouche bée face aux extraterrestres et aux hybrides.

– Comment ça se passe ? demande Rhork en jetant un coup d'œil aux femelles humaines quelques temps plus tard, alors qu'elles se préparent à ouvrir un deuxième réservoir.

Je secoue la tête et soupire.

– Je ne sais pas. Je ne pense pas que la première fille devienne une pirate cela dit. Elle est bien trop impressionnable.

Rhork rit contre le sommet de ma tête juste au moment où Ferannu commence à couiner dans ses bras. J'échange de bébés avec lui, puis Tevbarannos arrive et prend Melianora. Les bébés passent ensuite de mains en mains jusqu'à ce que je ne sache plus qui tient qui. Je m'en fiche. Je sais que chacun de ces mâles mourrait pour un de mes bébés s'il le fallait. Parce que c'est ce que font les membres d'une famille les uns pour les autres.

– As-tu des nouvelles de Herannathon ? Je demande à Rhork.

Il secoue la tête et me caresse les cheveux pendant que j'allaite l'un de nos petits sur la plage. Doucement, il me guide sous l'ombre d'un des arbres. Il y fait plus frais. Des pirates passent et me tendent périodiquement des bébés et périodiquement, j'entends un cri quand un autre réservoir est ouvert sur le rivage sablonneux. Au moment où le soleil se couche, il y a une douzaine de nouvelles femelles humaines éveillées et trois réservoirs de mâles ouverts. L'un des mâles humains a même ce qui semble être une conversation amicale avec Meghanora et les deux autres femelles Niahhorrus qui ont rejoint cette joyeuse expédition.

J'essaie de ne pas me laisser gagner par l'irritation en la voyant. J'y parviens sans mal. Je porte les bébés de Rhork dans mes bras, et lorsque je lève les yeux vers son visage, je le vois me fixer comme si nous étions seuls sur cette plage.

Des feux de joie apparaissent sur le sable et bientôt les rires et les plaisanteries des Niahhorrus sont ponctués par le son anormal des langues traduites de l'humain et du voraxian. Eh ben ! Même les pirates et les Voraxians ont l'air de s'entendre. Ce qui ne veut pas dire qu'aucune bagarre n'éclate. Bien sûr, il y en a quelques-unes. Je suis presque sûre que mes gars les ont toutes déclenchées.

Je pose ma tête sur l'épaule de Rhork et je soupire quand il embrasse mon front. Puis ma joue, puis mon nez. J'incline mes lèvres vers les siennes et le laisse m'embrasser une fois de plus. Je ferme les yeux et en arrière-plan, j'entends le rugissement de l'océan.

– Je suis prête, je chuchote.

– Prête pour quoi ?

– Pour être à nouveau une pirate.

Il rit contre mes lèvres et je frissonne de désir. Savoir que mon corps a besoin de guérir pendant encore trente solaires est une pure torture. Rhork s'éloigne d'abord et embrasse ma tempe, puis prend le bébé sur mes genoux et berce doucement Gigimorannu sur ses genoux tandis qu'elle roucoule doucement pour s'endormir. Mes bébés dorment à poins fermés. C'est logique, ils sont épuisants quand ils sont éveillés.

– Tu es déjà prête à partir ?

Je hoche la tête.

– Je suis une pirate. Ma place est dans les cieux, à piller et à explorer. De plus, je me souviens que tu m'as promis que je pourrais tirer quelque chose dès que je me sentirais mieux. Je me sens mieux, Rhorky chéri.

– Bien. Parce que j'ai eu quelques idées pour faire payer les Egamas qui ont rejoint Pogar dans sa mutinerie. Je crois qu'il faudra que ça reste une affaire de famille.

Je regarde ses yeux argentés et lui regarde les miens. Gigimorannu, qui dormait doucement un instant auparavant, se met à hurler comme un animal blessé. Par-dessus ce bruit, j'arrive à me faire entendre en criant un seul mot à mon compagnon, le mâle que j'aime le plus dans tout le cosmos.

Tout ce que je réponds, c'est :

– Intéressant.

Merci beaucoup d'avoir rejoindre Deena et Rhork sur
Kor! Si vous avez apprécié l'histoire de Deena et Rhork
n'hésitez pas à me le faire savoir avec un avis sur
Amazon, ou vous pouvez me contacter sur:

Instagram: @estephensauthor
TikTok: @elizabethstephensauthor

Vous pouvez également faire partie de ma mailing list à
www.booksbyelizabeth.com

Donnez la priorité à ce qui est « *intéressant* », et à la
prochaine !

Elizabeth

¤°´*`°¤,,,¤°*°¤,,,Ø

Piégée par le Chef de Lemora

Sixième tome de la Passion Xiveri (Essmira et Raingar)

Grrr ! Raingar déteste les vendeurs de chair et de services sexuels plus que tout au monde. Cependant, lorsqu'il pose les yeux sur la femelle qui les accompagne, l'impensable se produit. Ses cornes commencent à le démanger et son cœur de pierre grincheux se met à battre.

Disponible en livre de poche partout où l'on vend des livres en ligne ou sur Amazon en ebook ou livre relié.

1

Raingar

– Je déteste ça.

– Yeffa. Nous le savons, dit Merquin sans me regarder par-dessus le dossier de son siège.

Tana et Reyna sont concentrées sur les commandes qu'elles espèrent passer. Bebette, à ma droite, fronce le nez et, faisant mine d'être horrifiée, puis s'approche d'un pas pour me donner une légère tape sur l'épaule avant de la serrer brusquement.

Je la repousse avec colère.

– Arrête ça !

Elle se contente de sourire.

Tana est trop occupée à regarder par la vitre pour intervenir. Cela fait plus d'une demi-rotation qu'elle a décidé de ne plus se soucier de mes complaintes ; alors je dirige ma colère sur Reyna.

– Je ne sais pas pourquoi c'est moi qui ai été choisi pour représenter notre peuple.

– C'est parce que tu es chef de clan, fait-elle sèchement remarquer.

– Il y a d'autres chefs de clan, je rétorque.

Reyna pousse un long soupir.

– Yeffa, bien vu, Raingar. C'est pourquoi nous sommes *tous* ici.

Mon visage se réchauffe. Je me déplace, mal à l'aise sous la tunique traditionnelle Lemorane que j'ai mise pour l'occasion. Elle est faite de soie brute de catacat, mais j'ai l'impression de porter du fil barbelé. Je tire rageusement sur le col afin de l'étirer pour qu'il s'ouvre. C'est ma petite révolte du jour.

– Nob !

Je tape du pied droit et agite mon poing droit vers tous les membres présents, vers l'extérieur translucide en cristal de Kintarr de notre vaisseau, vers les étoiles au-delà et surtout vers la planète monstrueusement dorée qui se rapproche de plus en plus. C'est à cause d'*elle* que je me sens aussi mal.

– Vous, vous avez tous *choisi* d'être ici. Vous auriez pu envoyer quelqu'un d'autre de mon clan. Vous auriez pu envoyer Gorman ! Il aurait très bien pu représenter mon clan. Moi, je ne peux pas parler en leurs noms.

– Tiens, c'est drôle ça, gazouille Bebette avec sa voix vive et pétillante. Corrige-moi si je me trompe, mais jusqu'à preuve du contraire, c'est toi qui es monté sur le vaisseau.

J'ouvre la bouche pour contredire Bebette, mais je ne trouve rien qui puisse contrecarrer sa logique insouciante. *Je dois parler au nom de tous les membres de mon peuple. J'ai été élu. Et c'est pourquoi je suis ici sur ce foutu vaisseau et pas Gorman.*

– Grrr !

Nous sommes près du quai et je commence à faire les cent pas. Je me tortille, toujours mal à l'aise. Ma tunique ne me va pas bien. Elle est trop serrée, j'ai chaud, mon épiderme est irrité. La peau autour de la base de mes cornes me démange et je la frotte pensivement. Merquin doit avoir remarqué mon geste, car lorsque je détourne mon regard de la hideuse planète dorée, je la surprends en train de me regarder attentivement pour la première fois depuis que nous avons quitté Lemora et que j'ai commencé à me plaindre.

– Tes cornes te gênent-elles ?

Ses sourcils sont rapprochés au-dessus de ses larges narines.

Comme tous les Lémorans, son apparence est marquée par ses cornes, qui commencent au-dessus de ses oreilles et descendent vers ses joues, avant de s'incurver dramatiquement vers le haut et de se terminer à une bonne longueur de pied Lémoran au-dessus de sa tête en pics dangereusement pointus. Elle a de grandes mains et des doigts en forme de blocs. Elle n'a pas de cheveux et sa peau rugueuse est texturée sur toute sa surface. Ses épaules massives se dressent en crêtes dures comme si elle était faite de pierres.

Avec une peau qui va du brun clair au brun plus foncé, elle ressemble vraiment à une pierre. Nous ressemblons tous à des pierres. Quant à sa taille… Eh bien, elle la rapproche encore plus de l'apparence du rocher. Elle est bâtie comme une montagne. Je suis un mâle – le seul mâle parmi les chefs de clan – donc je lui ressemble, mais en plus grand, en plus dur, et sans les seins. Mes cornes sont aussi plus courbées et bien sûr…. euh… je suis plus chargé entre les jambes. Autant dire que je sors du lot ! En outre, comme je suis un mâle, toutes les autres pitoyables espèces qui mettent leurs femelles à l'écart, veulent me parler ! Je déteste ça !

– Ne t'inquiète pas pour mes cornes. Je ne descends pas du vaisseau. Tu sais que toutes ces espèces stupides qui n'ont que des mâles pour dirigeants vont venir me parler. Ils se fichent que je sois le plus jeune chef de clan. Je n'irai pas. Je ne veux pas leur parler. J'ai déjà conclu la plupart des affaires pressantes dont j'avais la charge grâce aux écrans holo. C'est à ça que ça sert, après tout, à négocier des accords avec des idiots à distance.

– C'est utile pour *la plupart* des accords, soit, déclare Tana, la voix riche d'une emphase malicieuse que je n'aime pas.

Ça ne me dit rien qui vaille.

– C'est utile pour *pratiquement* tous les accords. Si j'avais su que je serais tout de même obligé de venir à ces réunions, je ne vous aurais jamais laissé installer ces écrans holo dans mon donjon. Vous savez à quel point je déteste ces objets. Je déteste le fait que les visages des dignitaires viennent envahir mes espaces privés, mon donjon. Pourquoi n'a-t-on pas gardé les vieilles boîtes ? Celles à travers lesquelles on ne pouvait échanger que des messages audio ?

– Il vaut mieux ne pas négocier avec des créatures qui peuvent nous voir, dit Tana.

– Elles ont tendance à avoir peur de nous…

Le regard de Bebette se dirige vers mes cornes et elle me tire la langue comme si elle venait de faire une blague. Maudite femelle !

– Je ne suis pas là pour négocier ! je m'écrie, mais Reyna couvre le son de ma voix.

– Tu sais, si tu n'avais pas obtenu ces écrans holo des Voraxians, tu aurais dû faire *toutes* tes négociations d'ici.

Cette pensée m'horrifie. Merquin s'ébroue. Bebette rit. Je secoue la tête et bafouille :

– Ça ne me plaît pas. Ça ne me plaît *pas du tout* !

Reyna et Tana poussent un long soupir en même temps. Merquin fixe à nouveau mes cornes tandis que Reyna guide le vaisseau dans l'énorme hangar doré, aux côtés de centaines d'autres vaisseaux construits à partir de matériaux différents que je peux nommer et d'autres encore que je ne reconnais pas.

Il y a des vaisseaux à peine plus grands que des nacelles d'insectes et d'autres aussi grands que des montagnes. Un vaisseau élégant attire mon attention à travers le hangar. Son extérieur noir est mouvant, il bouge comme s'il avait son propre esprit. Il me donne la chair de poule. Je sais qu'il appartient à des pirates, ce qui me surprend. Ils n'ont pas l'habitude de participer à ce genre de choses.

– Est-ce que tu crois… je commence.

Le regard de Merquin est si intense que j'en oublie ce que j'allais demander.

– Quoi ? je m'exclame alors que le vaisseau passe entre une monstruosité rose et dorée et un autre petit vaisseau bleu vif.

Ces deux vaisseaux appartiennent probablement à l'un des princes ou princesses du premier quadrant, quadrant auquel appartient la planète sur laquelle nous venons d'arriver. Il y a dans ce coin du cosmos *un nombre incalculable de princes et de princesses. Et je les déteste tous.*

Merquin continue à me fixer tandis que, derrière elle, Tana lâche le pont. L'atmosphère légèrement plus oxygénée de notre vaisseau se répand dans le monde rempli d'or et de princesses sur lequel nous venons d'atterrir. Je déteste l'or. Je déteste la noblesse ! Je déteste voyager ! Grrr !

– Tu es sûr que tu te sens bien ? demande-t-elle en penchant légèrement la tête.

Ses deux yeux sont fixés sur mes cornes.

Je réalise que je suis en train de caresser inconsciemment la base de ma corne droite. *D'ordinaire, je ne touche jamais mes cornes. Qu'est-ce qui m'arrive ?* Je laisse tomber ma main et croise mes bras sur mon torse. La profondeur de ma poitrine rend la tâche difficile, mais je lutte contre la tension dans mes épaules et je réplique d'une voix forte :

– Mes cornes vont bien ! Et je ne descendrai pas du vaisseau.

Les autres cheffes de clan lèvent les yeux au ciel et descendent du pont pour accéder au hangar luxueux de ce monde doré. Maintenant seul, je jette un coup d'œil aux clans qui sortent de leurs vaisseaux en souriant et en gloussant. Je les déteste. Ils se promènent sur les plateformes circulaires pour atteindre les différentes entrées du château d'or qui relient directement ce dôme en plein air aux nombreux couloirs qui mènent au palais du roi. C'est assez marrant, vu que le dernier roi est mort il y a des rotations. Aujourd'hui, il n'y a que des princesses et des princes. Des tas de princesses et de princes.

Mes mains trapues se crispent contre mes côtes. Je les ai repliées sous mes bras, comme pour les empêcher d'atteindre les commandes. Je me demande quel niveau de douleur et de souffrance je subirais si je devais réquisitionner le vaisseau et retourner sur Lemora sans les autres cheffes de clan. Je pense qu'on me ferait vivre *un enfer. Nob, pas un enfer, des enfers…*

Je les suis en soufflant le long de la rampe, en serrant le poing et en criant :

– Ok, je viens. Mais je ne vais pas dans le château !

Dans le château, debout au bord de la salle de bal, je contemple les couleurs horriblement vives et les centaines de rois, reines et chefs rassemblés.

– Arg ! Je ne vais pas dans la salle de bal par contre !

Une fois dans la salle de bal, je recule, je m'éloigne de plus en plus de la foule qui s'est rassemblée, jusqu'à ce que je me heurte à des cornes : celles de Reyna. Elle me pousse à avancer.

– Nous savons tous pourquoi nous sommes ici, je siffle. Mais ces créatures ont encore envie de presser leurs immondes visages les uns contre les autres et de prétendre qu'ils se soucient des réponses aux questions qu'ils posent. Pff ! « *Oh, comment se portent les cultures du Quadrant huit ?* », Je minaude en imitant un prince du Quadrant 1. « *Oh, très bien ? C'est charmant.* » Non ! Ce n'est pas le cas. Ils ne savent donc pas que l'agriculture est impossible dans le Quadrant 8 ? Les Oosas ne mangent que des aliments synthétiques !

Pendant que je parle, une délégation Walrey du Quadrant Cinq vole assez près pour interrompre ma diatribe – ils sont assez près pour que je puisse me voir reflété dans les énormes orbes violets que sont leurs yeux.

– Kintarr à vendre ?

C'est ce que nous entendons à travers les traducteurs qu'*ils* portent. Nous ne portons pas de traducteurs, mais nous parlons le Meero, la langue du commerce de l'universel, et c'est ce qui émane de leurs boîtes de traduction bidirectionnelles.

– Nob ! je crie en Lemoran, avant de répéter en Meero pour faire bonne mesure, Centare !

Bebette pouffe de rire. Reyna me pousse dans le dos. Tana baisse la tête pour la couvrir avec sa main. Merquin me contourne et aborde le contingent Walrey avec la diplomatie qui me fait défaut.

– Nous avons du kintarr à vendre. Nous le vendons à trente mille crédits par sac, trois millions de crédits par tun, ou des ressources et marchandises de valeur équivalente. Nous sommes intéressés par les fils de soie Walreys...

– Et le miel Walrey, je lâche. Il a des propriétés curatives que mon clan utilise à des fins médicinales et récréatives. Sa popularité ne fait qu'augmenter sur les marchés.

– Naturels ou traités ? répondent-ils. Les fils de soie traités sont plus chers.

– Naturels. Nous les traitons nous-mêmes avec nos propres produits, même si nous aimerions acheter certaines des vos teintures, en particulier les teintes ambrées et jaunes. Nous ne pouvons pas fabriquer des teintes aussi claires.

– Nous voulons aussi du miel Walrey, je murmure à nouveau.

Ma présence ici, m'irrite. Cette négociation m'irrite. Et bien sûr, on ne répond pas à ma demande, ça m'irrite !

La Walrey positionnée à l'avant émet un bourdonnement. Les ailes transparentes sur son dos battent trop vite pour que je puisse les voir. Ses fines pattes avant se frottent l'une contre l'autre devant sa gueule crochue et il hoche la tête.

-Nous ne pourrons vous donner que de l'ambre et de l'or. Le jaune n'est pas de saison.

-D'accord. Mais nous attendons au moins une tonne de soie et deux tonnes de teinture pour chaque sac de kintarr.

Les Walreys prennent un moment pour se concerter. Comme leurs chefs se détournent pour faire face aux autres, je siffle :

– Ces petits Walreys du ciel auraient-ils oublié le miel ?

Merquin me fait signe de la main derrière son dos pour que les Walreys ne puissent pas la voir. Je grogne d'une voix plus grave, mais plus forte :

– Walrey. Ciel. Miel.

– Combien ? chuchote Tana penchée vers mon oreille.

– Six sacs. J'échangerai un sac de miel contre un sac de kintarr.

Elle lève ses deux sourcils saillants et glabres, visiblement surprise. Le Kintarr est l'une des marchandises les plus précieuses des quadrants connus, rien ne l'égale. Échanger un sac de Kintarr contre un sac de miel comme s'ils avaient la même valeur semble insensé. Moi, je ne négocie pas. Les autres sont ici pour ça, mais pas moi. Alors je paie ce que je peux me permettre de payer pour ce que je pense être la valeur d'un objet.

J'acquiesce, puis je dis :

– Le miel est très important pour mon clan.

– On dirait bien.

Sa surprise disparaît et elle me fait un signe de tête. Assuré que ma demande sera acceptée et que la commande sera passée par Tana, j'en profite pour sortir du cercle des chefs de clans lemorans pour me diriger vers la sortie la plus proche. J'ai besoin d'air. Je ne sais pas comment je vais survivre à une autre demi-lune de négociations. C'est exactement le temps qu'il me faudrait pour quitter cette planète sans arbustes et sans arbres. Il ne me manquerait plus qu'un autre solaire pour être de retour sur le rocher couvert de mousse que j'appelle ma maison.

L'entrée de la salle de bal est scellée par un rideau. Je me glisse derrière pour entrer dans un foyer presque entièrement fait d'helos – une pierre blanche et noire brillante – avec des lustres qui tombent des plafonds en forme de stalactites. On dirait qu'ils les ont faits en... Argh !

– Ces satanées lumières sont faites en kintarr ! Probablement celui tiré de ma propre mine ! Ohr ! C'est une source d'énergie rare, pas de la déco !

Je suis encore en train de crier vers le plafond quand une voix joyeuse retentit dans la pièce.

– Raingar !

Je grimace. J'ai été repéré. Argh !

Je grogne et regarde de côté, par-dessus le bord de ma corne, le pirate Niahhorru qui s'avance rapidement vers moi. En voyant ma propre corne dans ma vision périphérique, je réalise que j'en touche à nouveau la base. Qu'est-ce que...

Je ne m'explique pas cet *inconfort*. La peau à cet endroit est tendue depuis que nous sommes entrés en orbite. Je me demande si c'est dû au stress lié à ma présence dans cet horrible endroit. Yeffa, ça doit être ça... Tout ce que je sais, c'est que je n'aime pas ça.

– Raingar, comment vas-tu ?

Je remarque qu'il porte le traditionnel pantalon de cuir gris tantu que les pirates Niahhorrus portent toujours – un signe clair qu'il rompt avec les formalités et le dress code de ces négociations insensées – et je me souviens qu'il est l'un des rares êtres ici que j'apprécie.

Ou plutôt, que je tolère.

Enfin… que je peux supporter.

Moi, je suis piégé dans cette tunique d'ohring faite d'une soie provenant d'un insecte qui vit dans les profondeurs de la terre du Quadran 4. Un ver qui n'a pas d'yeux et qui a trois culs par lesquels il excrète ladite soie.

– Tu as l'air plus heureux que jamais, dit-il en écartant ses quatre bras d'argent et en me souriant avec ses dents brillantes.

Je grogne et montre les dents mais son sourire se maintient, alors mes épaules s'affaissent, vaincues.

– Qu'est-ce que tu veux ?

Il ne répond pas tout de suite, mais les énormes orbes argentés de ses yeux se déplacent de gauche à droite. Il se met à bégayer lorsqu'il aperçoit un capitaine Oroshi qui passe avec son garde – *une femelle*. L'Oroshi repère aussi Tevbarannos, et lui fait un signe subtil d'un tentacule en passant. On ne me regarderait pas comme ça moi, pas même une créature qui n'est que tentacules vert-gris et rien d'autre. Herannathon, un autre pirate que j'admire, m'a dit un jour que c'était parce que je ne souriais pas et que je regardais tout le monde comme si j'étais à deux doigts de commettre un meurtre brutal et sanglant. Mais moi je sais ce qu'il en est.

C'est parce que je ressemble à un rocher.

Je sais aussi que nous, les Lemorans, nous sommes la meilleure espèce de ces huit quadrants. Nous sommes les seuls êtres dignes et travailleurs. Nous nous conduisons toujours avec honneur, un honneur tissé dans notre peau extérieure rocheuse, et mêlé au sang rose qui coule dans nos veines. Nous ne sommes pas comme ces pirates sans honneur avec leurs quatre bras et leurs sourires éclatants, ou encore comme ces crétins du premier quadrant avec leurs mille princes et leur milliard de princesses, et encore moins comme les Oroshis, qui sont, eh bien, entièrement mous.

– Qu'est-ce que tu fais ici ? La dernière fois que j'ai vu Rhorkanterannu, il m'a dit qu'il préférait participer à une orgie avec des Oosas que de revenir dans le Quadrant 1.

– Mieux vaut une orgie Oosa qu'une orgie Oroshi, fait remarquer Tevbarannos.

Il frissonne et continue à observer l'Oroshi jusqu'à ce qu'elle disparaisse dans les escaliers et ne soit plus visible.

J'essaie de m'imaginer ce à quoi ressemblerait un accouplement avec une Oroshi et je suis moi aussi immédiatement parcouru d'un long frisson devant cette image.

– Je suppose que tu as raison, dis-je.

Tevbarannos rit. Ohring, les pirates rient toujours avec une facilité déconcertante…

– En fait, je cherche quelqu'un, ajoute-t-il.

Comme il n'en dit pas plus, je lève les yeux au ciel.

– Bonne chance !

Je fais mine de partir mais il poursuit en criant :

– Tu n'as pas vu des Egamas par ici, n'est-ce pas ?

– Bien sûr que si ! Ce sont des géants, ils sont plus grands que moi. Difficile de ne pas les voir.

Je lui fais signe de s'en aller et me dirige vers les escaliers, mais il se précipite à ma suite et me donne une sacrée frayeur en me saisissant le biceps pour m'entraîner vers la gauche.

– Qu'est-ce que tu fais ?

Je reste enraciné là où je suis et le regarde en fronçant les sourcils.

Il penche la tête et me lance un regard suppliant, mais comme je ne bouge toujours pas, je lis de la frustration dans ses yeux. Il croise ses bras inférieurs sur sa poitrine, puis ses bras supérieurs par-dessus ceux-ci.

– Qu'est-ce que tu peux être têtu… Herannathon m'avait prévenu à ce sujet.

Je suis curieux de savoir où se trouve Herannathon, mais les mots ne dépassent pas la barrière formée par mes dents. Mes cornes sont à nouveau douloureuses, un peu plus que tout à l'heure. Je grogne et commence à m'éloigner. Je monte les escaliers où je peux voir les Oosas se rouler par terre – ce sont des êtres bleus à l'aspect gélatineux et je déteste discuter avec eux. Ils veulent toujours faire l'amour entre eux au beau milieu d'une conversation ! Lorsque je réalise qu'ils bloquent presque tout le palier au-dessus de moi, mes épaules s'affaissent encore plus.

Soudain, Tevbarannos apparaît à mes côtés et demande poliment aux Oosas de s'écarter de son chemin. Il capte mon regard lorsqu'il libère un passage et me fait avancer – non pas vers le divan sur lequel s'étalent les guerriers du Quadrant Cinq en train de jouer au mok-biz avec quelques délégués Hyphas – des créatures orange vif qui marchent sur deux pieds, ont deux mains, sont remarquables par l'ensemble des nageoires qui sortent de leur tête dans toutes les directions, *et* qui sont la deuxième espèce la mieux représentée à Lemora – mais vers un couloir moins encombré.

Là, il attrape mon coude avec sa main inférieure gauche et baisse la voix pour chuchoter :

– Je voulais juste te dire que si tu restes dans le coin, tu vas tomber sur Igmora et Tyto.

Il fait une grimace que je n'arrive pas à interpréter, mais quand ses yeux se déplacent nerveusement, je fronce les sourcils.

– Qu'est-ce que ça peut bien me faire ? Ce sont des vendeurs de chair. Je n'ai pas l'intention de commercer avec eux. Au revoir.

– Attends !

Sa prise se resserre sur mon bras.

– Tu l'as vue ? demande-t-il.

– Qui ?

– Leur dernière... acquisition.

Il a la décence d'avoir l'air embarrassé et de baisser le regard en disant ça.

Pendant ce temps, mon visage brûle pour des raisons totalement différentes qui ont toutes un rapport avec la rage que je ressens.

– Tu veux dire la femelle de plaisir qu'ils cherchent à vendre ? Nob ! Je te l'ai déjà dit, je ne fais pas affaire avec des vendeurs de chair. Sur Lemora, nous les mâles, nous croyons qu'il faut gagner l'estime de nos femelles à l'ancienne. Après une longue cour assidue !

Je m'éloigne encore, jusqu'à ce qu'il murmure, si bas que je peine à l'entendre :

– J'ai entendu dire que cette fois-ci, ils vendent une *humaine*.

Une humaine ? Je n'avais jamais entendu parler de cette espèce auparavant et je pensais avoir entendu parler de tout.

Bien que je n'en aie rien à ohring, une pression serrée remplit mes cornes jusqu'à la pointe avant de redescendre et de s'installer avec une douleur sourde et lancinante. C'est une douleur qui ne fait qu'empirer quand je me retourne. À cause de cela, des pensées ridicules, incroyables, risibles, prennent naissance dans mon esprit...

Peut-être que, juste pour cette fois, je devrais accorder mon attention à ce pirate et prendre quelques instants pour l'*écouter*.

– Une humaine ? C'est quoi une humaine ? je demande malgré moi.

Tevbarannos réduit l'espace entre nous et parle comme s'il divulguait des secrets d'État.

– Les humains sont un nouveau type d'espèce, ils sont sous la protection des Voraxians et des Niahhorrus. Ils sont très...hum... Les femelles, en tout cas, sont très... douces ?

J'attends. Il n'en dit pas plus.

– Tu l'affirmes ou tu me poses la question ?

Non mais, c'est une blague ! Argh !

– Centare, corrige-t-il en secouant la tête. Elles...

Les plaques dures qui recouvrent une partie de sa poitrine se soulèvent. C'est un signe Niahhorru de gêne. Je lève mes mains en l'air. J'ai beau être le plus jeune chef de clan, j'ai plusieurs rotations de plus que Tevbarannos. C'est le plus jeune pirate du cercle restreint de Rhorkanterannu. Rhorkanterannu est le roi pirate de Kor. Entre nous, je n'oserais jamais le lui dire en face car les pirates méprisent les rois. Je me demande distraitement ce qu'ils pensent des chefs de clan et je me mets à ronchonner bruyamment.

– Accouche, Tevbarannos ! je rugis.

– Les femelles humaines sont douces, c'est une affirmation !

Il sursaute, comme si quelqu'un venait de passer derrière lui et de lui taper sur l'épaule. Il va même jusqu'à se retourner, mais il n'y a personne. Le haut de ses épaules se relève et il expire, l'air épuisé. Il se frotte le front et passe le haut de sa main droite sur le sommet de sa tête, où ses pointes se dressent comme d'épaisses défenses.

Il en a toute une rangée sur la colonne vertébrale et, bien qu'elles ne soient pas aussi épaisses que celles de certains pirates, elles sont certainement assez épaisses pour empaler quelqu'un s'il lui arrivait de tomber sur le dos sur sa victime par accident. Je soupire, rêveur… *J'aimerais avoir des défenses. J'aimerais avoir des défenses sur chaque centimètre de mon corps !*

– Je suis ici tout seul parce que Rhorkanterannu ne fait pas confiance à beaucoup de pirates quand il s'agit des humains. Ils sont délicats et ceux qui croisent leur route ont tendance à vouloir les… garder. Surtout les femelles. Bien que certaines de nos femelles Niahhorrus raffolent des mâles humains, aussi. C'est une espèce très *séduisante*. Je suis à la recherche d'une femelle humaine. En fait, c'est Herannathon qui est à sa recherche, mais nous ne l'avons pas vu depuis deux douzaines de solaires.

– Il a disparu ?

Oh non, c'est grave. Je me sens presque… désolé. J'aimais bien le croiser à ces soirées d'ohring, même si je ne le lui dirais jamais.

– Il n'a pas *disparu*, disons plutôt qu'il est en train de la *chercher*. Une amie eshmiri nous a signalé qu'il suivait une nacelle Egama.

– Une amie Eshmiri ? je m'exclame, les bajoues tremblantes sous l'effet de la surprise. Comment ça, une amie Eshmiri ? Tu veux dire un monstre ? C'est ce que tu voulais dire ?

Tevbarannos rit, mais on dirait que le coeur n'y est pas. Il secoue sa tête et me sourit de toutes ses dents nacrées.

– Centare, Raingar. C'est une amie. Son nom est Ashmara et c'est une amie des Niahhorrus et des humains. Elle a capté son signal il y a quelque temps et, selon elle, il attend que les Egamas accostent quelque part pour se ravitailler, mais ils ne l'ont toujours pas fait. Ils devraient bientôt manquer de nourriture, alors il y a de l'espoir, mais il n'a pas été capable de s'accrocher en plein vol. Ils semblent savoir qu'il les traque et ils l'évitent constamment.

– Eh bien, tant mieux pour eux, et pour vous, y compris pour votre ami Ashmara, quel qu'il soit, dis-je, en rectifiant ses dires.

Il semblait insinuer que ce personnage, Ashmara, est une femme. Or, tous les Eshmiris sont des mâles. Tout le monde le sait.

Je commence à repartir, mais Tevbarannos, ce petit ingrat, me retient.

– Rhorkanterannu m'a envoyé réclamer de l'aide, juste au cas où les Egamas passeraient ici pour commercer. Mais ensuite, nous avons entendu qu'Igmora et Tyto avaient une femelle à eux et nous nous sommes demandé si Herannathon n'avait pas fait une erreur. Peut-être que le commerce a déjà été effectué.

– Eh bien, pourquoi tu ne vas pas leur demander ? Je ne comprends pas pourquoi tu me racontes tout ça. Je ne fais pas affaire avec des vendeurs de chair, des pirates, des marchands d'esclaves ou autres ! Je suis Lemoran !

Le mâle me grogne dessus, comme si c'était moi qui étais insupportable. Il se frotte une main sur le visage et me bloque avec deux autres quand j'essaie de le dépasser.

– Je suis venu te voir car je veux savoir s'ils t'ont adressé une invitation pour voir la femelle. Ils demandent une poche de kintarr juste pour la voir et comme c'est vous, les Lemorans, qui avez le plus de kintarr ici, j'espérais que tu pourrais me dire si elle correspond à la description de l'humaine d'Herannathon.

Ma mâchoire s'ouvre, puis se referme. Je peux presque l'entendre grincer comme une charnière rouillée. D'un côté, je suis consterné par l'emploi des vendeurs de chair – même ceux qui sont aussi renommés qu'Igmora et Tyto. Ils passent des *rotations* à préparer leurs acquisitions pour qu'elles deviennent les femelles de plaisir les plus exotiques et les plus douées de la galaxie – mais je suis presque *offensé* qu'Igmora ne soit pas venue me voir.

Elle sait que si elle veut du kintarr, il n'y a personne ici qui puisse égaler notre offre. A-t-elle encore moins d'estime pour nous, chefs Lemorans, que pour les plus jeunes pirates de Rhorkanterannu ?

Je fronce les sourcils et le fixe du regard.

– Ils sont venus te voir ?

Tevbarannos hoche la tête avec une telle insouciance que cela m'agace immédiatement, il est impossible d'être énervé par lui.

– Par Igmora elle-même ?

Il hoche à nouveau la tête.

Je fronce encore plus les sourcils.

– Et tu as fait une offre, dis-je.

Ce n'est pas une question, mais une supposition.

– Centare. Je te l'ai dit, nous ne cherchons pas n'*importe quelle* humaine. Nous cherchons une femme à la peau marron clair... presque comme les helos, mais pas tout à fait aussi claire. Il me semble en tout cas. Elle est blanche mais pas blanche et rose et pas tout à fait rose non plus. Tu vois ce que je veux dire ?

– Nob ! je grogne. Comment le *pourrais*-je ? Je n'ai jamais vu d'être humain et les vendeurs de chair ne sont pas venus me voir, moi !

Les yeux de Tevbarannos s'écarquillent.

– Vraiment ? Mais... mais... mais… balbutie-t-il.

– Accouche !

– C'est toi qui détiens le plus de kintarr !

Je me sens légèrement chauffer. Mes cornes sont encore plus sensibles qu'avant. Elles n'ont pas été aussi sensibles depuis… Ça n'est jamais arrivé en fait. Même quand j'étais jeune et que mes cornes poussaient, j'avais mal à la tête, mais mes cornes ne me faisaient pas mal du tout. Maintenant, c'est vraiment la corne qui est douloureuse. Cet extérieur rugueux pourrait pénétrer la chair de n'importe quelle créature vivante, Oosa inclus – nous sommes leurs plus grands adversaires dans l'arène des gladiateurs d'Evernor. Mais aussi douloureuses qu'elles soient comme ça, je ne pourrais pas attaquer un Walrey ! Je les déteste. Tout comme je déteste toute cette conversation d'ohring. Je déteste ça ! *Et je déteste surtout qu'Igmora ne m'ait pas approché.*

– Je…

Tevbarannos me coupe la parole.

– La rumeur dit que l'offre actuelle pour la femelle est déjà de quatre.

– Quatre sacs de kintarr pour la femelle ? Je souffle, quelque peu rassuré. Ça ne semble pas beaucoup pour une femelle cultivée par ces dégénérés...

– Centare, centare.

Il secoue ses quatre mains dans ma direction avant de répéter lentement, comme s'il s'adressait à un enfant :

– Quatre tuns, Raingar. Des tuns, pas des sacs.

Je m'étouffe avec ma propre salive. Tevbarannos me tape dans le dos avec deux de ses mains, ce qui n'arrange pas les choses. La seule chose qui m'*aiderait* à retrouver mon souffle – et ma raison – serait de savoir que ce n'était qu'une horrible blague et qu'il ne vient pas d'offrir aux deux créatures les plus méprisables de ce côté des quadrants assez de cristaux de kintarr pour alimenter une petite ville pendant une rotation. Une quantité que mon clan entier ne pourrait produire qu'en une demi rotation.

– Shrov, il maudit en Meero.

– Ohr, je maudis en lemoran, toujours ébahi. Qui leur a offert quatre tuns ? Qui peut leur en offrir autant ? Ne me dis pas que c'était un pirate. Je sais que tu n'as pas autant de kintarr ou que tu n'y as pas accès et je jure sur les étoiles, que si toi ou Rhorkanterannu essayez de me voler, je vous arracherai deux bras. Les deux du bas.

Il glousse.

– Si Rhorkanterannu avait voulu te voler, ce serait déjà fait et tu ne t'en serais pas aperçu.

– Je n'en doute pas.

Je me redresse en m'agrippant à son épaule si fort qu'il grimace avant d'arracher mes doigts de sa peau.

– Cela ne me dit pas qui a pu se procurer une telle cette quantité de Kintarr et d'où ils la tiennent.

– Je les ai vus parler aux Egamas et aux Oosas.

– Je pensais que les Egamas avaient vendu la femelle ?

– Nous n'en sommes pas sûrs.

– Mais s'ils l'ont fait, pourquoi auraient-ils offert de l'acheter ?

Il secoue la tête.

– Ce sont des mercenaires Egamas qui se sont chargés de la vente. Ces Egamas-là sont de la fédération.

– Hum…

Je me renfrogne, puis je me frotte le menton pensivement – même si *ce que je veux vraiment, c'est me frotter les cornes.*

– Ils n'ont rien à voir les uns avec les autres.

– Ok.

Je regarde fixement le hall, en repensant aux géants Egamas que j'ai vus dans la salle de bal, à l'affût des autres invités. Ces géants borgnes à la peau couleur mousse sont deux fois plus grands que moi.

– J'ai de la peine pour cette femelle, je grommelle.

Puis je me rappelle que je ne fais pas de commerce de chair, que je ne négocie pas, et que je ne paierai jamais ce prix pour quoi que ce soit, *à moins, peut-être, qu'il s'agisse de miel.* Je m'éloigne à nouveau de lui. Ce faisant, la base de mes cornes ne fait pas que chauffer, elle me démange. C'est comme si la coquille qui les enveloppe se contractait petit à petit pour les réduire en morceaux.

Tevbarannos me regarde avec ses énormes yeux d'argent, l'air naïf, innocent, et confus, plus qu'autre chose.

– Tu n'es même pas curieux de voir à quoi elle ressemble ?

– Non.

– Herannathon avait raison. Tu es d'un ennui mortel, tu le sais ça ? fait-il remarquer avec un sourire.

Sa remarque m'irrite mais me donne aussi envie de sourire.

– Argh ! je m'écrie, en échappant à sa prise sur mon bras. Je n'ai pas de temps à perdre...

Alors que je me retourne pour sortir du tunnel, je m'arrête net. J'ai sous les yeux le dernier être de ce misérable cosmos que j'aurais voulu voir. *Pourquoi ? Par les étoiles, pourquoi m'ont-ils élu comme chef de clan ? C'est Gorman qui aurait dû être élu à ma place !*

– Raingar.

Entendre cette voix prononcer mon nom me fait grimacer. Je me tourne vers le hall et me heurte à Tevbarannos, qui bloque le chemin.

– Dégage ! je lui crie.

Il se contente de me regarder avec frustration.

– Igmora, salue-t-il.

Pendant quelques instants – les plus longs et douloureux de ma vie, et cela n'a rien à voir avec la soudaine démangeaison dans mes cornes – nous dansons l'un autour de l'autre, sans avancer dans la direction souhaitée.

Mes épaules s'affaissent avant que l'électricité ne remonte le long de ma colonne vertébrale sous l'effet de la douce pression de doigts perfidement doux contre mon bras nu, juste sous l'emmanchure de ma tunique sans manches. Mes épaules se retournent. Ma peau rugueuse grésille sous ce contact. Elle sait comment toucher un homme. Comment le manipuler. C'est leur truc : Igmora et son compagnon reptilien sont les maîtres en la matière.

– Igmora, je fais d'une voix sèche, en me retournant pour admirer la femelle à la peau orange vif.

Certains disent qu'elle est à moitié hypha et à moitié voraxiane, mais je n'en suis pas sûr. À vrai dire, je m'en fiche. Tout ce que je sais, c'est qu'elle est orange et aussi douce qu'un fouet. Elle est légèrement plus petite que moi, mais elle est mince et couverte d'un tissu lisse qui capte la lumière et la transforme en toutes sortes de couleurs selon la façon dont elle se déplace. Cela attire le regard, mais je n'ose pas regarder ailleurs que dans le sien. Elle voit tout. Elle sait ce que les hommes aiment. Mais elle n'a pas de chance avec moi, car je n'aime rien qu'on ne puisse trouver sur Lemora.

Je déteste tout.

Je n'aime que ma planète rocheuse. Mon énorme rocher splendide et ses habitants solides.

Elle lève les yeux au ciel. Couleur de la poix, huileux et noir, son regard se dirige vers Tevbarannos. Elle se faufile entre nous, glisse son autre main sur son épaule et s'éloigne de moi dans le même mouvement fluide.

– Ne t'inquiète pas, je ne suis pas là pour toi. J'ai des nouvelles pour Tevbarannos. Pour une somme modeste, je serais prête à te permettre de la voir. Ce ne sera pas aussi... *intime* que ce à quoi pourront prétendre certains enchérisseurs, mais je peux te laisser jeter un coup d'oeil pour confirmer tes...

Elle jette un regard dédaigneux dans ma direction avant de faire passer Tevbarannos devant moi et de baisser le ton pour que je ne puisse plus l'entendre. Il n'a d'yeux que pour elle, plus *rien* d'autre ne compte. Ensuite, elle... *elle*...

Elle me tourne le dos.

Je ne suis pas un mâle particulièrement fier, mais je n'aime pas ça. Je déteste ça. Alors je fais quelque chose d'inattendu. Au lieu de me taire et de continuer à chercher la sortie, je déclare :

– Un bon mâle préférera une femelle forte qui a les pieds sur terre à une petite chose fragile pour laquelle il devrait payer une somme folle en Kintarr !

– Ok, Raingar, dit-elle sans me regarder par-dessus son épaule. Je connais ton avis sur le sujet. Ne t'inquiète pas, je ne t'inviterai pas à participer à cette vente aux enchères et mon compagnon non plus. Je ne voudrais pas heurter ta sensibilité lemorane.

– Tu… mais je… Argh !

La sortie se trouve au bout du hall principal, à droite. Je sais que c'est ce que tu cherches, de toute façon. Au revoir, Raingar. Bonne chance avec tes… négociations.

Elle me jette un regard par-dessus son épaule et m'offre un sourire à la fois menaçant et plein d'humour. Avec elle, c'est difficile de faire la différence.

Puis elle et Tevbarannos disparaissent au bout du couloir. Je les suis. Je les suis dans le hall principal, mais là où ils vont à gauche, je vais… enfin, je ne vais nulle part au début. Je me contente de regarder dans la direction où ils ont disparu en me demandant ce qui m'effraie le plus : ma curiosité, ma fierté… ou mes cornes. *Je les touche à nouveau.* La démangeaison s'est installée dans cette pression étouffante que je méprise plus qu'Igmora et la somme de ses parties peu recommandables.

Il me faut de l'air ! Du vent ! De l'air bien frais. Pas ces vapeurs de princesses parfumées. Je me dirige à grands pas vers la sortie, passe devant la table de mok-biz, et devant les Oosas qui s'accouplent ouvertement sur des bancs d'un vert atroce. Je frissonne et cela n'a rien à voir avec ce que je ressens en les voyant. C'est le goût étrange du parfum dans l'air qui semble me donner un mal de tête encore plus sévère. L'odeur me fait froncer les sourcils.

Je pense à ce que Tevbarannos a dit à propos de cette nouvelle espèce, ces *zumains*. Il a dit qu'ils étaient « *doux* ». Je me demande s'il voulait dire qu'ils étaient comme les Oosas ou les Oroshis. J'en doute. Il les a aussi décrits comme des êtres *séduisants* et très peu de gens présenteraient les Oosas ou les Oroshis comme des êtres séduisants, en dehors des membres leur propre espèce. Je ne peux pas l'imaginer, mais je la plains. D'après ce que Tevbarannos a dit, elle ira soit à un guerrier Egama qui risque de la briser dès leur premier accouplement, soit à un Oosa qui risque également de l'étouffer avec sa masse gélatineuse.

Je suis encore en train de penser à cette pauvre femelle potentiellement forcée de s'accoupler avec un amas de gélatine ou une bête, lorsque j'atteins le tunnel qui mène à la sortie et que je l'emprunte. Il y a plusieurs portes dans ce hall. Quelle porte Igmora m'a-t-elle dit de prendre ? Celle de droite ? Je n'arrive pas à m'en souvenir. Il n'y a personne ici pour m'aider – non pas que j'aurais demandé même s'il y avait eu quelqu'un – alors je choisis la porte la plus éloignée du couloir sur la droite et je la pousse...

Je suis bouche bée. L'air entre et sort sans problème de ma gueule béante. Pendant un moment, j'oublie où je suis. Pas où. Qui. J'oublie *qui* je suis.

Tout ce que je sais, c'est que ce n'est pas la sortie, que mes cornes ont découvert la définition même de la douleur et pourtant, je m'en fiche.

L'odeur m'étouffe et j'inspire une fois, puis une autre, pour faire bonne mesure et une pensée terrible se fait jour dans mon esprit...

Je ne déteste pas ce que j'ai sous les yeux.

2
Essmira

Mes doigts tremblent et mon cœur bat la chamade. Une femme n'est pas censée transpirer mais je suis couverte de sueur.

Les femmes ne transpirent pas, ne tremblent pas, ne claquent pas les… *Bam* ! C'est le bruit de ma main qui touche le loquet du cadre de la fenêtre. Les femmes ne claquent pas les portes ou les fenêtres. C'est pourtant ce que je viens de faire.

Je pensais… je pensais que j'y arriverais. Je me suis entraînée pour ça toute ma vie. Durant des rotations, Igmora m'a montré des images représentant tous les êtres vivants connus, et mon corps *s'est préparé* à les accueillir. Je pensais que mon esprit l'était aussi, mais ce n'est pas le cas. Ce n'est vraiment pas le cas.

L'Egama qui est venu me voir était beaucoup plus grand que je ne l'imaginais. Il était terrifiant, et pire encore, Igmora l'a laissé me toucher malgré les protestations de Tyto. Il s'est montré brutal et cruel. Je sais qu'Igmora n'est pas ma mère et que Tyto n'est pas mon père – ils me l'ont bien fait comprendre toute ma vie

– mais j'ai quand même pensé à tort qu'ils chercheraient à me protéger.

En particulier Tyto. Je n'ai pas oublié ce qu'il m'a chuchoté à l'oreille lorsque nous avons débarqué. Il m'a dit que je ne devais pas m'inquiéter, il m'a assuré qu'aucun mâle ici ne serait capable de payer le prix qu'Igmora exigeait pour moi. Il m'a promis que je serais bientôt de retour dans la sécurité de son nid. Je n'ai pas compris pourquoi il avait employé le mot « retour » étant donné qu'Igmora ne l'a jamais laissé m'emmener dans son nid auparavant. Lorsque je lui ai demandé des explications, il m'a dit que bientôt, ce qu'Igmora pensait n'aurait plus d'importance. Puis il a caressé mon dos et mon cou. Igmora lui a pourtant déjà dit de ne pas le faire, il se sont déjà disputés à ce sujet.

– Tyto ! Avec tes griffes et ta queue Hérissée, tu vas gâcher la marchandise. Elle n'est pas faite pour toi ! avait-elle hurlé.

Cette fois-ci, elle était trop distraite pour le voir. Elle oeuvrait déjà en silence pour me donner au mâle qu'elle avait repéré pour moi depuis un moment. Tyto a profité de son absence pour laisser sa langue fourchue glisser de mon épaule à mon oreille. Il a frissonné et a laissé ses griffes caresser mon derrière à travers ma robe. Je l'ai laissé faire parce que je pensais que ce serait la dernière fois et que mon nouveau maître me traiterait au moins *respectueusement*. J'espérais qu'il m'emmènerait loin de Tyto et de son regard effrayant et, plus important encore, bien loin de cette vie de captivité.

Mais Igmora m'a ensuite présenté les maîtres potentiels, avec leurs mains baladeuses et leurs yeux violents.

Les seuls autres enchérisseurs qui offraient suffisamment pour rivaliser avec les Egamas étaient un clan d'Oosas. En les voyant en chair et en os, je me suis sentie dégoûtée à l'idée de laisser leur peau bleue et glissante se faufiler entre les jambes. Cette idée me dégoûtait *plus que la perspective de passer une vie entière dans le nid de Tyto, bien que je n'en sois pas encore tout à fait sûre.*

Les caresses collectives des Oosas n'étaient peut-être pas brutales, mais elles n'étaient pas moins cruelles que celles du seigneur de guerre Egama. Ils ont touché mon corps, sans se soucier de moi. Ils communiquaient entre eux, grâce aux lumières vives qui illuminent leurs corps translucides, et c'était suffisant. Mais ma physiologie à moi, ne me permet pas de communiquer ainsi avec eux. Peut-être que s'il y avait une sorte de traducteur…

– Pff ! Mais qu'est-ce que tu racontes ? je me murmure à voix haute en lemoran.

C'est la langue que je maîtrise le mieux.

– Tu crois vraiment que tu aimerais *coucher* avec un Oosa ? Nob, crois-moi, tu n'aimerais pas ça. Ils sont gluants, humides, et Igmora a dit...

Je grimace, comme si j'avais été frappée. J'ai l'impression que c'est le cas.

Igmora m'a fait des promesses en me montrant des photos de mâles aux allures de guerriers. Des mâles aux bras volumineux et aux jambes massives, aux cornes s'élevant vers le ciel pour défier les étoiles, et aux visages rudes et bourrus conçus pour intimider plus que pour charmer. J'avais aimé l'apparence de ces mâles, ceux des Lemorans en particulier. C'est peut-être seulement dû au fait que je me suis préparée pour des mâles Lemorans, mais je ne peux pas nier l'excitation que je ressens à la vue de leurs images.

Toutefois, je me suis aussi préparée pour les mâles Egamas et Niahhorrus, pourtant jusqu'à présent, je ne suis pas charmée par les tentacules, la gélatine, les yeux aussi grands que mon torse, les nageoires aux couleurs alarmantes, les bouches sans langues ni dents ou pire, des bouches avec trop de langues *et* de dents qui viennent m'observer.

Je frissonne et frappe ma main plus fort contre la vitre.

– Je ne vais pas y arriver.

Je me retourne rapidement et découvre une statue hideuse au sommet d'une table monstrueusement décorée. La statue est celle d'un prince du Quadrant 1. Elle a été moulée d'une manière inhabituelle et… euh… outrageusement flatteuse. La bite du petit prince est aussi longue que ses deux jambes.

– Même ce prince aurait été un meilleur candidat que les mâles qui sont venus me voir, je grogne malgré tous les efforts fournis par Igmora pour que j'arrête de produire un son aussi peu séduisant.

Tout ce qu'elle a réussi à m'inculquer, c'est le sentiment de honte qui suit immédiatement ce son involontaire.

Je grimace à nouveau et j'essaie de me recentrer. Je soulève la statue dorée du garçon. Ses membres sont comme les miens, il a la même quantité d'yeux, de dents et d'oreilles que moi. La différence entre lui et moi réside dans la couleur de sa peau, qui est colorée en or et de ses cheveux, qui sont de toutes les couleurs que l'on peut trouver sous les trois soleils de cette planète. J'aurais pu me contenter d'un arc-en-ciel doré comme compagnon, du moment que sa voix était un peu douce et que son toucher était un peu tendre.

– Essmira, tu n'as pas de temps à perdre !

J'entends des pas dans le hall – qu'ils soient réels ou imaginaires, ils sont terrifiants. Le loquet de la fenêtre dorée ne se desserre pas, alors je me concentre sur le verre et j'y fais craquer la tête dorée du prince. Un éclat apparaît dans le verre rose vif, puis se déplace vers l'extérieur, comme une toile d'araignée. Je frappe à nouveau la statue contre le verre. Mon bras tremble. L'arrière de mon cou est couvert de sueur. *Que fera Tyto quand il me trouvera ?* Tyto avec sa peau reptilienne et sa queue tranchante. *Il m'a frappée avec cette queue plus d'une fois, même contre la volonté d'Igmora, et ça a fait mal à chaque fois. Il veut que je m'enfuie, juste pour qu'Igmora m'abandonne et laisse mon sort entre ses mains. Il pourra ainsi passer sa vie à me punir...*

– Non. Tu dois rester positive. Pas de « *Et s'il me trouve ?* ». Il ne te trouvera pas. Il ne te retrouvera pas si tu t'échappes. Je veux dire, quand... quand…

Je renifle à nouveau alors que ma panique augmente. Mon bras tremble, mais, lorsque je frappe la statue contre la vitre une quatrième fois, elle se brise.

Je remets la statue à sa place sur la table hideuse, puis je saisis le pouf à côté et le fais glisser sous la fenêtre. Je soulève ma lourde jupe et monte sur la chose, ce qui est un peu inquiétant car elle est verte, très poilue et peut-être *vivante*. Il roule sous moi et je couine. Mes mains se tendent pour attraper quelque chose pour me maintenir debout. Tout ce que j'ai à ma portée, c'est la fenêtre dentelée. Je m'y accroche et ma paume est immédiatement douloureuse.

Nob. Nob, nob, nob, nob, nob, nob, nob, nob, nob. Qu'est-ce que j'ai fait ?

Je regarde le sang sur mes mains et les coupures qui les traversent horizontalement.

-Essmira, tu dois partir maintenant. Tu n'as pas d'autre choix. Si Igmora te voit comme ça... ou si Tyto te voit...

Juste au moment où la première bouffée d'air frais caresse mon visage et mon cou, la poignée de la porte derrière moi tourne et la porte s'ouvre.

Je me retourne, la bouche grande ouverte, les yeux immenses. Nob. Nob, nob, nob, nob, nob, nob, nob, nob, nob.

– Ça y est Essmira, tu es cuite, je grogne, terrorisée.

Lorsque mon regard se tourne et se pose sur l'être qui vient d'entrer dans la pièce, mon souffle s'accumule dans mon estomac comme une série de nœuds que je ne peux pas libérer. Ce mâle n'est ni Igmora ni Tyto, mais un être dont Igmora m'a souvent montré l'image. C'est le Lemoran qui, selon elle, va m'acheter.

J'expire en tremblant, soudain si soulagée que je pourrais pleurer, puis je me souviens que je suis censée faire bonne impression pour qu'il m'achète *vraiment*. S'il ne le fait pas, je pourrais être vendue à l'Egama, aux Oosas, ou peut-être à une espèce surprise qu'Igmora a contactée pour moi en secret et qui est encore plus horrible que celles qui ont passé le solaire à me tripoter.

– Calme-toi, Essmira, je murmure doucement dans mon souffle.

Je prie pour qu'il ne m'ait pas entendue. Je ne veux pas qu'il pense que je fais ça souvent, même si c'est le cas, ou que je suis folle, ce qui... après une vie en captivité, pourrait être le cas.

Je me raidis et me redresse, je replie soigneusement mes doigts sur les coupures fraîches de mes mains et je lui offre une révérence, plutôt que le salut lemoran, qui exigerait que je lui montre ma main blessée. Il pourrait ne pas vouloir de moi s'il voyait la coupure sur ma main. Tyto a toujours détesté les rares fois où j'ai eu des égratignures. *Il aimait les lécher pour les nettoyer, cependant.*

Les mains sur la taille, je m'incline profondément, mais quand j'essaie de mettre un pied devant l'autre, la chose poilue sous mes pieds décide de continuer à rouler, cette fois, directement sous moi. ...

Je vole à travers le tapis de fourrure, et j'atterris durement sur mon épaule droite. Ma tête heurte le sol, puis se détache sans douleur du tapis bleu et jaune en peluche. Un grognement étranglé frappe mes oreilles et je gémis au lieu de rassurer le mâle qui se trouve à mes côtés. *Une femelle doit toujours rassurer et soutenir le mâle, même s'il a tort. C'est très important pour sa fierté et cette bête fragile doit être protégée avant tout. C'est ton devoir, en tant qu'amante, de le soutenir, même au détriment de ton propre confort.*

Je me demande si c'est ce que Tyto a appris à Igmora, ce qu'Igmora a appris à Tyto, ou ce qu'ils se sont appris l'un à l'autre. Elle a toujours semblé être l'Alpha entre eux deux, et si Tyto l'effraie, elle ne l'a pas laissé paraître.

– Je vais bien, ne vous inquiétez pas, je déclare d'une voix douce.

Mais ma respiration saccadée et les battements rapides de mon coeur rendent mes mots inintelligibles et viennent démentir mon affirmation. Les larmes me montent aux yeux alors que je lutte pour respirer, avant d'émettre des sons peu attrayants dans le fond de ma gorge.

– Ohr ! Reste où tu es, grogne une voix furieuse avant que des mains tout aussi rugueuses, tout aussi furieuses que la voix à laquelle elles appartiennent, s'ajustent à mes épaules et me soulèvent comme un sac de grain.

Pof. C'est le bruit que font mes pieds quand il me dépose et, bien que la pièce semble tourner autour de moi, je me force à rester debout. *Une femme doit toujours être gracieuse. Cela rassure le mâle, cela lui apporte un confort essentiel.* Je me force à sourire. *Une femme doit toujours sourire, c'est...*

J'ouvre les yeux et j'ai du mal à continuer à sourire. Ce mâle est bien plus grand qu'il ne le paraissait sur les images holo qu'Igmora m'a montrées, mais je doute, en le regardant maintenant, qu'une image lui ait jamais rendu justice.

Il porte en lui une histoire écrite dans les cercles de ses yeux. Il y en a tellement. Blancs à l'extérieur, comme les miens, puis noirs, bleus, violets, gris, orange, jaunes, roses et, au centre, un vert irisé qui clignote en bleu quand la lumière le frappe.

Ses yeux sont, en un mot, magnifiques. Même si le reste de sa personne est trop rude pour être décrit ainsi.

Il a la même peau rugueuse que les Egamas, mais ses épaules sont plus massives, presque semblables à de la pierre dans leur rugosité. Ses joues sont hautes. Ses lèvres sont pleines et d'un brun pâle contre sa peau brun moyen. On dirait qu'il n'a pas de cheveux, car son crâne est chauve entre les deux cornes jumelles qui s'enroulent autour de ses joues. Elles dépassent du sommet de sa tête, si bien qu'il est étonnant qu'il puisse voir au-delà de son périmètre.

La profondeur de sa poitrine excède la largeur de mes épaules, en outre, elle semble être complètement solide... aussi solide que la pierre. J'ai du mal à comprendre si cet être devant moi est vraiment fait du même sang et des mêmes os que moi ou s'il est fait de pierre de part en part. Je dois lutter contre l'envie de lever une main et de toucher son bras pour obtenir des réponses à mes questions. Toutefois, comme la température autour de moi a augmenté avec sa présence, je suppose que, s'il est de pierre, il a au moins un pouls.

Je retiens donc ma main. Comme on me l'a appris, les mâles aiment être touchés par les femelles, mais cela doit se faire sur demande du mâle, au moment de son choix. C'est ce que font les femelles respectables. *Les femelles qui ne veulent pas finir sur le dos dans des maisons de plaisir.* Si je mets toutes les chances de mon côté, ce mâle pourrait être le seul mâle que j'aie à satisfaire.

Et ce ne serait pas une tragédie.

Jusqu'à présent, il ne m'a pas touchée de manière inappropriée ou fait du mal. Il ne m'a même pas lancé un regard lascif. Il me regarde juste comme si j'étais... comme si j'étais n'importe quel autre membre de la délégation d'une quelconque espèce. Pourtant seuls les dirigeants et les négociants les plus estimés des Quadrants constituent les délégations, et moi je ne suis qu'une chose, un objet à acheter.

Mais lui, il me regarde comme si je n'étais pas qu'un objet.

Mes joues se réchauffent à cette idée et une soudaine angoisse m'envahit. Je pourrais tout gâcher. Il pourrait décider de ne pas enchérir et je pourrais rentrer à la maison avec l'Egama, si j'ai de la chance, et c'est seulement s'il veut de moi maintenant que j'ai été assez stupide pour me blesser au niveau des mains. *Les mâles aiment les femelles sans taches, sans vilaines cicatrices. Ta peau doit présenter une perfection immaculée pour moi,* me disait Tyto ; mais en présence d'Igmora, il nuançait ses propos en disant que ma peau devait présenter une perfection immaculée pour la vente.

Je repousse au loin ces mauvais souvenirs. Je n'aime pas penser à Tyto. Je cesse d'observer la poitrine du mâle qui me fait face, je passe le col usé de sa tunique crème avec les coutures olive effilochées autour du cou, je poursuis jusqu'à son menton dur et lisse, sa bouche, son nez large, pour revenir à ses yeux. Mon cœur bat plus vite. Ses yeux sont très jolis. Je pense que je pourrais donner du plaisir à ce mâle. Ma bouche s'ouvre et je réalise avec horreur que je suis sur le point de lui révéler mes pensées.

Je ferme la bouche et à ma grande surprise, c'est lui qui parle en premier. *C'est normalement le rôle de la femme de parler en premier et de trouver des sujets de conversation. Le mâle n'a pas besoin de s'embêter avec ça.*

– Ça va ? Tu es blessée ?

Il me parle en meero, mais je sens bien que ce n'est pas sa langue maternelle. Nob, sa langue maternelle est la même que celle qui m'a été enseignée depuis mon plus jeune âge.

Je lui offre une autre révérence pour souligner ma soumission avant de passer rapidement au lemoran.

– Je vais parfaitement bien, merci de vous en inquiéter. Vous êtes très gentil.

Je me lève, croise son regard et tente un sourire. C'est bien plus difficile de lui sourire maintenant que de s'entrainer à sourire devant un miroir. J'ai répété ce sourire avec mille subtilités différentes – je l'ai même perfectionné – mais face à son air renfrogné, j'ai du mal à avoir l'air assuré. Je me suis longuement entrainée à sourire, mais c'est la première fois que je souris face à un mâle. *Et je ne peux pas me permettre d'échouer maintenant.*

Il me fixe avec méfiance et fait un demi-pas en arrière. Son propre regard scrute mon visage, mais je ne lis dans ses yeux aucune critique ou évaluation. Les autres enchérisseurs ont été assez loquaces sur ce qu'ils aimaient chez moi, mais lui, il est... silencieux. Son regard va à la fenêtre, puis se pose sur le sol, comme s'il cherchait quelque chose.

N'ayant manifestement pas trouvé, sa bouche se fronce, son front se plisse et ses sourcils proéminents mais glabres se froncent sur son nez.

– Avec quoi as-tu brisé la vitre ?

Il ne doit pas savoir que j'ai essayé de m'enfuir. *Une femme ne s'enfuit pas. Elle n'essaie pas d'échapper à Tyto.* Pas si elle craint d'être punie.

– Je…

Je déglutis. *Une femme est toujours élégante.*

– Pardon ?

Sa mine renfrognée devient plus sévère – si sévère qu'on dirait qu'il essaie d'écraser tous les traits de son visage pour les concentrer dans une zone aussi petite que possible. Ce serait drôle si sa colère n'était pas dirigée contre moi. S'il choisit de passer à l'acte, il est de mon devoir d'accepter sa colère sous toutes ses formes.

– Qu'as-tu utilisé pour casser la fenêtre ? répète-t-il.

Je ne trouve rien d'autre à faire que de bégayer bêtement en guise de réponse.

– Tu as essayé de la briser avec ta main ? demande-t-il.

– Non, j'ai pris la statue, je réponds en la désignant du menton.

Il ne détourne pas le regard de mon visage.

– Quelle statue ?

– Celle qui est sur la jolie petite table d'appoint juste à votre droite.

– Je ne la vois pas.

– Mais vous…

Il ne faut jamais contredire le mâle. Il a toujours raison. Je dois combattre un froncement de sourcils car Igmora ne m'a pas préparée à ça. Mon instinct me pousse à ne pas être d'accord avec lui, car je sais qu'il n'a pas regardé, mais je sais aussi que je dois l'aider et rendre la réponse à sa question tout à fait claire.

Je déglutis.

– Elle est juste ici.

Je me place à côté de la statue afin de ne pas avoir à retirer les poignets de derrière mon dos, où ils sont bien cachés.

Ses épaules s'affaissent. Il se frotte le visage et soupire, comme si je l'exaspérais. La panique s'empare de moi. Je manque de renifler, mais je parviens à le dissimuler sous un délicat éternuement. Quand je lève les yeux, il grogne :

– Nous savons tous les deux que je me fiche bien de la statue. Laisse-moi voir tes mains, femelle.

La femelle doit obéir aux ordres du mâle. À tous ses ordres. Elle doit être gracieuse et faire tout ce qu'il dit. Mais si je lui montre mes mains, il va…

– Argh ! Je n'ai pas toute la lune !

Sa voix est si forte qu'elle résonne dans la pièce, et en moi, comme si je n'étais que de l'air.

Je sursaute et brandis rapidement mes poings devant moi, en prenant soin de ne lui montrer que le dos de mes mains. Cela a l'effet désiré car ses propres doigts s'arrêtent lorsqu'ils entourent mes poignets et je l'entends inspirer.

– Tes marques... dit-il doucement.

Son pouce frotte le motif rouge vif qui s'enroule sur ma peau marron foncé.

– Tevbarannos n'a pas mentionné de marques. Tu n'es pas la femelle qu'il recherche.

– Nob, je ne le suis pas, je confirme.

Le gentil pirate qu'il vient de mentionner avait l'air très contrarié quand Igmora lui a donné un aperçu de moi depuis la porte. Il n'avait pas été autorisé à me toucher comme les autres.

– Il l'a dit lui-même.

– Bien, grommelle le mâle pour lui-même.

Il fait sonner le mot comme un vague constat, tant il est distrait par les couleurs qui s'entrechoquent sur mes bras.

– C'est bien, répète-t-il.

Les marques rouges de ma peau s'étendent sur le dos de mes paumes, autour de mes deux bras. Sur le côté droit, elles glissent sur mon épaule et se déploient sur mon cou avant de s'enrouler autour de mon oreille droite. À gauche, les marques remontent le long de mon bras et s'étendent sur mon omoplate pour former un énorme tourbillon sur mon dos. Bien qu'il ne puisse pas les voir, mes seins sont également rouges, tout comme mon ventre, mon abdomen et mon aine. Il y a aussi des tourbillons rouges sur mes deux pieds, mes chevilles et ma jambe gauche, mais étrangement, pas du tout sur la droite.

Il s'éclaircit brusquement la gorge et lorsqu'il reprend la parole, son intérêt pour ma personne semble s'évaporer. Il est à nouveau d'une froide sévérité.

– Je n'ai jamais vu de marques comme celles-ci auparavant. Tu es du Quadrant 1 ?

Mon coeur s'emballe. Mon estomac plonge. Mes poumons flottent. Il ne sait pas qui je suis. *Il n'est pas du tout là pour m'acheter.* Je halète et j'arrache mes poignets de ses doigts écrasants et rugueux.

– Par les étoiles !

Je recule en titubant, je me heurte à la chaise et l'oblige à s'éloigner à nouveau de moi.

Si ce n'est pas lui, ce maître que j'attends, alors tout ce que je pensais sur le fait d'avoir un seul maître s'est envolé par cette fenêtre brisée. Personne ne voudra de moi si j'ai été souillée par un autre mâle. Maintenir ma pureté est le commandement le plus important qu'on m'ait donné. *Une femelle ne doit pas être touchée, sauf par son maître. Si elle l'est, elle se retrouvera sur le dos, non pas pour un seul maître, mais pour des centaines.* Si je suis souillée, Igmora pourrait bien me donner librement à Tyto pour qu'il me torture avec sa queue aux pointes acérées et ses griffes tranchantes, avant de me vider dans l'espace, comme un déchet. Il paraît qu'il l'a déjà fait à d'autres femelles de plaisir.

– Qui êtes-vous ? Qu'est-ce que vous faites ici ? je m'écrie.

Il ne dit rien. Ses épaules s'agitent comme s'il était stupéfait. Il jette un coup d'œil autour de lui avec confusion, puis lève la main et touche la base de sa corne gauche, l'air absent.

– Je pensais que c'était la sortie.

– Nob… nob, nob, nob…

Je suis soudain furieuse. Si furieuse, que je fais l'impensable. Je me précipite vers la petite table, saisis la statue et me retourne... Avant de comprendre ce qui m'arrive, je lui lance la statue à la tête et, dans un moment de pure horreur, je réalise que je vise plutôt bien. Et qu'une statue en or peut être une arme efficace.

Le pénis du petit prince extraterrestre s'écrase contre le centre du front de ce puissant mâle avant de rebondir sur le tapis. L'énorme mâle recule d'un pas, comme si je venais de lui tirer dessus avec un canon et pas avec une statue minuscule, qui a à peine la taille d'un bibelot dans ses pattes démesurées.

– Aïe ! crie-t-il en déplaçant la main sur sa corne vers l'espace entre ses yeux, si grands et si beaux. Pourquoi as-tu fait ça ?

Honnêtement, c'est une bonne question. Je devrais être en colère qu'il soit entré et m'ait touchée, ou qu'il m'ait vue, alors que personne n'est censé me voir à part les enchérisseurs. Je devrais même être en colère qu'il soit entré et m'ait volé des moments précieux que j'aurais dû utiliser pour m'échapper. Mais je suis surtout, irrationnellement, excessivement en colère parce que pendant ces précieuses secondes où je pensais qu'il était là pour m'acheter, j'ai ressenti quelque chose que je n'avais pas ressenti depuis très longtemps. Peut-être même... jamais.

– J'ai ressenti de l'espoir.

Et maintenant, aussi rapidement qu'il est entré dans ma vie, il a volé ce rêve ratatiné, desséché, qu'il n'a jamais su qu'il m'avait donné.

– Tu n'es pas censé être ici !

Je le pointe du doigt et une gouttelette de sang s'écoule du bout de ma main sur sa tunique, faisant de ma main une lame.

– Ohring ! Ta main ! grogne-t-il.

Il touche à nouveau sa corne, nob, il s'y accroche comme s'il avait peur qu'elle s'envole. Puis il lève son autre main et attrape les deux cornes en même temps. Il a l'air plutôt... *ridicule* comme ça, mais je n'ai pas le temps de continuer à l'admirer et je me précipite à nouveau vers la fenêtre.

– Que fais-tu ? Tu es blessée !

– Oui, merci, je le sais, j'étais blessée avant que tu t'en aperçoives et maintenant je dois partir, alors laisse-moi passer.

C'est la première fois que j'emploie ce ton avec qui que ce soit et le frisson momentané de satisfaction que je ressens est rapidement étouffé par la honte.

J'ouvre la bouche pour m'excuser jusqu'à ce qu'il grogne :

– Tu dois partir ?

– Yeffa, je souffle avec agacement. Tu es Lemoran. Tu es censé être l'un des plus intelligents ici, mais là, tu as l'air aussi bête qu'un Egama.

Wow, Essmira, est-ce que tu viens d'insulter le mâle ?

– Je… tu… un Egama ! crie-t-il.

Soudain, il est juste contre moi. Je sais que je devrais être paniquée, mais mon besoin de m'échapper est trop grand et trop urgent pour craindre d'être seule dans une pièce avec un mâle qui n'a aucune intention de m'acheter et, à l'évidence, ce besoin est aussi trop grand pour m'empêcher de l'insulter.

– Je suis clairement en train d'essayer de m'échapper. Maintenant pourrais-tu me passer cette chaise floue là-bas pour que je puisse atteindre la fenêtre ?

Je m'accroche à nouveau au cadre brisé, sans me soucier des bords déchiquetés, mais il attrape prestement mon poignet.

– Tu t'es coupé les mains la première fois et maintenant tu réessayes ! Et en plus, tu as le culot de me traiter d'Egama ?

J'essaie d'écarter mon bras de lui, mais c'est peine perdue. Il aurait pu briser tous les os de mon corps sans grand effort de sa part, mais je ne peux pas me payer le luxe de me soucier de ça en ce moment. Je pousse sa poitrine avec mon autre main, étalant mon propre sang rouge vif sur sa tunique, qui n'est plus immaculée. *Combien de décharges électriques cela m'aurait-il valu de la part des griffes avides de Tyto ? Beaucoup. Des centaines, réparties sur des solaires.*

Je suis sur le point de crier : « Tu ne vois pas que j'essaie de m'échapper ? » quand ses lèvres prononcent le mot « *fuis* » tandis que ses yeux passent de mes mains à la fenêtre, puis à mes mains, puis à la fenêtre, avant de se poser sur mon visage. Il halète et s'éloigne soudainement de moi en titubant, avant de lâcher mon bras comme s'il s'agissait d'une bûche pourrie grouillant d'insectes mangeurs de chair.

– Ohr ! siffle-t-il.

Il s'agrippe à nouveau à sa corne gauche, mais cette fois, lorsque mon regard suit le mouvement de sa main, elle se crispe et son visage se tord horriblement, comme s'il souffrait.

Je sursaute, effrayée par un tel spectacle et l'entraînement qui m'a été inculqué dès la naissance se met en marche.

– Tu vas bien ? je demande.

Je tends la main vers lui, avec l'intention de l'apaiser, mais je suis interrompue par un doux raclement de gorge de l'autre côté de la pièce.

Je lève les yeux et tout le sang se vide de mon corps. Mon âme abandonne mes os et flotte vers le haut et vers l'extérieur à travers ce morceau de fenêtre déchiqueté. Au revoir. Dans le trou noir où je vais finir, je n'en aurai pas besoin de toute façon. Igmora se tient dans l'embrasure de la porte ouverte.

Elle s'avance et je connais suffisamment ses yeux noirs pour sentir qu'elle n'est ni surprise, ni horrifiée, même si elle semble l'être. Au contraire, le faux souffle de sa voix est bien répété et l'indignation qu'elle manifeste à mon égard est complètement artificielle. Personne d'autre ne peut le voir mais moi je le sais. Mon inquiétude ne porte pas sur Igmora de toute façon, mais sur Tyto, un géant Egama, et la délégation Oosa qui se presse derrière eux.

Découvrez les autres livres d'Elizabeth Stephens

Titres déjà disponibles en Français :

Passion Xiveri : Unis Pour La Vie – Des extraterrestres. De la sensualité. De nouveaux mondes.
Capturée par le Roi de Voraxia, tome 1 (Miari et Raku)
Convoitée par le Seigneur de guerre de Nobu, tome 2 (Kiki et Va'Raku)
Kidnappée par le Métamorphe de Sasor, tome 3 (Mian et Neheyuu) *l'intrigue se situe hors du Quadrant 4*
Prisonnière du Sauvage de Heimo, tome 4 (Svera et Krisxox)
Possédée par un Pirate de Kor, tome 5 (Deena et Rhorkanterannu)
Piégée par le Chef de Lemora, tome 6 (Essmira et Raingar)
D'autres livres seront bientôt publiés !

Disponible en Anglais :

Berserker Kings - Enemies to lovers. With magic.
Dark City Omega, Book 1 (Echo and Adam)
more to come!

Population - Battles and Heroes that Bite.
Lord of Population, Book 1 (Abel and Kane)
Monster in the Oasis, Book 2 (Diego and Pia)
Immortal with Scars, Book 3 (Lahve and Candy)
more to come!

Twisted Fates - Mafia. Brotherhood. Murder.
The Hunting Town, Book 1 (Knox and Mer, Dixon and Sara)
The Hunted Rise, Book 2 (Aiden and Alina, Gavriil and Ify)
The Hunt, Book 3 (Anatoly and Candy, Charlie and Molly)

Xiveri Mates - Aliens. Heat. New Worlds.
Taken to Voraxia, Book 1 (Miari and Raku)
Taken to Nobu, Book 2 (Kiki and Va'Raku)
Exiled from Nobu, Book 2.5, a Novella (Lisbel and Jaxal)
Taken to Sasor, Book 3 (Mian and Neheyuu) *standalone
Taken to Heimo, Book 4 (Svera and Krisxox)
Taken to Kor, Book 5 (Deena and Rhork)
Taken to Lemora, Book 6 (Essmira and Raingar)
Taken by the Pikosa Warlord, Book 7 (Halima and Ero)
*standalone
Taken to Evernor, Book 8 (Nalia and Herannathon)
Taken to Sky, Book 9 (Ashmara and Jerrock)
Taken to Revatu, Book 10, A Novella (Latanya and Grizz)
*standalone

Livres audio

Xiveri Mates - Aliens. Heat. New Worlds.
Taken to Voraxia, Book 1 (Miari and Raku)
Taken to Nobu, Book 2 (Kiki and Va'Raku)
Taken to Sasor, Book 3 (Mian and Neheyuu) *standalone
More to come!

Collections

Xiveri Mates - Aliens. Heat. New Worlds.
Collection 1: Books 1-3 + Exiled from Nobu
More to come!